第八届鲁迅文学奖

获奖作品集
报告文学卷

中国作家协会
鲁迅文学奖评奖办公室 编

作家出版社

目 录

第八届（2018—2021）鲁迅文学奖报告文学奖
评奖委员会

主　任：陈　彦

副主任：王宏甲　梁鸿鹰

委　员：（按姓氏笔画为序）

王　晖　李青松　李春雷

李朝全　张志强　洪治纲

贺仲明　彭学明

第八届（2018—2021）鲁迅文学奖报告文学奖获奖作品名单

（以作者姓氏笔画为序）

作品名称	作 者	出版或发表单位	出版或发表时间	责任编辑
《红船启航》	丁晓平	浙江教育出版社	2021 年 7 月	江 雷
《江山如此多娇》	欧阳黔森	百花文艺出版社	2021 年 3 月	徐福伟 齐红霞
《张富清传》	钟法权	陕西人民出版社	2020 年 6 月	彭 苹
《中国北斗》	龚盛辉	山东文艺出版社	2021 年 12 月	王月峰
《国家温度》	蒋 巍	作家出版社	2020 年 9 月	史佳丽 李亚梓

获奖作品《红船启航》作者丁晓平

丁晓平简介：

丁晓平，安徽怀宁人。中国作家协会全国委员会委员、报告文学委员会委员，中国报告文学学会理事、青创委主任。解放军出版社副总编辑、编审，大校军衔，获全国新闻出版行业领军人才、中国出版政府奖优秀出版人物奖。著有《人民的胜利：新中国是这样诞生的》《光荣梦想：毛泽东人生七日谈》《中共中央第一支笔（胡乔木传）》《王明中毒事件调查》《世界是这样知道长征的》《1945·大国博弈》等作品三十余部，获徐迟报告文学奖、文津图书奖、中国文艺评论"啄木鸟杯"奖等。

"我跟鲁迅的心是相通的"

——获奖感言

丁晓平

十二年前，因策划编辑军队老作家王宗仁先生的散文作品集《藏地兵书》，我第一次与鲁迅文学奖结缘。作为第五届鲁迅文学奖获奖作品的责任编辑，我应邀参加了在鲁迅先生的故乡绍兴举行的颁奖典礼。而作为一位写作者，或许正是从那时起，我的心中也埋下了一颗梦想的种子。

咱们当兵的人有一句话叫"不想当将军的士兵不是好士兵"。鲁迅文学奖，对于一位中国作家的重要性，是不言而喻的。当然，我并不是说，获得了鲁迅文学奖的作家和作品就是最优秀的。但，它的确是我们心中的一个梦想。今天，我多么幸运，我实现了这个梦想。

能够实现梦想，条件、路径和原因很多，但大多不超出三条——天时、地利、人和，也是德、才、机的一个集合。因此，在这内心喜悦和头脑激动的时刻，我必须十分清晰、清楚和清醒地认知自己、解剖自己，给自己的过去、现在和未来找到一个精准的定位。人在江湖，身不由己。在攀登前进的道路上，没有一点斗争精神，没有一点自我革命精神，是不可能战胜自己、超越自己的。这让我想起 20 世纪 60 年代毛泽东主席曾在一封信中谈及鲁迅先生，他说："晋朝人阮籍反对刘邦，他从洛阳走到成皋，叹道：一时无英雄，遂使竖子成名。鲁迅也曾对于他的杂文说过同样的话。我跟鲁迅的心是相通的。我喜欢他那样直率。他说，解剖自己，往往严于别人。"是的，对于获奖，我知道，有它的必然性，还有它的偶然性。这就是辩证法。鲁迅先生尚且不断地"解剖自己，往往严于别人"，何况吾辈？

鲁迅先生说，文艺是国民精神所发出的火光，同时也是引导国民精神前途的灯火。2008 年，我在《五四运动画传：历史的现场和真相》

中写过鲁迅先生。从那时开始，我决心把1919、1949和1979这三个特殊的年份作为考察中共党史的坐标点，并以它们为中心辐射前后三十年的中国现代史，立志完成20世纪中国百年历史从觉醒与诞生、崛起与解放到改革与开放的"时代三部曲"，理直气壮地书写中国共产党为人民谋幸福、为民族谋复兴的精神史诗。经过二十年的耕耘和准备，在完成《中共中央第一支笔(胡乔木传)》《王明中毒事件调查》《人民的胜利：新中国是这样诞生的》之后，我探索出一条属于自己的"文学历史学术跨界跨文体写作"道路。因此，与其说我在等待着《红船启航》，不如说《红船启航》也在等着我。

"摛文必在纬军国，负重必在任栋梁。"《红船启航》是我从事历史写作二十年来的优秀作品之一，但我相信，未来更美好更优秀，因为"我跟鲁迅的心是相通的"。

红船启航（节选）

★丁晓平

本文节选自《红船启航》第四章《日出东方　嘉兴未央》。

1921 年 7 月 23 日，中共一大在上海开幕

1921 年 6 月，上海接连来了两位外国人。

这两个人，一个从南方的海上来，一个从北方的陆地来；一个是荷兰人，一个是俄罗斯人；一个叫马林，一个叫尼克尔斯基。他们虽然不是同时出发，却几乎同时到达，而且他们的目的地相同，尽管使命略有不同，但主要目的也只有一个——那就是接受共产国际的指派来到上海，帮助中国共产党人正式建立共产党全国组织。

那个时候的上海，被称作"冒险家的乐园"，人口达到二百万，其中有十五万是外国人，他们来自五十六个国家，所以来了两个外国人一点儿也不新鲜。作为中国最早开埠的城市，上海是中国新知识、新思想、新学最主要的策源地，也是新闻出版和传媒资讯最为发达开放的城市，好像一个万花筒。随着上海近代城市化的进程，尤其是从 1845 年英国人在外滩建立租界开始，到 1863 年公共租界（英美租界合并）和法租界的总面积高达四万八千亩。

租界，这是一个特殊的地名，从民族情感上来说，它好像中国历史上的一块"溃疡"，是落后挨打的印记。但也不可否认，在那个混乱、黑暗、屈辱的年代，租界不仅在地理上而且在政治上造成一种缝

隙，从晚清到民国，各种党派政团竞相以上海为活动中心或重要基地。号称"十里洋场"的租界，为革命家的革命事业提供了某种庇护，成为"安全岛"。

1914年，法租界继续扩张，在获得上海县城以西的大片土地以后，启动了大规模的新区筑路计划。从1915年至1920年，法租界东西向的辣斐德路（Route Lafayette，今复兴中路）、望志路（Rue Wantz，今兴业路）、西门路（Route Siemen，今自忠路西段）和天文台路（Ruedela Observatoire，今合肥路），南北向的贝勒路（Rue Amiral Bayle，今黄陂南路）、白莱尼蒙马浪路（Rue Brenier de Montmorand，今马当路）、菜市路（Ruede Marché，今顺昌路）和平济利路（Rue Bluntschli，今济南路），或新筑，或延伸，与之前已经建成的吕班路（Avenue Dubail，今重庆南路）一同构成了一个新街区的框架。这个新街区，当时又称作"西门区"（Quartier de Siemen）。中共建党和共产党员早期的活动也都在这一区域内。

革命者为什么多选择在法租界生活和工作呢？

一是因为这里地理区位合适，规划有序，道路宽阔，环境幽雅，交通便利，房租低廉；二是因为当时的上海分为华界、公共租界、法租界，"一市三治"却地域相通，租界在政治、法律和新闻出版上不受中国当权者的约束和制裁，进退自如；三是因为这里是穷人、自由职业者、收入低下者聚集地区，三教九流，鱼龙混杂，人口成分复杂，流动量大；四是因为这里相对于公共租界来说，法国巡捕的力量比较弱，尤其是新区；五是因为这里的房屋多为石库门建筑，里弄支弄相互连接，四通八达，利于隐蔽。时任荷属东印度高级法院总检察长于伦贝克说："上海这座城市是东亚少有的可容政治上不良分子十分顺利地找到栖身之地的几大城市之一。而在邻国，诸如荷属印度、英属殖民地、日本、菲律宾和澳大利亚等地，这一类人则几乎找不到立足之地。"那个时候，中国革命的先行者孙中山等也曾把秘密据点设在法租界西门区的石库门里。陈独秀居住的环龙路老渔阳里2号、李汉俊居住的三益里和树德里、李达居住的辅德里，以及俞秀松等人居住的新渔阳里等，都在这个西门区范围内。

现在，马林也走进了法租界，走进了石库门。

马林本名亨德利库斯 · 约瑟夫弗 · 朗西斯乌斯 · 玛利 · 斯内夫利特，荷兰人。1920 年 8 月，时任共产国际民族和殖民地委员会委员的马林，被指派为共产国际驻远东代表，并于 1921 年 3 月动身来华。出身贫苦工人家庭的马林，年轻时投入了工人运动，在荷属殖民地印度尼西亚，他积极参加了印尼人民反对殖民主义的斗争和印尼共产党的创立。1920 年，在莫斯科召开的共产国际第二次代表大会上，列宁亲自指派他来中国开展革命活动。

经过三个月的辗转，马林乘坐意大利劳尔 · 特里斯提诺公司的"阿切拉号"轮船，于 1921 年 6 月 3 日抵达上海，下榻在南京路大东旅社 32 号房间。6 日，他化名安德莱森，到荷兰上海领事馆办理手续，拜会了荷兰驻沪总领事丹尼尔斯，表示自己要在上海生活一段时间，以等待妻子的到来。随后，他便以日本杂志《东方经济学家》记者身份开展活动。6 月 14 日，他从旅馆搬出，到上海麦根路 32G 号（今淮安路 32 号）鲁伯尔先生家居住。到 9 月底，又搬到汇山路 6 号俄国人里亚赞诺夫家里居住。当时，上海的朋友们都称他为"倪公卿"，他还有一个中文名叫孙铎。

到上海后，马林第一时间与一个名叫弗兰姆堡的俄国人取得联系。弗兰姆堡是俄共（布）西伯利亚地区委员会东方民族部的干部，1921 年 1 月来华工作，由赤色工会国际联合会驻赤塔远东书记处派遣，主要任务是联络和指导中国的工人运动。经过弗兰姆堡的介绍，马林认识了与他前后脚抵达上海的尼克尔斯基。

尼克尔斯基本名弗拉基米尔 · 涅伊曼 · 阿勃拉莫维奇，1889 年出生，1919 年至 1920 年在远东人民共和国人民革命军服役，1921 年加入俄共（布），参加了共产国际机关行政工作，受共产国际远东书记处的派遣来到上海，接替维经斯基在中国的工作。共产国际远东书记处是 1921 年 2 月底刚刚建立的，它的领导人 B. 舒米亚茨基本来还是派维经斯基来中国，但途中"遇到了麻烦"（被逮捕），后又改派尼克尔斯基来中国。到上海后，他出席了旅华朝鲜马克思主义者在上海召开的代表大会。同时，他也受托履行赤色工会国际联合会（赤塔分会）驻中国代表的职责。在与共产国际远东书记处通信中，他一般化名"瓦西里"或"瓦利里耶夫"。

马林曾在给共产国际执行局的报告中叙述了他与尼克尔斯基的交往和工作。他说："据莫斯科给我的通知，1920年8月到1921年11月间，已在伊尔库茨克建立远东书记处。这个书记处负责在日本、朝鲜和中国进行宣传工作。维经斯基曾在上海工作过。1921年6月书记处又派出尼克尔斯基接替其工作。当我同期到达那里时，便立即取得了同该同志的联系。在那里他同我一直共同工作到1921年12月初，几乎每天我们都要会面。"

实际上，马林作为共产国际执行委员会名义上的成员之一，被指派来中国做驻远东的代表，并不是特意来参加中共一大的。筹备召开中共一大的工作，具体是由共产国际远东书记处负责的。为了方便参与对中共一大的指导，当马林到达中国后，共产国际执委会就指定他为远东书记处的成员，而远东书记处的代表是尼克尔斯基。所以，马林在向共产国际执委会的报告中写道："我和尼克尔斯基同志在上海期间，我做的仅仅是帮助他完成书记处交办的任务，为避免发生组织上的混乱，我从不独自工作。"关键是，尼克尔斯基不仅是情报工作人员，而且负责向共产国际驻华工作人员及当时在华工作的其他苏俄共产党人提供经费。只是其为人处世比较稳重低调，不像马林那么强势张扬。

因为陈独秀去了广州，马林和尼克尔斯基只好与当时主持上海党组织工作的李达、李汉俊等建立联系。后来，李达回忆说："六月初旬，马林（荷兰人）和尼可洛夫（俄人）由第三国际派到上海来，和我们接谈了以后，他们建议我们应当及早召开全国代表大会，宣告党的成立。"

在这种情况下，李达分别与广州的陈独秀和北京的李大钊商议，确定在上海召开中国共产党全国代表大会。随后，李达和李汉俊分别写信给北京、长沙、武汉、广州、济南以及旅日、旅法的组织和党员，通知他们每个地区派出两名代表到上海出席党的全国代表大会。考虑到各地代表到上海路途遥远，马林和尼克尔斯基给中共发起组支援了活动经费，寄给每位代表一百元路费。

当然，最重要的是，一定要把陈独秀从广州请回来主持会议。为此，马林要李达也给陈独秀所在的广州支部寄去了二百元路费。但陈独秀没有答应，原因是他在广州兼任大学预科校长，正在争取一笔款项修建校舍，如果在这个时候离开，这笔钱就泡汤了。于是，在谭植棠家开会研究参会代表名单时，陈独秀就提名陈公博和包惠僧出席会议。

现在，有一个问题出现了，本应该是武汉党组织成员的包惠僧，怎么跑到广州去了呢？也正因此，中共党史界多年来存在一个争议——包惠僧到底是不是中共一大的正式代表？

包惠僧是湖北黄冈人，出生于 1894 年，又名包晦生、包一环、鲍一德。在湖北省立第一师范毕业后以新闻记者为职，因陈独秀去武汉讲演时在文华书院接受其采访而结识。1920 年 9 月，包惠僧由刘伯垂介绍入党，随后担任支部书记。1921 年 1 月，包惠僧带领几名青年团员抵达上海，准备去苏俄留学，住在法租界霞飞路新渔阳里 6 号。事不凑巧，因去海参崴的海路中断，加上党的经费短缺，包惠僧一行只好滞留上海，暂时与杨明斋一起负责党中央新成立的教育委员会的工作，主要负责选派学生赴莫斯科留学、办俄文补习班。

5 月 1 日，新渔阳里 6 号遭到法国巡捕房搜查，杨明斋等住在那里的学生都不得不搬走了。这时，李汉俊有些"打饥荒"，不知道怎么办才好，慌张中决定暂时停止机关活动。上海党的工作也出现了严重的经济困难，李达、李汉俊就决定派包惠僧去广州，与陈独秀商谈党务工作办法。包惠僧回忆说："李汉俊召开一次党员会议，他说：'背水阵的仗还可以打一下，空城计的仗是很危险的。目前我们在这里的人很少，又没有一个钱，实在不好办。'他主张把工作部暂时结束一下，把临时中央迁到广州，或是由陈独秀回来重新部署工作。当时，谁也拿不出好主意来，李汉俊就以他自己的意见写了封信给陈独秀。陈独秀复信不同意临时中央迁广州，但是他短时期内也不能回上海。他既不同意停止工作，也没有指示今后的方针。李汉俊发急了，要我到广州去一趟，把上海的情况告诉他，还是要他拿出办法来。我去莫斯科的计划不能实现，留在上海工作又很少，就决定去广州。大约 5 月中旬我到了广州，住在大新公司旁边的昌兴街《新青年》杂志发行部，同陈独秀会商了几次。他知道了上海方面的情况后，仍拿不出办法来，就留我在广州。上海的工作停顿了一两个月。"

到了广州，包惠僧第二天就在看云楼见到了陈独秀，尽管经常保持通信，但久别重逢，两人非常高兴。

包惠僧告诉陈独秀："汉俊让你回上海，或者把党的机关搬到广州来。"

陈独秀一听，眉头紧锁，表情凝重地说："我们的党不能搬到广州来。这里的环境很复杂，一般封建学阀和一些自命为无政府主义的青年，对我们造谣污蔑，怎么能搬到这里来？再说，广州在地理位置上不适中，环境也不好，还是上海居中，四方八面联系方便，将来我总是要回上海的。"

包惠僧说："他们专门派我来找你，就是想接你回去呢。"

"我想争取把广东大学预科办起来，正在筹建校舍和筹措经费，我走了，恐怕就搞不成了，那就等于白在这里待了几个月，所以我不能离开。"陈独秀不紧不慢地说，"你将来还是要回武汉工作，莫斯科迟点去也可以。目前人少工作多，广州现在就人手缺乏，你既然来了，就莫着急，也先别回去，在广州多住些日子，目前可以给《广东群报》写点文章。"

这样，包惠僧就在广州住了下来，由《新青年》杂志社发行人苏新甫介绍到报馆做剪报工作，月薪三十元，还可以给报社写写稿子。没事的时候，包惠僧常常来看云楼与陈独秀谈话谈心。包惠僧回忆说："我与陈独秀的关系就是在这段时间建立起来的。这两个月我们几乎天天见面，他比我大十五岁，我很尊重他，我们都喜欢彼此的性格。我是读书人，他好比书箱子，在学问上我受了他不少影响，他俨然是我的老师，每次谈话都如同他给我上课，我总是很认真地思考他的话。陈独秀不讲假话，为人正直，喜怒形于色，爱说笑话，很诙谐，可是发起脾气来也不得了。他认为可以信任的人什么都好办，如果不信任就不理你，不怕得罪人，办事不迁就。他说他来广州是陈炯明请他来的，他办了许多学校，办了宣传员养成所。"

在包惠僧的记忆中，陈独秀"住在离江边不远的看云楼。他不经常去教育委员会上班，也不常出去，经常在家里接待客人、写东西，有客人时居多"。关于党怎么搞法，陈独秀当时也有自己的考虑。

陈独秀对包惠僧说："我们应该一面工作，一面搞革命，我们党现在还没有什么工作，要钱也没用，革命要靠自己的力量尽力而为，我们不能要第三国际的钱。"

陈独秀为什么这么说呢？因为当时陈独秀正在与广州的无政府主义者作斗争，区声白、朱谦之经常在报上写文章骂陈独秀"崇拜卢布"，是"卢布主义"。所以，陈独秀坚决主张不要别人的钱，他说拿人家钱就要跟人家走，我们一定要独立自主地干，不能受制于人。

关于中共发起组的工作，陈独秀说："国际代表走了，上海难道就没有事情可做了？李汉俊急什么，中国的无产阶级革命还早得很，可能要一百年上下，中国要实现共产主义也遥远得很。李汉俊可以先在他哥哥家里住，我们现在组织了党，不要急，我们要学习，要进步，不能一步登天，要尊重客观事实。汉俊待在上海和各方面联系，工作能做的做一点，不能做的等等再说。维经斯基迟早还是会来的。"

陈独秀还告诉包惠僧："作为共产党员首先要信仰马克思主义，其次是发动工人、组织工人、武装工人，推翻资产阶级政权，消灭剥削制度，建立无产阶级专政。"陈独秀主张各种思想争鸣，自由发展，信仰自由，让各种思想都暴露出来，由人民群众评论谁是谁非。我们尽管信仰马克思主义，别人信仰无政府主义也不要紧，且指出不要攻击别人，反对谩骂。

一个多月后的一天，陈独秀派人通知包惠僧去谭植棠家召开支部会议。这时，广州支部的党员有陈独秀、谭平山、谭植棠、陈公博、包惠僧等七人，书记是谭平山，开会的形式也很简单，每周开一次会，一般都由陈独秀主持。这天，陈独秀先是问了问大家工作的情况，特别是《广东群报》的情形。当时，他们正在与无政府主义者展开斗争，打笔墨官司。陈独秀说："区声白是个小鬼，朱谦之是个疯子，我们让他们去造谣言，我们不理他们了。"大家都点头赞成。

接着，陈独秀从口袋里掏出一封信来，说："上海来了一封信，是张国焘和李汉俊联名写的，据说第三国际和赤色职工国际派来了代表，他们建议我们应该在上海举行一次全国代表会议。他们同意这个意见，并请各支部各选出出席代表二人，特别提醒要我回上海去主持这次会议。"

大家都认真倾听着，等待着陈独秀的意见。陈独秀看了看大家，说："为了筹备大学预科工作，我暂时不能离开。出席会议代表的事情，我想派陈公博、包惠僧两位同志去。公博是办报的，了解情况比较全面，开完了会快点回来，报纸工作让植棠临时代理一下。惠僧开完了会，就回武汉工作。现在是工作多人少，都很忙，离不开，各方面也都要照顾到。大家有什么意见没有？"

在座的人都是陈独秀的学生，听了他的意见后大家就没有什么好讲的了，同意他的意见。因陈公博要带新婚妻子赴上海旅游，包惠僧就没有与他一起启程，于 7 月 15 日动身，乘坐邮轮大约在 7 月 20 日抵达上海。

实际上，同为广州党组织（时称支部）代表的陈公博，比包惠僧离开广州的时间还要早一天。陈公博是 7 月 14 日偕新婚妻子李励庄从广州出发，乘法国邮轮"包岛斯"号经由香港转赴上海，于 7 月 22 日抵达上海。

对于这段历史，陈公博在 1944 年所著《寒风集》的《我与中国共产党》一文中有过记叙："上海利用着暑假，要举行第一次代表大会，广东遂举了我出席。"实际上他在参加一大回广州之后，在 1921 年 8 月就曾写了一篇题为《十日旅行中的春申浦》的文章。文章开头写道："暑假期间我感了点暑，心里很想转地疗养，去年我在上海结合了一个学社，也想趁这个时期结束我未完的手续，而且我去年结婚正在戎马倥偬之时，没有度蜜月的机会，正想在暑假期中补度蜜月。因这三层原因，我于是在 7 月 14 日起程赴沪。"这篇文章首先是在他自己主编的《广东群报》上以连载形式发表的，后来《新青年》在第九卷第三号上又全文转载。为安全起见，陈公博使用了隐语，文中的"学社"即指共产党，"未完的手续"就是指参加一大完成共产党全国组织正式成立的议程。陈公博 7 月 22 日到上海，也的确只住了十天，7 月 31 日晚偕妻子去了杭州，没有参加后来的嘉兴南湖会议，故文章标题为"十日旅行"。

现在又有一个问题出现了，身在北京的张国焘怎么和上海的李汉俊一起，联名写信给广州的陈独秀呢？

北京党组织（时称支部）接到李达的来信后，立即在西城暑期补习学校开会，讨论了出席全国代表大会的人选问题。那个时候，共产党还处于秘密状态，初创时期也没有统一的规章和严格的组织制度，各地代表的确定和产生方式也不一样，不可能有严格的组织选举程序。

在接到上海党组织（时称党部）的通知后，有的召开了支部党员会议选举产生了代表，但多数支部并没有选举。有的地区采取的是个别协商的办法产生代表，有的是以发起人为当然代表秘密前往，有的则由党组织的负责人指定代表出席。刘仁静回忆说：

> 1921年暑假，我们几个北大学生，在西城租了一所房子，办补习学校，为报考大学的青年学生补课。张国焘教数学、物理，邓中夏教国文，我教英文。正在这时，我们接到上海的来信（可能是李达写的），说最近要在上海召开中国共产党第一次全国代表大会，要我们推选出两个人去参加。我们几个人——张国焘、我、罗章龙、李梅羹、邓中夏就开会研究，会议是谁主持的我已记不清楚。李大钊、陈德荣没有参加这次会议。会前是否征求过李大钊先生的意见我不知道，李先生很和气，就是征求他的意见他也不会反对。在会上，有的人叫邓中夏去上海开会，邓中夏说他不能去，罗章龙也说不能去，于是就决定由我和张国焘去出席一大。

对李大钊为什么没有参加会议的问题，刘仁静回忆说："李大钊先生当时没有参加'一大'，我不知道是什么原因。我估计一方面是他工作忙，走不脱；另一方面，当时我们北京小组开会研究谁去上海出席'一大'时，也没有推选到他。"对此，张国焘回忆说："北京支部应派两个代表出席大会。各地同志都盼望李大钊先生能亲自出席，但他因为正值北大学年终结期间，校务纷繁，不能抽身前往。结果便由我和刘仁静代表北京支部出席大会。"年仅十九岁的刘仁静，也因此成为中共一大最年轻的代表。

李大钊确实太忙了。担任北京大学教授兼图书馆主任的他，正忙于领导以北京大学为主的八所学校教员开展的索薪斗争。当时，北洋政府拖欠教职员薪金已经一年了，有的教职员困难得连稀粥都喝不上。索薪斗争从1921年3月开始，一直坚持到7月底。北京八所高校教职员专门成立了教职员代表联席会议，每校派三人参加，李大钊担任了联席会议新闻股干事，编辑《半周刊》，后来又任会议代理主席（主席为马叙伦）。6月3日，各校师生千余人到国务院请愿，李大钊参加了这次请愿活动，遭到军警殴打。"北大校长蒋梦麟受伤不能行动，法专校长王家驹、北大教授马叙伦、沈士远头破额裂，血流被体，生命危在旦夕。李大钊昏迷倒地，不省人事。"至7月17日，经过五个月的斗争，最终北洋政府不得不做出让步，答应了联席会议提出的解决教育经费及发放欠薪的要求。7月28日，八校辞职教员发表复职宣言。由此可见，李大钊的确没有时间参会。

"南陈北李"都没有出席中共一大，不免给历史留下了一些遗憾。

刘仁静和李大钊、邓中夏都是少年中国学会会员，恰逢学会1921年年会将于7月1日至4日在南京召开。刘仁静就与邓中夏、黄日葵同行，在6月下旬动身，于7月2日抵达南京，参加了少年中国学会南京年会。在《南京大会记略》中，有如下记载："本会今年南京大会，会期从7月1日起，至4日止，开会时间计三天半，到会者有王克仁、邰爽秋、杨效春、方东美、陈启天、恽代英、杨贡仁、蒋锡昌、李儒勉、陈愚生、高尚德、赵叔愚、沈君怡、刘衡如、陈仲瑜、沈泽民、张闻天、左舜生、阮真、刘仁静、邓仲懈、穆济波、黄日葵23人。又，第一日各问题，因关系重大，北京会员黄日葵、邓仲懈、刘仁静是日未能赶到，在7月1日的鸡鸣寺会议上，由高尚德动议，与第二日互换，结果一致通过。"而李大钊和邓中夏在7月底和8月初还应邀前往重庆讲学。

7月2日，刘仁静在南京年会的第二次会议上做了两次发言。会议结束后，他在南京稍作停留，然后以"留沪习德文"的名义打掩护离开南京，7月7日前后抵达上海，出席中共一大。少年中国学会的《会员消息》记载说："高君宇、刘仁静均因赴南京大会南来，并游历沪杭一带，现高君已返北京大学，刘君拟留沪习德文云。"

北京党组织的另一名代表张国焘，在获得代表资格后，在6月底动身南下，是第一个赶到上海的中共一大代表。到上海后，张国焘都干什么了呢？

张国焘后来在回忆录中自称："我因须参加大会筹备工作，是代表最先到达上海的一个（大约在五月中旬）。"此处时间应该是农历五月中旬。因为马林是6月3日抵达上海的。

上海，对张国焘来说是再熟悉不过了，1919年和1920年，他都来过。1920年他在上海期间就居住在老渔阳里2号陈独秀家一层的厢房中。所以一到上海，张国焘先去老渔阳里2号找李达。因为李达代理上海党组织的书记工作，通知也是李达寄出的。

张国焘回忆说："下车后我就去看李达。他告诉我许多有关上海方面的情形，指出上海支部的工作没有以往那么紧张，有些事都陷于停滞状态；这是因为李汉俊和其他的同志多忙于教书和写作，不能像陈独秀先生在这里时那样全神贯注地工作。他又提到新近来了两位共产国际的代表，一位名叫尼克尔斯基，是助手的地位，不大说话，像是一个老实人；另外一位负主要责任的名叫马林，这个洋鬼子很骄傲，很难说话，作风与维经斯基迥然不同。他与李汉俊及李达第一次见面就谈得不大投机，他已知道我要来上海，急于要和我晤谈。李达很注重我们与共产国际的关系，自己则不愿和他们打交道，故希望我能与马林谈得来。"

的确，马林为人处世的风格与低调谦逊的维经斯基迥然不同，姿态和语气中少了平等和尊重。

接着，张国焘又去拜访李汉俊。李汉俊此时住在法租界树德里106号、108号，他是随兄长李书城一家在1920年秋天从白尔路三益里搬到这里的，这里的租金相对来说更便宜，每月只要十六元，相当于当时一个工人的月薪。

在张国焘眼中，李汉俊和李达一样，也是一位学者型的人物，"他不轻易附和人家，爱坦率表示自己的不同见解，但态度雍容，喜怒不形于色"。

李汉俊对张国焘的先期到达，表示热诚欢迎，并告诉了上海方面的情形及其困难。在谈到会议如何召开时，李汉俊说："大会开会地点等技术上的问题容易解决，至于议程和议案等问题不妨等各代表到齐之后再行商定，目前最重要的是建立与共产国际的关系。"

交谈中，李汉俊和李达都向张国焘诉说了在与马林打交道的过程中出现的困难。原来，马林在和李达、李汉俊晤面时，以共产国际名义向他们要工作报告。李汉俊拒绝了马林的要求，理由是组织还在萌芽时期，没有什么可以报告的。

马林又向李汉俊提出新的要求："把你们的工作计划和预算给我看看，共产国际将予以经济上的支持。"

中国文人向来有"廉者不受嗟来之食"的传统，李汉俊觉得马林这个洋人的话过于唐突，直率地回绝道："中国共产党还没有正式成立，是否加入共产国际也还没有决定；即使中共成立之后加入共产国际，它将来与共产国际所派的代表间的关系究竟如何，也还待研究；现在根本说不上工作报告、计划和预算什么的。"最后，李汉俊告诉马林："共产国际如果支持我们，我们愿意接受；但须由我们按工作实际情形去自由支配。"

在李汉俊看来，中国共产主义运动应由中国共产党自己负责，共产国际只能站在协助的地位。我们站在国际主义的立场，可以接受他的理论指导，并采取一致的行动；至于经费方面，只能在我们感到不足时才接受补助，我们并不期望用共产国际的津贴来发展工作。再说共产国际派来中国的代表只能是我们的顾问，决不应自居于领导的地位。

马林与李达、李汉俊第一次接触就碰了"钉子"，双方互不妥协，僵持不下。于是，他急盼早日见到陈独秀，也希望尽快出现一个调停人，以期解决当前的尴尬，获得谅解。显然，张国焘的提前到来，恰逢其时。

的确，马林这个体格健壮、一眼看上去像个普鲁士军人的荷兰人，说起话来往往表现出雄辩家的架势，声色俱厉，目光逼人，还有一股倔强的劲儿，好像要与反对者决斗似的。他的工作方式和做人的姿态，与此前维经斯基平易近人的方式迥然不同。马林的这种性格，自然与李汉俊、李达格格不入。

张国焘回忆说："两天以后，张太雷陪同我去访看马林。他寄居在爱文义路一个德国人的家里，我们就在他的家里开始了第一次的晤谈。"张国焘的记忆是错误的，因为张太雷早已在这年2月份去了苏联，并不在中国。从6月14日起，马林搬出了大东旅社，住进麦根路32G号鲁伯尔家，前后住了三个月。

让张国焘感到欣喜的是，马林在和他的谈话中，既没有提起和李汉俊、李达等相处的不愉快的经过，也没有说到工作报告、经费预算之类的事情，态度显然是有些修正了。张国焘详细谈了北方工作开展的情形，马林对北方的工人运动甚感兴趣。两人还谈到了大会的筹备问题，彼此意见的交换相当融洽，谈话的氛围也轻松愉快。从此，张国焘就被视为完成了与马林改善关系的任务，也被推为与马林继续接触的代表。

正是在这样的情况下，张国焘自称其由与会代表变成了大会的筹备者之一。因此，包惠僧回忆中谈及陈独秀在广州召集党员会议确定代表时，提及上海的来信是由张国焘和李汉俊联名写的。而本来由李达和李汉俊派去请陈独秀回上海主持党务工作的包惠僧，也没有想到自己竟然成为陈独秀指定的代表，回到上海参加了中共一大。所以，后来李达、刘仁静说他是"串门"参加会议，董必武、陈潭秋说他是广州代表，而张国焘、周佛海却说他是武汉代表。

在董必武的记忆中，中共召开一大"当时没有筹备会"。武汉代表是董必武和陈潭秋，他们抵达上海的时间也应该是在 7 月 20 日前后。1936 年，为纪念中国共产党诞生十五周年，陈潭秋曾在莫斯科出版的《共产国际》俄文版第七卷第四、五期合刊上发表了《回忆党的一大》，一开始就提到到达上海的时间是"1921 年的夏天""在 7 月的下半月"。

接到李达的来信后，长沙代表毛泽东、何叔衡是在 1921 年 6 月 29 日晚上秘密乘船出发的。谢觉哉在这一天的日记中写道："午后 6 时，叔衡往上海，偕行者润之，赴全国〇〇〇〇〇之招。"为了保密起见，谢觉哉画了五个〇代表"共产主义者"。1952 年，他在回忆此事时说："一个夜晚，黑云蔽天作欲雨状，忽闻毛泽东同志和何叔衡同志即要动身赴上海，我颇感他俩的行动'突然'，他俩又拒绝我们送上轮船。后来知道，这就是他俩去参加中国共产党第一次全国代表大会——伟大的中国共产党诞生的大会。"毛泽东、何叔衡抵达上海的时间应该在 7 月 5 日前后，与刘仁静抵达的时间相近。

济南的代表王尽美、邓恩铭在 6 月底就已抵达上海。张国焘经过济南时曾停留过一天，约王尽美、邓恩铭在大明湖的游船上畅谈过。张国焘离开不久，王尽美和邓恩铭也就很快启程。

直到 7 月下旬，随着来自日本的代表周佛海最后一个抵达上海，会议代表才全部到齐。当时，日本留学生中的中共党员只有在东京的施存统和在鹿儿岛第七高等学校读书的周佛海。因为施存统去日本时间不久，学业也比较繁忙，就推荐很久没有回家的周佛海趁暑假回国出席会议。

现在，外地的代表都到齐了，上海党组织的两位代表就是李达和李汉俊了。他们也是大会的主要联络者、组织者，担负着会议的筹备和会务工作。

一切都是在秘密的状态下进行的。

"1921年7月的下半月，在上海法租界蒲柏路的女子学校，突然来了九个客人。他们都下榻于这学校的楼上。在学校的楼下，除掉厨子和校役以外，谁也没有，因为学生和教员都放了假。一个认识的校役则被请为大家每日做饭。另外，他的任务，是注意不放一个生人进来。假使不是认识的人向厨子解释，那他会根本不知他们是谁，因为他不懂他们的土话，他们讲的都不是上海话。有的讲湖南话，有的讲湖北话，而有些则讲北京话。"这是陈潭秋1936年在莫斯科写的《回忆党的一大》的第一段话。

首先，我们来看看陈潭秋所说的"法租界蒲柏路的女子学校"，它到底是一个什么学校。

法租界蒲柏路（Auguste Boppe Rue），最初名叫龙江路，1921年改此名，现在叫太仓路（顺昌路以西段）。而这所女子学校名叫博文女校，1914年由钟镜芙、黄绍兰等发起创办，校址在贝勒路礼和里。1916年，黄兴的夫人徐宗汉、章太炎的夫人汤国梨和邵力子、邹鲁、张继等组成校董会。章太炎题写了校名、校训，他唯一的女弟子黄绍兰出任校长。1920年，因经费支绌而停办。1921年春天，经著名实业家、教育家张謇之兄张詧资助，黄绍兰复办博文女校，初借蒲石路（今长乐路）民宅为校舍，后因学生激增，迁到蒲柏路127号这幢三楼三底的楼房。

博文女校怎么就成了中共一大代表的"招待所"呢？

这里就不能不感谢李达的夫人王会悟。1919年9月，经沈雁冰的介绍，王会悟到上海后，在徐宗汉主持的中华女界联合会从事文秘工作。而中华女界联合会的会址就设在博文女校，徐宗汉兼任女校董事长，王会悟也在这里上班。博文女校校长黄绍兰是北京大学文学系教授黄侃（季刚）的夫人，是湖北黄冈人，不仅与李汉俊有着同乡之谊，而且李汉俊的嫂子——李书城的续弦薛文淑又是博文女校的学生。现在，正值暑期放假时间，当王会悟提出以"北京大学暑期旅行团"名义，向校长黄绍兰租借几间屋子的时候，黄绍兰二话没说就答应了，租借了女校二楼的三间校舍。就这样，外地代表来沪的住宿和开会地点问题就轻而易举地解决了。为了改善住宿条件，王会悟还从街上买来芦席铺在楼板上作为床铺。她还特意聘请了一个认识的校役作为厨师，并负责安全保卫工作。可见，作为社会主义青年团团员的王会悟，以中共一大代表李达家属的身份，不经意间成了中共一大的会务工作人员。不仅成为中国共产党成立的见证人，也成为中共一大唯一的女性参与者。

王会悟回忆："党的一大将要召开时，我爱人李达把为大会安排会址和为外地代表安排住处的任务交给了我。我当时参加了上海女界联合会，担任《妇女声》的编辑，与黄兴夫人徐宗汉、博文女校校长黄绍兰等熟识。我想到博文女校已放暑假，有空教室，便找到黄绍兰校长，说要借教室开个'学术讨论会'，她答应了。我买了苇席子，铺在楼上的教室里。毛泽东、何叔衡、陈潭秋、邓恩铭、王尽美等代表到沪后，就住在博文女校。"

其次，我们来看看陈潭秋所说的"突然来到的九个客人"都是谁。

陈潭秋在文章中说："他们讲的都不是上海话。有的讲湖南话，有的讲湖北话，而有些则讲北京话。"因为广州代表陈公博是偕妻子一起来上海的，他夫妇二人就住在上海南京路英华街大东旅社，因此突然来到博文女校下榻的九个客人应该是——"讲湖南话"的毛泽东、何叔衡、周佛海，"讲湖北话"的董必武、陈潭秋、包惠僧，"讲北京话"的刘仁静，以及来自济南的王尽美、邓恩铭。恰好是九个人。张国焘住在陈独秀寓所老渔阳里2号，李达也住在这里。李汉俊则依然住在他哥哥在树德里望志路的寓所。

迄今为止，人们可以看到的最早记载中共一大会议经过的文献，是一份译自俄文，标题为"中国共产党第一次代表大会"的史料。这份史料的写作时间标注为"1921年下半年"。文章开篇就说："中国的共产主义组织是从去年年中成立的。起初，在上海该组织一共只有5

个人。领导人是很受欢迎的《新青年》的主编陈同志。这个组织逐渐扩大了自己的活动范围，现在共有六个小组，有五十三个党员。代表大会预定6月20日召开，可是来自北京、汉口、广州、长沙、济南和日本的各地代表，直到7月23日才全部到达上海，于是代表大会开幕了。"

十三位代表齐聚上海滩，从五湖四海走到了一起。他们当中，既有同学，也有同事；既有故交，也有新朋；有的是久别重逢，有的还是初次见面。他们在等待开会的日子里，都做了什么说了什么呢？彼此间又是如何相处、留下了什么印象呢？

一百年过去了，我们现在可以从张国焘的回忆中寻找到一些蛛丝马迹，看看一大代表们的青春风采和时代印迹。张国焘说：十九岁的刘仁静"那时是一位埋头于书本的青年，读过有关共产国际的文件。他主张这次大会应确立无产阶级专政的基本信念，逢人便滔滔不绝地说教"。二十三岁的王尽美和二十岁的邓恩铭"视我为他们的先进者和老朋友，向我提出许多问题，不厌求详地要我讲解"，"仍本着学习的精神贪婪地阅读有关书刊，有时且向到会的代表们请教"。三十五岁的董必武"为人淳朴，蓄着八字式的胡子，活像一个老学究，在谈吐中才表现出一些革命家的倔强风格"。二十五岁的陈潭秋"老是一本正经，教员风味十足"。包惠僧"是一个初出茅庐的新闻记者，爱任性谈笑"。"他们都不多谈理论，对实际问题的探讨则表现得更为起劲"。四十五岁的何叔衡"是一位读线装书的年长朋友，常常张开大嘴，说话表情都很吃力，对马克思主义懂得最少，但显出一股诚实和热情的劲儿"。

对于周佛海和陈公博两位，张国焘的记述是这样的：二十四岁的周佛海"是一位很活跃的青年，那种湖南土气似乎早已消失殆尽，看起来风流潇洒，倒像是一个老上海。他对日本的社会主义运动谈得头头是道，对大会的筹备工作也是积极参加"。而二十九岁的陈公博"带着他的漂亮妻子住在大东旅社，终日忙于料理私事，对于大会的一切似乎不甚关心。在一般代表心目中，认为他像是广州政府的一位漂亮的青年政客，而与我们所谈论的，也多是关于广州政局的实况"。

张国焘是在中共一大召开五十年后的1971年回忆追述这些往事的。他说："毛泽东也脱不了湖南的土气，是一位较活跃的白面书生，穿着一件布长衫。他的常识相当丰富，但对于马克思主义的了解并不比王尽美、邓恩铭等高明多少。他在大会前和大会中，都没有提出过具体的主张；可是他健谈好辩，在与人闲谈的时候常爱设计陷阱，如果对方不留神而堕入其中，发生了自我矛盾的窘迫，他便得意地笑了起来。"这一年，毛泽东二十八岁。对于毛泽东，张国焘话里话外有些尖酸味儿，抛开个人情感的因素，青年毛泽东智慧、幽默的个性和情趣也跃然纸上。

作为湖南同乡，毛泽东上一年来上海时就在陈独秀家中认识李达了。李达回忆说："毛泽东同志在代表住所的一个房子里，经常走走想想，搔首寻思，他苦心思索竟到这样的地步，同志们经过窗前向他打交道的时候，他都不曾看到，有些同志不能体谅，反而说他是个'书呆子''神经质'，殊不知他是正在计划着回到长沙后如何推动工作，要想出推动中国革命事业发展的办法。"

1921年7月23日，这是一个载入史册的日子——中国共产党第一次全国代表大会开幕了。

没有鲜花，没有麦克风，也没有标语，更没有端茶倒水的服务员，以及抱着照相机、摄像机的新闻记者，甚至也没有主席台。大家就围坐在一间教室里，似乎也缺少某种仪式感。在历史的现场，他们或许已经意识到自己正在创造历史，但他们或许不会想到他们创造的历史。

说开会，也应该准备个会议材料，比如会议日程、讲话稿什么的，也没有。

因为李达、李汉俊与马林在沟通上出现了问题，处于不愉快的僵持状态中，张国焘"反客为主"，成为中共一大会议的主持人。

7月23日上午，大会召开了预备会议。

在预备会议上，张国焘被推选为大会主席，负责主持大会。毛泽东、周佛海担任书记员，做会议记录。马林和尼克尔斯基出席了这天上午的预备会议，并作了讲话。

马林作了《第三国际的历史使命与中国共产党》的主题报告，介绍了国际形势和共产国际的情况及使命，指出本次大会的主要任务是要完成"中国共产党——第三国际东方支部，正式宣告成立"。而"中国共产党的成立，具有重大的世界意义，第三国际增加了一个东方支部，俄共（布）增加了一个东方战友"。在讲话中，他还回顾了自己在爪哇的革命活动，鉴于中国共产党的成员目前大多数是知识分子，他希望中国同志要特别注意开展工人运动，建立工会组织，吸收工人中的先进分子入党。马林精力充沛，声音洪亮，富有口才，侃侃而谈，充分显示出他宣传鼓动的本领。最后，他还建议大会成立一个起草纲领、党章和工作计划的委员会。

接着，尼克尔斯基致辞。比起马林，他的话简短些，音调也低缓些。他在向中共一大表示祝贺之后，介绍了共产国际在伊尔库茨克成立远东书记处的情况，建议把会议进程及时报告共产国际远东书记处。同时，他还介绍了刚刚成立的赤色职工国际的情况，提醒中共要重视工人运动。

会议由李汉俊和刘仁静担任翻译工作，马林和尼克尔斯基说一句，他们俩就轮流翻译一句，所以会议耗时比较长。

在《中国共产党第一次代表大会》中有这样的记载："主席张同志在第一次会议上说明了这次代表大会的意义，大会必须制定纲领和实际工作计划。议定了议事日程。"张国焘回忆："议事日程共有四项：一、党纲与政纲；二、党章；三、中心工作与工作方针；四、选举。"

张国焘回忆："党纲与政纲是难于拟订的，但我们觉得非有这一文件不可。我们同意现在不必有一个详细的党章，只要有一个简明的党章要点就够用了。我被推举为这两个文件的起草人，汇集陈独秀先生和各代表所提出的意见，先行拟出了两个草案，再交由李汉俊、刘仁静、周佛海等共同审查。"

的确，虽然陈独秀没有来参加会议，但他实际上依然遥控着会议的主题和方向，而且还委托陈公博带来了一封写给大会各代表的亲笔信，除了说明他不能抽身出席大会的原因之外，还就党的组织和政治建设专门提了四项意见，要求大会在讨论党纲党章时予以注意。四点意见如下：

一、慎重发展党员，严格履行入党手续，加强党员教育，以保证党的先进性和战斗力；

二、实行民主集中制，既要讲民主，又要集中；

三、加强党的组织纪律；

四、目前主要工作是争取群众，为将来夺取政权作准备。

陈独秀的四点建议，具有纲领性的价值和意义，得到了与会大部分代表的赞成，张国焘在起草大会文件时自然吸收了。他说："我首先草拟了一个党纲政纲草案，题名为'中国共产党成立宣言'。其要点大致包括共产主义者的基本信念、中共的组成、它的基本政策，以及中共将经由无产阶级专政实现共产主义等等。"

李汉俊看了张国焘起草的草案后，不完全同意，但认为可以作为讨论的基础。马林看了之后，则提出了批评，表示这个草案在理论的原则上写得不错，主要缺点是没有明确地规定中共在现阶段的政纲。但马林自己也没有提出具体的修改意见。

的确，毕竟是第一次召开这样的会议，大会的工作多半是由他们自己在摸索中进行。

上午预备会议结束后，代表们就在博文女校用餐。就在这个时间节点前后，张国焘找到了毛泽东，认为何叔衡不具备代表资格。张国焘回忆说："大会召开之前，几位主要代表还会商过代表的资格问题：结果认为何叔衡既不懂马克思主义，又无工作表现，不应出席大会；并推我将这一决定通知毛泽东。他旋即以湖南某项工作紧急为理由，请何叔衡先行返湘处理。因此，后来出席大会的代表只有十二人。"

这是一个问题。张国焘所言是不是真实的呢？如果按照张国焘所说，"大会召开之前，几位主要代表还会商过代表资格问题"，可是他并没有具体说出"几位主要代表"的名字。不过，按照当时的情况来分析，主要代表应该是张国焘、李汉俊和李达。因为是会后由张国焘通知毛泽东转告何叔衡的，毛泽东自然不是"主要代表"；董必武认为中共一大召开时没有代表资格审查制度，不存在谁审查谁、谁承认不承认谁的问题，可见他没有参会，自然也不是"主要代表"。后来，共产国际档案和毛泽东、李达、陈公博等多人在回忆或撰写论文时，也都认为参加中共一大的代表是十二人。

事实上，作为长沙党组织推选的中共一大代表，何叔衡的确没有参加完一大会议的所有议程就返回湖南了。1929 年 12 月 26 日，正在莫斯科中山大学学习的何叔衡响应瞿秋白关于征集党史回忆录的启事，专门致信在列宁学院学习的董必武，询问中共一大召开的日期、参会的代表、议程和内容，以及有没有发表宣言等五个问题。董必武——回答，并委托同在列宁学院读书的同班同学张国焘去莫斯科中山大学讲课时带给了何叔衡。可见，何叔衡作为中共一大的代表，因为提前离会，对一大的历史并不熟悉。

1921年7月23日下午3时，中共一大正式开幕。

大会首先明确要正式成立中国共产党，接着通过原拟订的四项议程，决定每日分上下午举行两次会议。

按照议程，张国焘向大会说明关于草拟党纲政纲草案的经过情形。张国焘说，由其负责起草的《中国共产党成立宣言》的草案本来可以向大会提出，但是负责审查的李汉俊、刘仁静和周佛海等人在进行详细研讨后，认为不够成熟，还需要做一定的修改，不如由各代表先行就本问题自由发言，经过讨论后再行推人厘定宣言。在这种情况下，张国焘提议：由各代表先行报告各地区的情况，并就议程的第一项发表意见。这个提议，得到大会一致同意。

7月24日，大会第二次会议的议程由各地代表汇报情况。《中国共产党第一次代表大会》记载："这些报告里提到了以下三点：党员很缺少，必须增加党员，组织工人的方法和进行宣传工作的方法。"从目前共产国际中国代表团保存下来的文献中，也只看到北京和广州的报告。

北京党组织的报告是由张国焘作的。报告认为：北京虽然是公认的政治中心，但人们并不关心也不重视政治。"当中国存在着君主政体时，人们把政治看作是帝王个人的事情；革命以后，则把政治看作是军人个人的事情，即高级军官和普通军官个人的事情，看作是那些争夺各种特权的斗争中追求个人目的的各种政客的事情。"而知识界人士则认为改造社会时一定会运用他们的知识，科学事业使他们获得有影响的地位，因此看不起无产阶级，认为无产阶级是很无知的、贫穷而又软弱的阶级，只可利用他们来达到自己的目的。这种错误认知的结果，导致了工人革命运动的极大障碍。因此，他提出要加强在工人和知识分子中的宣传工作。

广州党组织的报告是陈公博作的。他在汇报了过去一年与无政府主义者的斗争和陈独秀到广州后改组党组织的情况后，向大会提出了今后广州工作的五点意见：一是吸收新党员，二是成立工会，三是成立工人学校，四是对农民的宣传工作，五是与士兵的联系。

大会在进行了两天之后，7月25日、26日两天休会。但大会选举成立的起草纲领和工作计划的委员会并没有闲着，利用这两天负责起草《中国共产党第一个纲领》（以下简称《纲领》）和《中国共产党第一个决议》（以下简称《决议》），供大会讨论。

7月27日至7月29日召开的第三次、第四次、第五次大会，主要任务就是讨论修改起草的《纲领》和《决议》。因为发觉有法租界巡捕房的侦探几次在附近出现，为了安全，按照事先要经常更换开会地点的决定和准备，后几天的会议就在望志路106号（后门为贝勒路树德里）李汉俊的寓所举行。

李汉俊寓所是一幢典型的上海石库门里弄砖木结构住宅，建于1920年夏秋。这座一进二层临街建筑，有前后两个门，前门为望志路，后门是贝勒路树德里。墙体是用青砖和红砖交错叠加砌成，白色石灰镶嵌勾缝，米黄色石条砌成的门框、乌黑的大木门、沉甸甸的铜环，门楣上的矾红雕花，远远看上去就给人一种庄重、典雅、古朴之感。那时，这里是上海的近郊，周边多为农田，比较僻静。李汉俊的兄长李书城去南方视察军务去了，只有李书城的妻子薛文淑和女儿住在隔壁的108号。会议选择此处召开，也是比较安全的。

大会进入审议阶段，这三天的会开得并不平静，甚至爆发了激烈的争论。大会代表们对起草的纲领、决议草案到底发生了什么分歧呢？回到历史的现场，我们发现以下四个方面的问题成为大会争论的焦点。

第一个焦点问题：中国共产党要不要实行无产阶级专政。

李汉俊认为：现在世界上有俄国的十月革命，还有德国社会党的革命；关于中国的共产主义究竟应采取何种的党纲和政纲问题，应先派人到俄国、德国去考察，在国内成立一个研究机构如马克思主义大学等，从事精深的研究后，才能作最后的决定。共产主义革命在中国既未成熟，目前共产党人应着重于研究和宣传方面的工作，并应支持孙中山先生的革命运动，在孙中山先生的革命成功后，共产党人可以参加议会。

李汉俊的意见成为大会讨论的焦点，但除了陈公博有时对他表示一些含混的同情之外，所有代表都给予不同程度的批评。尤其是刘仁静，与李汉俊展开了针锋相对的争论。刘仁静认为：共产党应信仰革命的马克思主义，以武装暴动夺取政权，建立无产阶级专政，实现共产主义为最高原则。他反对西欧社会民主党的议会政策以及一切改良派的思想。他认为中国共产党不应该只是马克思主义的研究团体，也不应对国民党和议会活动有许多的幻想，应积极从事工人运动，以为共产主义革命做好准备。

大多数代表都赞同刘仁静的观点，主张中共应确立无产阶级专政的基本原则。对于现实问题，有的主张中共目前不应参加实际政治活动，有的表示中共应站在共产主义的立场上，对孙中山的革命运动予以支持。为什么会出现两种不同的意见呢？因为在当时中共一大代表的心目中，普遍认为中国应有两次革命：一次是民族的和民主的革命，另一次是社会革命。对于国民党能否担负上述第一次革命的责任，大家颇有疑问，但也认为中国如能成为一个真正的民主共和国，工人阶级将可得到较多的自由。不过，共产党人并不以民主共和国为满足，还应该继续社会革命，以期实现苏维埃式的政权。

在经过几天的讨论后，张国焘综合与会者的意见，归纳出四点：一、中国共产党是无产阶级的革命政党，以实现无产阶级专政为基本原则；二、目前应着重马克思主义理论的研究和实际的工人运动，扩大共产党的组织与影响，为实行共产革命之准备；三、中国共产党不否定议会活动和其他的合法运动，但认为这些活动只是扩大工人阶级势力的手段；四、中国共产党站在共产主义的立场可以赞助孙中山先生的革命，但仍以实现共产革命为主，并不能将共产党的社会革命与国民党的革命混为一谈。大会对上述四点结论进行讨论，张国焘硬要通过，陈公博表达了不满。第二天，张国焘又主动提出共产国际代表马林、尼克尔斯基不同意，会议讨论通过的不算数。

关于"对现有政党的态度"问题，在后来中共一大通过的《纲领》第三条中清楚地表明："我党采取苏维埃的形式，把工农劳动者和士兵组织起来，宣传共产主义，承认社会革命为我党的首要政策；坚决同黄色知识分子阶层及其他类似党派断绝一切联系。"而在大会通过的《决议》中，对未来的奋斗目标作出了如下规定："对现有各政党，应采取独立、攻击、排他的态度。在政治斗争中，在反对军阀主义及官僚主义中，在要求言论、出版及集会的自由中，当必须表明我们的态度时，我党应坚守无产阶级的立场，并不准与其他党派建立任何关系。"

第二个焦点问题：未来的党中央是否采取民主集中制等组织纪律原则。

这个问题同样也是由李汉俊提出来的。他认为：中共未来的中央不过是一个联络的机关，不可任意发号施令，一切应征求各地方组织的同意，须有共同讨论、遇事公开的精神。对于征求党员也不可限制太严，不必规定党员都须从事实际工作，只要信仰马克思主义就够了。

张国焘认为："我们主张要有严密的组织，要有中央，指挥各小组，要有纪律，要民主集中制，反对自由联合。当时的情形与现在不同，都不愿守什么纪律，听什么命令。特别是陈望道一类的人，说到命令，非特别反对不可。当时决定党章，大部分采取多数党的办法。"李汉俊的观点则不同，他说："信仰马克思主义的联合，用不着什么中央（中央仅仅转信）、纪律等，以免中央多费金钱，且防野心家利用。"他"不赞成组成严密的、战斗的工人政党"。

李汉俊的这种观点再次遭到张国焘、刘仁静、李达等大多数代表的反对，多数代表支持原有的草案，批评他那种自由联合的想法，"决定建立严密的战斗的工人政党"，应该像布尔什维克党那样，反对和抵制无政府主义思潮，而决不能变成松散的软弱的学术研究团体。

最后，中共一大通过的《纲领》对此作出了明确规定。其中第四条至第六条是关于党员基本条件、入党手续的规定和要求。原文摘录如下：

四、凡接受我党纲领和政策，愿意忠于党，不分性别、国籍，经一名党员介绍，均可成为我们的同志；但在加入我党之前，必须断绝同反对我党党纲之任何党派的关系。

五、介绍党员入党手续：被介绍人应由当地委员会审查；审查期限至多为两个月。审查后经过半数党员同意，申请人即可取得党员资格。如该地区已成立执行委员会，应由该委员会批准。

六、在公开时机未成熟前，党的主张以至党员身份都应保守秘密。

《纲领》的这些条文强调党员要忠诚于党，接受党的纲领和政策，保守党的秘密，说明中共一大按照马列主义的建党思想，注重加强党的组织建设。马克思、恩格斯在创建的第一个无产阶级政党——共产主义者同盟的章程中，就严格规定了盟员的条件，要求盟员的生活方式和活动必须符合同盟的目的，每个盟员都必须承认共产主义，服从同盟决议，保守同盟机密等。1920年9月16日，蔡和森在给毛泽东的信中提道："布尔塞维克与门塞维克（先同属社会民主党）的分裂，开首是争党员加入的条件，布派主张极严格。门派主张宽大。""现在布党改名为共产党，加入条件仍极严格。"

《纲领》第七条至第十四条为党的组织和纪律方面的内容。其中，第七条至第十条是关于党的地方组织的条文，第十二条、第十三条两条规定了党的中央组织权限。

七、有五名党员的地方可建立地方委员会。

八、一个地方的委员成员，经当地书记介绍，可转至另一个地方的委员会。

九、不到十人的地方委员会，只设书记一人管理事务；超过十人者，应设财务委员一人、组织委员一人、宣传委员一人；超过三十人者，应组织执行委员会。该委员会的章程另订。

十、各地在党员增加的情况下，应根据职业的不同，利用工人、农民、士兵和学生组织，在党外进行活动。这些组织必须受党的地方执行委员会指导。

十一、（缺）

十二、地方委员会的财政、出版和政策都应受中央执行委员会的监督和指导。

十三、在党员人数超过五百，或已成立五个以上地方执行委员会时，应选择一适当地点成立由全国代表会议选出之十名委员组成之中央执行委员会。如果上述条件尚不具备，应组织临时中央委员会，以应需要。有关中央执行委员会的详细规章另订。

《纲领》的上述这些条文在组织原则方面，明确规定了党的各级领导机构采取委员会制度，规定了各级党组织的机构和制度，体现了下级服从上级、个人服从组织的民主集中制原则；在党的纪律方面，从当时党处在秘密状态的实际情况出发，规定党员应当在党的主张和党员身份问题上保守秘密。这表明党旨在建立一个组织严密、结构科学、活动有序、纪律严明的先进政党。

中共一大《纲领》的第十五条对纲领的修改程序作出了规定："本纲领须经全国代表大会三分之二代表通过修正案时方可修改。"它与第五条规定一样，都体现了党内民主的理念。

中共一大通过的《纲领》和《决议》，目前发现有俄文和英文两个版本。俄文版由共产国际保存，英文版系陈公博 1924 年在美国哥伦比亚大学用英文写的《中国的共产主义运动》论文的附录。但《纲领》，无论是俄文版还是英文版，都是十五条，但奇怪的是，同样都缺第十一条的内容，留下历史遗憾。本书引用上述两份文献的内容均为英文版。

对上述两个焦点议题，代表们确实讨论得非常热烈。张国焘作为大会的主持人，自己也承认他是批评李汉俊意见最多最主要的发言人，以致有人误以为这是他们两个人在中央的权力之争。但是由于代表们多认为陈独秀、李大钊等重要党员是支持张国焘的意见的，因此李汉俊的意见很少有人附和，不过他终究是一个重要的发起人，所以争论虽然激烈，但大家都本着一种认真精神，没有意气之争。因为有这种争论，张国焘觉得"总令人难免有美中不足之感"。他回忆说："多数代表批评李汉俊的意见虽很严峻，但没有人指他为改良派或机会主义等等。初期的共产主义者彼此重视友谊，不愿意随便给意见不同者戴上一顶政治的'帽子'。李汉俊在讨论中虽也坚持他的意见，但从不与人争吵，当他的主张被否决时，总是坦率地表示服从多数的决定。"

第三个焦点问题：中国共产党与共产国际的关系。

对于中国共产党和共产国际的关系问题，一直令代表们非常纠结。马林与李汉俊、李达关系之所以闹僵，正是因为这个问题。在马林看来，中共就是共产国际的支部，要接受共产国际的领导。尼克尔斯基也从伊尔库茨克的共产国际远东书记处得到明确指令，中共的会议"必须有他参加"，过程和内容必须向共产国际作出报告。

从历史和现实角度来说，共产国际的要求有它的正当性和合理性，但从情感上来说，这个指令有些强人所难的"霸道"，令中国革命者感受到不平等、不尊重，缺乏独立自主，难以接受。实际上，中共一大开幕后，马林和尼克尔斯基在参加了预备会之后，都没有参加议题的讨论。会议情况和进展，都是由张国焘单独向马林和尼克尔斯基作出报告。

如何处理好与共产国际的关系，这是新成立的中国共产党必须面对的一个重要问题。在这个问题上，代表们比较赞同李汉俊的意见，即中共可以接受共产国际的理论指导，并采取一致的行动，但不必在组织上明确中共是共产国际的一个支部。因此，代表们主张在党的《纲领》中使用"联合第三国际"这一提法。"联合"一词比较巧妙，既没有明确领导与被领导的上下级关系，也照顾了双方的关切和平等合作。但在《决议》的第六部分"党与第三国际的关系"中，最后采取了这样的表述："党中央机关每月应向第三国际提出报告。如有必要应派一正式代表前往第三国际设在伊尔库茨克的远东书记处，并派代表赴远东各国商讨阶级斗争中互相配合的计划。"

张国焘回忆说："至于中共和共产国际的关系问题，大会认为中共应是共产国际的一个支部，但不列入党章。"的确，直到一年以后，中共二大通过了《中国共产党加入共产国际决议案》，才明确写上："中国共产党为国际共产党之中国支部。"

第四个焦点问题：共产党员可不可以在现政府中做官。

共产党员是否可以在现政府中做官的问题，是 7 月 27 日至 29 日三天会议中争论最为激烈的问题。在中共中央写给共产国际的报告《中国共产党第一次代表大会》中有详细的记载，叙述得也非常清楚，摘录如下：

代表大会第三、四、五次会议专门研究了纲领，有些问题经过长时间争论以后，做出了最后决定，只有引起热烈争论的一点除外。这一点就是党员能否得到执行委员会许可做官和做国会议员。对这个问题有两种意见：一种意见认为，我们的党员做官没有任何危险，并且建议挑选党员加入国会，以使他们在党的领导下进行工作；另一方面不同意上面的意见。在第三次会议上，代表们没有得出任何结论，在第四次会议上，辩论更加激烈了。一方坚持认为，采纳国会制会把我们的党变成黄色的党，他们以德国社会民主党的例子证明，人们加入国会就会逐渐放弃自己的原则，成为资产阶级的一部分，变成叛徒，把国会制认为是斗争和工作的唯一方式。为了不同资产阶级采取任何共同行动，为了集中我们的力量进攻，我们不应当参加国会，而应当在国会外进行斗争。而且，利用国会也不可能使我们的情况有任何好转，加入国会，就会使人民有可能认为，利用国会，也只有利用国会，才能使我们的情况好转，才能为发展社会革命事业服务。另一方坚持主张，我们必须把公开的和秘密的工作结合起来。如果我们不相信在二十四小时内可以把国家消灭掉，不相信总罢工会被资本家镇压下去，那么政治活动就是必要的。起义的机会不会常有，它很少到来，可是我们在平时要做准备。我们应该改善工人的状况，扩大他们的眼界，引导他们参加革命斗争和争取出版自由、集会自由的斗争。因为公开宣传我们的理论，是取得成就的绝对必要条件。而利用同其他被压迫党派在国会中的共同行动，也可以部分地取得成就。但是，我们要向人民指出：希望在旧制度的范围内建立新社会是无益的，即使试作一下也是无益的。工人阶级必须自己解放自己，因为不能强迫他们进行革命。否则，他们会对国会抱有幻想，采取和平的方式，而不采用彻底的手段。

这个问题最后还是没有得出结论，只好留到下次代表大会来解决。至于谈到我们是否应该做官的问题，这个问题被有意识地回避了，但是，我们一致认为不应当作部长、省长，一般的不应当任重要行政职务。在中国，"官"这个词普遍应用在所有这些职务上。但是，我们允许我们的同志作类似厂长这样的官。

这个问题确实争论相当激烈。以李汉俊、陈公博、周佛海等人为一方，认为可以在现政府中做官，以张国焘、刘仁静、包惠僧等人为一方则坚决反对，最后没有得出结论。

怎么办？

这个问题不解决也是不可以的。最后，在一大通过的《纲领》中，专门在第十四条作出了规定："除为现行法律所迫或征得党的同意外，不得担任政府官员或国会议员。但士兵、警察和文职雇员不受此限。"

经过三天的讨论，与会代表对党的《纲领》和《决议》基本达成共识。尽管争论激烈，但气氛和平。张国焘每天都向未列席大会的马林和尼克尔斯基报告会议情况，"他们对大会的争论点甚感兴趣，表示支持多数人的主张，并引以为慰"。张国焘回忆说："可是李汉俊、李达等对马林印象不佳，不愿意让他干预大会的事；即与他保持接触的我，也只将他当作一个顾问，并没有遇事向他请教。这些情形似乎使他感受到冷遇，在大会讨论《党章》时，他以不耐烦的心情向我要求准他出席大会，发表演说。"

马林的要求为大会接受，他和尼克尔斯基应邀参加了最后一次会议。同时，鉴于一连四天在李汉俊寓所开会的情况，具有丰富革命斗争经验的马林建议，明晚开会一定要换一个地方，以免引起法租界巡捕的注意。大家觉得马林说得有道理，但又感到反正明天只有一晚会议就闭幕了，一时又不易另找地方，大概不要紧，于是就决定仍在望志路 106 号召开。

按照会议议程，大会即将进入最后的闭幕阶段。最后一天会议的任务就是要完成中共一大四项主要议程：一是审查通过《纲领》和《党章》；二是审查通过中心工作和实际工作计划；三是讨论通过《中国共产党成立宣言》；四是选举产生中央领导机构。

闭幕会是在 7 月 30 日晚上 8 时左右举行的。周佛海这天下午"忽然肚子大痛大泻，不能出门"，无法出席，所以参加会议的代表只有十一人，加上马林和尼克尔斯基，共计十三人。

这一天是星期六，周末。晚饭后，代表们陆陆续续地赶来了，齐聚李汉俊寓所。这是一间书房，中间摆放着一张大餐桌。会议开始了，张国焘主持。接着由马林致辞。会议刚开始不久，突然一个穿着灰色竹布长衫的不速之客揭开书房的门帘，一只脚跨进门内，獐头鼠目地窥探了一下四周。一时间，大家非常吃惊，会场顿时安静下来。

李汉俊急忙站起来问道："你找谁？"

"我找各界联合会王会长，找错了人家，对不起。"说完，这人转身扬长而去。此人正是法租界巡捕房"包探"程子卿。

马林很机警，赶紧问这是怎么回事儿。李汉俊就把情况翻译给他听。马林从座位上一跃而起，以手击桌说："我建议会议立即停止，所有的人分途离开。"说完，他就同尼克尔斯基率先走了。张国焘赶紧让大家把桌上的文件收拾好，也随之分途散去。上海的石库门弄堂房屋本来是惯走后门，而不走前门的。现在情况紧急，为了安全起见，大家没有从后门上贝勒路，而是走前门从望志路离开了。

李汉俊对张国焘说："这是我的家，我是屋子的主人，我不应离开。"

陈公博说："我也不走了，跟汉俊做伴说说话。"

果不其然，不到一刻钟，法租界巡捕房就开来了两台卡车，一个法国总巡警、两个中国侦探、两个法国侦探、一个法国兵、三个翻译，共九个人冲进了屋子。法租界巡捕房暨警务处在华立路（今建国中路）22 号，距离李汉俊寓所不过一点五公里。只见两个法国兵全副武装，两个中国侦探也是横眉怒目，要马上抓人的样子，空气一度紧张起来。

这时，法租界总巡警费沃礼用法语讯问道："为什么开会？"

李汉俊用法语回答说："我们没有开会，只是寻常的朋友叙谈叙谈。"

费沃礼对李汉俊的回答很是狐疑，当即下令搜查，结果翻箱倒柜也没有搜查出什么东西，只看到书柜中有很多藏书，便问道："家里为什么收藏这么多书籍？"

"我是学校的教员，藏书是为了学习参考和研究用的。"

"为什么还有许多社会主义的书籍？"

"我平时兼任商务印书馆的编译，什么书都要看一看。"

"刚才那两个外国人是干什么的？"

"北京大学的教授。"

"他们是哪个国家的人？"

"英国人。暑假来上海休假，常来我家谈谈。"

费沃礼讯问完了李汉俊，又转过身来用法语讯问陈公博："你是不是日本人？"

陈公博那时未学法语，很是诧异。站在一旁的华探译员曹炳泉赶紧翻译道："总办大人问你是不是日本人？"

陈公博觉得翻译传话比较麻烦，就用英语问这位法国总巡："你懂不懂英语？"

费沃礼点点头，遂用英语很神气地问道："你是不是日本人？"

陈公博有些纳闷，开玩笑地说："我是百分之百的中国人。我不懂你为什么怀疑我是日本人？"

"你懂不懂中国话？"

"我是中国人，自然懂中国话。"

"你这次由什么地方来的？"

"我是由广东来的。"

"你来上海做什么事？"

"我是广东法专的教授，这次暑假，是来上海玩的。"

"你住在什么地方？"

"我就住在这里。"陈公博编了一个谎言，他心想，决不能说自己住在大东旅社，因为那里还有漂亮的妻子在等着他回去。

就这样，前后折腾了近两个小时，费沃礼也没再讯问什么了，最后反而微笑着说："看你们的藏书，可以确认你们是社会主义者，但我以为社会主义或者将来于中国很有利益，但今日教育尚未普及，鼓吹社会主义，就未免发生危险。今日本来可以封房子，捕你们，然而看到你们还是有知识身份的人，所以我也只好通融办理。从今往后，在法租界公开集会，必须四十八小时以前向我们捕房报告，经核准后方可开会。如有秘密集会，不将会议理由预告者，巡捕房查悉后，将照章论处了……"

事实上，7月30日这天晚上闯入中共一大会场的"包探"程子卿，的确是误打误撞，根本不知道是共产党（当时法租界巡捕房仍叫共产党为"过激党"）在这里开会，更不可能知道召开的是中国共产党第一次代表大会。他说"我找各界联合会王会长，找错了人家，对不起"，也是实话实说，不是搪塞之词，因为他的确找错了人家。这是为什么呢？

第一，李汉俊寓所是望志路106号，隔壁的104号确实是全国各界联合会的办公地址。但该联合会没有会长，它的主席叫毛一丰，并不姓王。7月5日前后，他们召开了第三次代表大会筹备会。因此，密探闯入中共一大会场说是"找各界联合会王会长"，很可能就是找毛会长，因口音或方言之故，陈潭秋误听为"王会长"了。至于称呼会长还是主席，当事人或许也是一时口误或习惯，所以在以后的回忆中也都有所差异。

第二，"包探"程子卿的确是在奉命做事。第二天（7月31日）的《民国日报》曾刊登一则《法租界取缔集会新章》的新闻，说："法总巡警费沃礼君，昨特令中西探目派探分赴界内各团体，谓捕房定于八月一日（即明日）起，如有开会集议，须在四十八小时前报告。一俟总巡核准，方许开会。"一周前的7月25日，《民国日报》也曾刊登《集会须先报捕房核准》的消息。

事发确实偶然，但偶然中也有必然。

7月30日晚，程子卿本来是奉命去隔壁的望志路104号找全国各界联合会主席毛一丰，宣告巡捕房的新规定，却误入106号李汉俊寓所，无意中发现有十三个人集会，而且还有两个外国人，于是他赶紧回到捕房报告。还有一种可能是，程子卿在去104号发通告的时候，突然发现隔壁的106号楼上灯火通明，有人聚众开会集议，就顺便进门上楼探查。

因为马林的机警，中共一大代表们在第一时间已经有效撤离，因此当总巡警费沃礼以最快速度赶到时，还是扑了一个空。

但是，费沃礼为什么兴师动众带着九个人迅速赶来呢？

说起来，这还是与共产国际代表马林有着密不可分的关系。马林的祖国荷兰阿姆斯特丹国际社会历史研究所至今仍完整保存有马林的档案。这些档案材料充分表明：至少从1920年12月开始，荷兰政府就知道这位名叫斯内夫利特的人，改名马林后"特受莫斯科第三国际派遣去东方完成宣传使命"，"进行革命煽动"，并通知马林护照上允许经过的各国政府设法"阻止他得到签证"。尤其当荷兰政府得知马林将来华的消息后，更提请中国当局注意，"务必不使之人境"。尽管在奥地利遭到驱逐，且一路行程都在各国警方和荷兰、英国驻华公使及荷兰驻上海总领事等的监视之中，马林还是经过意大利、新加坡来到了中国。在上海，马林的行踪随时随地处在上海公共租界和法租界巡捕房以及中国警察的监控之下。

有资料显示，从1920年12月10日至1922年1月5日，荷兰、印度、日本和中国以及法租界当局对马林来华行程、活动的监视来往信件和情报多达二十五份，其食宿地点、人际交往、接人待物均一一记录在案。但奇怪的是，在1921年7月12日至11月27日之间，也就是说在中共一大开会期间，对马林的监视记录却是空白。但事实上，从1921年6月3日抵达上海之后，马林与李达、李汉俊、张国焘等人频频接触，法租界巡捕房抓捕马林只是举手之劳的事情。可见，擅长于做秘密隐蔽工作的马林，一方面，确实成功甩掉了密探，没有给巡捕房以抓捕的把柄；另一方面，马林确实也不是法租界巡捕房当时必须抓捕的目标，更何况此后他还聘请法国大律师巴和参与营救陈独秀。

法租界巡捕房多次在《民国日报》发表告示，禁止私自集会，不仅对留日学生救国团、学生联合总会、全国各界联合会等进行长期监视防范，同时也监视当时与陈独秀、孙中山有密切联系的无政府主义者的大同党，以及来自朝鲜、日本、印度的共产党人士，并笼统地把这些代表人物当作"过激主义""无政府主义共产党""东方共产主义"加以防范。正因为各种流派鱼龙混杂，相互交叉联系，把法租界当作根据地、大本营，反而导致法租界警方分不清谁是谁了。

"过激派"的活动不仅受到租界当局的监控，同时也受到日本领事馆的严密监视。在日本外务省外交史料馆收藏的《过激派及危险主义者取缔关系杂件（社会运动状况·中国）》第一卷的卷宗中，就收藏有一份1921年6月29日由警视总监致亚洲局局长的外秘乙第995号《关于上海中国共产党行动汇报》的情报，称：

上海中国共产党将于明天三十日在上海法租界贝勒路原"适庐"召开同党大会，参加该大会的各地代表是北京、上海、广州、苏州、南京、芜湖、安庆、镇江、蚌埠、济南、徐州、郑州、太原、汉口、长沙等地的学生团体和其他各个联合组织的成员，亦有日本人参加，具体参会人员，正在侦查之中。

这封尘封的情报说明，日本人做情报工作确实有一套。但日本人的这条情报当年似乎并没有与法租界巡捕房分享。尽管各方监控严密，但中共一大从组织到召开，一直在秘密中进行，保密工作做得可谓滴水不漏，并没有被包括法租界当局在内的任何监控机关发现。只因法租界巡捕房"包探"程子卿奉命在 7 月 30 日晚到望志路 104 号向全国各界联合会登门告示《法租界取缔集会新章》，无意间闯入隔壁的 106 号中共一大会场，导致本应该闭幕的会议，被迫中断。

生活中总有偶然，偶然中也有必然；历史是一种必然，必然中也有偶然。谁也不会想到，当中国共产党第一次代表大会进行到最后一天的时候，一次偶然的意外，竟然改写了历史。

最长的一天：一个大党诞生在一条小船上

危险随时随地都可能降临。

7 月 30 日夜晚发生的一切，绝对不是虚惊一场。

真实的历史，不是轻轻松松的电视连续剧，所有的情节无法编辑和导演，所有的细节也难以想象。一百年后的我们经过几代人的接力研究，才从纷繁芜杂的历史中发现事情的来龙去脉，努力还原历史的真相，而在历史现场的他们随着岁月的流逝，也难以说清那些必然中的偶然了。

历史的背后写满了新闻。新闻背后的新闻，或许才是真正的历史。

7 月 30 日的上海之夜，是一个不平静的夜晚。马林和尼克尔斯基率先离开。马林当晚是否回到麦根路 32G 号鲁伯尔先生家居住，没有人知道。更重要的是，尼克尔斯基这位共产国际真正的"钦差大臣"，且掌握着经济大权的幕后角色，他的历史足迹和在上海的住处至今仍是一个秘密，鲜为人知，少有人研究。

的确，撤离会场后，当晚与会的十一位中共一大代表中只有李汉俊、陈公博、张国焘、李达、包惠僧、毛泽东六位代表的行踪能够掌握，而董必武、陈潭秋、王尽美、邓恩铭、刘仁静五位代表的行踪至今还是一个谜。只有陈潭秋回忆说："我们分散后，各人找旅馆住宿，不敢回博文女校，因为据我们的推测，侦探发现我们的会议，是由博文女校跟踪而得的。"

李达、张国焘从李汉俊寓所离开后，先后回到了他们当时的住处，也就是环龙路老渔阳里2号陈独秀寓所。这个时候，因为陈独秀去了广州，夫人高君曼带着儿子鹤年和女儿子美住在楼上的主卧。李达和王会悟夫妇住在另一间厢房。张国焘自6月来沪参加会议，也一直住在这里。包惠僧也不敢回博文女校，就直接来到老渔阳里2号。紧张了一阵子之后，三个人确认没有侦探跟踪过来，就在一起扯淡。这时，高君曼和王会悟也下楼来，询问其他人的去向。

张国焘说："我最后离开的时候，汉俊告诉我他不走，公博也愿意留在那里陪汉俊说话。"

"其他同志呢？"王会悟着急地问道。

李达说："不知道。"

"也不知汉俊那里怎么样了，巡捕房去搜查没？"高君曼热心地问道。

张国焘说："我们哪知道呢？"

李达说："如果巡捕房要去了，那就糟了。"

张国焘说："应该不会出大问题，我们走的时候，都收拾得比较干净。"

高君曼说："嗯，我觉得不应该有问题。再说了，汉俊他阿哥也是有身份的人，巡捕房也不敢随便抓人的。"

你一言，我一语，大家就这样聊着，想着可能发生的情况，不知不觉两个小时过去了。

这时，张国焘说："惠僧，这么久了，应该没啥事儿了，要不你再到汉俊家去看看动静。"

大家都用期望的眼神看着包惠僧。

"好！我现在就去。"包惠僧爽快地答应着，转身就出门了。

"一定要注意观察一下周围情况再进门。"李达嘱咐说。

"小心点儿。"高君曼和王会悟不约而同地叮咛了一句。

包惠僧回忆说："距我们离开李汉俊家不到两个钟点的时间，他们要我到汉俊家看看动静。我当时是没有经验的人，就冒冒失失地跑到李汉俊家里，走上楼梯的中间，汉俊和陈公博迎了出来。"

陈公博的回忆证实包惠僧确实回到了李汉俊家。他说："他们一窝蜂下楼之后，汉俊便催我急走，我说危险算是过去，我们何必事后张皇。"他们俩就打开一听长城牌香烟，又煮水沏茶，聊起天来。

就在这时，楼梯又响了。陈公博和李汉俊感到有些吃惊，难道是巡捕房杀了一个回马枪吗？起身一看，谁知楼道里探出头来的是包惠僧。

"法国巡捕走了没有？"包惠僧急火火地问道。

李汉俊疑惑地问道："你回来干什么？你快走吧。"

包惠僧说："特立（张国焘）和鹤鸣（李达）让我来看看你们怎么样了。"

李汉俊不紧不慢地告诉他："你们走后，就来了九个武装巡捕和包打听，搜查了一番，没有搜到什么。我对他们说是北大几个教授在这里商量编现代丛书的问题。很侥幸！我的写字台抽屉里有一份党的纲领，一开抽屉就能看见，他们竟然没有发现。好在我还会说几句法国话，他们也知道这是阿哥的公馆，把紧张的场面缓和了些，最后说了几句客气话走了。"

陈公博也催促道："此非善地，你还是走吧，详细情况明天再谈。"

李汉俊郑重地说："根据现在这个情况，我认为不能再在我这里开会了，必须改换地点。你回去跟他们商量一下。"

包惠僧点点头说："好！"

接着，李汉俊又叮嘱道："你还是多绕几个圈子再回宿舍，防着还有包打听盯梢。"

就这样，包惠僧匆匆忙忙地下了楼，出门走了几步，叫了一辆黄包车，到三马路孟渊旅社下车，又买了一点零细食物，沿着三马路至西藏路，跑到新世界兜了一圈子。他心想，法租界的包打听到了公共租界就该松劲了。于是，他才沿着跑马厅到马霍路通过爱多亚路，到霞飞路进入老渔阳里2号。

包惠僧离开后，陈公博与李汉俊再谈了几句，眼看时钟已近晚上10时半了，遂告别而去。他回忆说："我总以为大风过去，海不扬波了，但出了汉俊门后，倏见一个人隐身在弄口，似乎在侦察，我走了几步，他居然跟着来……"最后，他打了一个黄包车，到大世界逛了一圈，终于甩掉了跟梢的侦探，回到大东旅社。"我回至房间，叫我太太打开了箱子，关好了房门，一口气把文件用火焚烧，全搁在痰盂，至此才详细告诉她当夜的情形，湮灭证据的工作，算是告成了。"

等包惠僧回到老渔阳里2号，已经是深更半夜了。张国焘、李达、高君曼和王会悟也一直等着他回去汇报情况。听了包惠僧的汇报，他们心中的一块石头终于落地了。但是新的问题又来了，李汉俊提出明天不能继续在他家开会了，这是正当合理的要求，也应该是正确的决定。怎么办？

被迫中断的闭幕会，该换到哪里去开呢？

夜已经很深了。最后，张国焘和李达决定：明天暂时停会，另易地方，会期不定。

因为生病，没有参加当晚闭幕会的周佛海一直待在博文女校休息。他回忆说："一个人睡在地板上想工作进行步骤，糊糊涂涂也就睡着了。大约12时，忽然醒来，看见毛泽东进房来，轻轻地问我道：'这里没有发生问题吧？'我骇了一跳，问他，才知道出了事。"他还说，"我听了毛泽东的报告以后，觉得功亏一篑，实在可惜，和他商量明日一定继续开会，但是上海租界内恐怕不行了。"

7月31日，昨晚五位没有回博文女校的代表也都平安回来了。张国焘、李达等人分头行动，尽快把暂时休会的消息通知大家，等找到妥当地点之后再行复会。但是，没想到的是，陈公博住宿的大东旅社反倒是出了一起命案。

陈公博回忆说：

> 谁知一波未平，一波又起，那夜是阳历七月中旬（陈公博记忆有误），是上海最热的时候，我们的汗闷得出不来，

在床上无论如何也睡不着，两人把席子拖下地板，才安稳睡了一觉。热极生风，半夜里起了大风雨，睡至微明，忽然听见一声枪响，同时又听见一声惨叫，我从地板跳起来，打开房门一看，看见走廊寂寞得没有一个人，只是急雨打窗，狂风吹面，我想明明有枪响，有惨叫，那莫不是我变了福尔摩斯的案中人么？我唤起励庄，告诉她我所闻，但两人都猜不出什么事故，我反怀疑是一种梦境。

还是睡罢，到了九时，有一个茶房跑进来，说你们隔壁房间有一个女子被人谋杀了。我问他怎么一回事，他说前日有一男一女投店，今早那男的起身还叫了一碗面，食后出去，我们问他要钱，因为他只交柜上五块钱。他说立刻便回，我们也不注意，不料刚才我入房打扫，那女的已死在床上，经理立刻来看，她身中一枪，并且颈上还有毛巾缠住，看起来大概男的打了她一枪不死，又用毛巾来勒毙的。我听了之后，我也不告诉他今早所闻，恐怕他还找我做证人，弄出莫名其妙的麻烦。不过我再想，如果有巡捕和侦探来侦察，保不定认识我就是昨夜被侦察人之一。长安虽好，不是久恋之家，此地不宜耽搁，还是走罢。我去找着总经理，那时大概是郭标罢，广东人和广东人总容易说话，我说我隔壁出了命案，我的太太非常惧怕，所以今日要去杭州一行，把所有行李，暂存旅馆，俟回来还要换一个房间。这种说话，自然郭大经理坦然不疑，我和我的太太，趁着巡捕和侦探没有光临，遂离开旅馆。先在一家饭馆安顿了太太，我自己跑去找李鹤鸣告诉他昨夜的经过，并且我下午要到杭州。经过昨夜的变故，他们也打算停会，另易地方。会期不定，我更可以从容地游西湖，逛灵隐了。

7月31日上午9时左右，陈公博退了大东旅社的房间，找了一家新旅馆，安顿好妻子，便来到老渔阳里2号，把昨晚的遭遇告诉了李达，并向李达和张国焘请了假。

这天傍晚，陈公博偕新婚妻子李励庄乘坐7时15分的116次夜快车去了杭州，继续欢度他们的"后补蜜月"，"更可以从容地游西湖，逛灵隐了"。

因为会期不定，而凶杀案让"公博夫妇真吓得魂不附体"，再加上蜜月旅行计划的安排，陈公博没有参加中共一大最后的会议。后来，他在杭州看到了报纸新闻，才知道发生在大东旅社的命案是一起情杀案，死者为丝厂女工孔阿琴，凶手为其奸夫瞿松林。但这一起凶杀案，在中共一大代表的回忆录中，只有周佛海曾经提起过。陈公博在向李达、张国焘告假的时候，并没有说明此事。张国焘说："代表中只有陈公博未来，他早一天坦率地向我和李达表示请假不出席，因为太太对于李家所发生的事犹有余悸。其他的代表却不将这件事放在心上，身当其冲的李汉俊也满不在乎，大家仍然兴高采烈地继续工作，并笑陈公博是个弱不禁风的花花公子。"不过，张国焘记忆有误，因为担心被巡捕房跟踪，李汉俊其实也没有参加最后的大会。

现在，究竟到哪里去开会更安全呢？

这个问题，让负责处理会务工作的李达伤透了脑筋。

7月31日，晚上。张国焘、李达、李汉俊、包惠僧、陈潭秋、董必武、毛泽东、周佛海齐聚老渔阳里2号，商量开会的地点问题。会上，还是有人主张继续在上海开会，换一个地方就可以了，但当即遭到了大多数人的反对。为什么？因为7月31日的《民国日报》上已经刊登了《法租界取缔集会新章》的公告，还刊登了一则巡捕房禁止法租界商业联合会开会的消息。而公共租界比法租界管理更为严格，早在1920年4月就公布了取缔集会的规定。

李达说："我们要换一个地方开会，最好还是离开上海，躲开巡捕。"

这时，有人提议到杭州西湖，我们可以乘火车到杭州，租一条游船，一边游湖一边开会，这样还能保证安全。

讨论来，讨论去，最后大家一致同意去杭州西湖开会的方案。随后，张国焘赶紧把大家的决定报告了马林和尼克尔斯基。马林没有提出反对意见，只是希望尽快在一天之内完成大会议程，不要再拖延时间。

听取马林意见后，张国焘回到老渔阳里2号已经很晚了。他和李达继续商量会务事宜，并转告了马林的意见。张国焘说："马林要求我们尽一日之长完成大会任务，以免再生枝节。"

"一天完成大会任务？！"李达一听，突然瞪大眼睛看着张国焘，"这怎么可能？"

"为什么？"张国焘一脸疑惑。

"去杭州的火车，一个来回，火车班次的时间，我们赶不上趟。"李达和王会悟新婚后，曾经结伴去过杭州，也曾去过王会悟的家乡嘉兴，大概知道火车时刻表。

李达确实着急了。怎么办？

这时，王会悟走过来说："别急别急，我明天上午去车站查询一下火车时刻表，再做决定吧。"

8月1日，上午。吃过早饭，王会悟急急忙忙地要出门。高君曼看见了，就问她："妹妹，你着急忙慌地干啥去呀？"

王会悟就把昨晚商量的事情简单跟高君曼复述了一遍，说："我赶紧去火车站呢！"

"妹妹不用着急，我这里有《申报》，上面就刊登着火车时刻表呢！"高君曼转身从屋子里取来了报纸。

王会悟接过《申报》，一看7月30日的报纸果然刊登了《沪杭甬路沪杭线行车时刻表》，开心地笑了："还是君曼姐姐聪明。"说完，她就喊李达和张国焘一起过来看火车时刻表。

不看不知道，一看才发现，即使早上乘坐上海的第一班104次快车，到杭州也已经是中午12时40分；而在杭州，下午乘最后一班115次夜快车回上海，它开车的时间是18时15分，中间空余时间仅5小时35分钟，再加上下车和候车时间以及从杭州火车站到西湖往返的时间，根本无法"尽一日之长来完成大会任务"。

不算不知道，一算吓一跳。到杭州西湖开会，时间太紧张了，再说西湖游人太多，容易被人发现，显然这个选择已经不适当了。

怎么办？

李达愁眉不展了。

这时，王会悟看着火车时刻表，忽然高兴地跳了起来，兴奋地说："鹤鸣，要不就到我们嘉兴南湖开会，南湖僻静，游人少，好隐蔽，到南湖上租一个画舫，一边游湖，一边在湖中开会，多好啊！"

李达一听，觉得妻子说得有道理，紧锁的眉头一下子云开雾散。

他赶紧把脑袋埋进了报纸，研究上海到嘉兴的火车时刻表。仔细一看，李达终于开心地笑了。如果乘上海至杭州的 104 次快车出发，上海北站开车时间是 7 时 35 分，南站开车时间是 7 时 45 分，抵达嘉兴的时间是上午 10 时 13 分，路途最短耗时为 2 小时 38 分钟，时间比较合适；下午返回可以乘坐杭州至上海的 115 次夜快车，嘉兴开车时间是 20 时 15 分，候车时间为 10 分钟，回到上海南站的时间是 22 时 40 分，回到上海北站的时间是 22 时 45 分，路途最短耗时为 2 小时 30 分。从上午 10 时 13 分抵达到晚上 8 时 15 分离开，在嘉兴停留的时间可以达到 10 个小时零 2 分钟，时间上完全足够了。

这么一计算，李达终于眉开眼笑了，一把抱起娇小可爱的妻子，在客堂里转了一圈。高君曼站在一旁开心地笑着，两个正在厅堂里玩耍的孩子鹤年和子美看到这个场景，也高兴地蹦起来鼓掌。

李达赶紧把张国焘叫过来，两人又仔细分析研究一番，都觉得在嘉兴南湖开会比在杭州西湖更合适：一是嘉兴地处沪杭之间，乘火车到嘉兴要比到杭州节省一半的时间；二是西湖人多眼杂，嘉兴只是一座小县城，南湖比西湖僻静，游人少，好隐蔽。这两点优势一下子就解决了到杭州西湖开会存在的两个难题。

七十多年后的 1991 年底和 1992 年 8 月，王会悟两次接受采访时也说："上海侦探很多，一大没开完就被发现了，李达也不知道下一步到底怎么样……有人提议去西湖。我说怎么能去西湖呢，已经被巡捕房注意，即使到了杭州也是要被察觉的……刚开始，大家讨论，后来结论是，这也不能去，那也不能去……还有人说，会总是要开的嘛。于是，我就说，要去一个大家想不到又可以去的地方……我说到一个大又不大、小又不小的地方去。去南湖，是我一个人提出来的。董必武特别赞成。"

1921 年 7 月底至 8 月初的这几天，上海已经进入了盛夏，气温骤然升高，虽然下了一点小雨，最高气温依然达到 35.7℃，湿热难耐。

8 月 1 日这天傍晚，茅盾带着夫人孔德沚来老渔阳里 2 号串门来了。作为女主人，高君曼特意让张国焘买了一个大西瓜，放进厨房过道小天井用水泥做的水斗中，放满冷水浸泡着。这年春天，茅盾委托商务印书馆的茶房福生在宝山路鸿兴坊租了一套一楼一底带过街楼的房子，把母亲和妻子从嘉兴接到了上海。不一会儿，邵力子也来了，周佛海也来了。因为都是中共党员，大家也就不避讳正在召开一大的事情，互相通报、商量面临的困难。

邵力子听说后说："我看还是应该离开上海，去嘉兴南湖比较好。"

孔德沚拉着王会悟的手，说："对！去嘉兴南湖，我弟弟另境在秀州中学（嘉兴二中）念书，到时候也可以让他出力帮你。"

茅盾也给予支持，说："我们嘉兴南湖的确是个好地方，一是离上海比较近，时间宽裕些；二是风景秀丽，利于隐蔽；三是民风好，万一出了什么事，我们也好通融，我们的同乡褚辅成、沈钧儒二位先生都有关系在那边。"

李达一听，开心地笑了，说："德鸿兄说得对！我看就去嘉兴南湖开。"

周佛海说："我看，是不是请鹤鸣夫人明日提前去嘉兴，先雇一只大船等着，我们第二天再乘早班车去。"

张国焘说："我同意，我们代表分两批去。请鹤鸣和夫人提前回去布置，打个前站，其他各代表第二天一早再搭车前往，这样做万无一失。"

李达说："好！我和会悟再去北站了解一下到嘉兴火车的班次，买好票，我们几个人先去。"

其实，老渔阳里2号所在的法租界，距离上海南站更近一些，但从安全因素考虑，李达要求代表们故意舍近求远，穿过公共租界到上海北站去坐车。为提高警惕，做到万无一失，李达想方设法，可谓绞尽脑汁，甚至连到嘉兴南湖撑船的船工都有自己的安排。有资料说，这位撑船的船工是一名海员，名叫施章。

这天晚上，张国焘和李达连夜分头通知各代表。

8月2日，上午7时35分，李达和王会悟夫妇一行四五人，在上海北站乘坐104次快车奔赴嘉兴。

上午10时13分，王会悟一行抵达嘉兴火车站。

嘉兴老城墙是1923年才拆除的，火车站在嘉兴县城东门城墙外面。下车后，王会悟一行从火车站出来，走过站前的小桥，沿着小马路走到大路上，向左转，过宣公桥，进了瓮城，再穿过春波门（东门），进入嘉兴县城内。

嘉兴县城内河网密布，街巷大多沿河而建，一河二街或一街，路面或铺石板或弹石。沿着迎紫河，从东门大街（今中山路），再右拐向北经县党部一直向北（今秀州北路，或走环城东路），到秀州中学找到孔德沚的弟弟孔另境。然后他们一起出门，先南行再折而向西，沿芝桥街（今勤俭路）直行，来到张家弄。2018 年 9 月 9 日，笔者从嘉兴老火车站旧址实地步行到张家弄鸳湖旅馆旧址（今人民剧院，勤俭路 876 号），再从张家弄走到南湖狮子汇渡口，单程分别为二十分钟和十七分钟左右。

王会悟回忆说："先到城内张家弄鸳湖旅馆落脚，开了两个房间休息，洗脸吃早饭，叫旅馆账房给雇船。当时准备雇只大的，但他们说雇大的需提前一天预订。现在大的没有了，只有中号船了，便雇了一只中号船，船费四元五角，中午饭一桌酒菜三元，连小费共花八只洋，当时把钱付清，并对旅馆账房说，给留两个好的房间，如好玩我们晚上回来住宿。"

的确，王会悟请鸳湖旅馆账房雇定的画舫，是一种名叫丝网船的快船，时称"无锡快船"，需要提前"雇定"。陶元镛所著《鸳鸯湖小志》的《导游》篇记载：游南湖的游客一出站埠，可随手招船主摆渡到湖心岛，登烟雨楼游玩，但是，"游者如伴侣众多，拟作竟日游，可先期雇定丝网船。此项船只常泊北门外荷花堤，客在东门可托旅馆或绍酒肆介绍，招船主来与之面洽，菜随客点，通例船菜并计自二十元至三十元，菸酒（即烟酒）自办或并嘱代办均可。最好先与谐定价目，菜用何色，船泊何地，一一与之接洽妥善，届日乘坐早班车，船至，鼓棹入湖，夏天可令择当风地点，抛锚停泊中流。船菜以虾蟹二味为最佳"。

8 月初的这一天，上午 7 时 35 分，除了与王会悟已经先行一步的代表，以及避免侦探跟踪的李汉俊、请假的陈公博二人之外，其他中共一大代表都按时分头到达上海北站，乘坐前往杭州的 104 次快车。马林和尼克尔斯基是外国人，容易引人注目，自然不能前往了。

104 次快车，到达嘉兴站的时间是上午 10 时 13 分。

"火车一停稳，我们就跳下去，混入月台上的人群中。过了一会儿，我们尽量装作若无其事的样子走出车站，步入大路。我凝视着近城的湖水，思量着这些平静的湖水不久便要诞生一头巨兽——中国共产党。其他的代表也已走下火车，他们相互见到时，彼此都装作素不相识的样子。毛泽东和我沿街走去，小心地提防着周围，但没有发现有人跟踪。我们在一横街内找到一家小旅馆，租了一个房间过夜。"这是萧瑜 1959 年在回忆录《我和毛泽东的一段曲折经历》中所记叙的。

萧瑜是毛泽东新民学会的好友。6 月 29 日，他与毛泽东、何叔衡同时乘船离开长沙，中途他在武汉有事下船，于 7 月底又赶到上海找到毛泽东，准备前往杭州西湖。他说："我到了上海后，直赴法租界环龙路，按毛泽东给我的门牌号找到那所房子……夜晚他回来时，告诉我他们跟秘密警察有些麻烦，秘密警察曾长时间地盘问他们。"到了嘉兴，安顿好后，毛泽东就去开会了，萧瑜留在房间里写信。

去过嘉兴的人，或者看过嘉兴老地图的人，就应该知道，南湖是在嘉兴县城的南面，在城墙外面；火车站也在县城的东门外。一般游南湖的人不需要进县城，下了火车之后就可以直接从火车站到狮子汇渡口雇船，开始登船游览。

这一天的南湖，是阴天，不大有太阳。

在狮子汇码头，租好的画舫早早从北门外荷花堤开过来，停泊在这里等候。这种"无锡快船"确实十分漂亮。王会悟回忆："船的式样大小，据我记忆不到十四公尺，中间有一个大舱，大舱后面有一个小房间，内放一只铺，有漂亮的席枕，房间后面船艄住船老大夫妇，中舱和船头中间有一个小舱，可睡一个人（有栏槛和中舱隔开），船的右边有一个夹道，左边没有夹道，中舱内靠后边放有几枕俱全的烟榻一只，上边挂有四扇玻璃挂屏，两边玻璃窗上挂绿色窗帘，放大八仙桌一张，还有凳子。圆的、方的、还是椅子记不清楚了，家具颜色是广东漆的。"

周佛海记得，"到了嘉兴，早有鹤鸣夫人在站等候，率我们上船。当地的人，以为是游南湖的，也不注意"。

从火车站走到狮子汇渡口，只有五六分钟的行程。如果算上排队等候时间，十分钟左右就能集合完毕。

张国焘回忆："我们分别搭上沪杭线的早班车，9 点多钟就到达了嘉兴的南湖。王会悟所预备的大画舫已泊在湖边。"

包惠僧回忆说:"大约9时,我们都到了南湖。此处风景甚好,游人不多。南湖中心有一个小岛,岛上庙宇巍峨,佛堂清净,和上海比较,感到别有天地。我们雇了一只相当大的画舫,买了酒菜,把船开到湖心,就宣布开会。"

或许是因为天气原因,这一天南湖的游客并不多。王会悟回忆:"停放湖中的船连我们的一条一共五条船。内中一只据船大娘说是城内某商户为儿子办满月酒雇的,另一只是乡下土财携眷进城游玩的。"

周佛海回忆说:"我们把船开到湖中,忽然大雨滂沱。"

陈潭秋也说:"到9时半以后,天忽然大雨,游人均系舟登岸,大为败兴,然而对于我们倒很便利了。我们很放心地进行了一天的讨论。"

南湖这几天的确出现了强对流天气,这是因为江南地区出梅以后,强烈的空气垂直运动,造成副热带高压较为强盛,白天温度高,上升气流明显。

就在王会悟抵达嘉兴的前一天,也就是8月1日傍晚4时至晚上8时之间,嘉兴南湖一带突降暴风雨。狂风骤雨造成"南湖中之避暑游船,于风起时不及傍岸,被风吹覆者四五艘,一般游客因不谙水性,而溺毙者竟有三人",东门外盐仓桥裕嘉缫丝厂"所造成之三十八间房屋,为风吹倒者三十六间"。对此,上海《申报》在8月2日、3日均作了连续报道。

张国焘说:"我们登上了大画舫,四顾南湖景物,只见万顷碧波,湖畔一片芦苇中掩映着楼台亭阁,使我们这些初来的观光者觉得较之西湖的景色别有风味。我们的大画舫在湖中环游了一遍之后,便或行或止地任由它在幽静的湖上荡漾。我们继续在上海未完的会议。"

李达回忆,开会的时间是"上午10时到下午6时。当天上午7时,大家从上海北站乘车出发,10时许在大游舫上聚齐"。

王会悟说:"代表们到船上开会时已快11点钟了。"

的确,从下车到上船,再划船到湖心,嘉兴南湖会议真正开始的时间应该是上午11时左右。

中断的中共一大闭幕会,现在终于重新开会。

又是一个8月,又是一个夏天。时间过得真快,去年的这个时候,中国共产党发起组在上海法租界老渔阳里2号成立。一晃一年过去了。

现在，大家在画舫落座。出席中共一大嘉兴南湖会议的代表由十三位变成了十位，分别是李达、张国焘、毛泽东、董必武、陈潭秋、包惠僧、王尽美、刘仁静、邓恩铭、周佛海。

王会悟一个人坐在船头，像一个哨兵一样，为大会放哨。

李达回忆说："嘉兴南湖会议讨论的议题主要是《党章》和工作方向。在党的组织方面分中央与地方，中央设书记、宣传主任与组织主任，地方组织也分这三部分。"

今天的人们可以看到中共一大保存下来的文件只有两份，一份是《中国共产党第一个纲领》，一份是《中国共产党的第一个决议》。但这两份文件均没有中文原件，分别有俄文译稿和英文译稿。

对于《纲领》，上海会议期间，基本上已经达成共识，对存疑的几个问题在文字表述上也分别作了技术性的处理。本书前文已叙述《纲领》第三条至第十五条内容。而《纲领》的第一条就明确规定：

一、我党定名为"中国共产党"。

第二条则具体清晰地制定了中国共产党的第一个纲领，共四款：

1. 以无产阶级革命军队推翻资产阶级，由劳动阶级重建国家，直至消灭阶级差别；

2. 采用无产阶级专政，以达到阶级斗争的目的——消灭阶级；

3. 废除资本私有制，没收一切生产资料，如机器、土地、厂房、半成品等，归社会所有；

4. 联合第三国际。

讨论中，就李达所说的"工作方向"问题，达成了《中国共产党关于奋斗目标的第一个决议》。这项决议包括工人组织、宣传、工人补习学校、研究劳工组织的机构、对现有各政党的态度、党与第三国际的关系六个方面的内容。随着《纲领》的通过，这些问题没有引起太多的争论。而且因为上海会议的"虚惊一场",大家都不约而同地加速讨论,很少长篇大论地发言,都把注意力集中在急需解决的具体问题上。

关于工人组织问题,《决议》指出:"我党主要目的,在组织各种产业工会。任何地区之内,如该处有一种工业以上,即应组织一个工会;如某个地区没有巨大的工业,即应组织一个适合该地区情形之工厂工会。党应以阶级斗争的精神灌输予各工会,如果各工会所发动的政治斗争与我党党纲不相符合时,我党应避免沦为其他政党之傀儡。"

中共中央始终高度重视宣传工作,这或许与陈独秀、李大钊、毛泽东等中国共产党的创始人本身都从事过编辑出版和新闻宣传工作有关。中共一大《决议》对如何做好宣传工作,作出了特别严格的规定,可谓是这一宝贵经验和优良传统的开端。《决议》指出:

> 一切杂志、日报、百科全书及小册子,均必须在中央执行委员会或临时中央执行委员会的管理之下。
>
> 每一地区,均可视其需要而发行一份工会杂志,一份日报或一份周报,以及小册子、临时传单等。
>
> 出版物,不论属于中央或地方,皆应由我党直接管理与编辑。
>
> 不论中央或地方任何出版物,不得登载任何违反我党主义、政策及决议的文章。

在南湖会议上,中共一大顺利通过了第一个《纲领》和《决议》,旗帜鲜明地主张中国共产党信仰马克思列宁主义,组织工人、农民和士兵,宣传共产主义,以无产阶级革命军队推翻资产阶级统治,建立无产阶级专政,实行社会革命,消灭私有制,实行公有制,直至消灭阶级区分,造出一条通往共产主义的道路,充分展现了其为中国人民谋幸福、为中华民族谋复兴的初心和使命。

烟雨南湖,碧波荡漾。

大会讨论完上述议程,大约花了一个钟头,不知不觉已经到了吃午饭的时间。酒菜是由船家按照事先预订准备好了的,吃饭时在八仙桌上又放了一个圆的台面,十个人围着桌子也不算拥挤,大口大口地吃了起来。王会悟没有进去和他们一道吃。她说:"当时也不想吃,我一个人坐在船头。"

吃完饭,收拾好碗筷,继续开会。这时,李达从随身包袱里专门取出了一盒麻将牌,特意摆在了八仙桌上。天气还是雾蒙蒙的样子。大会继续进行,还有两个议题需要完成,一个是讨论通过《中国共产党成立宣言》(以下简称《宣言》),一个是选举产生中央委员会。

熟悉中共党史的人们都知道,早在1920年8月,陈独秀在上海成立中国共产党发起组的时候,就曾在11月发布了一份《中国共产党宣言》。只是"这宣言的内容不过是关于共产主义原则的一部分,因此没有向外发表,不过以此为收纳党员之标准",并没有联系中国具体的斗争实际。

中共一大召开时,张国焘负责起草并提交了《宣言》的草稿,但负责审查的代表提出了不同意见,认为这份草案可以向大会提出,作为讨论的基础。1937年,董必武在延安与美国作家海伦·斯诺谈话时,明确说过:"我们决定制定一个反对帝国主义、反对军阀的宣言。"1961年,董必武回忆说:"一大的另一件大事,就是大会提出过'反对帝国主义''反对军阀'的政治纲领,这个纲领是在宣言一类的文件中表达出来的。我记得曾经参加过起草这类文件的工作,所以还隐约想起这个纲领的内容。"

在嘉兴南湖会议上,十位代表再次讨论了这份《宣言》。在上海会议上讨论时,它就引起了很大的分歧和激烈的争论。陈公博回忆说:"对这一篇宣言,我根本反对,辩论很久,宣言终于通过了。我急得跳起来,找佛海、汉俊商议补救办法。""国焘硬要通过,而多数人居然赞成。可是到了第二晚开会,国焘提出取消昨夜的决议,我质问为什么通过的草案可以取消,他说是俄国代表的意见。我真气极了。"

对这份《宣言》,陈公博为什么气得跳起来呢?后来,他在美国哥伦比亚大学撰写的毕业论文《共产主义运动在中国》中,曾提到这份《宣言》的原稿分为两部分,第一部分描述了中国的政治经济状况,第二部分列举了北方政府和南方政府的罪恶。

因为至今没有发现《宣言》的文本,李达的回忆则成为今天人们了解它的内容比较可靠的依据。李达说:

这《宣言》有千把个字，前半大体抄袭《共产党宣言》的语句，我记得第一句是"一切至今存在过的历史，是阶级斗争的历史"。接着说起中国工人阶级必须起来实行社会革命自求解放的理由，大意是说中国已有产业工人百余万，手工工人一千余万，这一千多万的工人，能担负起社会革命的使命，工人阶级受着帝国主义与封建势力的双重剥削和压迫，已陷于水深火热的境地，只有自己起来革命，推翻旧的国家机关，建立劳工专政的国家，没收国内外资本家的资产，建设社会主义经济，才能得到幸福生活。《宣言》草稿中也分析了当时南北政府的本质，主张北洋封建政府必须打倒，但对于孙中山的国民政府也表示不满。因此有人说"南北政府都是一丘之貉"，但多数意见则认为孙中山的政府比较北洋政府是进步的，因而把《宣言》中的语句修正通过了，《宣言》最后以"工人们失掉的是锁链，得到的是全世界"一句话结束。

在上海会议上，《宣言》之所以引起争论不休，关键是两个问题，一个问题是共产党人要不要加入资产阶级国会，也就是共产党员能不能在现政府做官的问题；另一个问题就是南北政府有什么不同的问题。尤其是对张国焘认为"南北政府都是一丘之貉，对于南北政府应一律攻击"的观点，争论尤为激烈。

陈公博争辩说："尽管国民党的纲领有许多错误观点，但它暂时还是多少代表了新的趋势。孙博士所提倡的民生主义类似国家社会主义。"

李汉俊辩驳说："目前共产党人，应该支持孙中山先生的革命运动，在孙中山先生的革命成功后，共产党人可以参加议会。"

陈公博接着补充道："我们的领袖陈独秀先生还在广州做教育厅长呢！由此可见，南方政府比北方政府进步些。"

现在，在南湖会议上，虽然陈公博和李汉俊都没有来，但关于对南北政府的态度问题，也就是对孙中山的态度问题，依然是会议争论的焦点话题。

陈潭秋回忆说:"包惠僧认为我们与孙中山是代表两个敌对的阶级,没有妥协的可能,他说我们对孙中山,应当与对北洋军阀一样,甚至还要严厉些,因为他在群众中有欺骗作用。"

包惠僧也坦诚地回忆说:"对于孙中山的问题是在讨论宣言时提出的,我对于孙中山好说大话不择手段,广东的军事独裁致民不聊生,表示不满。我说:'我曾到过广州,广州是满街"无兵司令",军人横行,遍地是赌场(名为楼上银牌)、鸦片烟馆(名为谈话处)、妓馆。'哪里还有一点革命的气味呢?况且他是一个代表资产阶级的东西,作为一个无产阶级政党的政治宣言,还能对他表示丝毫妥协吗?"

对于包惠僧的意见,有些同志表示赞成,董必武却提出了反对意见。最后,经过讨论,还是把这一段删除了。因为分歧明显,争论不下,大会最后决议"这篇《宣言》应否发出,授权新任的书记决定"。没有参加南湖会议的陈公博回广东后,向陈独秀痛陈利害,最后陈独秀才决定不发。因此,中共一大的文献中没有《宣言》。李达回忆说:"这个《宣言》后来放在陈独秀的皮包中,没有下落。"

游船在湖面荡漾着。云开雾散,天气渐渐好转。到下午3时以后,小游艇逐渐增多起来。有些油漆得很漂亮的小游艇,据说是城内士绅自备的。到了5点钟左右,湖中的游船增加到了五只。就在这时,一只小汽艇飞速向画舫这边驶来。王会悟十分警惕,疑为政府警察局的巡逻,赶紧起身向画舫内发出信号。李达收到信号后,立即临时休会,大家哗啦啦地装作打麻将的样子,吆喝起来。后来,经过船娘打听,才知道是城内葛姓士绅的私艇,王会悟才放心地解除了警报。再过一会儿,南湖更热闹了,隐约传来留声机唱京戏的声音。

此时,大会就剩下最后一项议程——选举。

大会确定的选举方式是以无记名投票方式进行。

没有任何悬念,没有参加会议的陈独秀依然高票当选。人心是一杆秤。

当有人念到李汉俊的名字时,董必武问道:"是谁选的?"

刘仁静说:"是我选的。"

包惠僧回忆:"最后进行选举,事先张国焘同各代表商谈过的,所以票很集中,选举结果是陈独秀、张国焘、李达当选中央委员,李大钊、周佛海当选中央候补委员，并决定陈独秀任书记，张国焘任组织，李达任宣传。在陈独秀没有回上海以前，书记由周佛海暂代。"

陈潭秋回忆："决定暂时不组织正式中央机关，只成立临时中央局，与各小组发生联系。确定党名为中国共产党，并选举张国焘、陈独秀、李达为临时中央局委员，周佛海、李汉俊、刘仁静为候补委员。"

在晚上6点多钟的时候，中共一大嘉兴南湖会议选举产生了中央局成员，陈独秀任中央局书记，李达任宣传主任，张国焘任组织主任，周佛海暂时代理中央局书记一职（实际不到两个月）。

至此，全部议程结束，大会旋即宣告闭幕，举行了一个简单的闭幕式。

张国焘致闭幕词。他回忆说："我以兴奋的心情祝贺大会的成功，并吁请各代表回到各地的岗位上，根据大会的决定，发展我们的工作和组织。"张国焘话音一落，大家轻轻地鼓掌示意，同时轻声地呼喊："中国共产党万岁，第三国际万岁！共产主义——人类的解放者万岁！"

此时此刻，南湖暮霭沉沉，渔火点点，夏日的微风轻轻吹来，带着荷花的阵阵香甜……

从上海石库门到嘉兴南湖，中国共产党正式宣告成立了！

此时此刻，太阳已经下山了。船儿轻轻停靠在狮子汇渡口。上岸后，毛泽东、刘仁静因第二天去杭州留在嘉兴，其他代表都乘115次夜快车返回上海……

近代中国积弱积贫，九原板荡，百载陆沉。在民族危亡之际，中国共产党诞生在嘉兴南湖的一条游船上。那一刻，张国焘回忆说，他忽然想起陈独秀在上一年8月间跟他说过的话："日本的军阀政客们狂妄已极。他们看不起有五千年历史文化的中国和四亿炎黄子孙，他们只知勾结中国的旧军阀、烂官僚、走私商、吗啡客以及流氓瘪三等等，只看见中国人的小脚、辫子、鸦片和随地吐痰等等腐败的一面；他们总有意无意地蔑视中国新思潮新势力的方兴未艾。总有一天，由于他们的这种错觉，会弄到他们自己头破血流。"

陈独秀的话，自然不只是针对日本说的！一百年过去了，先辈的话语，依然蓬勃着信仰的力量，散发着思想的光芒，昂扬着奋斗必胜的信心！

一个大党，诞生于一条小船上。有了中国共产党，从此，中国人民谋求民族独立、人民解放和国家富强、人民幸福的斗争就有了主心骨，中国人民就从精神上由被动转为主动，而且从根本上改变了近代以来中国内忧外患、任人宰割的悲惨命运，近代中国才有了改天换日的大变化。如今，法租界的望志路早已改名兴业路。从望志到兴业，地名的变迁也饱含着人们对革命必定成功的自信和祝福。

一个大党，诞生于一条小船上。有了中国共产党，从此，中华民族和中国人民牢牢掌握革命的主动权，深刻改变了近代以来中国发展的方向和进程，深刻改变了国家和人民的前途和命运，深刻改变了世界发展的趋势和格局。中国共产党引领中国革命的航船从嘉兴启航，劈波斩浪，开天辟地，中国革命的面貌焕然一新。这条小船因而获得了一个永载中国史册的名字——红船。

这是一个东方神话！

日出东方，嘉兴未央。红船，见证了中国历史上开天辟地的大事变，成为中国革命源头的象征，接受来自四面八方的人们特别是共产党人的瞻仰。

1921 年 8 月初，中国共产党第一次全国代表大会闭幕了。

一天的时间很短。但一日长于百年，这一天意义深远、意蕴深厚、意味深长。

开天辟地，这是嘉兴历史上最长的一天。

这一天，对中国共产党来说，仅仅只是一个开始。

获奖作品《江山如此多娇》作者欧阳黔森

欧阳黔森简介：

　　欧阳黔森，一级编剧，二级教授，博士生导师；中国作协主席团委员，贵州省文联、作协主席；获"全国名家暨全国四个一批人才""全国中青年德艺双馨文艺工作者"称号。先后发表小说、散文、诗歌、影视剧本七百余万字：有长篇小说《雄关漫道》《非爱时间》《绝地逢生》《奢香夫人》及中短篇小说集等十二部；有影视作品《雄关漫道》《绝地逢生》《奢香夫人》《24道拐》《伟大的转折》《花繁叶茂》《云下的日子》《幸存日》《极度危机》等十五部。曾获得全国"五个一工程奖""金鹰奖""飞天奖""金星奖"。

获奖感言

欧阳黔森

非常感谢评委能给我这个奖，这是对贵州黄金十年大踏步快速发展的认可。

贵州是脱贫攻坚主战场，在十四个国家连片贫困地区，贵州就有武陵山区和乌蒙山区。时至今日，贵州九百二十三万人脱贫，一百九十二万人搬出大山，彻底撕掉了千百年来绝对贫困的标签。在如火如荼的脱贫攻坚战中，那些可歌可泣的故事无处不在，它们永远比杜撰更精彩，永远比虚构更感人。如果脚上不沾满泥土，哪能嗅出泥土的芬芳？不走进脱贫攻坚一线，近距离感受冒着热气的脱贫攻坚现场，怎能深切感受和理解这场史无前例的伟大壮举？

我生于贵州，长在贵州，书写家乡的山水，讲这片土地上的奋斗者故事，让我对家乡产生了格外一层理解和感情。我特别理解诗人艾青的这句话："为什么我的眼里常含泪水？因为我对这土地爱得深沉。"带着这份情感，我踏遍了家乡的山山水水，走遍了这里的村村寨寨。跟乡亲们促膝谈心的过程中，常常被感动、被震撼。

怎样用文学的方式把这种感动和震撼传达给读者呢？要看能否把感动和震撼转化为一唱三叹的文字，用精心的描画和精彩的讲述触动心灵，给人留下不可磨灭的记忆，只有一个办法，就是深入生活，扎根人民。在走村过寨的采访中，我坚持这样一条原则：不管是谁提供什么样的资料和素材，不到一线眼见为实地访问，绝不引用。善于观察洞悉事实是一名作家的基础本领。在创作脱贫攻坚题材报告文学《江山如此多娇》过程中，我坚持与每一个相遇的贫困户促膝谈心。可以这样说，以前我到过很多的贫困村，见过很多的贫困户，如今在这些地方，我没有见过愁眉苦脸的人，他们灿烂的笑容真真切切地感染了我。我的笑便也灿烂起来，此时与他们分享幸福和收获比什么都快乐。

记得习近平总书记讲过：党中央的政策好不好，关键看老百姓是哭还是笑。在他们扬起的笑脸中，我分明感觉到了他们洋溢着满满的获得感和幸福感！

有一位年近花甲的老人跟我说："辛苦了共产党，幸福了老百姓。"老人家说的这句话，听起来很简单，细想起来却一点都不简单，因为"辛苦"和"幸福"这两个词，代表了这一时期党的形象和老百姓的感受。如果不是身临其境，如果不是和老百姓促膝谈心，我就听不到这样纯朴的心声，而老百姓这样真实的心声给我带来的不仅是心灵的震撼，更是灵魂的洗礼。

再次感谢尊敬的评委们。

江山如此多娇（节选）

★欧阳黔森

第一章：报得三春晖

这风这雨，千万年的溶蚀和侵染，剥落出你的瘦骨嶙峋；这天这地，亿万年的隆起与沉陷，构筑了你的万峰成林。这段文字是我对乌蒙山脉地区的最初印象。有了这样的印象，我在长篇小说《绝地逢生》的扉页便写下了这样的文字：美丽，但极度贫困，这是喀斯特严重石漠化地貌的典型特征，被联合国教科文组织列为"不适合人类居住的地方"。

当年写下这样的文字，无疑是需要勇气的，这勇气来自我多年来深入乌蒙山脉腹地走村过寨的经历。我只要举一个例子，你就知道什么叫"严重石漠化地貌"，什么叫"不适合人类居住的地方"。当年包产到户，有一户人家分了十八块地，最大的一块还不到三分，其余的散落在沟沟湾湾之间，真是七零八落。在这一带，土地和人命是相连的，这家人当然要把自己的地扒拉清楚，但是数了半天，也就只有十七块地，正疑惑时，儿子捡起爸爸的草帽，草帽下石旮旯中碗大的一块地显现出来，父亲高兴地说："找到了，找到了，就这块地，别看它小，也可以种一棵苞谷哩。"这个故事在乌蒙山区谁都知道。2000年我在乌蒙山区采风后，曾以这个故事为素材，写作发表过中篇小说《八棵苞谷》。这个故事讲的是越生越垦、越垦越荒会造成人口得不到有效控制、生态严重失衡的恶果。

乌蒙山脉，山高谷深、万峰成林，毛主席曾写下一首脍炙人口的诗《七律·长征》，其中一句"乌蒙磅礴走泥丸"就是对这里形象的写照。这是一块红色的土地，中国工农红军二、六军团曾在这里建立了"黔大毕革命根据地"，其经典的战斗"将军山阻击战""乌蒙山回旋战"，在军史上有着崇高的地位。我在创作长篇小说《雄关漫道》和同名电视剧剧本时，曾在《中国工农红军第二方面军战史》上看到：三军会师后，1936 年 11 月，毛主席在陕北保安会见红二、四方面军部分领导同志时，高度赞扬了贺龙、任弼时领导的红二方面军在长征中为革命保存了大量有生力量，他说："二、六军团在乌蒙山打转转，不要说敌人，连我们也被你们转昏了头，硬是转出来了嘛！出贵州，过乌江，我们付出了大代价，二、六军团讨了巧，就没有吃亏。你们一万人，走过来还是一万人，没有蚀本，是个了不起的奇迹，是一个大经验，要总结，要大家学。"

其实，熟悉军史的人都知道，红二方面军在整个长征过程中付出了巨大的代价，共减员一万余人。为什么到达陕北还有一万余人？据相关资料，二、六军团曾在贵州黔东地区扩红三千余人，在地处乌蒙山区腹地的"黔大毕"扩红五千余人，可以说，乌蒙山区的人民为中国革命做出了卓越的贡献。

2009 年 3 月 5 日，根据我的长篇小说《绝地逢生》改编的同名电视连续剧，于全国人民代表大会开幕当天在央视一套黄金时间播出，引起广泛关注。《绝地逢生》取材于贵州省的乌蒙山区，这里山多地少，是我国石漠化最严重的地区。长期以来，党和国家在这里倾注了大量的人力、物力、财力。一次次的救济和扶贫，使当地居民探寻到一条人与自然和谐发展的道路，开始摆脱穷困的命运。

然而，乌蒙山区群众并未完全摆脱穷困的命运。2017 年 10 月中旬，我再次来到乌蒙山区腹地深入生活，得知地处乌蒙山区腹地的毕节市还有贫困人口七十二万四千五百人。看到一份份为贫困群众建档立卡的材料时，我非常惊讶，它们精准到户、人，精准到因为什么而贫，精准到因人因户不同而采取不同的脱贫举措……我不得不信服。我立刻动身，前往地处乌蒙山屋脊的赫章县海雀村进行采访。采访时，简

江山如此多娇（节选）

直可以用"震撼"两个字来形容我的心情。说实话，我写作已经很少用"震撼"这个词了，我已年过半百，轻易不会被什么震撼了，今天我又用到"震撼"这个词，我的激动程度显而易见。

那天，我一进村庄，看见路旁有一户人家，我抬腿向这户人家走去，陪同我的朱大庚一边走一边大喊："安大娘，安大娘！"我开玩笑地说："别喊了，别动静大了吵扰到人家，到了我们敲门。"

到了门口，不用敲门，门是开着的。总不能未取得主人同意就进屋吧，我们停在门口。朱大庚又喊"安大娘，安大娘！"半晌，旁边一间屋的门吱嘎一声，露出一张满是皱纹的脸，我们赶紧进去。朱大庚一边扶着安美珍大娘回到火炉旁坐下，一边大声说："安大娘，欧阳主席来看您了。"安大娘没什么反应。朱大庚怕我难堪，对我说："大娘九十六岁了，耳背听不清。"见安大娘耳背，我也有些遗憾，毕竟我是来采访的，需要与人交流。但既然进来了，我还是要坐下来的，有些感受，也不是只有通过语言交流才能收获的。我们就围火炉而坐，炉中煤燃烧得不充分，屋内充斥着煤烟味。

不能与安大娘交流，我只好与朱大庚说话。我担心煤烟会影响老大娘的健康，朱大庚手指挂满屋顶的苞谷棒子说："这是在烤苞谷，屋顶周围都漏着风。这里海拔有两千三百多米，雾大，湿气重，苞谷不烤的话，怕发霉。"

我对朱大庚说："在这里就别提什么主席了，就介绍我是欧阳作家，别把人弄糊涂了。"

话音未落，安大娘突然讲起话来，只不过很难听清楚。仔细听，我才听明白几个字：习书记好！大恩人。

我贴近老人的耳朵说："老大娘，您说习总书记呀！"

安大娘还是重复着"习书记好、习书记好"。说着说着，老人家一下子站了起来，居然步履蹒跚地朝堂屋走，我赶紧扶着她，怕她跌跤。朱大庚见我紧张，跟在后面说："老人家身体好，还干活哩。"

安大娘个子很小，估计不到一米五，她伸出手指准确地指着一张挂像。

我仔细一看，确实是习书记——担任过中央书记处书记的习仲勋同志。

我一下子有点蒙。我经常走村过寨，在老百姓的堂屋正面墙上常挂的是毛泽东主席像。说真的，在贵州，我还是第一次见到挂习仲勋同志像的。习仲勋同志是陕甘边区革命根据地的主要创建者和领导者之一，在大西北陕甘一带的老百姓中有着崇高的威望。我知道，这一带的老百姓对红军有着深厚的感情，二、六军团曾在这里建立了革命根据地，在海雀村附近的山谷里就曾发生过"乌蒙山回旋战"中最著名的战斗——以则河战斗。在一些老百姓家里面，我曾看到过贺龙元帅的像。

　　我的思绪飞到了远古。

　　"夫霸王之所始也，以人为本。本理则国固，本乱则国危。"春秋时期，管子就有了这样的思想，无疑是伟大的，然而他生不逢时，那时候，他的"是以善为国者，必先富民"的理想很难实现。今天，中华民族进入了伟大的新时代，我们不仅要富起来，而且要强起来。管子还说过："圣人之所以为圣人者，善分民也。"管子的"善分民"即善于与人民分享利益，而于当今来讲，"我们任何时候都必须把人民利益放在第一位"这句话，无疑高于管子所说，它是那样铿锵有力、掷地有声。我认为管子作为一位杰出的军事统帅和思想家、经济学家、政治家，他胸怀的壮志与治世理想，在两千多年后的今天才得以实现，即便是秦皇汉武、唐宗宋祖，也不可能有今天这个伟大时代对人民做出的庄严承诺：同步小康，一个都不能落下。无论是造就开元盛世的帝王，还是"善分民也"的英主，他们所统治的帝国，不可能让每一名老百姓都分享到盛世的红利，这是不争的事实；即便在鱼米之乡的富足之地，由于受封建地主的剥削，一贫如洗的老百姓不在少数，更不用说身处边远蛮荒的不毛之地的老百姓，再英明的君主也鞭长莫及。再说，封建王朝的以人为本，和当今倡导的以人为本是截然不同的。在我看来，不管封建王朝的统治者以何种形式、何种姿态以人为本，归根结底还是巩固皇权，维护封建统治阶级、剥削阶级的利益。而当今"任何时候都必须把人民利益放在第一位"的执政理念才是以人为本的本质所在。把人民利益放在第一位的执政理念，就是把共产党为人民服务、做人民的公仆的宗旨具体化、目标化。数百万干部下乡实施精准扶贫，并明确目标，在 2020 年全面建成小康社会，这就是人民至上的伟大工程。

以我在"老少边穷"地区长期深入生活的亲身经历，我有资格说：普天之下，没有精准扶贫惠及不到的地方。

有了这样的认识，我总是愿意与乡亲们在一起促膝谈心。我就是他们中的一员，我们是兄弟姊妹，也是无话不说的知心朋友。这样，他们那朴实无华、勤劳善良的禀性，成为我检验自己的一面镜子；老百姓那最朴素的价值观——饮水思源、感恩图报，于我而言，也深有体会。

如果陕甘一带的老百姓家里挂习仲勋同志的像，我丝毫不觉得意外，然而在地处大西南腹地的一隅，看见老百姓家里高挂习仲勋同志的像，确实让我有些惊奇。

朱大庚见我一脸好奇，一边扶着安大娘往回走，一边对我说："几句话讲不清楚，我们坐下慢慢说。"

安大娘的火炉散热不均，屋顶还透着气，房间里并不暖和，但朱大庚一开讲，听着听着，我胸腔里的热血就沸腾了起来。

朱大庚是从一位名叫刘子富的记者讲起的，这位新华社记者于1985年5月29日来到苗族、彝族混居的海雀村，看到农户家家断炊，安美珍大娘瘦得只剩枯干的骨架支撑着脑袋。安大娘家四口人，全家终年不见食油，一年有三个月缺盐，四个人只有三个碗，已经断粮五天了。在苗族社员王永才的家里，他含着泪告诉记者，全家五口人，断粮五个月了，靠吃野菜过日子，更谈不上吃油、吃盐。耕牛本是农家的命根子，也只得狠心卖掉，买粮救人命，一头牛卖了二百五十元，买粮就花光了这些钱。耕牛尚且贱卖，马、猪、鸡就更不用说了。在他家的火塘边，一名三岁的小孩饿得躺在地上，发出"嗯嗯嗯"的微弱叫唤声。手中无粮的母亲无可奈何。

刘子富在海雀村村民组一连走访了九家，没发现一家有食油、大米的，吃的多是玉米面糊糊、荞麦面糊糊、干板菜掺四季豆种子。这九户人家没有一家有余钱，没有一家不是人畜同屋居住的，也没有一家有像样的床或被子，他们有的钻草窝，有的盖秧被，有的围火塘过夜。

刘子富又走进王朝珍大娘家，一下就惊呆了。大娘衣不蔽体，见有客人进来，立即用双手抱在胸前，难为情地低下头。她的衣衫破烂得掩不住胸、腹，那条破烂成布条一样的裙子，本来就很难遮羞，一走动就暴露无遗。大娘看出了记者的难堪，反而主动照直说："一条裙子穿了三年整，春夏秋冬都是它。唉，真没出息，光条条的不好意思见人！"大娘的隔壁是朱正华家，主人上气不接下气地说："早在去年年底就把打下的粮食吃光了；几个月来，找到一升吃一升。"

苗族青年王学方带刘子富一家家看，告诉他："目前，全组三十户，断炊的已有二十五户，剩下的五户也维持不了几天。组里的青年人下地搞生产，由于吃得差，吃不饱，体力不支，一天只能干半天活，人都得外出找吃的，已经影响生产的正常进行。"

这些纯朴的少数民族兄弟，尽管贫困交加，却没有一人外逃，没有一人上访，没有一人向国家伸手，没有一人埋怨党和国家，反倒责备自己"不争气"，这情景令人十分感动。

朱大庚讲述的是新华社贵州分社记者刘子富在 1985 年 6 月 2 日向上级写的内参——《赫章县有一万二千多户农民断粮，少数民族十分困难却无一人埋怨国家》描述的情景。

朱大庚介绍说："这篇俗称'黑头内参'的'国内动态清样'刺痛了许多领导人。当时分管农村工作的中央书记处书记习仲勋做了如下批示：'有这样好的各族人民，又过着这样贫困的生活，不仅不埋怨党和国家，反倒责备自己"不争气"，这是对我们这些官僚主义者一个严重警告！！！请省委对这类地区，规定个时限，有个可行措施，有计划、有步骤地扎扎实实地多做工作，改变这种面貌。'当时，老百姓奔走相告，我们有救了。有的人文化不高，也讲不清批示内容，逢人就说，吓人得很，三个惊叹号。"

听到"吓人得很"，我由衷地笑起来，这话太朴素了，这是贵州老百姓表达某种事情很重要、很振奋时的一句口头禅。

这三个惊叹号，我后来在"文朝荣先进事迹陈列馆"中看到了。当习仲勋同志批示的原件展示在我眼前时，那三个惊叹号实在太耀眼了，令人心潮澎湃。当时，我的大脑里就闪现出一位慈祥的老人，目光如炬，扬眉挥笔。这三个力透纸背的惊叹号，使我感到这位慈祥的老人一气呵成的批示振聋发聩，似当头棒喝，如醍醐灌顶。

我与朱大庚的交流似乎影响了安大娘的情绪，她也兴奋起来，开始讲话。我们当然要停下来，听老人讲。可是，我只能听明白十之二三。不过，说到习仲勋同志，她依然讲得很清晰。这是一位九十六岁老人的珍贵记忆，是一名普通老百姓的感恩之心，非常朴实、感人。

一个伟大的民族从不会缺失记忆，一个失去苦难记忆的民族是失语的民族，而一个失语的民族注定没有未来。我想，参加过这场人类历史上最为波澜壮阔的扶贫攻坚的人们，他们的经历便也成了我们民族集体经历的一部分，此后，便成了我们民族集体记忆的一部分。它无疑会成为中华民族最伟大的记忆，并代代相传。

不畏苦难，并有战胜苦难的决心，这就是拥有自信、力量和智慧的体现。

三十三年前，贵州省委接到中共中央办公厅用明传电报传来的习仲勋同志重要批示后，时任贵州省委书记的朱厚泽同志连夜召开紧急会议，并抽调得力干部星夜兼程赶往海雀村，了解缺粮断炊情况后，一次发放十万公斤粮食，及时帮助村民。海雀村山沟里、山坳上，人背马驮政府发放的救济粮到家，纯朴的乡亲们脸上挂满笑容，都发自内心地说："感谢共产党！感谢人民政府！"

那年，安大娘六十三岁。三十三年过去，回忆起当年刘子富来到她家的情景，安大娘记忆犹新。我需要朱大庚当翻译，不过安大娘不断念叨的"习书记""刘子富"，我已耳熟能详，是不用翻译的。

朱大庚说："这些年，一拨又一拨来扶贫的干部、领导都到过安大娘家，但安大娘年纪大了，有的记不住，来过她家的人，她只记得一个人，就是新华社记者刘子富。"

我说："朱大庚同志，你是抓扶贫工作的，你来过安大娘家几次？"

朱大庚说："前后最少有七次吧！"

我说："安大娘应该知道你是谁吧？"

"她不知道！"朱大庚扭头看了看还在念叨的安大娘说，"她知不知道我是谁不要紧，要紧的是我知道她是谁。"

这话有点熟悉，我想起一首献给解放军战士的歌："我不知道你是谁，我却知道你为了谁。"这首歌曾无数次打动过我。听到朱大庚脱口而出类似的话，一股暖流涌上了我的心头。看着安大娘饱经风霜却安详的脸，我对朱大庚说："大庚，你这句话有点像诗。"

朱大庚发现了我把"朱大庚同志"换成了"大庚"这个变化，有些腼腆起来。我一直相信，这样腼腆的人一定是一个心怀善良的人，而一个心怀善良的人，必定是不愿说诳语的人，由此，我坚信大庚那句让我感到熟悉的话一定是发自肺腑的，由此，我很自然地改口叫他"大庚"。我们之间一下子没有了距离。

我一贯坚持眼见为实，尚未到达的地方，不愿意多听别人介绍，不喜欢别人引导我的言行。我更愿意自己看，让自己多思考。昨天，我从贵阳到赫章县城用了四个小时，见到朱大庚，我就不大听他讲，他讲多了，我还不客气地质问他。我说："据我所知，毕节还有贫困人口七十二万四千五百人，赫章县就有十四万九千八百人，离脱贫时间点还有两年，你们是数字脱贫呢，还是真正能脱贫？"

朱大庚说："哪里敢弄虚作假，从中央到省到市都有第三方评估和巡察、督察制度，不能弄虚作假。"

我说："眼见为实。"

他说："你想去哪里？"

我说："海雀村。"

之所以脱口而出"海雀村"，是因为两年前贵州人民出版社找我，请我写一部关于海雀村党支部书记文朝荣的报告文学。按说我责无旁贷，可我手里有贵州省委宣传部重点影视剧《云上绣娘》的创作任务，这是一部反映精准扶贫的农村戏，我不可能撇下它。两年前虽与海雀村失之交臂，但我记住了它，这次到毕节采访，当然不能再擦肩而过。

这些年，我也很关注新闻媒体报道的贵州先进人物、先进事迹，比如说被誉为具有"愚公精神"的罗甸麻怀村的邓迎香、赫章海雀村的文朝荣，以及被誉为具有"老黄牛精神"的播州区团结村的黄大发等。除了海雀村，麻怀村、团结村我以前都实地采访过。我对先进人物的事迹和精神以及记者不辞辛劳的采访和报道抱有崇高的敬意。然而略有遗憾的是，这些报道几乎都是着墨于主人公如何以"愚公精神"和"老黄牛精神"改变当地生存环境以及脱贫的奋斗过程，这样写，不是不好，而是缺少思考。

我认为，"愚公精神""老黄牛精神"在这个时代弥足珍贵，是要大力提倡的，这与当今扶贫攻坚战中提出的"扶志"是相呼应的。这就是"要我脱贫"和"我要脱贫"的区别："要我脱贫"是被动的，而"我要脱贫"是主动的。

邓迎香、黄大发、文朝荣的事迹，可以说是"我要脱贫"的生动代表。在我看来，"愚公移山"这个古老故事的本意，强调的更多的是精神，而事实上，我们都明白，愚公用几把锄头、几个箩筐，即便加上他的子子孙孙，要想把门前的那座大山搬掉，也是不可能的。山是不能自己走的，人可以走嘛，是不是非得要移山？这个道理其实谁都明白，所以，古人把这位移山的老人归为"愚公"是有道理的。明知不可为而为之，是为愚人。换个角度说，明知不可为还要为之，是为精神可嘉。所以，"愚公精神"应该大力提倡，而他的做法并不可取。

在"愚公"问题上我啰唆了半天，主要是想说明：邓迎香、黄大发、文朝荣这些当代"愚公"，和古人所说的愚公是有本质区别的。我们试着分析一下：首先，他们都有愚公试图摆脱困境的志向，也有愚公移山这种可贵的精神，但是，仅仅有这种移山的精神是远远不够的。根据我长期在扶贫攻坚一线采访的所见所闻，我认为，如果没有共产党长期以来坚持不懈的扶贫攻坚，以及一系列的扶贫政策和措施，就不会有当代"愚公"扶贫攻坚的卓越功勋。

告别安大娘，我来到文朝荣先进事迹陈列馆。参观完陈列馆，我感觉它不仅仅是文朝荣先进事迹陈列馆，更是贵州毕节试验区扶贫攻坚三十年的一个缩影。在这里，我首先看到的是习仲勋同志1985年针对海雀村的批示。这个批示，拉开了当地政府有组织、大规模扶贫开发的序幕，而这个拉幕人，就是时任贵州省委书记的胡锦涛同志。

1985年7月，恰逢贵州省委主要负责人交替，当时刚刚上任贵州省委书记才八天的胡锦涛同志到赫章进行了为期三天的考察，不辞辛劳地乘车前往海拔两千三百米高的海雀村专程走访。那个时候的赫章县，总人口四十七万零四百人，其中农业人口四十四万三千九百人，全县工农业总产值一亿两千五百零六万元，其中农业总产值六千八百三十六万元，农民年人均纯收入为一百六十六元。全县几乎没有通村、组的公路，运输主要靠人背马驮。除县城和少数乡镇之外，大多数乡镇不通电，照明以煤油灯为主，一般乡镇都没有医疗卫生机构，群众看病非常困难，农民住房基本是茅草房和瓦房，边远山区有不少农民住简陋窝棚。"山高水冷地皮薄，气候灾害异常多；耗子跪着啃苞谷，种一坡来收一箩。"这首民谣是当时赫章县农村生存条件恶劣的真实写照。"贫困"一度成为赫章县的代名词，而海雀村，又是赫章县贫困的代名词。海雀村，距县城八十八公里，全村苗族、彝族群众共计一百六十八户七百三十口人。境内山高坡陡，耕地贫瘠、零星分散，二十五度以上陡坡耕地占所有耕地面积的百分之九十。村里无学校，无卫生室，读书、看病都要步行到十二公里以外的乡政府所在地。不通公路，不通电，生活饮水主要依靠收集天然降水，整个村庄几乎与世隔绝。有瓦房十二户、草房一百一十四户、简易窝棚四十二户，百分之八十以上农户人畜混居。农民年人均收入只有三十三元，年人均占有粮食一百零七公斤，有小学文化的村民仅五人。为求生存，过度毁林开荒种粮，森林覆盖率锐减到百分之五以下，导致水土流失严重，生态环境极度恶劣，自然灾害频发，大风一起，沙尘漫天。

从贵州"八七"扶贫攻坚战到毕节试验区的建设，至2017年历时二十九年，可以说，在这二十九年当中，试验区发生了翻天覆地的变化。这些变化，我在2008年创作的长篇电视连续剧《绝地逢生》剧本中有所展示。电视剧讲述的是一个村庄在村支书的带领下，不折不挠，因地制宜，在科学发展观的指引下，把一个石漠化严重、不适合人类生存的不毛之地，变成了远近闻名的小康村的故事。

不知不觉几年过去了，毕节试验区取得了举世瞩目的成就。这些成就，在文朝荣先进事迹陈列馆的资料中阐述得非常翔实。习近平总书记对毕节试验区的两次批示尤为醒目，特别是2014年5月15日的重要批示："毕节曾是西部贫困地区的典型。毕节试验区创办二十六年来，坚持扶贫开发与生态保护并重，艰苦奋斗，顽强拼搏，实现了人民生活从普遍贫困到基本小康、生态环境从不断恶化到明显改善的跨越。全国政协、中央统战部和各民主党派中央、全国工商联长期支持，广泛参与，创造了中国共产党领导的多党合作助推贫困地区发展的成功经验，充分体现了社会主义制度的优越性。建设好毕节试验区，不仅是毕节发展、贵州发展的需要，对全国其他贫困地区发展也有重要示范作用。希望有关方面继续关心支持毕节发展，希望试验区进一步深化改革，锐意创新，埋头苦干，同心攻坚，努力实现人口、经济与资源环境协调发展，为贫困地区全面建成小康社会闯出一条新路子，同时也在多党合作服务改革发展实践中探索新经验。"

这个批示是习近平总书记对贵州省扶贫工作的肯定与鞭策。贵州省作为全国贫困人口最多、贫困面积最大、贫困程度最深的省份，被称为"全国脱贫攻坚的主战场、决战区"，未来几年要实现同步小康、不拖全国的后腿，还任重道远。这个问题，习近平总书记非常牵挂，2015年6月18日，习近平总书记在贵州调研期间专门主持召开涉及武陵山、乌蒙山、滇桂黔集中连片特困地区扶贫攻坚座谈会时强调，消除贫困、改善民生、实现共同富裕，是社会主义的本质要求，是我们党的重要使命。改革开放以来，经过全国范围有计划有组织的大规模开发式扶贫，我国贫困人口大量减少，贫困地区面貌显著变化，但扶贫开发工作依然面临十分艰巨而繁重的任务，已进入啃硬骨头、攻坚拔寨的冲刺期。形势逼人，形势不等人。各级党委和政府必须增强紧迫感和主动性，在扶贫攻坚上进一步厘清思路、强化责任，采取力度更大、针对性更强、作用更直接、效果更可持续的措施，特别要在精准扶贫、精准脱贫上下更大功夫。

党的十九大报告指出："从现在到2020年，是全面建成小康社会决胜期。"让贫困人口和贫困地区同全国一道进入全面小康社会，是我们党做出的庄严承诺，更是必须完成的硬任务，绝无退路；同时还要让全国人民乃至世界人民普遍认可，并经得起历史的检验。这是党的十九大报告中习近平总书记对扶贫脱贫提出的新任务、新要求。

新任务、新要求是取得脱贫攻坚决战胜利的基石和指南，然而，毕节试验区任重而道远。截至2017年底，毕节试验区所辖县区，还有深度贫困县三个、极贫乡镇三个、极贫村五百二十九个、极贫人口七十二万四千三百人。也就是说，在毕节试验区内，十个人里就有一个极贫人口。贫困面积之大、贫困程度之深、贫困人口之多，不得不令人担忧，贵州省委主要领导把这份担忧变成了动力和决心："贫困不除，愧对历史；群众不富，寝食难安；小康不达，誓不罢休。"

如果说，贵州是全国脱贫攻坚的主战场、决战区，那么，毕节试验区就是贵州省脱贫攻坚的主战场、决战区。2020年实现全国脱贫，我对此充满信心，这个信心来自我目睹的精准扶贫实施以来毕节试验区发生的翻天覆地的变化：2012 年到 2016 年，贫困发生率从百分之二十九点九降低到百分之十三点二，减少贫困人口一百五十七万六千二百人，森林覆盖率从百分之十四点九提升到百分之五十点二八。这样的数字是可喜的，更令人惊喜的是，目前海雀村有二百二十二户居民，家家住上了砖混结构的黔西北特色新民居，农民人均年纯收入从以往的三十三元上升到八千四百九十三元，年人均占有粮食从一百零七公斤上升到三百九十五公斤，森林覆盖率从百分之五上升到百分之七十点四，人口自然增长率从千分之十三稳定到千分之二左右，当年全村有小学文化的村民只有五人，目前具有小学文化以上的村民五百六十人，其中大学生八人。

这样的数字对比，是令人震撼的。我看见的不仅仅是数字，此时我就站在文朝荣的墓前，看见一片连绵不断的群山绿树成荫，根本不见当年光秃秃的山头和大风一起沙尘漫天的情景。森林覆盖率从百分之五上升到百分之七十点四，这个数字实际上就是把一片不毛之地变成了一片生机盎然、郁郁葱葱的生态之地。文朝荣的一生是平凡而伟大的，他的奋斗历程，浓缩了国家扶贫攻坚战的奋斗历程，也是中国人民坚韧不拔、生生不息向贫困宣战的一部史诗。

当年，时任贵州省委书记的胡锦涛同志给毕节试验区的定位是开发扶贫、生态建设、人口控制。这个定位无疑是解决乌蒙山区贫困症结的实质所在，事实证明，今天毕节试验区所取得的成就，就是认真贯彻落实了开发扶贫、生态建设、人口控制这三大主题的结果，而精准扶贫的实施和全面展开，是要彻底、全面地消除贫困，并与全国人民一起同步小康。

离开海雀村时，我在文朝荣墓前深深地鞠了三个躬，以表达对这位长者的敬佩。我想，文朝荣的精神长存，文朝荣为之奋斗一生的事业还会继续。贵州省委、省政府在全省学习十九大精神、宣讲十九大精神和学习贯彻落实习近平总书记在贵州代表团审议十九大报告时的讲话精神之际，制定了 2018 年脱贫攻坚工作计划，这个计划里有这样的表述：减少农村贫困人口一百二十万人以上，实现十六个贫困县摘帽、两千五百个贫困村脱贫，选派七千三百六十八名干部担任贫困村

江山如此多娇（节选）

第一书记，选派四万三千名驻村干部，组成八千五百一十九个工作组进驻贫困村帮扶，实施万名农业专家服务"三农"行动……

有了这些行之有效的举措，贵州绝不会拖全国人民的后腿。在2020年与全国人民一道同步小康，我们有充分的信心实现这个目标！坚决实现这个目标！肯定能实现这个目标！

在全省学习习近平总书记十九大报告期间，我听了十九大代表们的宣讲，心情久久不能平静。只有贵州人念念不忘的"牢记嘱托，感恩奋进"这句话才能表达我激动的心情。在习近平总书记参加贵州代表团审议时，我观看了中央电视台《新闻联播》的全程报道，总书记的讲话，我字字句句听清楚了。这次听代表们宣讲，我如身临其境。见到毕节的代表，我便迫不及待地问："总书记心系毕节，先后七次对毕节试验区做出重要指示和批示，这次你发言汇报了毕节扶贫攻坚的情况，总书记有什么新的指示？"

毕节代表说："习总书记肯定了毕节在脱贫攻坚方面的探索，强调党的根基在基层，打赢脱贫攻坚战，关键要看基层党组织的战斗力。一定要抓好基层党建，在农村始终坚持党的领导。习总书记还说，实现第一个百年奋斗目标，重中之重是打赢脱贫攻坚战。已经进入倒计时，决不能犹豫懈怠，发起总攻在此一举。"

这就是一位日理万机的大国领袖对红色革命老区的殷殷之情。

在毕节试验区一路采访下来，我都是在感动和震撼中度过的，我现在还想说一件让我热泪盈眶却鲜为人知的事。这件事，得从结束采访的十天后说起。

结束采访十天后，我在毕节文联宣讲党的十九大报告精神时，遇见了文学爱好者、毕节驻深圳办事处前主任罗光前。宣讲结束后，我与他交谈，谈到了海雀村，谈到了习仲勋同志对海雀村的批示，也谈到海雀村老百姓对习仲勋同志朴素的感恩之情。他说："习仲勋同志退休后都还心系毕节贫困群众，1997年7月初，正在深圳休息的全国人大常委会原副委员长习仲勋及夫人齐心，在深圳市委、市政府主办的'深黔携手、扶贫帮困'的活动中，捐出了他们一个月的工资及津贴共计三千元给毕节的困难群众。这个消息刊发在《毕节报》1997年8月16日第1013期报眼位置。"

听到这些话，一股暖流涌上了我的心头，我一时热泪盈眶。我曾长期在乌蒙山区深入生活，创作过长篇小说和同名电视剧《雄关漫道》《奢香夫人》《绝地逢生》等作品。2012 年，毕节市第一届人民代表大会常务委员会第一次会议授予我"毕节市荣誉市民"称号。其实我早把自己视为乌蒙山区的毕节人了，自认着有着和乌蒙山区老百姓一样朴素的感情。

旭日从气势磅礴的乌蒙山升起来的时候，我举头凝望东方。东方正红，阳光温暖。我默诵起阳明先生的话"此心光明，亦复何言"，默念着孟郊千古流芳的诗句"谁言寸草心，报得三春晖"。

第二章：花繁叶茂

花茂村原名荒茅田，意指贫困荒芜，后改名花茂，寓意花繁叶茂，这是荒茅田人一个美好的愿望。荒茅田人没想到，这个愿望需要一个甲子的漫长岁月才能成真。

穷则思变，是改变现状的重要前提，换句话来说，穷不思变，无论多久，你的境况依然不会有任何改变。1955 年更名为花茂，一个甲子的岁月，对于一个村庄来说，确实是一个漫长的过程，而这个过程是一个村庄从贫困到富裕的奋斗历程，这个历程就是一部宏大的中国农民的心灵史诗。

穷则思变，是改变现状的重要前提，但并不意味着有了这个观念就能改变一切，有的贫困不是思变就能改变，就如有的国家和地区祖祖辈辈都贫困、祖祖辈辈都在思变，但依然没有改变，依然贫穷。这是一个普遍性的问题。

"荒茅田"这个名字也不知道叫了多少个朝代，一句话，这个地方就是一个贫困、荒芜的地方；即使改名花茂村，也并未改变它是一个贫困村的状况。

在纪念红军长征胜利六十周年之际，我曾受贵州省委宣传部的委派，创作反映中国工农红军第二方面军长征的电视连续剧剧本《雄关漫道》。为了写好这部剧，作为创作者，必须系统、详细、深入地了解党史、军史，特别是长征这段历史。于是，我重走长征路，而地处遵义县枫香镇境内的苟坝会议会址就是我的目的地之一。这样，我才知道有一个花茂村。那天，坐在吉普车上，一路颠簸了六个半小时，还没到目的地，同车的本地人见我着急，便对我说："这里已经是花茂村了，最多十分钟就到苟坝村。"我朝车窗外一看，花茂村不仅没有花，树也没见几棵，道路泥泞不堪，民房陈旧杂乱，真的有点不堪入目。

结束那次采访后，没有人再向我提起过花茂村，花茂村就像我经过的很多村庄一样，没有给我留下深刻的记忆。即便五年后，为了创作一部电影剧本，我再次到苟坝村，也没有想到花茂村。其实，到苟坝村只有一条路，我肯定经过了花茂村。

我再次来到花茂村的时候，花茂村已经花繁叶茂，一派生机勃勃，已是远近闻名的美丽乡村，更是"百姓富、生态美"的模范村。

我这次来花茂村，主要是创作一部反映"精准扶贫"的电视连续剧剧本，这就必须在这里长住，与这里的老百姓促膝谈心，体验他们的生活，这样才能写好他们。五天后的一个傍晚，刚吃完饭，枫香镇的党委书记帅波说："欧阳老师很辛苦，吃完饭我陪你到苟坝村散散步。"我很惊讶地问："苟坝村？这里不是花茂村吗？"帅波说："苟坝村和花茂村就一步之遥。"我更惊讶了，说："嗨，奇怪了，苟坝村我去过两次，第二次去也就是五年前。短短五年时间，莫非换了人间？"帅波兴奋地说："你去过苟坝村？哎哟，你再看看今天的苟坝村，你肯定认不出了！"

苟坝村确实发生了翻天覆地的变化，从一个贫困村变成了小康村。花茂村和苟坝村比邻，都在马鬃岭山脚下。苟坝村因苟坝会议在这里召开而远近闻名，在党史、军史上有着重要地位——在这里，毛泽东同志在党中央和红军中的领导地位进一步得到确立和巩固。然而，这地方地处边远，受自然条件的限制，长期处于贫困状态。

党的十八大以来，习近平总书记多次前往革命老区调研考察，每到一地，他都牵挂着老区人民的生活，多次讲到要"让老区人民过上更加幸福美好的生活"，并郑重地指出："加快老区发展，使老区人民共享改革发展成果，是我们永远不能忘记的历史责任，是我们党的庄严承诺。"

以往，我们知道的是"全面建设小康社会"，而党的十八大报告中提出"确保到二〇二〇年实现全面建成小康社会宏伟目标"。"建设"和"建成"一字之差，建设小康社会有了明确的时间点和明确的目标，这一字之差，充分体现出了党和政府的底气和自信、使命和担当，放眼世界，这无疑是一个伟大的承诺！

由于我长期从事文学创作，深入生活便是我工作、学习的常态。在基层待的时间长了，对基层的情况，我可以说是非常了解的。就说这五年以来，我大部分时间都在乡下走村过寨，自然免不了要与县乡的基层干部打交道，但更多的是与当地老百姓打交道。所谓"交道"，其实就是一个沟通和认识的过程，这个过程使我非常愉悦，而这份愉悦，只有深入老百姓中才能体会到。因为我的愉悦来自他们的愉悦，而他们的愉悦来自党的政策、党的关怀、党的温暖。无疑，老百姓的感情是质朴的，他们发自内心的那种表白，让人听后内心不由得升腾起一种对共产党的热爱之心和敬佩之情。

表白是质朴的，质朴的表白却令人震撼，这些话语至今在我耳边回响。这是一位年近花甲的老人，他说："辛苦了共产党，幸福了老百姓。"老人家说的这句话，听起来很简单，细想起来却一点都不简单，因为"辛苦"和"幸福"这两个词，代表了这一时期党的形象和老百姓的感受。如果不是身临其境，如果不是和老百姓促膝谈心，我就听不到这样纯朴的心声，而老百姓这样真实的心声给我带来的不仅是心灵的震撼，更是灵魂的洗礼。

那天的采访情景至今还历历在目。采访的话题是从"三改"开始的，所谓"三改"即"改环境、改厨房、改厕所"，由于花茂村要搞乡村旅游，这是乡村旅游必备的整改。老人说："一开始我不理解，我们祖祖辈辈都是这样生活的，为什么非改不可？村委第一书记周成军多次来我家给我做工作，做不通他还不走了。那个苦口婆心啊，真像一位婆婆在唠叨。我看他起早贪黑的，今天跑这家，明天跑那家，心想，人家是为了什么啊，还不是为了我们？"采访即将结束时，我说："湄潭县龙凤村田家沟的老百姓唱了一首歌叫《十谢共产党》，您知道吗？"他说："知道，那首歌太长了，按我说就一句话：辛苦了共产党，幸福了老百姓。"

这位老人的话，佐证了枫香镇党委书记帅波和花茂村第一书记周成军的说法，我分别采访他们两位时，他们都说，基层干部的辛苦指数决定了村民的幸福指数。当时我不以为然，甚至认为他们说了一句冠冕堂皇的话，但当我在这个村庄住了下来，与村民们张家长、李家短地拉开了家常，并相互信任地说起了心里话时，才知道，乡镇书记和村第一书记的话是真真切切的。

村民们说："现在的干部和原来的不一样了，他们到了我们村，来帮助我们奔小康，每天起得比我们早，睡得比我们晚，吃一顿饭还非得给钱，不给钱的话，他们就不吃。"

短短几句朴实的话，说出了现在乡镇党员干部下基层的工作作风，也切实反映了从严治党以来，共产党的先进性与光辉形象进一步在群众心中生根发芽。

作家也是一样的，如果身上只带着汽车尾气，下到田间地头后也就随便看看，再进村里吃一顿农家乐，然后抹抹嘴巴拍拍屁股走人，这样走马观花，是永远不可能写出贴近百姓生活的作品的。

而真正的作家，就是要深入生活，扎根人民，才能写出"沾泥土、冒热气、带露珠"的文章，这就要求作家在人民中体悟生活本质，吃透生活底蕴，把生活咀嚼透了、消化完了，才能使生活变成深刻的情节和动人的形象，才能创作出百姓喜闻乐见的作品。只有这样的作品才能激荡人心。

我在遵义的花茂村、苟坝村体验生活，真真切切地感受到了这两个村庄翻天覆地的变化，这儿就是习近平总书记说的"望得见山，看得见水，记得住乡愁"的好地方。短短五年，可以说"百姓富、生态美"的美丽乡村就是花茂村、苟坝村的现实景象。自深入实施精准扶贫以来，花茂村、苟坝村的变化用"翻天覆地"来形容毫不为过。

原来的花茂村，我是见过的，印象就是脏、乱、差，偏僻而贫穷，而现在的花茂村，真真实实呈现在我眼前：一幢幢富有黔北特色的民居散落于青山绿水之间，一条条水泥路呈网状连通着每家每户及每一块农田。不要小看它，一个小小的村庄，该有的它都有了，如果按照很早以前"通水、通电、通电话、通广播电视是共产主义"的说法，现在的花茂村通网络、通天然气，有污水处理管网，有电商，有互联网＋中心，有物流集散点，这样的社会主义初级阶段，能不令人欣喜吗？采访枫香镇党委书记帅波时，他说过一句话："就是要让每一栋黔北民居都成为产业孵化器，从而带动各种产业发展。"此话并非虚言，眼见为实哪！

采访花茂村现任第一书记潘克刚时，他对花茂村的发展如数家珍。他说："花茂村有今天，得感谢精准扶贫，'精准扶贫'这四个字深入人心。原来我们也扶贫，但都不太理想。比如输血式扶贫，他缺钱，你就扶，没有从根本上解决问题，说实话，有的人甚至拿到钱就去打酒喝了。造血式扶贫也有不理想的地方，比如这家人文化水平不高，你给他讲搞科技扶贫，他往往认识不到位，即使项目上马了也收效甚微。这样很容易造成脱贫又返贫的现象。精准扶贫太好了，它的六个精准是：扶贫对象精准、项目安排精准、资金使用精准、措施到户精准、因村派人精准、脱贫成效精准。我们严格按照这样去做，脱贫了的农户就不可能再返贫。"

花茂村的脱贫致富的成果，只从这几个数据就可以看出来：2012年花茂村外出务工者达一千二百余人，村中出现大量留守儿童及空巢老人。五年后，花茂村各项产业得到健康发展，外出务工者也逐渐回到村里，现在外出务工者仅有二百余人。2016年，共有一百七十八万人次来花茂村旅游，综合收入五亿六千九百万元。现在花茂村有一千三百四十五户人家四千九百五十人，人均年收入一万四千一百一十九元。除了皮卡等农用车辆，花茂村有轿车二百三十三辆，其中不乏捷豹、宝马等中高端品牌。

据苟坝红色文化旅游创新区管委会负责人刘明贵介绍，苟坝红色文化旅游创新区核心区接待游客近三百万人次，实现旅游综合收入十五亿六千九百万元。刘明贵说："我们以'传承红色文化基因，打造美丽乡村'为己任，苟坝村是著名的'苟坝会议'会址所在地，苟坝会议精神就是'讲政治、守纪律、敢担当'。贵州省纪委把苟坝作为'两学一做'党性体检基地，全省纪检干部在这里就'加强党性体检，当好党内政治生态护林员'进行了研讨学习。"

"党要管党，从严治党"十分深入民心，这从我与老百姓的交谈中就能充分感受到。记得在花茂村采访一位村民时，这位村民说："现在的党员干部都知道哪样做得、哪样做不得。说实话，现在在村里，吃亏的都是党员干部，我看他们加班加点的，还不发加班工资，想起来，他们真的是为了我们好啊。有时候，看着他们实在辛苦，想表达表达心意，送什么他们都不要。当年红军在这里不拿群众一针一线，现在的党员干部到村里来也是一样的。像干部鼓励我们搞一家一户的农家客栈，说实话，当时我们眼界也没那么宽那么远，没想到有那么多城里人来吃住，那时候，你家看我家，我家看他家，就是没人行动起来。第一书记、支书和主任都来过我们家拉家常，其实就是做我们的工作，喝的茶、嗑的瓜子、吃的花生都是他们自己带来的。村委会的事情都是一事一议、集体决定。一些谋发展的事情，感觉有困难，都是村干部带头干。原来村里人家中有事，都喜欢你家请客我家送礼，说实话，大家都有点受不了。现在好了，干部们不兴这一套了，我们群众也就慢慢不兴这一套了，还把红白喜事的操办规定写进了村规民约。"

在这里我深深地感受到了泥土的芳香以及芳香中散发出来的思想光芒。花茂村的脱贫致富，是精准扶贫深入实施的现实成果，而这样的成果正在无数个花茂村实现。精准扶贫深入人心，我相信，不管谁到这里来，只要与老百姓促膝谈心，就能从他们的话语中体会到精准扶贫的重大意义。

我记忆最深的是，采访土陶烧制作坊的非物质文化传承人母先才老人。他家的作坊最早时就是一个小作坊，只做一些泡菜坛子、酒罐子，销路不好，收入不高，甚至面临严重亏损。就在他准备放弃这个手艺的时候，镇长和村第一书记多次前来帮他找原因、谋思路，还请来了遵义师院艺术学院的师生给他的产品进行免费设计，并把他的作坊作为教学试验基地，同时建议他根据市场需要生产旅游产品，并增加制陶体验作坊，让游客可以参与其中。现在，仅制陶体验这一项，每逢周末，三十台机器一天的收入可达六七千元，使这个濒临倒闭的微小企业获得了新生。镇里根据微小企业的补助政策给予补助，母先才老人家的土陶烧制作坊已今非昔比。母先才老人说："说实话，像我们这种处于贫困线以下的手艺人，如果不是书记、镇长、第一书记无数次来关心和支持，没有他们出谋划策，就没有我们的今天。"

母先才老人说了一句让我至今难忘的话，他说："活了这么久，我终于重要了一回。"

这句话，是那样朴实、那样精准。这位老人真切感受到了自己的重要。同步小康，一个都不能少，这正是领袖的情怀。2015 年 6 月 16 日，是花茂村人永远不会忘记的日子，这一天，习近平总书记来到了花茂村，亲切地与村民们拉家常。村民王治强回忆说："习主席平易近人，笑起来像太阳，让我们心里暖洋洋的。你信不，我现在的心，天天都是热的。"他继续自豪地说："别看我们这里山区偏僻，来过两位主席，一位是毛主席，一位是习主席。"

是的，长征途中的 1935 年 3 月 10 日，毛泽东主席在这里用一盏马灯照亮了中国革命前进的道路；也正是在这里，毛主席在党中央和红军中的领导地位得到确立和巩固，从而挽救了党。八十多年过去，弹指一挥间，挥去的是时间，挥不去的是伟人留下的那些丰功伟绩。

是的，在中华民族伟大复兴的征途中，习近平总书记来到了这块红色的土地，他感慨地说："怪不得大家都来，在这里找到乡愁了。"习近平总书记亲切地说："党中央制定的政策好不好，要看乡亲们是哭还是笑。"

"要守住发展和生态这两条底线。"花茂村的繁荣和发展，正是遵循了领袖的这一睿智的执政理念。村民王治强笑起来像一株向日葵，他说："习主席说我们是哭还是笑的时候，在场的乡亲们都笑开了花。"

落实习近平总书记视察贵州的讲话，成为全省上下的强大共识和扎实行动。

帅波说，习近平总书记在花茂村视察后，花茂村成了远近闻名的"乡愁"品牌，而这个品牌要名实相符还任重道远。我们压力很大。省委书记来给我们撑腰杆，同时也严肃地鞭策我们，他说："作为全国贫困人口最多、贫困面积最大、贫困程度最深的省份，贵州被称为全国脱贫攻坚的主战场、决战区，未来几年能否实现同步小康、不拖全国的后腿，不仅仅是经济问题，而且是重大的政治问题。"这一席话，掷地有声，既让基层干部感到压力，更增添了动力。

党的十八大明确提出：确保到 2020 年实现全面建成小康社会宏伟目标。十八大以后，习近平总书记在国内的考察中，多次涉及扶贫开发，其中，又多次把扶贫开发作为主要内容，由此可见，贫困问题是中国全面建设小康社会的"拦路虎"，也一直是总书记最牵挂的事情。

我在花茂村写的剧本，讲述的故事就是贵州省遵义市播州区枫香镇下辖的二十一个村，如何从贫困村变为小康村再变为"百姓富、生态美"的富裕村的巨变。

2012年之前，地处大娄山山脉腹地的播州区枫香镇所辖的二十一个自然村，只有少数几个村庄解决了温饱问题，多数村庄还处于贫困线以下。每一个村的自然条件、实际情况都不同，脱贫过程中面临的难题也不同。

这二十一个村无外乎三种典型情况：第一种以花茂村为代表，地处大山马鬃岭的东边，地形以丘陵为主，种植业以水稻种植为主，老百姓吃上饭没有问题，但是要想脱贫奔小康，这个担子不算轻；第二种以纸房村为代表，地处马鬃岭的西边，山势险峻雄伟，几乎没有稻田，多为旱地，是出了名的贫困村，如何脱贫，这个担子更重；第三种以保海村为代表，典型的喀斯特地貌，这里被联合国教科文组织视为不适宜人类居住的地方，石漠化严重，山陡土薄，不适合农作物生长，不要说水田，就是旱地也要看天收获，这种深度贫困村，如何脱贫，担子沉甸甸的。

但是，无论是花茂村、纸房村还是保海村，都必须一个不落地同步小康，这是历史的责任和担当。播州区枫香镇党委书记帅波说起这二十一个村庄，特别是马鬃岭西边的深度贫困村怎样在2020年不拖全国人民的后腿而要同步小康时，信心十足。他说："老百姓从原来被动等你扶贫，转变成了现在主动地要求脱贫。这样的转变真不容易，原来等你来扶贫，矛盾不少，一是老百姓对脱贫致富缺乏信心，二是你忙他不忙，你急他不急，老百姓每年就盼望着那点扶贫款，扶贫款到了，又'你家多了，我家少了'地常常争吵不休。后来精准扶贫开始了，情况就大变了，六个精准扶贫的精准实施，使老百姓真真切切地感受到了真实、公平、实惠。老百姓说，看到上上下下那么多党员干部为我们忙碌，我们再不争口气，这脸都不知往哪儿藏。'我要脱贫，我要奔小康'成了群众的共同心声。所以说，扶贫更要扶志气。老百姓有了这样的志气，就没有什么困难能难住我们。"

当初，马鬃岭西边的村民们看到花茂村、苟坝村发展好了，曾抱怨说："就隔一座马鬃岭，一边是欧洲一边是非洲。"帅波说："什么欧洲、非洲的，这里是播州。扶贫工作从来都是一视同仁的。当然，你们现在不如花茂村，除了自然条件恶劣的因素外，也多在自身上找找原因。放心吧！总书记说，同步小康，一个都不落下，我们会不折不扣做到的。"

后来，省委省政府出台了一系列的脱贫举措，比如扶贫的"五个一批"：发展生产脱贫一批、易地扶贫搬迁脱贫一批、生态补偿脱贫一批、发展教育脱贫一批、社会保障兜底一批。还有扶贫的"五个坚持"：坚持扶贫攻坚与全局工作相结合，走统筹扶贫的路子；坚持连片开发与分类扶持相结合，走精确扶贫的路子；坚持行政推动与市场驱动相结合，走开放扶贫的路子；坚持"三位一体"与自力更生相结合，走"造血"扶贫的路子；坚持资源开发与生态保护相结合，走生态扶贫的路子。

这些强有力的举措，使偏僻边远、自然条件恶劣的深度贫困村看到了希望，马鬃岭西边的几个村庄也次第打响了脱贫致富攻坚战。到2020年底，播州区枫香镇的二十一个行政村中的深度贫困村，一个都不会拖后腿，一定会与全国人民同步小康，这一点我坚信不疑。

潘克刚是十九大党代表，临去北京前，他精心挑选了几张花茂村的照片，把家乡的新貌和乡亲们的笑脸带到北京，向习近平总书记汇报。他知道，他一定会近距离见到习近平总书记。

两年多过去了，每当想起习近平总书记在视察花茂村时讲的"政策好不好，要看乡亲们是哭还是笑"，王治强依然心潮澎湃。他说："总书记来的那天，太阳特别红，向日葵开得特别艳。习近平总书记的讲话像太阳一样温暖，在场的乡亲们都笑开了花。"我与村民王治强谈心的时候，他总是重复他那天的感受。我采访时，帅波几乎都在场。"每次听见，心里总是多了一份责任，多了一份信心。"他说，"花茂村近年来发展山地现代高效农业，推动农旅一体化，村民生活更上一层楼。为什么花茂村的乡亲们笑开了花，那是因为精准扶贫的政策好和省里上上下下切实有效地落实了习近平总书记的讲话精神。"

这几年，贵州省上下都特别关注花茂村的发展，为了乡亲们的笑更美更甜，各级党组织、各级政府都行动起来，实施了一系列的举措。首先是党建引领：创建精准服务型党组织，倡导"五带头、五提升"。群众常说，村看村、户看户，群众看党员、党员看干部，群众富不富，全靠党支部。花茂村的快速发展，精准服务型党组织的建立无疑是强有力的抓手。

各级党组织打造阳光党组织，政府则"消除藩篱，开门办公"，探索"五带头、五提升"，推动党员干部践行"五带头"：带头学习提高、带头争创佳绩、带头服务群众、带头遵纪守法、带头弘扬正气；实现党组织思想建设"五提升"：提升思想建设、提升党员素质、提升服务能力、提升发展水平、提升群众满意度，发挥党组织、党员、干部在精准扶贫、率先小康中的"领头雁"和"火炬手"作用。为推进花茂村扶贫开发，播州区成立了苟坝红色文化旅游产业创新区，实行镇区一体化管理，发展全景域旅游，助推率先小康。

自从"五带头、五提升"切实开展后，行政审批从简，"马上办""钉钉子""负责到底""服务创业""敢于担当"五种精神被大力倡导。针对省委确定的同步小康六大项二十五个核心统计监测指标，播州区根据自身特点对实现程度在百分之八十以下、百分之八十至百分之九十、百分之九十至百分之九十五、百分之九十五以上的指标分别实施红、橙、黄、绿"四线管理"；建立重大项目信息化管理平台，实行项目建设"五个一"（一个项目、一位领导、一个专班、一个机制、一抓到底）和"五定"（定时间、定责任、定人员、定任务、定效果）的工作机制，督促各部门主动作为。选派村级党组织第一书记，实行村干部绩效考核等工作机制，一次通报、两次约谈、三次问责；结合实际研究制定镇、村两级统计监测指标体系，创建"百姓富、生态美"的美丽乡村，联系服务群众"最后一公里"等工作的动态监测；分级开展小康示范创建活动，上下联动、示范引领、整体推进。同时在机制上创新，"五带十帮"是因地制宜的好办法，它精准地构建了党委领导、政府主导、群众主体、部门帮扶、社会参与的大扶贫格局。针对花茂村一带精准扶贫中的问题和主体，实施"五带"：一是党员干部结亲带贫困户搭建"连心桥"，二是驻村工作组带贫困户破解"发展难"，三是龙头企业带贫困户化解"增收难"，四是专业合作社带贫困户抵御"大风险"，五是致富能人带贫困户实现"产业兴"。实施"十帮"：一是帮助找准脱贫门路，二是帮助搞好技能培训，三是帮助解决项目资金，四是帮助拓宽销售渠道，五是帮助改善人居环境，六是帮助顺利完成学业，七是帮助关怀孤残老弱，八是帮助实施医疗救助，九是帮助提升文明素质，十是帮助强化法制观念。

省委主要领导说的"贫困不除，愧对历史；群众不富，寝食难安；小康不达，誓不罢休"这句话，被播州区委书记黄国宏记得牢牢的，接受我采访时，他一直重复这句话，看来，他切身体会到了这句话的分量。黄国宏的自信和务实，给我留下了深刻的印象。他说："人民对美好生活的向往就是我们的奋斗目标，我们要把这句话真正落到实处。这些年实施小康工程，通过'四在农家·美丽乡村'累计打造二十个类似花茂村甚至高于花茂村的示范村，再结合现代高效农业园区的建设，推动农旅、文旅、工旅、商旅一体化发展，带动农民实现持续增收，打造了一张'乡愁播州'的亮丽名片。通过实施幸福工程，抓好安居、教育、健康等与群众生活息息相关的生活实事，启动实施七百多个重大民生工程，城乡基础设施明显改善，群众获得感普遍增强。"

我再次看到潘克刚，是在 2017 年 10 月 19 日《新闻联播》对党的十九大的报道中。当习近平总书记来到贵州省代表团参加讨论时，潘克刚将花茂村近两年来的发展变化向总书记做了汇报，还把一张展现花茂村新貌的照片送给习近平总书记。习近平总书记高兴地说："这是风景画，很漂亮。"

潘克刚回到花茂村的第一件事就是宣讲十九大精神，地点就在"红色之家"的院子里。他向大伙儿仔细介绍党的十九大的盛况和自己参会的情况。当回忆起与习近平总书记见面时的场景时，潘克刚十分兴奋，他说："能够参加党的十九大，非常激动，我深受教育，备受鼓舞，这是一次终生难忘的人生经历。"

王治强忍不住抢话道："潘书记，总书记有没有提到我们乡村旅游今后该怎么搞？"王治强经营着"红色之家"，正是因为当年习近平总书记来到了"红色之家"，他才从此走向了致富的康庄大道，他最关心的当然是乡村旅游，这也是花茂村村民普遍关心的问题。潘克刚激动地说："我向总书记汇报现在乡村旅游成了花茂乡亲致富新路时，总书记嘱咐：既要鼓励发展乡村农家乐，也要对乡村旅游作分析和预测，提前制定措施，确保乡村旅游可持续发展。"

潘克刚的宣讲就这样一问一答地持续了一个下午，"红色之家"院子里的乡亲们一直笑声不断。他们的笑是由衷而幸福的。

这里是一块红色的土地，这里的人民曾哺育了共产党领导的中国工农红军，对红军、对党有着深厚感情。

精准扶贫的深入实施，使得花茂村、苟坝村旧貌换新颜。

潘克刚满怀憧憬地说："相信花茂村的未来会越变越好。花茂村还要继续坚持发展乡村旅游和农特产品种植，让乡亲们吃上'旅游饭'，让生态变成'摇钱树'，让'乡愁'成为'大品牌'。让我们这幅'风景画'更加美丽，以此来感谢党中央和总书记的关怀。"

花茂村是怎么变更为这么美好的一个名字了呢？是谁取的呢？我没有得到确切的回答。唯一确认的是，花茂村已是远近闻名的美丽乡村，更是"百姓富、生态美"的模范村。

我在花茂村前后生活了大半年，为的是写好一部反映精准扶贫的长篇电视连续剧剧本，当我海量采访后正思考如何下笔时，党的十九大胜利闭幕，这是我们的新时代、新起点、新征程，吹响了中华民族伟大复兴的号角。习近平总书记那句气贯长虹的话——"中华民族的面貌发生了前所未有的变化，中华民族正以崭新姿态屹立于世界的东方"，还在我耳畔回响，我的大脑里闪现出的片名是《花繁叶茂》。是的，马鬃岭山下的花茂村和苟坝村不再是脏、乱、差的贫困村了，现在它们繁花似锦、美丽和谐。在这样的环境中生活，是很有诗意的。于是，在创作《花繁叶茂》剧本的间隙，我大脑里总是不断出现一首诗，而这首诗，又变成了一段如泉水叮咚般的旋律，在我耳边婉转悠扬地响起。我想，在这花繁叶茂的伟大时代，我何尝不是在倾听花开的声音呢？

不仅我听到了花开的声音，我想，全国人民、全世界人民也都听到了。

第三章：看万山红遍

我在乌蒙山腹地的海雀村深入生活，有了这样的认识：如果说，时任中共中央书记处书记的习仲勋同志于 1985 年对海雀村事件的批示拉开了当地有组织、大规模扶贫的序幕，那么，习近平新时代中国特色社会主义思想指引下的精准扶贫战略全面展开，在 2020 年全国人民一个都不落下得以实现同步小康，将为这场人类历史上最伟大的扶贫攻坚战画上圆满的句号。

如果说，习仲勋同志的批示上那三个力透纸背的惊叹号是对官僚主义的严重警告和批判，那么，习近平总书记庄严宣告在 2020 年全面建成小康社会，完成人类历史上最伟大的工程，就是对"把人民利益放在第一位"这一执政理念的最好诠释。这项工程，举世瞩目，将赢得全世界人民的尊敬。

在乌蒙山区深入生活的那些日子里，我目睹了精准扶贫给老百姓的生活带来的巨大变化。在与老百姓促膝谈心的过程中，我感受到他们感恩共产党、热爱人民领袖习近平的感情是真挚而纯朴的。

在采访中，我与当地老百姓朝夕相处，对于他们的这种感情，我感慨万分。于是，我撰写的关于精准扶贫的报告文学便有了一个温暖的名字——《报得三春晖》。

我无数次被采访中的人物和事迹所感动，更无数次感到心灵的震撼。友人说看了我撰写的关于花茂村的报告文学《花繁叶茂》，很感动。他说："我给你提供一个感人的故事，发生在你的家乡，只要你回来实地采风，我相信你一定不虚此行。"我说："为什么？你说来听听。"他说："你写花茂村，讲述了一个贫困村在实施精准扶贫后，变成了一个远近闻名的小康村的故事，而我想跟你讲述一个资源枯竭型城市浴火重生、凤凰涅槃的故事。这个故事，你说分量够不够？"我说："你说的是铜仁万山吧？"

当然要眼见为实，写完《报得三春晖》的第二天，我忍不住驱车赶往万山。万山距贵阳近四百公里，驱车需四个小时左右。在这四个小时的旅途中，人还没有到万山，我的思绪已经萦绕在铜仁万山那些往昔的记忆中。

万山于我而言，是神秘和向往之地，我的出生地铜仁市碧江区与万山区距离很近，虽然我很少去万山区，但并不影响我了解那里。父亲作为一名地质队员，参加过万山汞矿大会战。我小时候，父亲就给我讲过无数关于万山的故事，最让我记忆深刻的是发现老虎的故事。父亲说，万山冬天的那个雪啊，太大了，一脚踩下去雪能没到膝盖，老虎没有吃的，经常在地质队的简易房周围徘徊，留下深深的足印。地质队的简易房是用竹条编织的，黄泥敷在竹条上，就算是一面墙了，但这样的墙并不结实，北风一吹，时常会有泥屑掉落，久而久之，泥墙也就变成了竹墙。父亲从竹条的缝隙中甚至看见过豹子、老虎的身影。房子里虽然生一盆炭火，父亲和同事们并不担心一氧化碳中毒，因为房子到处漏风。室内的温度当然很低，北风呼啸着，从竹条的缝隙中挤进房内，钻进耳朵，刮在脸上，像刀锋抚过人面，火辣辣的。有一次，父亲睡不着，起床出门上厕所，猛一抬头，看见石坎上坐着一只老虎，正盯着他看，吓得父亲转身闪进房内。幸亏那时候父亲年轻，身手敏捷，要不然可能就没有我的存在了。我是 1965 年出生的，父亲遇虎，是 1958 年的事。这个故事，就是我对万山最初的印象。

长大后，我也成了一名地质队员，走遍了祖国的山山水水，但我的地质找矿工作从未踏足万山，因为那时候万山汞矿已经临近枯竭。即便我到万山的群山中从事地质找矿工作，也不用像我父亲一样担心被野兽伤害了，因为这个时候，不要说老虎，狼都在万山没有了踪迹。

万山的名气实在太大，大到几乎每一位铜仁人都会把万山挂在嘴上。那个时候，大家对万山众说纷纭，负面的多，正面的少。比如有人说，万山没有蚊子。乍一听，没蚊子好啊！万山没有蚊子，当然好啊，可是这个"没有"令人恐惧。众人谣传万山汞蒸气泛滥，空气中弥漫着汞毒，蚊子都被毒死了。

既然蚊子都被毒死了，那么，在那里生活就是一个慢性中毒的过程。这个传言够令人恐惧吧！还有个更可怕的有点危言耸听的说法是，万山这座城市，随时可能坍塌，因为采矿，地下都被挖空了。

2008 年 5 月 12 日，我与友人在兴义市行政学院宿舍创作，我在楼下，他在楼上。下午两点半左右，我感觉到身子有点晃，起初我以为是因为创作时间太久，有点眩晕，一定神，发觉不对，不只是我摇晃，整个房屋都在摇晃。

当时，我并没有往地震方面去想，因为贵州不在地震带上，贵州历史上也没有发生过大地震。房屋摇晃了一会儿，就不再摇晃，我也没把这当一回事，继续搞我的创作。

一个小时后，我听见友人急促的脚步声，他咚咚咚地从楼上下来跑进了我的房间。他说:"完了完了完了。"我看见他慌乱的样子,有点好笑,说:"完什么完?"他说:"万山完了,万山整个城市坍塌了!"我说:"瞎扯哦。"他说:"是真的。"我说:"我们在兴义,离万山有七百多公里,你看见了?"他说:"铜仁有人打电话来说的。"他这样一说,确实吓了我一跳。

以我地质找矿的经验,我认为汞矿的开采应顺着矿脉洞采,而汞矿主要产于石灰岩当中,岩体相当厚实,即使有地震发生,最多也是局部坍塌,何况万山不在地震带上。

我之所以被他的话吓了一跳,是因为这是铜仁人说的。万山是铜仁的一个区,铜仁人说万山坍塌了,确实让我这个铜仁人心慌。虽然内心有点怀疑,但我还是对友人说:"这不可能。"我拨打手机询问,铜仁市文联的同志告诉我,有这个传言,他也问了万山的朋友,人家说没有坍塌。我放下电话,嘲讽地对友人说:"你这个玩笑开大了啊。"他说:"这种事,我哪里敢开玩笑!确实有人打电话告诉我的。"我说:"这些话你也信?危言耸听,以后这样吓人的故事,你自己看见再告诉我。"

一小时后,确切的消息传来,四川汶川发生了大地震。这个震惊全国的大地震,波及许多地方。这很正常。不正常的是,这和万山坍塌有什么联系?为什么那么多人都相信万山坍塌了这个危言耸听的传言?在以后的十年中,只要遇上与铜仁万山相关的人,我都会不断地询问这个传言的起源。生活在万山的人们说:"你说,他说,我说,都在说,哪里还知道源头?"由此我判断,万山许多危言耸听的传言,其实反映了一种心态。有这样的心态,显然是不正常的,但是,这是不是能说明,万山正处在一个不正常的时期呢?

显然,这样的结论是毋庸置疑的,从2001年10月18日,万山汞矿宣布政策性破产关闭后,情形尤为严峻,一直持续到2008年。

万山曾经辉煌过,汞矿职工的福利待遇非常好,是这一带老百姓羡慕的对象,即使是万山的地方干部,也是非常羡慕的。如在20世纪七八十年代,万山地方干部的月工资在三十元左右,而汞矿工人的月工资可达一百余元。而到了2006年,竟然流传着原汞矿职工偷农民的红薯充饥的故事,让人唏嘘不已。

这个故事很感人：一名原汞矿职工，在农民的地里偷挖了几斤红薯回家，农民追上门来一看，这名原汞矿职工比自己还穷，家徒四壁，锅里清汤寡水的，不由得心生怜悯，说："你以后想吃红薯，尽管去我家地里挖。"这名农民回到村里，感慨万分，说给村民们听，村民们也深表同情。村主任说："哎呀，我看，人家都这样了，以后他们来拿点红薯、拿棵白菜的，大家记住，睁一只眼闭一只眼。"村民们也纷纷表示赞同。村主任没有用"偷"而是用"拿"，可见他是动了恻隐之心。

这个故事就这样流传开来，而且流传很广。

类似于这样的故事还有很多，不同于这样的故事也有很多。由此我们也可以想象，当时的万山处于怎样的一种境况。从时任中共贵州省委书记石宗源的话——"贵州的稳定看铜仁，铜仁的稳定看万山，万山的稳定看汞矿"，我们可见一斑。

那时候，贵州汞矿的职工在省委门口搭帐篷上访，时任贵州省委书记石宗源、省长林树森高度重视，为此制定解决措施，首先解决当地教师"同工不同酬"的现象，再逐步解决住房、就业、医疗和教育等方面的问题。

但这样的问题，不是一两天就能解决的，贵州铜仁万山汞矿是一家老企业，离退休和在职人员共一万多人，子弟众多，这确实是一个棘手的问题。

2001年，铜仁万山汞矿破产的消息得到证实后，我非常感慨，写过一篇名为《断河》的小说，发表在《当代》2003年第5期，紧接着《新华文摘》也转载了。这部短篇小说从英国人在万山开采丹砂说起，一直说到2001年铜仁万山汞矿宣布破产，时间跨度近两百年。在小说的结尾，我写道：

> 在世纪末充满沧桑的一天里，被誉为汞都的特区却因为汞矿石枯竭而宣布汞矿破产。汞矿没有了，城市还存在。这个城市还继续是特区政府所在地。
>
> 采过汞矿的土地是不能复垦了，汞是一种对人体有害的东西，种出来的粮食一定会含汞超标，太不符合人类食品的健康要求。

是的，当老虎岭没有了老虎，当野鸭塘没有了野鸭，当青松坡没有了青松，或者，当石油城没有了石油，当煤都没有了煤，这也是一种味道。

从这篇小说，可以看出当时我对资源枯竭型城市的绝望。

万山地处武陵山脉主峰梵净山的东南部，这里因盛产朱砂被誉为"中国汞都""丹砂王国"，闻名天下。1966年，经中共中央、国务院批准，成为共和国第一个行政特区，2011年，经国务院批准，撤销万山行政特区，设立万山区。在这四十五年中，万山行政特区最重要的部分万山汞矿，曾为共和国的经济建设做出过巨大贡献，特别是在20世纪60年代，为偿还苏联外债做出大贡献，周恩来总理曾赞誉其为"爱国汞"。

说到汞矿，还要普及一下常识。朱砂、丹砂、辰砂都是同一种矿石，只是叫法各异。经高温烧制后呈液态，俗称水银，也就是汞。汞在元素周期表中位列第八十位，元素符号Hg，是常温常压下唯一以液态存在的金属，呈银白色，这种具有闪亮光泽的重质液体，不溶于酸，也不溶于碱，在常温下即可蒸发，形成汞蒸气和汞的化合物，有剧毒。世界卫生组织国际癌症研究机构公布的致癌物清单中，汞和无机汞化合物位列其中。

万山丹砂的开采历史，可上溯到西周时期。据《万山志》记载，西周武王时期，从西北方来了一个梵姓女子教当地土著在崖壁上沿着丹脉敲凿取丹，久敲久凿而成洞穴。梵氏将丹砂献给武王，武王服之，不仅治好了心悸不宁的毛病，而且神清气爽，颜面红润，体力倍增。武王大悦，敕封产丹之山为"大万寿山"，万山从此以丹驰名。此后，秦方士徐福曾由苏州到万山两次索取丹砂，以供帝王陵墓防腐之用，炼取丹丸，称之为"长生不老药"。看来以丹砂提炼的长生不老之药并不能使人长寿，要不然徐福也不可能出海寻找长生不老之药。

据《本草纲目》记载：朱砂，亦名丹砂，为本经上品。以丹为朱色之名，故称朱砂，有清心、镇惊、安神、明目、解毒的功效。

人们对丹砂的认识过程是漫长的，丹砂被视为亦正亦邪之物，正，即《本草纲目》之说；邪，即方士"长生不老药"之说。历史上，著名的"红丸案",就是丹砂惹的祸,为明末三大案之一。

明泰昌元年(1620年),光宗病重,炼丹方士李可灼进献红丸,称之仙丹。光宗服后,刚开始精神爽朗,下旨赏了进献红丸的李可灼。不想再服之却病入膏肓,继而死去。有人怀疑是郑贵妃唆使下毒,旋即展开了一系列追查元凶的举动。其间,党争与私仇夹杂其中,连坐罪死者甚众。这件因红丸引发的宫廷案件,史称"红丸案"。

贵州是全国唯一没有平原的省份,山多是这块土地最明显的特征。贵州西部有雄伟壮丽的乌蒙山脉,东部有峻峭旖旎的武陵山脉,这是贵州两条最大的山脉,美丽但极度贫困,在中国现有的十四个"集中连片特困地区"中榜上有名。

但在我的记忆中,我的家乡铜仁市并不贫困。我没有过食物匮乏的记忆,倒是食物的丰富和特色给我的味蕾留下不可磨灭的记忆。那时候,我的哥哥姐姐们已经离开故乡到外地就业,他们总埋怨外地食物的匮乏,而母亲总能想方设法给他们寄去大米和一些故乡特产。我总是庆幸自己生活在铜仁,我相信和我有着一样经历的故乡人,都有着和我一样的感受。那时候,作为一名铜仁人,我们是很骄傲的,更何况《贵州府志》佐证了我们的骄傲。府志上说:黔中各郡邑,独美于铜仁,乃"鱼米之乡"也。但这样的骄傲并没有持续多久,人口倍增,经济发展滞后,铜仁后来被列为贫困地区也就不足为怪了。

我常行走在云贵高原云盘山东延的地带,这里万峰成林、云雾缭绕,神奇而美丽。这里是我的故乡,是我的出生地。人生最美好的时光莫过于青少年时期,那些青春时期的梦想和记忆,化作促使我不断回到故乡、行走在故乡的情怀。

我的故乡就在武陵山脉主峰梵净山的山脚下,它商时为荆州之域,周时属楚,秦时属黔中郡,汉时属武陵郡。武陵郡的设置时间,据《水经注·沅水》记载,为"汉高祖二年,割黔中故治为武陵郡"。

武陵山区,东临两湖,西通巴蜀,北连关中,南达两广,是中国各民族南来北往频繁之地。武陵山区面积庞大,区内聚居着土家、汉、瑶、苗、侗等许多民族,西南官话使用人数最多,少数民族的语言有苗语、侗语、土家语、瑶语等。武陵山区以武陵山脉为中心,山系连绵不断,蜿蜒千里,延伸至湖南、湖北、贵州、重庆、四川境内,总面积十一万多平方公里，总人口两千三百多万人，其中，土家族、苗族、侗族等三十多个少数民族一千一百多万人，约占总人口的百分之四十八。这个区域是连接中原与西南的重要纽带，是中国区域经济的分水岭和西部大开发的最前沿。它集革命老区、民族地区和贫困地区于一体，是跨省交界面大、少数民族聚集多、贫困人口分布广的连片特困地区。

近些年忙于创作，很少听闻铜仁万山的消息了，这是不是印证了一句谚语：没有消息反而是好消息？这不，好消息就来了。友人说："万山浴火重生，凤凰涅槃了。"这样的消息，无疑给我带来了意外和惊讶，我必须亲自去看看，因为那是我魂牵梦绕的故乡。

经过三番五次的走访、实地勘察，可以说，我把眼见为实进行到底了。

那天离开万山时，我站在云盘山上，一览众山之小，云雾间升腾起一股磅礴之势，这样的气势来自太阳的光辉。那时候，阳光四射，光芒在莲花般的云朵里弥漫开来，天地间豁然开朗，一刹那间，我的心充满光明。"看万山红遍，层林尽染"，毛泽东主席脍炙人口的名句，从我心中涌出。

忆往昔，毛泽东主席曾经以《星星之火，可以燎原》这篇文章回应了那个时代对革命产生动摇的一些人。这篇文章，指引了革命的方向，坚定了共产党人的信念，从而完成了人类历史上伟大的长征，并成立了中华人民共和国，苦难深重的中国人民从此站起来了。

而今天，习近平新时代中国特色社会主义思想深入人心，凝聚人心，明确了中国共产党新的奋斗目标，坚定了中华民族的自信，从而形成了万众一心跟着共产党、为实现中华民族伟大复兴的中国梦而努力奋斗的巨大动力。

新的时代、新的长征，人民感恩共产党，拥护核心，热爱领袖，必将创造人类历史上最伟大的奇迹，中华崛起不可阻挡。

万山区化蛹为蝶、凤凰涅槃的故事，佐证了习近平新时代中国特色社会主义思想的本质所在。事实证明，只要我们贯彻落实、深入领会习近平新时代中国特色社会主义思想，时刻牢记习近平总书记教给我们的方法论，在"学懂、弄通、做实"上下功夫，那么在中华民族伟大复兴的号角吹响之际，在我们前行的路上，就能做到攻无不克、战无不胜！

要在"学懂、弄通、做实"上下功夫，办好"新时代农民、市民讲习所"就是最好的抓手。截至 2018 年 5 月底，万山区共开展八百余场次讲习，宣讲十九大精神、习近平新时代中国特色社会主义思想以及"精准扶贫"和农科技术。万山区共有一百一十个固定讲习所，区、乡、村固定讲习员五百零八名，受众人次达二十八万。

对于一个只有二十七万人的区来说，累计二十八万人次的学习，可谓在"学懂、弄通、做实"上下足了功夫。事实证明，只要下足了这样的功夫，脱贫攻坚、同步小康的事业就能立竿见影。以下数据，就是最好的证明：关于贵州省 2017 年脱贫攻坚成效考核情况的通报，共分为差、一般、较好、好四个评级，其中十五个县考核评级为好，万山区在"好"中排名第一位，其次是三十五个县考核评级为较好，十一个县考核评级为一般，四个县考核评级为差。

我在高楼坪乡夜郎村采访时，听说新时代农民讲习所正在宣讲，很想去体验一下，不巧的是，当我走到讲习所时，宣讲已经结束了。这时，一位满脸皱纹、笑眯眯的老人走了出来，见她一脸的笑，我忍不住想和她聊几句。

我走上前说："老人家，贵姓啊？今年多大年纪了？"

她说："我姓余，今年七十五岁了。"

我说："宣讲内容您都听得懂吧？"

她频频点头说："听得懂，听得懂。"她一边说，一边从背包里取出一个又大又厚的笔记本，在我面前摊开。我一看，里面密密麻麻地写下很多字，都是关于讲习所的宣讲内容的。

我有些惊讶地问她："您来听过多少次了？"

她说："我每次都来。"

我拿着她的笔记本又翻了几页，看见一长段似打油诗又似歌词的文字，我问她："这是什么？"

老人有些腼腆地笑了起来，说："这是我写的歌。"

我一下子来了兴趣，我说："老人家，能不能请您现在唱一段？"

老人有些犹豫，见我很真诚，便愉快地唱了起来。她的歌用的是

《洪湖赤卫队》《刘三姐》《天仙配》的曲调，唱的却是她新填的词。

她唱歌的时候，见我很认真地在听，便来了精神，一首接着一首变换着曲调唱，不给我打断她的机会。我也不打断她，索性让她唱个痛快。她唱得很快，由于年纪大，口齿不是太清，但我还是大致能明白她唱的是什么，比如："没有劳力也要奔小康，快快乐乐把晚年过。""你把家庭搞富了，老婆不会和你吵；你把家庭搞好了，老婆也就不会跑。""精准扶贫就是好，脱贫一个都不少。""十九大精神闪光芒，照得我们心里亮堂堂。"

这位老人家确实唱得很痛快，一唱就是半个小时。她终于停下来，开始翻她手中的笔记本，有些不好意思地对我说："年纪大了，有点记不住了。"然后，她又开始唱了起来。她先唱贫困户助学建卡的内容："学前、小学补助六百元，初中补助一千元，高中补助三千元，中职补助三千五百元，大学补助三千七百元。"然后再唱贫困户医疗保障托底救助："以前看病真是难，现在看病真方便，大病小病有保障，不用担心不害怕。"

说实话，我还挺佩服她的，她能反复用《洪湖赤卫队》《刘三姐》《天仙配》的曲调把这些词唱出来，确实不容易。

从与她的交谈中我了解到，她文化不高，却很善谈，不懂作曲，却对耳熟能详的《洪湖赤卫队》《刘三姐》《天仙配》曲调运用自如。她说："现在吃穿都不愁了，才能有闲心写歌唱歌。"

后来从村干部那里了解到，这位老人叫余秀英，原来是夜郎村的贫困户。她家有六亩多地，仅土地流转的收入每年就有四千八百余元，逐年还会增长，除此之外，还有低保和养老金维持正常生活，还能在合作社里分红。前几年，她和老伴儿住进了一楼一底的新房。她每次都参加村里组织的讲习活动，通过讲习所，她对十八大、十九大以来各项惠农政策非常熟悉。一些吃不透政策的村民还经常找她，她给他们讲得头头是道。村干部说："可以说，她是我们业余的讲习员。"

据了解，万山区各乡镇（街道）脱贫攻坚工作组每周安排两个晚上，在所辖社区和村庄的新时代农民讲习所放映正能量纪录片，如《情系梁家河》《中国习近平时代》《大国崛起》《创新之路》等，用影像把近年来我国取得的历史性发展、创造性改革、蒸蒸日上的生活风貌真实地呈现出来，使每一名老百姓都能够切实感受到祖国的进步与腾飞、繁荣与昌盛。

那天，我走访参观了三个村和一个社区的新时代农民、市民讲习所，感触很深，万千思绪萦绕心头，使我久久不能平静。这种激动，一直延续至我采访铜仁市委书记陈昌旭时。

在交谈中，我当然要谈到在万山的"眼见为实"，这些眼见，有讲习所的见闻和精准扶贫的实例。我认识到"新时代农民、市民讲习所"是"学懂、弄通、做实"的抓手。

他说："沧海横流方显砥柱，万山磅礴必有主峰。习近平新时代中国特色社会主义思想已成燎原之势，万山红遍。"

我脱口而出："看万山红遍。"

我要写的文章立刻有了一个醒目的标题：《看万山红遍》。后来，当我结束了万山区海量的采访，在电脑屏幕上打出"看万山红遍"时，我想，《看万山红遍》中的这个"万山"，一语双关，不仅仅是我脚下的这块土地，"万山"这个概念，还是祖国大地的万水千山、千山万壑。

按照省委、省政府对铜仁市提出的"念好山字经、做好水文章、打好生态牌，奋力创建绿色发展先行示范区"的战略定位，铜仁市委、市人民政府强力推进"一区五地"建设，奋力创建绿色发展先行示范区，打造绿色发展高地、内陆开放要地、文化旅游胜地、安居乐业福地、风清气正净地。发展绿色经济、打造绿色家园、完善绿色制度、筑牢绿色屏障、培育绿色文化，大力实施"六绿"（绿道、绿水、绿城、绿园、绿景、绿村）工程，推进绿色发展先行示范区建设。此外，还加强生态文明制度建设，完善环境保护和生态文明建设机制，严格执行环境保护制度，严厉打击破坏环境的行为。正是不打折扣地遵循了这一战略定位，坚决贯彻落实了省委、市委的决策指示，万山才走出了一条资源枯竭型城市绿色转型的发展之路。可以说，绿色发展理念始终贯穿万山转型全过程。

这次深入采访，我是在震撼和惊讶中度过的。首先我们来看一组数据：2001 年万山汞矿破产时，万山的年财政总收入仅仅为三百二十万元，而且全部来自农业税收入。那时候万山的第一产业滞后，第二产业的主体工业破产了，第三产业几乎没有。2005 年 12 月

29 日，第十届全国人大常委会第十九次会议决定，自 2006 年 1 月 1 日起废止《中华人民共和国农业税条例》，一个在我国存在两千多年的古老税种宣告终结。自古以来，纳公粮是天经地义的事，种田不纳粮了，是改革开放的一项巨大成果，表明中国已完全具备了取消农业税而不至于影响国家全面发展的经济实力。然而对于那时的万山来说，取消了农业税，它还能有什么收入呢？

从下面这些数据可以看出这个担心是多余的：2017 年，万山区的财政总收入为八亿三千万元，生产总值为四十六个亿。

从三百二十万元到八亿三千万元，这样的数据对比一目了然。这样的变化，完全可以用化蛹为蝶、凤凰涅槃来形容。

2008 年以前，万山人缺乏自信。往日的辉煌与当时的衰落形成鲜明的对比，造成万山人的巨大失落，而这种失落弥漫在万山人的心中，久久不能散去。就在那年冬天，一场百年不遇的雪凝灾害袭击了万山，导致万山百分之八十以上的人口无饮用水，通信、电视广播基站全部停止运转，秋冬农作物面临绝收，十万亩林地受灾，一万多头牲畜被活活冻死，四千多户居民的房屋受灾严重，万山所有企业因停水停电而停产，部分企业厂房倒塌。四乡一镇十七个行政村四百二十八个村民组受灾，受灾面积占总面积的百分之九十二点六。

走访原万山常务副区长吴泽军时，他依然感慨万分。他说："我们这里的雪凝叫桐油凝，与北方的雪有区别，北方的雪下得再大，脚一踩上去就是一个深深的脚印，也不会太滑；桐油凝就不一样了，别说脚印了，就是拿铁锹、锄头去铲去挖，坏的一定是铁锹和锄头。那个桐油凝啊，冻得梆硬的，一尺多厚，滑得像冰砖上抹了桐油，不要说行走，站都站不住。那时候我们急啊，村寨、村民组都散落在几百平方公里的群山里，也不知道他们怎么样了，我们只好集中所有的干部，分成十几个小组分头到各村寨查看灾情。路滑山陡，非常危险，每个小组带着绳子和稻草。绳子的作用是互相有个牵扯，以免人员滑下山坡，稻草的作用是捆在鞋底防滑。路途比较遥远，走不了多久，稻草就被磨断了，要不断地换稻草，所以每人身上都背了一捆稻草。"

原万山镇副镇长杨尚英接着说："那个时候持续断电二十多天，因为煤油几乎拉不进来，蜡烛、煤油价格高得出奇，原本两角一支的蜡

江山如此多娇（节选）

烛涨到了两元，最高涨到了十元一支。这样肯定不行啊，我们必须得想办法。这桐油凝和雪不一样，冰雪一撒盐就能消融，桐油凝上撒盐毫无效果，我们只好在路面上垫石砂，汽车轮胎加挂铁链条。即便这样，汽车也常常滑进路旁的沟里，而垫的那些石砂两个小时后又被凝冻覆盖。这么长的路，垫石砂成本太高，我们也垫不起啊。抢运进来的蜡烛和煤油都平价销售给受灾群众，群众的焦躁情绪得到了一定的缓解。"吴泽军说："哎呀，平常五分一斤的小白菜，那时二十元只能买到一小捆，也就两三斤。你说，那个时候万山的干部、职工收入本来就不高，这样一来，他们的生活更是雪上加霜。"

那一个冬天，是万山人永远铭记的一个冬天，当他们的心都要冻僵的时候，来自中央的问候温暖了每一个人。这个问候，是时任中共中央政治局常委、书记处书记的习近平同志带来的。

走访冲脚社区党支部书记田茂文时，他说起来依然十分激动。他说："可以说，没有习近平总书记的万山之行，就不会有万山区的今天。那天是 2008 年 1 月 31 日，农历腊月二十四，星期四，事前，我们只知道有中央首长来，并不知道是谁来，大约下午 1 点 40 分，车来了，首长一下车，那个气场就把我们惊呆了，那个高大啊，和蔼啊，给人的踏实感啊！因为到我们社区来嘛，我就带路，习总书记就问：这是一个什么单位？我说：这是一个社区，是原来万山汞矿的一个主要生产单位，汞矿关闭后，变成了一个职工的托管社区，叫作冲脚社区。习总书记一边走一边问，我也就一边走一边汇报情况。"

吴泽军插话给我介绍说："2008 年的冲脚社区后来合并到犀牛井社区了，冲脚社区是万山汞矿关闭时成立的十个职工托管社区之一，从人口上讲是万山区第二大职工托管社区，关闭前叫'贵州汞矿四坑'。'坑'，是 20 世纪 50 年代按苏联模式命名的矿山二级生产单位。一坑、二坑、三坑……贵州汞矿共有十八个坑。四坑这个地方，是全矿的主要生产单位，采、选、冶全有，偿还苏联外债的时候是牵大头的，有九座高炉，别的坑也就一两座高炉。四坑的技术力量也是比较雄厚的，职工来自全国各地。汞矿关闭的时候，尽管政府对职工实行了社会职能单位移交安置一批、按政策提前退休退养安置一批、解除劳动关系一次性安置一批、资产重组分流安置一批、劳动托管服务中心过渡性安置一批的'五个一批'安置措施，但万山人赖以生存的矿山倒闭，周边区县又无其他支柱产业，职工就业非常困难，所以生活困难的家庭比例相当大，往往一个人一千多元的退休金要养活祖孙三代五六口人。当时的冲脚社区有一千八百多人，从20世纪90年代中期开始，矿山就发不出工资，到2008年，绝大多数家庭一家五六口人还住在四五十平方米的工棚里，四十岁以上的未婚大龄青年就有六十七名。所以，当时我们的社区工作很难做啊！幸亏我们还有一百零四名党员，这对我们社区的稳定做出很大贡献！这个事啊，田茂文同志起了大作用，他原来是汞矿科研所的书记，转岗到社区当书记，原汞矿的职工们对他很信任。"

田茂文接着说："我在汞矿工作了几十年，太熟悉他们了，所以首长来的时候，领导叫我来介绍情况。我先把首长引到了杨通宝家。为什么要选杨通宝家呢？是因为在万山，他很具有代表性，他七十八九岁了，参加过淮海战役，当过志愿军，转业后一直在矿上工作。从20世纪50年代的汞矿大会战，到偿还外债，再到20世纪七八十年代创造辉煌，做了很大贡献。跟社区绝大多数人家一样，汞矿破产后，他家里比较困难，住房也很破旧。首长一进门就对杨通宝老人说：'老人家，辛苦了！党中央、国务院十分牵挂受灾群众的生活，派我来看望、慰问大家！'

"然后，首长就问一些情况，比如家里有没有米啊、有没有水啊，又问老人的身体状态、退休工资和家庭收入情况以及基层政府对社区居民的关心情况等。杨通宝老人是老党员，他能够真实地反映遇到的困难。他给首长反映了凝冻后水电断了、照明用的蜡烛不够等问题。总书记听后，当即对在场的干部和我吩咐，像蜡烛这样的生活必需品，一定要想尽一切办法保证供应。要妥善安排好受灾群众的生产生活，让受灾群众有饭吃、有衣穿、有房住，最好能有电视看。春节就要到了，还要让大家能够吃上年夜饭。

"在这个过程中，杨通宝老人讲不出话来，激动啊！我只得代表社区群众见缝插针补充汇报一些情况。凝冻一个多月里，我们组织了一个送水队，发动年轻党员、团员，用冰车拉水，给身体不好、行动不便的七十岁以上老人送到家里；我们还成立了应急巡逻队，为困难群众搬运救灾部门送来的柴米油盐，检查居民家中防火情况，预防一氧化碳中毒，每天定时去敲敲空巢老人的门，预防老人出意外等。首长听完我的汇报以后，对我和在场的干部说：'一定要发挥好党组织的战斗堡垒作用，不能让群众没依靠！'

"从杨通宝家里出来后，首长又在他家门前察看周边房屋的情况，跟杨通宝老人合影、寒暄。这个时候，周边群众知道中央首长来了，就从四面八方拥了过来。我当时很担心啊，汞矿破产后，由于客观条件的限制，居民的就业、收入、住房等困难积累了十多年，很多人心理不平衡啊，我怕他们对首长说一些有失分寸的话。

"习总书记真是伟大啊！按说他这样大的领导有一级警卫，来了那么多群众，当地领导都很紧张，但首长径直走到群众当中，本来闹哄哄的场面一下子安静下来，首长和蔼地即兴对大家讲起话来。时间久了，我也记不太清，大概意思是：万山的困难中央已经知道了，万山受到的灾害，党中央、国务院很关心，胡锦涛总书记非常惦记，委托他来看望大家，大家在灾害面前能够相互支撑、相互帮助、紧密团结，他很感动。请大家相信，党和政府一定会采取有力措施，全力以赴打好打赢抗灾救灾这一仗，一定让大家在大灾之年过一个欢乐年、祥和年！

"习总书记的话，句句说到了我们社区群众的心窝里，有的本来是想来诉苦的，听到这些话，都忍不住鼓起掌来。那掌声太热烈了！

"接下来，我就引着首长去李来娣家。为什么选她家呢？李来娣身体不好，汞矿破产后自强不息，一直带病努力打拼，省吃省喝也要供女儿读大学。她比较有代表性。

"进到李来娣家不久，她家隔壁邻居听说中央首长来了，好几名下岗或退休的女工都挤了进来，婆婆妈妈地跟习总书记念叨。习总书记对困难群众那个耐心啊，我真是见识了。他不但不烦，反而问得特别细致。李来娣说：'天气太冷了，躺在床上盖了三床被子，还是冷得糠糠抖。'习总书记没有听明白这句方言，我给习总书记解释：'这房顶是竹席子搭的，用竹篾子敷泥巴做的墙，冬天漏风，人也就感觉格外冷。'

"习总书记临走时，给他们每人赠送了被子、棉衣和慰问金。"

田茂文说到这里时，我看见他已经热泪盈眶。常言道，男儿有泪不轻弹，何况已经过去十年了，可以想象，田茂文当时是多么的激动。

我是在一家俄罗斯风情餐厅的阁楼阳台上采访田茂文的，这是一座苏式建筑风格的小楼，原来是苏联专家办公、住宿的地方。

2015 年，万山区政府通过招商引资引进了一家省外文旅企业，按照 5A 级标准对原废弃的汞矿遗址进行整体连片开发。投资二十亿元建设中国第一个以山地工业文明为主题的矿山休闲怀旧小镇——朱砂古镇，现已建成悬崖泳池、汞矿博物馆、玻璃栈道、影视基地、万亩红枫林等景点。朱砂古镇聘请俄罗斯厨师和服务员，在汞矿原苏联专家楼建起了俄罗斯风情餐厅，对原汞矿废旧生活区进行改造，通过人文塑造、还原生活场景等表现方式，建成规模宏大的影视基地，让游客可以真切地感受时代脉搏，追寻不同年代的时光记忆。景区开放仅一年多时间，接待游客就近三百万人次，实现了从三年前的人迹罕至、危楼遍布、上访频发的老旧矿区，向商贾不暇、车流不息、安居乐业的旅游新区的转变。

来万山之前我做了功课，在网上搜集了 2008 年雪凝灾害期间，时任中共中央政治局常委、书记处书记的习近平同志慰问万山的新闻报道。他指出，这次自然灾害考验着各级党组织和政府的执政能力、应急能力，考验着党员干部的素质和作风。他要求广大基层党组织在抗灾救灾中充分发挥战斗堡垒作用，在宣传群众、组织群众、带领群众、服务群众中真正成为群众的主心骨；共产党员要在抗灾救灾中充分发挥先锋模范作用，以实际行动为党旗添光彩。各级领导干部要切实负起领导责任，带头深入灾区第一线，特别要到灾情最重的地方去，把温暖送到千家万户，真正做到"雪中送炭"。

我充分感受到了一位中国共产党领袖的博大情怀。到了万山区后，在实地采访中，我无数次被震撼、感动，真切地感受到了"任何时候都必须把人民的利益放在第一位"的执政理念是那样地深入人心，受到人民的衷心拥护。

只有亲自到这里来，亲自去看，才能真实地感受到人民群众对人民领袖的那份爱戴之心、感恩之情。

我和田茂文坐在阳台上，喝着万山区刚出的新茶。俄罗斯风情餐厅地处朱砂古镇的中心，左边是朱砂广场，右面是悬崖酒店和悬崖泳池，还能看见远处的空中观光索道。看着来来往往的旅游人群，田茂文深情地说:"习总书记来了万山区,万山区才有今天的好日子啊!"

我感同身受。采访李来娣的时候,她的感受和我们的是一样的。李来娣一说起习总书记来到她家,眼睛就亮了起来。她说:"习总书记来到了万山区,我才有今天的幸福生活。"

如今,李来娣住在一套宽敞明亮的新房里,她笑得非常甜蜜,一脸幸福。她拿出习总书记送给她的棉衣给我看,她说:"感谢习总书记,我这辈子都没有想到,我还能住进这么好的楼房!"

是的,当年她住的那种工棚,在万山区早已绝迹。据介绍,习总书记离开万山三天以后,国家发改委、民政部、住建部立即来了一批工作人员,经过一段时间的细致调研后,决定在万山建廉租房和经济适用房,以解决当地居民长期得不到解决的住房难题。住建部出大部分资金,地方政府负担一部分资金。廉租房的租房费用为每平方米零点五元,根据房屋大小,年租金在三百元至五百元之间。经济适用房每平方米售价为三百八十元,每套房售价在三万八千元至四万一千元之间。原汞矿职工根据工龄长短再进行补贴,并享受房改政策,工龄长的一些职工,基本能拎包入住。

2009年3月,国务院将铜仁市万山特区列为全国第二批资源枯竭型城市,从此,万山的脱困和转型发展上升到国家层面。万山对区情进行再认识,开展了大量的调查研究,广泛征求民意,厘清转型发展思路。

那几年,万山区在省委、省政府的关心下,在铜仁市委、市政府的领导下,逐步向好,稳步发展。近几年,万山区可谓日新月异,经济建设取得了重大突破,现代农业呈星火燎原之势,新兴工业迈出重大步伐,旅游产业全面开花,城市转型大踏步前进,社会事业全面提档升级,脱贫攻坚取得了显著成绩。转型发展过程中,万山区获得了"全国生态文明城市与景区""中国最佳投资环境城市""全国农业综合开发县""国家循环经济示范市核心区""2017国家电子商务进农村综合示范县""中国最美特色旅游小城""中国最佳品质旅游目的地""全省平安建设先进县""省电子商务十佳示范基地"等荣誉称号,万山区汞矿遗址被列入中国世界文化遗产预备名单。2016年10月,万山区顺利通过贵州同步小康县达标验收，群众生活水平空前提高，走出了一条有别于西部其他地区、不同于全国其他资源枯竭型城市的可持续发展的新路子。

李来娣告诉我，十九大期间她去了北京，去看习总书记。

我问她："看到了吗？"

她说："看到了，在电视上。"

我指着她家的电视机，说："为什么不在家里电视上看呢？"

她说："这不一样。"

我说："怎么不一样呢？"

她认真地说："在北京看的，就是不一样！看习总书记更近一些！"

说完，她扬起笑脸，一脸的灿烂。这样真诚、朴实的笑脸，非常感人。一位普通的老百姓，怀揣着对人民领袖的无比热爱，不远千里赶到北京，为的是"看习总书记更近一些"，这是怎样一种真挚、朴素的感情啊！

她在北京看十九大时是怎么样的一番景象，不难想象，一定是很感人、很温馨的画面：她端坐在电视机前，全神贯注地聆听着她敬爱的人民领袖讲话。

从李来娣家出来，我一边走一边想，在电视上看习近平总书记在十九大上讲话，其实没有远近之说，但是，这代表了一种人民对领袖的特殊感情。我一再思考她那句"看习总书记更近一些"，脑海里不断地闪出她甜蜜的笑脸和一脸幸福的模样。毋庸置疑，她是由衷地、发自肺腑地在笑。

她一直在笑，我敢说，没有人不会被这样的笑容感染，一股热流涌上了我的心头。如果非要用一句话来概括我们此时的心情，那就是"人民的领袖人民爱，人民的领袖爱人民"。我想，还有什么话能比这句话更贴切呢？

想到这里，我已经走上了云盘山。立足远望，群山巍峨，五彩云霞，阳光明媚，我不由得心生感慨，脱口而出："沧海横流方显砥柱，万山磅礴必有主峰。"

走访了那么多人，看到了那么多激动人心的事，要想按捺住心中的激动是不可能的，此时此刻，我脱口而出这句诗也在情理之中。事后仔细一想，前半句化用郭沫若的诗，后半句是韩愈的诗，不过，这两句诗合在一起，确实能真切反映我真实的感受。

我在想，2008年那场百年不遇的雪凝灾害，万山人的心要冻僵的时候，是习近平总书记在人民群众当中那番感人肺腑的话，温暖了万山人民的心，点燃了万山人民的希望。从此，万山人民不再气馁，重获自尊、自信、自强，他们牢记习近平总书记的嘱托，感恩奋进。此后，万山在工业强区、农业惠民、旅游兴业、加快推动转型可持续发展方面取得了可喜的成绩。

习近平总书记心系万山，2013年5月4日，对万山区的发展做出了重要批示："铜仁市万山区2008年遭受特大凝冻灾害，这些年来在中央和省的支持下，万山干部群众奋力拼搏，实现了脱困目标，我感到十分欣慰。希望再接再厉，加大工作力度，用好国家扶贫政策，加快推动转型可持续发展，不断提高经济社会发展和群众收入水平，为实现与全国同步全面建成小康社会作出积极贡献。"

时任贵州省省委书记的赵克志同志、省长陈敏尔同志，立刻部署学习总书记对铜仁市万山区工作的重要批示。会议指出，习近平总书记对铜仁市万山区工作的重要批示，情真意切，催人奋进，饱含着对万山区和贵州省各族人民的深情厚谊，体现了对万山区和贵州省发展的关心和关怀，是肯定更是鼓舞，是激励更是鞭策，给了我们温暖，给了我们信心，给了我们动力。会议要求，全省上下要认真学习、深刻领会，把思想和行动统一到习近平总书记的重要批示精神上来，切实增强与全国同步全面建成小康社会的信心和决心，抓住用好国家支持贵州省发展的一系列难得的政策机遇，大力推进经济结构战略性调整、实现转型可持续发展，千方百计保障民生、不断提高群众收入水平，坚定信心、再接再厉、凝聚力量、攻坚克难，推动全省经济社会又好又快、更好更快发展，不辜负习近平总书记的关怀和期望。

一般来说，城市资源可使用累计采出储量已达到可采储量的百分之七十以上，或以当前技术及开采能力仅能维持开采五年时间，就属于"资源枯竭型城市"。资源枯竭型城市转型问题，是世界各国经济和社会发展中都经历过或正在经历的突出问题，例如德国鲁尔矿区和法国洛林矿区。

而对于万山区来说，汞矿的可开采量已经枯竭，累计采出储量远远高于百分之七十。据万山汞矿科研所原副所长、高级工程师张亚雄介绍，万山汞矿到 20 世纪末基本无矿可开，2001 年 10 月 18 日宣布破产。破产后虽然实施了"五个一批"政策，然而，很多问题很难得到妥善处理。汞矿是有几十年历史的老企业，历史遗留问题多，现实问题更多，这是一个世界性难题。资源枯竭型城市转型，说起来轻松，做起来难，很多国家在处理这类问题上都举步维艰。资源枯竭型城市，具有四大共性特点：一是随着资源枯竭，产业效益下降；二是产业结构单一，资源产业萎缩，替代产业尚未形成；三是经济总量不足，地方财力薄弱；四是大量职工收入低于全国城市居民人均水平。就当时万山汞矿而言，它符合以上特征并且有过之而无不及。这也符合资源型城市发展的规律，它必然要经历繁荣—衰退—转型—振兴或消亡的过程，因此，资源枯竭型城市的转型是个世界性的难题。

　　从世界资源枯竭型城市的转型经验来看，不同的政治经济体制下的资源枯竭型城市转型方式是不同的。转型方式的选择往往扎根于更深层次的社会基础，其主要可以分为四类：第一类是美国式的。美国是市场式，政府很少做具体的转型控制，主要做好规划和服务工作，城市是兴盛还是衰败，更多由市场力量和企业自身发展目标决定。第二类是欧盟式的。欧盟式主要是政府引导，制定详细的目标、计划，通过政府各部门、社会各界的通力合作，调整产业结构，促进地区产业进步和经济发展，最终实现区域经济的发展。第三类是日本式的。日本是产业指导下的产业援助，政府根据国内外市场的变化情况和矿产区的实际情况，设定目标和措施。第四类是以苏联和委内瑞拉为代表的自由放任型模式，政府几乎没有采取转型的措施。特别是苏联，国家的体制是计划经济，政府不参与转型，资源枯竭型城市只能停止发展。

　　就我们国家而言，一旦被国务院确定为资源枯竭型城市，中央财政将给予这些城市财政性转移支付资金支持。根据国务院的要求，资源型城市的可持续发展工作由省级人民政府负总责，省政府要加强对资源型城市可持续发展工作的领导和支持。国务院还要求资源枯竭型城市抓紧制定、完善转型规划，提出转型和可持续发展工作的具体方案，进一步明确转型思路和发展重点。我国资源型城市面临着复杂多样的困境，有很多专家对这种困境进行了分析、归纳、定性。万山的情况，可归纳为产业高度的单一性，或者称为非均衡性。资源型产业既是主导产业，又是支柱产业，城市对资源产业的依赖性很强，造成城市的发展受到限制，城市功能不全，第三产业以及可替代产业几乎没有。

万山真正有效地开始逐渐转型，始于 2008 年习近平总书记的到访。总书记没来之前，万山的困境已经到了冰点，再加上那场百年不遇的雪凝灾害，万山人的心几乎都被冻僵了，是总书记温暖了万山人的心，点燃了人们的希望。

如今，万山区的第一产业、第二产业、第三产业全方面发展，取得了可喜的成效。回顾万山区的发展，可谓筚路蓝缕，从第一产业的发展便可见一斑。万山汞矿资源枯竭之前，周边的农民除了种水稻，还可以种点瓜果蔬菜之类的农产品卖给矿上职工，或者在矿区做一些基础设施维修、开间小饭店，可以说，大多数农民的日子还是能自给自足的。汞矿枯竭后，原来过着体面生活的汞矿职工和居民纷纷外出谋生，甚至举家迁走，原来围绕汞矿挣钱的农民收入锐减。于是农田荒芜，空巢老人、留守儿童现象凸现。如高楼坪乡是万山唯一地势较为平缓的产粮区域，青壮年外出打工后，留守老人象征性地在自己家水田里种上稻谷，一亩地每年也就收入几百元。农民的积极性不高，有地不种的人很多。

万山地处武陵山脉腹地，山多地少是这里的特征，贫困也是这一地区的最大问题。从 20 世纪 80 年代中期开始，这一地区的扶贫工作一直没有间断过，贫困发生率逐步降低，一定程度上缓解了贫困群众的生活压力。但是，这一地区在中国现有的十四个"集中连片特困地区"中依然榜上有名。

2013 年 11 月 3 日，习近平总书记到地处武陵山区的十八洞村视察时，对扶贫工作做出了"实事求是、因地制宜、分类指导、精准扶贫"的重要指示。之后，全国掀起了学习习近平总书记重要指示精神的热潮，精准扶贫的科学理念深入人心，解决了扶贫工作长期以来的困境和症结。

我常年在扶贫工作一线采访、深入生活，目睹了精准扶贫实施以来农村发生的翻天覆地的变化。在国家十四个"集中连片特困地区"中，贵州有乌蒙山区和武陵山区，这两个地区贫困人口最多、贫困面积最大、贫困程度最深，是贵州脱贫攻坚的主战场、决战区。作为全国扶贫攻坚战主战场的贵州，要实现同步小康，不拖全国人民后腿，任重道远。习近平总书记十分关心贵州的扶贫工作，多次对贵州的扶贫攻坚做出重要批示。2015年6月18日，习近平总书记在贵州调研期间，专门召开涉及武陵山、乌蒙山、滇桂黔集中连片特困地区扶贫攻坚座谈会，他强调，消除贫困、改善民生、实现共同富裕，是社会主义的本质要求，是我们党的重要使命。

贵州这几年在脱贫攻坚上取得了有目共睹的成就，无疑得益于精准扶贫的实施和展开。事实告诉我们，只有不打折扣地贯彻落实精准扶贫思想，把精准扶贫思想作为我们扶贫攻坚工作中的行动指南，才能真正做到"看真贫、扶真贫、真扶贫"，从而实现党的十八大提出的"到2020年实现全面建成小康社会"的奋斗目标，这个伟大目标，是"两个一百年"奋斗目标的第一个百年奋斗目标，也是中国共产党向人民、向历史做出的庄严承诺。

2014年3月7日，中共中央总书记、国家主席、中央军委主席习近平参加第十二届全国人大二次会议贵州代表团审议时，强调指出："要扎实推进扶贫开发工作，把扶贫开发工作抓紧抓紧再抓紧、做实做实再做实，真正使贫困地区群众不断得到真实惠。"针对贵州淘汰落后产能、治理石漠化等情况，习近平总书记强调，保护生态环境就是保护生产力，绿水青山和金山银山绝不是对立的，关键在人，关键在思路。

贵州没有平原，以山多而闻名天下，万山区更是万峰成林。有这样的自然条件，万山区的第一产业严重滞后也就不足为怪了。对贵州来讲，贫困落后是主要矛盾，加快发展是根本任务。发展是解决贵州所有问题的关键，万山区更是如此。

习近平总书记说："人民对美好生活的向往，就是我们的奋斗目标。"然而万山区第一产业的严重滞后，严重影响农民的生活质量。如何破解这个困境，关键在人，关键在思路。

采访万山区委书记田玉军时，田玉军感慨地说："万山区必须要有自己的高科技农业支柱产业，才能让广大农户开眼界、换脑筋，转换传统的小农经济观念，才能起到辐射、示范、带领的作用。引进一家现代高科技的农业企业到万山区，就成了当务之急。万山区瞄准了有'全国蔬菜之乡'美誉的山东寿光，先后五次派人到寿光的九丰农业考察，希望他们的高效农业园区能落户万山区。"

说起来容易做起来难。九丰农业博览园的招商引进，是万山区委、区政府决定打破观念瓶颈、创新发展思路后的一次战役。

万山区要引进高科技农业项目的消息一出，马上就有人议论纷纷。万山区搞农业？高科技农业？高大上的农业？千百年来这里都是搞采矿、冶炼的，没听说过搞农业。一是没有先例，二是没有技术，三是没有信心。这"三没有"一时成了人们议论的焦点。我认为，前两个"没有"不是问题的根本所在，第三个"没有"是最大的问题。这个"没有信心"由来已久，源于土壤已被污染的传言。这个传言一直困扰着万山区人，是议论的焦点、恐慌的源头。在我往昔的记忆中，关于万山区被汞矿污染的议论和恐慌很多，比如万山区没有蚊子的说法就令人恐慌，传言万山区汞蒸气弥漫，蚊子都被毒死了。人在这样的地方生活，岂不会慢性中毒？空气都被污染了，土壤还能好到哪里？这些流言和传闻，使我这个曾多年从事专业地矿工作的人都有些将信将疑了，何况非专业的广大群众，流言和传闻的滋生蔓延也就不足为奇了。

高科技农业对土壤土质的要求更高，这是不争的事实。担心土质达不到高科技农业的要求，这是很多万山人"没有信心"的根源。流言和传闻毕竟不是事实，汞化工行业的老专家也出来说话，汞是不溶于水和土壤的，我们搞了一辈子汞，汞没有别人想象得那么可怕。假如真有企业来投资，也不妨借此机会用他们那一套科学、成熟的标准来检验一下我们的土壤土质。

山东九丰集团当然要检验土壤土质，这是能否投资、产品能否上市的关键所在。土样的采集点分布合理、点面结合，能有效地检测土壤土质。土壤样品除了九丰集团自己化验分析，还被送到济南、北京进行化验分析。三份报告出来后，指标出奇好，不但没有汞污染，而且大多数指标优于其他地区。得知这一消息，万山区委、区政府的主要领导长舒了一口气。

为了促成九丰集团尽快在万山区投资，为显出诚意和决心，万山区人民政府提出，合同一旦签订，在签订合同后的二十四小时内拨付一千五百万元到九丰集团的账户，如果两个月内万山区达不到投资方开工的条件，一千五百万元就当万山区的违约金，九丰集团可以一分不退。此话一出，立马引起轩然大波。一些干部、职工议论纷纷："哪有这样的事啊？从来没听说过。别的地方招商都是合同签订后，对方打钱过来，哪有我们主动打钱过去的？现在以投资作为幌子骗钱的太多了，假如把我们的一千五百万元骗走，谁来赔偿？"

听到这样的议论，区委、区政府主要领导在会上反复强调："要解放思想，不要被以往教条的、陈旧的经验所禁锢。高科技农业如果能落户万山，万山区将有不可估量的发展前景。说实话，引进这样的企业，我们很多方面的条件处于劣势，如何把劣势转化为优势，就是我们要有优质的服务来保障，必须给投资商营造良好的投资环境。一句话，不栽梧桐树，哪能引得来金凤凰？我们现在的情况，想要后发赶超，必须要有这样的大企业、高科技企业的落地。我们的第一产业就有了龙头，这个龙头就能引领、带动我区第一产业的跨越式发展。签订合同是用来相互守约的，我们是穷，一千五百万元的违约金，看起来是怪吓人的，但是我们要有这个信心，绝不能因为我们的工作效率、服务水平跟不上而造成项目落不了地。项目能顺利落地，就没有支付违约金这一说。对方有违约金的要求，也是合理的。既然我们有这个信心、能力，还担心违约金，就是我们的不自信啊。"

九丰集团终于被万山区的诚意和干事创业的决心打动了，双方协商着把合同拟了出来。这是大事，必须经常委会讨论通过才能签署。事情一旦到了立马执行的时候，很多人又紧张了。万一出了问题怎么办？一千五百万元对于万山区这个刚刚起步、经济体量还很小的区可是个大数目啊！好心办坏事的先例并不是没有，一个班子因为一个项目落实不当，集体倒霉的也不是没有。万一出事，在场的这些丢了官帽不要紧，关键是无法向全区百姓交代。原本计划一个小时的会，不得不延长两个小时，又是放幻灯片介绍情况，又是做解释。疑虑、紧张的表情在与会常委的脸上渐渐消退。会议实行无记名投票，由区委、区政府、人大、政协主要班子成员十四个人表决，结果是十三个人赞成，一个人弃权。这个结果充分体现了广泛听取意见后，大家解放了思想、统一了思想。集体决策过程是实事求是的，说明只要我们遵循实事求是的工作方法和态度，就能充分体现民主集中制的优越性。从最初征求意见时三分之二的人反对到绝大多数人赞同的转变，说明了实事求是的重要性。

九丰集团的总经理苏培军感慨地说："万山区委、区政府求真务实的工作作风，优质高效的服务意识，减贫脱贫奋力拼搏的精神，加快转型发展的决心，给我留下了深刻的印象。我们九丰农业落地万山区，就是冲着'万山速度'来的。"

苏培军说的"万山速度"的确是高效而快速的，以下项目的进展数据佐证了这样的速度。2015年4月22日正式签约，5月1日破土动工，5月16日流转土地两千亩，5月20日园区完成一万平方米的场平。

正当万山区九丰现代高效农业园区建设如火如荼之际，九丰集团在遵义的现代高效园区传来了振奋人心的消息：习近平总书记在贵州考察期间，6月16日视察了花茂村，走进了九丰现代高效农业园区，参观了智能温控展示大棚，十分高兴，对来自山东寿光的企业负责人说："我到这里来，主要就是看中你们对农民的带动作用。"

九丰现代高效农业园区的建设，在万山区可谓万人瞩目。习近平总书记走进九丰现代高效农业园区的消息，大家都十分关注。在新闻报道中，他们听到了总书记的讲话，看到了琳琅满目的农业产品，以前的质疑声烟消云散，对九丰农业在万山建设现代高效农业园区充满信心和期待。

6月20日，万山区现代高效农业园区的第一座钢架连体大棚搭建完成；7月15日，第一座大棚进入种植阶段；9月中旬，万山区九丰农业博览园开园迎宾，六十多个品种的新鲜蔬菜正式出棚，十里八乡的乡亲们前来观看，一下子惊呆了，不由得交口称赞。

像这样的高效农业园区我去过不少，在我看来，万山区的现代高效农业园区投资最大、规模最大，无疑是其他园区的升级版。在短短一年的时间里，这个园区成了贵州省唯一的农、文、旅一体化的国家

5A 级景区。

村支书张美明说："园区建在村里，村民都纷纷返乡，有的在园区旁边开起了农家乐，有的进入园区就业，空巢老人和留守儿童不再是老大难问题，村民收入大幅增加，人均年收入达到了八千四百九十元，2008 年以前，我们村人均年收入才两千元左右。"

目前，园区已建成十三万八千平方米的蔬菜生产大棚，还建成了占地一万五千平方米、全国面积最大、科技含量最高的单体智能大棚，带动周边蔬菜种植五万亩，解决就业岗位三千余个，年生产优质蔬菜六万六千吨，实现年产值六亿元以上。此外，九丰农业博览园一期开园以来，实现年接待游客八十万人次以上。

九丰农业的龙头带动作用，可以说是万山区产业扶贫的样板。2017 年，万山区依托九丰农业的大棚蔬菜繁殖技术、种植模式、管理理念等优势，开始在全区推广"九丰农业"大棚蔬菜技术培训和产业发展模式，现已在十个乡镇发展标准大棚蔬菜，面积达一万五千多亩，带动三千多户贫困户发展蔬菜产业，户均增收三千元。

截至 2017 年底，万山区建档立卡贫困人口从 2014 年的七千七百七十五户两万五千二百四十二人，减少至五百三十五户一千四百六十一人，其中 2017 年减贫三千七百八十九户一万零三百六十四人，贫困发生率从百分之十九点一二下降到百分之一点一五。

当我进入万山区九丰现代高效农业园区时，心情久久难以平静。这儿也是我的故乡，故乡有了如此好的发展，真的令我欣喜万分。

当年我在花茂村九丰现代高效农业园区采访时就感慨万千，写了一部名为《花繁叶茂》的报告文学作品，应该说，我对现代高效农业园区也是比较熟悉的，没想到万山区的现代高效农业园区规模如此之大，园区带动的相关产业更是超出我的想象。为了我固执的"眼见为实"，我坚持要去中华山村看一看。因为来万山区现代高效农业园区之前，我提前做了一点功课，在网上一搜索，有一篇文章非常醒目，就是刊发于 2017 年 5 月 24 日《人民日报》一版的"砥砺奋进的五年·驻村蹲点话脱贫"之《成了合伙人，幸福来敲门》的文章。这篇文章，说的是一个远近闻名的"穷旮旯村"脱贫致富的故事，讲到为了让贫困户真正实现自我"造血"，中华山村采取了"村两委＋合作社＋贫困农户"的发展模式，由村两委带头组建集体经济专业合作社，整合多渠道资金，量化折算成股份分配给全村贫困户。这样，贫困户不仅可在合作社务工赚钱，还能参与年终分红。

这篇文章的标题非常醒目，内容也非常吸引人，更吸引我的是"中华山村"这个村名。我的第一感觉是，一个小山村咋就叫"中华山村"了呢？我赶紧找资料查出处，后来发现在万山区，不仅有"中华山村"这样响亮的村名，还有"洋世界村""高楼坪乡""黄道乡"等令人称奇的地名。据《万山志》记载，武则天做皇帝时，万山进贡了一块造型奇特、色彩艳丽的晶体朱砂，该砂通体透明、红光耀眼，武则天赞不绝口，特赐名为"光明砂"，并赐封产"光明砂"之山为"中华山"，且欣然挥笔写下"中华山"三个刚劲大字，从此这里便有了"中华山"之名。

这么一个古老的山村脱贫致富了，我必须去看一看。我们驱车从云盘山往下走，一路上体验到了什么叫"云盘"。这条小公路可谓险峻至极，弯道一个接一个，朝山下盘旋延伸。公路两侧悬崖绝壁，峡谷两侧高山峻峭耸立，草木郁郁葱葱，山上云雾缭绕。

曾经从事地质找矿工作的我，见过不少这样的胜境，但这条峡谷依然令我惊叹不已。下到山谷，我们朝另外一条山谷开去，视野逐渐开阔起来，显然这条山谷大于云盘山山谷。只见两侧的山峰形态各异，一排排向远方延伸，远远望去一座大山高耸入云，这座山的气势一下子就震撼了我，因为山谷两侧的山峰起伏连绵不断，像心电图的波峰波谷一样相对平稳，陡然间心跳加速，波峰高高凸起，显得那样耀眼。我想，这一定是中华山。果不其然，万山区区长张吉刚说："这就是中华山。"

到了中华山山脚下，我不由得心旷神怡。万峰成林，青山如黛，山谷里芳香弥漫。站在山谷的中央，需仰视才能看见中华山雄浑的全貌。我想爬上去，在山巅一览众山之小，但当我极目中华山之巅时，立刻打消了念头，即便是我这样有着攀登经验的地质队员，也只能望而却步，因为，中华山的主峰部分实在太险峻。据我长期爬山攀登的经验目视评估，中华山主峰部分比华山还险峻，我是无法攀缘登顶的。

心情实在太好，以至于我们一群人的话题一直围绕着中华山，直到中华山村委会主任毛照新邀请我去村委会办公室座谈时，我才想起此行的目的是了解中华山村是怎样脱贫致富的。

据村主任毛照新介绍，2008年以前，中华山村是一个贫困村，有三千二百三十五口人，二十二个村民组。山谷里有十八个村民组，山脊上还有四个村民组，村民收入主要靠种植稻谷等传统农业，年平均收入在两千元上下。2013年开始发展各项农畜产业，如养蘑菇、大棚蔬菜种植、养殖小黄牛和养鱼等，到2017年底，村民年人均收入达到了一万两千元以上。

在短短九年时间中，中华山村有这样的变化，确实令人惊讶。据了解，这得益于毛照新创造的一种利润分红新模式，叫"六二二"模式，即年底纯利润的百分之六十用于贫困对象，百分之二十用于村集体积累，百分之二十用于管理人员的奖励。这样的模式，无疑得到了大多数村民的真心拥护。

说起办合作社，毛照新说："前几年，我们村两委干部和致富带头人远赴浙江调研学习，了解到食用菌生长环境与本村自然条件高度匹配后，建议将这一'见效快、效益高'的产业引进村里。经过大大小小五次会议，全体村民终于达成一致意见，同意发展食用菌产业。路子的问题解决了，钱的问题怎么办？以前，扶贫资金都是直接分到贫困户手中，那点钱做不成什么大事，所以我们成立了专业合作社，让贫困户来当合伙人，最大限度调动大家的积极性。"

毛照新还率领村干部向乡农村商业银行贷款六十余万元，政府整合精准扶贫"先行先试"示范村项目资金一百万元、村集体筹集资金三十万元，购机械、建厂房、搞基础设施。成立合作社后，采取自愿的原则，贫困农户以土地作为资本免费入社、定股。贫困农户每年在耕地上可获得保底股金每亩八百元，在合作社务工的村民每月还可拿到两千多元的工资。

毛照新带领村民打破以家庭分散经营为主的农业生产模式，着力培育农民专业合作社、种植大户等新型农业经营主体，实行"合作社＋基地＋贫困农户"的模式，由合作社生产菌种、菌袋发放给贫困农户进行生产和种植，产品由合作社统一回收销售。这种产业两头在合作社、农户在中端的生产模式，既实现了村委会统一管理，又最大限度降低了贫困农户的生产风险，促进了群众增收致富；同时，走"入股分红、分红致富、致富脱贫"新型农业化发展道路，利润分红实行"六二二"分配的新模式，恰恰符合精准扶贫的本质所在——个都不落下的脱贫致富、同步小康。

2017年，毛照新被评为全国劳动模范，在京西宾馆受到习近平总书记的接见。《人民日报》也多次对他的先进事迹进行了报道。中华山村的群众有增收、村级有积累、管理有报酬的"六二二"精准扶贫分红模式，已在万山区全面推广，现已成为万山区的扶贫"样板"。中华山村集体经济"六二二"模式案例，被写入中组部党员培训教材。

采访原贫困户李艳红时，她说："我们现在都是合伙人了！我又在合作社打工，一年收入两万多元，土地流转租金一千三百多元，去年年底还有一千五百元的分红，合作社效益越来越好，分红会越来越多！"

记得采访铜仁市市长陈少荣时，他的一句话让我印象很深："只有发展精准的产业来带动扶贫，脱贫才稳得住，才可持续，才能达到脱贫不返贫。"这种思维就是坚决贯彻落实扶贫工作的"五个坚持"和"六个精准"，这种方法就是以"五个坚持"和"六个精准"为行动指南，因地制宜地找到一条适合自身条件的扶贫发展道路。

万山区依托九丰农业博览园，按照中华山村"六二二"模式，发展农业扶贫产业。在十个乡镇建成标准化蔬菜大棚一万五千亩，在十九个贫困村建成产业基地，带动三千多户贫困户实现农业产业从"一树花开"到"满园芬芳"的大好态势。

如高楼坪乡的夜郎村，由于地处夜郎谷，地势险峻，地形切割深度三百米至四百米，像一道深不可测的裂缝，"V"形沟谷两侧悬崖峭壁、飞瀑众多，谷长十五公里，谷底狭窄处竟然不足三十米，可谓险峻至极。就这样一个村子，扶贫产业也得到了长足的发展。采访高楼坪乡夜郎村种植大户、产业带头人冯忠情时，他说自己从不会种菜到逐渐种出优质蔬菜，再到今天有了五百余亩的蔬菜大棚基地，除了党的扶贫政策好，还要感谢副乡长，自从他来到村里，大到各种蔬菜品种，小到各种种植细节，他都仔仔细细、手把手地教大家，大家才有了今天的好生活。

现在，冯忠情成立了蔬菜公司，还在村里雇请了一百八十余名劳动力，每人每天工资八十元，包午餐。另外，他还鼓励部分村民入股他的公司，每人年底可以分红一千五百元。冯忠情一年的收入在四十万元以上，他的公司购买了六辆农用机械车，自己也开起了小轿车。

他自豪地对我说："我现在不是小康，是大康了。"

我说："你这个大康带出了多少小康啊？"

他说："不敢吹牛，我们村百分之八十都是小康。"

我说："那剩下的百分之二十怎么办？"

他说："你不用担心，不用到 2020 年，我们村肯定脱贫摘帽、同步小康。"

谈到村里的变化时，他说："这几年发展速度太快了，简直是井喷式的发展。"

我笑了起来，开玩笑地说："'井喷式的发展'好像是干部说的吧？"

他也笑了起来，说："不是干部说的，是我自己说的。你别看我文化水平低，讲习所的老师水平很高啊，我这一学习，水平也就提高了。"他一拍股东张小进的肩膀，对我说，"你问他是不是？"

张小进也是高楼坪乡夜郎村种植大户、产业带头人，当初他在外地打工，在冯忠情的劝说下，决定回村发展蔬菜种植，现在是公司的股东之一，每年收入在二十万元左右。

谈起村里的变化，张小进也十分感慨，他说："从总书记来了万山区后，万山区变化太大了，以前的万山区一条像样的路都没有，稍微下一点雨就是一脚稀泥。村里人前几年春节回万山区时，一下车，街道全变了，公路四通八达，一下子竟然找不到回家的路，变化实在太大了。现在不仅修了通村的路，还通到了村民组，换作以前想都不敢想。"

石竹社区的刘永奇，当过兵，在外做过生意，还当过一届石竹社区的主任，思想观念较为开放，是田玉军书记专门从外面请回来的几十个"能人"之一。现在，刘永奇联合石竹社区九十九户贫困户以及谢桥社区十三户贫困户共二百九十九人，发展精品水果产业，产品主要有红心猕猴桃、火龙果、水果黄瓜、圣女果等。其中，水果黄瓜属于新品种，产品还未成熟，便与铜仁华联超市签订独家供货合同，产品成熟后，将供货给铜仁地区十六家华联超市。社区种植的圣女果除了销往省城，还销往湖南、重庆等地，产品供不应求。这之后，刘永奇带领大家建起了一个占地二百亩的水果大棚，专门用于种植圣女果和水果黄瓜。大棚一个季度可收益二百万元，一年可以种三季，收入可观。除此之外，刘永奇又带动社区群众成立了一家股份公司，现已投入两千余万元对社区的一处景点进行包装，打造"石竹养生谷"，发展康体养生产业。

还有大坪乡山地现代高效生猪培育基地，整洁的产业路、宽敞的培育圈舍、错落有致的绿化，令人眼前一亮。该项目计划投资一千万元，建设标准生猪圈舍二十个，年出栏成品生猪三万头，种植精品水果一千亩，养殖鱼一万尾。目前已完成一期建设。全部建成后，可实现年产值一千五百万元，带动养殖户五十户、种植户十户，基本覆盖全村贫困户，提供就业岗位一百余个，户均增收每年三万元，集体经济收入每年累计达二十万元。

金盆村也是这样，村里成立的贵州金盆农业发展有限公司，是以繁殖饲养无公害肉鸡、蛋鸡、散养土鸡和种植有机果蔬为一体的现代化综合农业服务型企业，项目总投资三千万元，分三期建设，可实现年销售额一千五百万元以上。一期饲料加工房、孵化车间、育雏车间、蛋鸡舍等已建成，可容纳五万三千只蛋种鸡，容纳鸡蛋十二万枚，每七天可出雏鸡三万五千只，每次可育六十天龄雏鸡二万五千只，提供贫困农户就业岗位三十余个。同时，村公司以"公司＋合作社＋贫困户＋订单"的模式，带领周边广大农民群众脱贫致富。

九丰农业博览园引领示范着万山区的各个乡镇、社区，各乡镇、社区又有各自的引领示范项目，如鱼塘乡的花卉药材种植产业、瓮岩村的现代高效果蔬基地、黄道乡的万亩香柚基地、下溪乡的万亩高山葡萄基地、敖寨乡的食用菌基地等；乡镇一级的引领示范项目，又引领着各个村。到2017年底，万山区农业产业"一乡一精品、一村一特色"的惠民富民发展格局已基本形成。

参观了中华山村的大棚种植基地后，我迫不及待地问张吉刚："中华山能否攀登？"

张吉刚说："关键是谁攀。"

我说："我攀。"

张吉刚说："怎么攀？"

我说："当然是攀顶。"

张吉刚说："你攀也不行。我告诉你，没有人登顶过，不过，我可以带你到绝顶的下面，因为你曾经是地质队员，否则我根本不敢带你去。"

我一挥手，说："走。"

一边走，张吉刚一边给我介绍，这东、南、北三座山峰构成了中华山全貌。山顶由三座孤立的悬崖绝壁构成"山"字形的主峰，两侧峡谷如刀削斧劈、岩壁陡峭、奇峰挺立，常见云雾缭绕，山中连山、山中连洞、洞中连瀑，登高望远、俯瞰谷底，路如丝线、人如蝼蚁、田如棋盘，真是一览众山小。据当地老人介绍，唐代初期，佛教信徒们开始在中华山建寺传教，先后建成正殿、副殿、玉皇阁、观音阁及文武诸殿、佛客禅堂、金顶寺等，雕塑千姿百态的各种菩萨三百尊。至清末民初，中华山寺庙建设达到顶峰时期，寺内有僧侣两百余人，每天上山拜佛的信徒数百人，特别是每年农历二月十九、六月十九、九月十九三天，湖南、广西、贵州、云南、四川等地区的高僧远道而来研究经事佛学，成群结队的善男信女纷纷赶来朝山拜佛，人数过千，中华山寺庙成为当时全国最有名的研佛拜佛的寺庙之一。后来山上各殿宇相继被毁，现仅存古建筑遗址、部分碑刻及三座方丈墓塔。

到了"山"字形主峰下的平台上，映入眼帘的是由一块块青石垒起来的山门。山门顶部一块黄色的石匾上"中华山"三个字清晰可见，黄色的石头由于岁月的磨砺显得有些斑驳，但在周围青石的映衬下，这块黄色石匾依然耀眼。

从历史学的角度来说，有些地方志的记载缺少可考依据，而被历史学家归为传奇、传说之类的记载不少。但眼前的景象可是真实存在的啊！

从万山区很多有趣的地名可以看出朱砂文化对这一带的影响，比如"黄道乡"肯定与几千年以来道家的炼丹有关，而"中华山"的得名更是源于朱砂；"高楼坪乡"没有高楼，但现在没有高楼不等于几百年前没有高楼，英国人在万山开采朱砂的时候，当地的房子都不高，英国人修的房屋有几层楼高也是正常的，这在当地人眼里，就是高楼；"洋世界村"这个地名不言而喻来自英国人在此开矿的经历。

站在中华山五亿年前早寒武纪的岩石上，我感觉自己很渺小，深切体会到了何为沧海桑田、白驹过隙。由此，我想到人生可怕的不是渺小，可怕的是你不知道自己渺小。毛泽东主席"一万年太久，只争朝夕"的诗句，涌现于我脑海。

万山区第一产业的转型发展，筚路蓝缕一路走来，从小到大，从弱到强，这个事实证明，只要深刻领会、贯彻落实好习近平总书记的精准扶贫思想，我们的奋斗目标就一定能实现。

2015年6月，习近平总书记在贵州调研时指出，贵州要协调推进"四个全面"战略布局，守住发展和生态两条底线，培植后发优势，奋力后发赶超，走出一条有别于东部、不同于西部其他省份的发展新路。

根据习近平总书记的指示，贵州省委做出了明确部署：既要金山银山，又要绿水青山。如何贯彻落实好习近平总书记的讲话精神和省委的要求，如何谋划万山区发展的全局，第一产业、第二产业、第三产业这几枚重要的棋子如何落下，显得至关重要。

铜仁市万山区第二产业的转型发展必须一步到位，如果还需再转一次，那就是失败。所以，在招商引资中，必须选择符合绿色环保、可持续发展的新兴项目，同时以高端化、绿色化、智能化推动现有的传统工业升级提档，顺应现代工业发展要求。

万山区的具体措施是：一、实施传统产业提升工程。大力发展以低汞触媒、无汞触媒、铜触媒等多金属新型催化剂为主的精细化工产业，利用锰、磷、铅锌矿、重晶石等资源发展深加工产业，延伸产业链条，形成矿产勘查、采冶加工一体化的产业体系。二、实施特色产业壮大工程。大力发展以酿酒、中药制剂、茶叶、农产品加工等为代表的特色产业的技术改造升级，把万山区建设成省内重要的绿色产品生产加工基地。三、实施承接产业转移示范工程。巩固服装鞋帽、打火机等产业承接成果，加大承接转移力度，推广"代工"和"来料加工"模式，配套上下游产业链，到2017年上半年，实现承接产业转移项目产值二十亿元。四、实施战略性新兴产业培育工程。高起点发展铝板带箔系列产品，大力培育发展建筑、装饰、包装、印刷、电子、电力等行业用的铝材深加工产品；促进含钾页岩综合开发利用，鼓励和支持钾资源综合利用技术创新企业和项目，以技术创新带动产业发展；支持做大新能源汽车产业，打造新能源汽车城。

几年来，万山区为传统工业改造科技立项三十五项，专利申请七百一十七项、授权二百九十八项；淘汰产能落后的企业，实现了从传统工业、资源型工业向技术型工业的全面转型。

2011年11月，贵州省委、省政府提出今后五年的工作主基调是"加速发展、加快转型、推动跨越"，要从万山特区实际出发，因地制宜、科学谋划，突出工业文明特色，促进城镇化与新型工业化、旅游业发展相融合。

按照省委加速发展、加快转型、推动跨越的要求，万山区因地制宜设计了"两个转型"的发展模式，即产业转型、城市转型。

就万山区转型问题，我与铜仁市委书记陈昌旭交流，他的观点我深以为然，他说："不管'产业转型'还是'城市转型'，首先必须是观念的'转型'。只有以观念的转变促进产业的转型、城市的转型，万山区才能实现总书记提出的'加大工作力度''加快推动转型可持续发展'，这样才能保证转型的一次成功，实现全面建成小康社会的目标。"

在贵州这个内陆省份，转变观念、解放思想是第一要务。

2015年12月6日，时任贵州省委副书记、代省长的孙志刚同志在万山区考察了万山工业遗址博物馆，希望该遗址被开发成有特色的精品。他强调，要按照省委常委（扩大）会议和陈敏尔书记的要求，把学习贯彻中央扶贫开发工作会议精神作为一项重要政治任务，把脱贫攻坚作为"十三五"期间头等大事和第一民生工程来抓，坚持以脱贫攻坚统揽经济社会发展全局，加快推进大扶贫战略行动，精准谋划，苦干实干，坚决打赢脱贫攻坚战。

在"十三五"的开局之年，万山区的工业再上一个新台阶，工业实现了发展的龙头，万仁新能源汽车集团落地万山区，实现万山区工业"五百亿"的目标。

2016年4月12日，万山区委、区政府与万仁新能源汽车集团正式签约。该项目从签约到全面开工，仅仅用了十七天，投资商感慨地说："这估计是全国从签约到动工最快的一个项目，这就是习近平总书记批示万山区要'加大工作力度''加快推动转型可持续发展'生发出来的'万山速度'。"该项目占地一千亩，投资二十亿元，年产新能源电动汽车十五万辆，每年可实现产值一百亿元，提供四千个就业岗位，带动上下游产业，产值可达五百亿元。2017年2月，一期工程的冲压、焊装、涂装、总装四大生产车间、厂房建设基本接近尾声。2017年7月31日，随着第一辆新能源汽车的下线，万山区这个曾经的工业特区，再次开启了工业再创辉煌的序幕。自签约到第一辆汽车下线十五个月过后，万山区的"工业强区"有了真正的龙头。

九年前，万山的传统工业破产之后，这个昔日辉煌的工业城市，工业发展几乎归零，如何破茧成蝶，一直是万山人最上心的事情。在2008年以前，万山人经历了困惑、彷徨、绝望；2008年初那个百年不遇的寒冬，在滴水成冰的日子里，万山人已经到了绝望的临界点，但是万山人没有放弃，没有气馁，他们始终坚信党和国家不会忘记他们。事实证明了他们的坚信是正确的。时任中共中央政治局常委、书记处书记的习近平同志来到了冰天雪地的万山，点燃了万山人的希望，从此，这个希望乘着梦想的翅膀开始飞翔。习近平同志的关怀和重要批示，是万山加快转型、加快发展的精神动力，牢记嘱托、感恩奋进，便是万山人众志成城的心声。从此，万山人以梦为马，开始了追梦的征程。这个征程，无疑要有壮士断腕的气魄、凤凰涅槃的决心，才能浴火重生、破茧成蝶。

今天的万山区走出了一条重生之路。九年来，万山区实现了从传统工业、资源型工业向技术型工业的全面转型，传统产业也实现了"六个转变"，由资源型汞业向技术型汞化工转变。千百年来，万山粗放型生产朱砂水银，并将朱砂水银作为资源"外卖"，加速了汞资源的枯竭。汞矿关闭后，"汞都人"与科研院所加强合作，先后创立了红晶公司、红菱公司、矿产公司、银星公司等八家汞化工企业，吸收了近千名下岗失业人员和农村剩余劳动力，生产低汞触媒、氯化汞等系列产品。汞产品占据了国内同类产品百分之七十的市场份额，目前年销售收入可望达二十亿元，可创造税收五千万元。同时通过科技创新，汞化工企业"三废"（废水、废渣、废气）达到"零排放"，节能环保技术达到世界先进水平。

同时，单一的矿山开采向资源综合开发利用转变。依托万山区丰富的不溶性钾岩石资源优势，引进贵州远盛钾业科技有限公司，解决了不溶性含钾岩石资源综合开发利用的技术难题。目前，黑龙江农垦北大荒商贸集团拟投资三十亿元，建设可年处理二百万吨含钾岩石的生产线。

我记得时任贵州省委书记的陈敏尔同志曾指出：党的十八大以来，党中央站在战略和全局的高度，提出了"走向生态文明新时代""生态优先、绿色发展""绿水青山就是金山银山"等新论断、新要求，这既是理论创新又是实践指南，既有时代价值又有全球影响。习近平总书记特别重视贵州生态文明建设，做出了守住发展和生态两条底线、实现百姓富和生态美两者有机统一的重要指示。陈敏尔一再强调，遵循习近平总书记的指示要求，贵州要明确把发展底线量化为经济增长、人民收入增加、贫困人口脱贫、社会安全等底线指标，把生态底线量化为山青、天蓝、水清、地洁等底线指标，强调绝不能走"先污染后治理"的老路，不能走"守着绿水青山苦熬"的穷路，更不能走"以牺牲环境生态为代价，换取一时一地经济增长"的歪路。

贵州要走一条百姓富、生态美的绿色发展新路，万山区走的正是这样的道路，而振兴第三产业的发展就是强有力的举措。万山区第三产业的发展更是彰显了"万山速度"，旅游业变废为宝，实现旅游业井喷式的发展，取得了令人惊喜的成绩。

旅游是重要的棋子之一，朱砂古镇则是一步绝妙的好棋。2015年正月初八，万山区四大领导班子集体赴江西招商旅游项目；4月，江西吉阳公司投资考察团来到万山区；7月2日，吉阳公司跟万山区签订了开发、运营"万山国家矿产公园"的协议；7月12日，项目正式动工。"万山国家矿产公园"被正式命名为"朱砂古镇"。2016年5月4日，朱砂古镇开门迎客。昔日人工采矿坑道变身迷幻的"时空隧道"，以往矿工们贴着崖壁上下的小道被改造成了惊险刺激的玻璃栈道，闲置的原矿办大楼成了汞矿工业遗产博物馆，蛛网满布的原苏联专家楼被改造成了别具风味的俄罗斯风情餐厅和悬崖宾馆……仅仅十个月，一片荒芜的废矿区，变成了带着20世纪工业文化符号的工业怀旧小镇。开园三天，接待各地游客近二十万人次。

国家4A级景区朱砂古镇、4A级景区九丰高科技生态农业博览园和夜郎谷漂流风景区连成了一体，开启了万山区全域旅游的新篇章。

自 2016 年 5 月开园到 2016 年年底，朱砂古镇共接待游客一百五十余万人次。2016 年"十一"黄金周，以朱砂古镇为旅游业龙头的万山，七天共接待游客七十七万八千人次，实现旅游收入四亿一千万元。

景区周边摆摊卖饮料和小吃的老矿山居民，每天的毛收入达七八千元，而他们中很多人在企业破产后，全家四五口人曾经一度靠每月几百元的收入过日子。老矿工吴老满感慨万千地说："这在过去的万山，做梦也不敢想啊！"

高楼坪乡老山口村村民姚玉秀是唐绍维的二儿媳妇，她曾亲眼见到习近平总书记来到她家里看望、慰问抗美援朝老战士、八十多岁的公公唐绍维。那一天，为了不让习近平总书记受冻，姚玉秀把炭火烧得很旺很旺。她感慨地对我说："2008 年习主席来我们家，我家还是一幢旧瓦房，房子和堂屋破烂不堪，你看这墙上的照片嘛！"

这两张照片我相当熟悉，一张是习总书记给唐绍维送上被子的照片，一张是习总书记坐在唐绍维家堂屋中的照片。习总书记的笑容慈祥而温暖，唐绍维两手紧紧握住习总书记的手，一脸幸福的笑容，在场的每一个人都扬起了笑脸。照片中那一盆炭火确实烧得很旺。照片在网上、报纸上流传很广。

姚玉秀说："五年前，我家就建了两层楼房。去年买了'铁牛'耕田，柴也不砍了，煮饭烧水都用电；2008 年前全家年收入只有一万多元，现在全家年收入二十多万元。"姚玉秀还说，"老伴儿会泥工，每月收入有五千多元，俩儿媳妇也在工业园区上班。"

多年来，万山区以转型促发展，以发展惠民生，万山区人民与唐绍维、姚玉秀等村民一样，生活发生了翻天覆地的变化。

2017 年万山区全年接待游客二百二十五万人次，实现旅游收入八亿元，均同比增长百分之七十，仅朱砂古镇旅游收入就达到了一亿六千万元，带动旅游综合收入四亿零三百万元。在 2017 年的"十一"黄金周期间，省旅发委公布：朱砂古镇仅门票收入就达到三千八百二十二万元，位列贵州省各大景区第三名，万山区九丰农业博览园门票收入在贵州各大景区中排第九名。

贵州被誉为"公园省"，省内国家 4A、5A 级风景名胜区很多，万山区朱砂古镇和九丰农业博览园分别名列第三、第九，真是一个奇迹。

2017 年 8 月 13 日，"全国特色文化产业与脱贫攻坚高峰论坛"在贵州省铜仁市万山区举行。时任贵州省委书记、省长的孙志刚同志对论坛做出重要批示："当前我们正在深入学习贯彻习近平总书记系列重要讲话精神，在习近平总书记的思想指引下，扎实打好基础设施建设、易地扶贫搬迁、产业扶贫和教育医疗住房'三保障'四场硬仗。文化产业是产业扶贫的重要组成部分，在脱贫攻坚的主战场可以大显身手，文化主战场是脱贫攻坚的重要力量，在创造减贫奇迹的伟大时代应该英雄辈出。希望本次论坛进一步探索文化与扶贫的融合新路，在文化育民、文化励民、文化惠民、文化富民方面取得丰硕成果，为贵州乃至全国的脱贫攻坚贡献更大力量。"

2017 年 10 月 12 日，贵州省文化产业项目观摩会在万山区朱砂古镇召开，贵州省委常委、宣传部部长慕德贵同志肯定了万山区的发展，他指出："朱砂古镇融合了很多内容，可以说是点石成金的效果，产业都要提高文化创意，对于项目建设应该从更深更高的层次来融合，文化＋扶贫＋大数据＋大生态、文化＋旅游＋科技、文化＋时尚等方面都大有可为，朱砂古镇就与大数据紧密联系，文化＋扶贫的效果就产生了。"

2017 年 11 月 10 日，国家旅游局副局长王晓峰一行分别调研了朱砂古镇以及九丰农业博览园，实地了解当地的历史文化及产业业态，对万山区坚持历史遗存与矿山文化相结合的旅游开发模式给予充分肯定。他强调，要充分发挥铜仁市与重庆市、湖南省接壤的区位优势，做好外地游客引流，结合当地自然生态和风土人情，精心规划路线，不断优化服务，让游客来了不想走、走了还想来，将其打造为全国优秀旅游目的地。

"2017 中国社会发展高峰会暨 2018《社会蓝皮书》发布会"于2017 年 12 月 22 日在北京召开。会上，万山区荣获《半月谈》第八届品牌生活榜"中国最美特色旅游小城""中国最佳品质旅游目的地"等荣誉称号。

对于万山区旅游业的发展再上新台阶，万山区委书记田玉军充满信心，他说："我区将按照铜仁市委要求打造文化旅游胜地，按照'抓龙头、连金线、带亮点'的工作思路，全力推动朱砂古镇创建国家5A级景区，着力打造以朱砂古镇和九丰农业博览园为双龙头的旅游产业链。"

如何把旅游业和省委提出的"大数据"与"大扶贫"有机统一起来？如何以大数据促进大扶贫带动旅游相关产业，将人有我优、人无我有的好产品卖个好价钱，激发农民创业致富的积极性，实现万山区农副业、服务业、文旅产业的进一步升级？这些成了区委、区人民政府领导人的心事。

朱砂系列饰品、贡米、高山葡萄、食用菌、香柚、竹笋、原生态红薯片等，历来为万山区特产，也是万山区近几年精准扶贫下的重点产品。2015年10月，万山区在全省率先挂牌成立了电子商务产业发展促进局，"百万年薪"聘高人、打造万山区电商生态城的方案在区委常委会上通过。"百万年薪"聘电商人才，当时还沸沸扬扬好一阵。

万山区要以一百万元年薪引进一名电商人才？很多人觉得不可思议。一百万元年薪，相当于万山区一名普通公务员二十年的工资，难道一名公务员二十年的贡献还不如外来人一年的贡献？到底会引进何方神圣？

迫不得已，区里将这一大事拜托给了国内几家大的猎头公司，几经反复，才终于找到了合适的人才。

当武陵山腹地的人们静观万山区百万年薪引进的人才到底有几板斧的时候，从浙江一家大型电商企业CEO（首席执行官）位置上"孔雀西南飞"的"八〇后"电商企业家陆晓文已经在万山区走马上任了。他说："其实年薪对我们来讲不是最重要的。贵州的山好、水好、产品好，贵州各级政府对人才的热情是我前所未见的，贵州的电商刚刚起步，正好符合我想大干一番的想法，于是我就来了。我的两位搭档阳敏、卢海栋也很赞同我的想法，所以也跟着来了。一年多来，我们感触最深的是，这里干部的观念很开放，作风很扎实，效率不是一般高。"

2015年10月，万山区确定了电商生态城的建设方案。两个月后电商生态城正式开工，2016年4月27日正式营业。

事实证明，百万年薪引进的不仅仅是人才，更是一个蓬勃的产业和新的经济增长方式。电商生态城一开始就采用双向孵化模式，以项目孵化带动创业人才培养。

之前疑虑的人没想到的是，开业半年后，电商生态城商家入驻率达到了百分之百，电子商务交易额突破两亿元，其中农特产品上行销售额达到六千四百万元，带动农村两千五百多人创业就业；更没想到的是，仅仅在当年"双十一"那一天，万山区电商生态城十几个小时的销售额，就达到一千三百五十三万元，共十多万张订单，销售的商品绝大部分是当地农产品。2017年，万山区电商生态城的销售额已超过四亿元。

2016年，铜仁市万山区电商产业被评为贵州"全省十佳电商示范县""2016省级电子商务进农村综合示范县"，获得《人民日报》《经济日报》、新华社等国家级媒体的广泛关注和报道。从卖万山区农产品到卖铜仁全市的农产品，再到全省的"黔货出山"，到如今的"买卖全球"，万山区大数据商业一路走红。2017年7月，万山区电商获得了"2017国家级电子商务进农村综合示范县"荣誉称号。

之后，万山区通过电商人才实战培训成功孵化项目并与沿海发达城市电商企业达成合作，形成了由生态城与周边高等院校达成合作、生态城负责人才培育及输送、沿海发达地区优质电商企业负责人才接收的"三角形"循环模式，有效保障了入驻众创空间开展实训课程的待毕业高校学生实现百分之百就业。

2016年开园后的半年时间，生态城共完成电商专业培训十余场，培训三千余人次，真正从源头上解决了以往培训资源稀缺、培训业务外包的困难局面，实现了优势资源实时共享、培训业务外部输出的良性环境。

生态城采用特色服务模式，以品牌打造带动企业升级。生态城以打造电商产业生态链为核心，以服务外输、抱团协作、资源共享等方式着力构建"前端引入、全程跟踪、末端输出"的三位一体服务体系，通过"三个一批"方式，即传统产业转型一批、培育孵化新增一批、外部招商引进一批，不断增加电商企业数量和人才基数，促进"网商大军"蓬勃发展，有效提升电商发展环境，同时加快品牌打造带动企业升级，打造了万山区特色品牌"味万山"，通过统一包装、设计、推广，助力农产品上行。

生态城采用产业聚集模式，以企业抱团带动产业发展为目标。一是筑巢引凤，逐步完善服务配套体系。引进摄影美工、网站建设、网货供应、教育培训、物流仓储等电商配套服务企业，完善电商生态城整体服务要素供给，形成了较为完备的电商运营模式。二是加强引导，通过平台资源导入和技术支持，打造标杆企业，引导入驻生态城的配套服务类企业与当地的传统销售类企业建立沟通合作渠道，带动传统企业转型发展。例如对接微盟平台，在产品上架后的四个月时间内就成功吸引了一千多个全国分销商；两个半月时间，实现了以往日销量不过几十单到日销量突破千单的巨大转变。三是通过线下参展或节会推动企业的成长、聚合。如带领园区企业参加2016年广州国际互联网电子商务展览会，让万山区特色产品"朱砂""万山香柚""跑山牛"等从线上走进节会现场。如成功举办2016年万山区首届农特产品"网商年货节"，承办2017铜仁市第二届网商年货节等。四是不定期组织生态城企业开展"头脑风暴"沙龙。各企业之间提出自身发展理念及下一步打算，然后进行探讨，共同商议并提出有发展可行性的意见和建议，并进行市场调研分析；最终通过分析决定是否执行，真正实现生态城企业抱团取暖、资源共享。

从无到有，从小到大，从供过于求到供不应求，仅仅一年时间，铜仁市万山区电商产业从构想变成现实。

我与在这里从事电商工作的全国人大代表华茜很熟，我们同是十三届全国人大代表。"两会"期间，侗族青年华茜成为众多媒体的采访对象，她的感恩之情溢于言表："习近平总书记一直关心着万山的发展，牵挂着万山的人民。2008年2月，总书记亲临万山特区视察指导抗凝工作；2013年5月，总书记对万山做出了重要批示，勉励万山加快推动转型可持续发展，不断提高经济社会发展和群众收入水平；党的十九大召开时，总书记在参加贵州代表团讨论结束时再次询问万山特区转型发展工作的相关情况。万山区时刻牢记总书记的亲切嘱托和深切期望，感恩奋进，大力实施工业原地转型、城市异地转型战略，发展新能源汽车、朱砂工艺产业、观光农业和湿地公园旅游业。现在的万山区，已从一个资源枯竭型城市转变为一个旅游观光型城市。人民群众生产生活条件的巨大改善、人居环境条件的显著提升，都离不开党中央和总书记的深切关怀，离不开国家对万山的扶持和帮助。来开'两会'，想借这个机会转达万山区人民对总书记的诚挚问候，欢迎总书记再到魅力新万山区视察和调研。"

"两会"一结束，华茜来到铜仁市万山区高楼坪乡夜郎村新时代农民讲习所，给大家宣讲全国"两会"精神，她说："乡村振兴就是要维护广大农民根本利益，让我们农民富裕起来。我们电商要把产品卖出去，关键得靠大伙合力把整个产业链做起来，咱们的荷包才会鼓起来。"

那天的宣讲让夜郎村沸腾了，村民热烈讨论"两会"精神，当听懂了乡村振兴战略重大决策部署是怎么回事时，乡亲们扬起了笑脸。

习近平总书记说过"小康不小康，关键看老乡"，在视察花茂村时说"政策好不好，要看乡亲们是哭还是笑"。这些话可谓一语中的，引人深思。

2015年，华茜加入阿里巴巴农村淘宝，成为一名农村淘宝合伙人，为基层群众免费提供代购和代销服务。后来，在政府的支持帮助下，她办起了电商服务中心、农特产展示中心、创业指导中心，同时义务辅导农村青年就业创业。在她的努力下，当地的红薯片、野蜂蜜、米粉、米酒等原生态绿色产品走出了万山区。目前，华茜一共注册了十四个商标，其中就有"朱砂古镇""黔乡百味"。2017年，华茜的电商公司总产值八百余万元，净利润六十五万八千元，辐射带动周边两千多名群众。

万山区农村电商的迅速发展，不仅让白云深处的绿色产品"飞"出大山，也吸引了在外打拼的有志青年返乡创业。2018年的政府工作报告提出要坚持创新引领发展，着力激发社会创造力，提出要运用"互联网＋"发展新就业形态，多渠道增加农民收入，这让华茜代表更加坚定了扎根基层、服务群众、带头创业的信心和决心，同时心中也有了更高的奋斗目标：力争实现农村电商生产销售一体化，实现全产业链发展。

2017年10月19日上午，习近平总书记参加了十九大贵州省代表团讨论。总书记指出，五年来，贵州认真贯彻落实党中央决策部署，各方面工作不断有新进展。综合实力显著提升，脱贫攻坚成效显著，生态环境持续改善，改革开放取得重大进展，人民群众获得感不断增强，政治生态持续向好。贵州取得的成绩，是党的十八大以来党和国家事业大踏步前进的一个缩影。这从一个角度说明了十八大以来党中央确定的大政方针和工作部署是完全正确的。习近平总书记希望贵州的同志全面贯彻落实党的十九大精神，大力培育和弘扬团结奋进、拼搏创新、苦干实干、后发赶超的精神，守好发展和生态两条底线，创新发展思路，发挥后发优势，决战脱贫攻坚，决胜同步小康，续写新时代贵州发展新篇章，开创百姓富、生态美的多彩贵州新未来。

在采访铜仁市委书记陈昌旭时，这位十九大代表仍然很亢奋，他介绍说，习近平总书记亲切地与代表们一一握手、交谈，饱含着领袖对人民的殷殷之情。

陈昌旭在乌蒙山区的毕节市工作过，当年习仲勋同志对乌蒙山区海雀村的批示，他耳熟能详，那里的人民对习仲勋同志有着怎样的感情，他深刻了解。现在陈昌旭在武陵山区的铜仁市工作，他深切感受到了习近平总书记对铜仁市万山区人民的殷切关怀，也感受到了这里的人民对领袖的感恩之情。

牢记嘱托，感恩奋进，从 2008 年那个寒冷的冬天到 2018 年这个温暖的春天，铜仁市万山区人民十年磨一剑，从一个贫困落后的资源枯竭型城市变成了一个摆脱贫困大踏步走向小康的城市，这样的华丽转身说明，只要我们时刻牢记习近平总书记教给我们的方法论，在学懂、弄通、做实上下功夫，就能乘着梦想的翅膀飞翔，从而实现我们的梦想。凤凰涅槃、化茧成蝶，目睹城市浴火重生的过程，更令人感到党和国家的恩重如山与殷切期望！

2018 年 1 月 26 日，贵州省"两会"召开，作为全国人大代表的我，列席聆听了谌贻琴代省长所做的政府工作报告。作为一名贵州人，我深深感受到了报告中的感恩、自信和自强。特别是当我听到"贵州综合经济实力大踏步前进，决战脱贫攻坚大踏步前进，基础设施建设大踏步前进，改革开放创新大踏步前进，增进民生福祉大踏步前进"这五个"大踏步前进"时，我心中升腾起无比的自豪。

谌贻琴代省长的报告掷地有声，言犹在耳：五年来，我们全力"赶"、加快"转"、奋力"超"，绘就了贵州砥砺奋进的崭新画卷。今天的贵州不再垫底，不再是落后的代名词，它正在撕下贫困的标签、贴上亮丽的新名片！五年来，我们按下"快进键"、跑出"加速度"，经济社会发生了深层次、根本性变化，被习近平总书记赞誉为"党的十八大以来党和国家事业大踏步前进的一个缩影"。

离开万山之前，我再次来到朱砂古镇，那一栋栋红砖黑瓦的房屋在我的眼里是那样安详和庄严。万山汞矿是有着优良传统的老工业基地，从建特区以来，共有获得省部级表彰的劳模八十九位，其中三位获得全国表彰。在这里的街道和广场上，劳模的塑像栩栩如生，让我感受到了历史的厚重与今天的辉煌。站在广场上，看着熙熙攘攘的人群，我竟然有些依依不舍。这样的感觉，于我而言是少见的。从小到大，凡是人多的地方，我都很少去，我喜欢安静，这也许与我在地质队长大、曾是一名地质队员有关。地质队员大多数时间不在喧嚷的人群里，而是在寂静的群山中。人群的喧嚷不可能持续不断，总有归于寂静的时候；寂静的大山也可能因为有矿石不再寂静而变成沸腾的群山，万山汞矿的昨天就是鲜活例证。当沸腾的群山不再沸腾时，那么，万山的凤凰涅槃、浴火重生，于今天而言就显得弥足珍贵。

在结束这篇文章之前，我还想讲一个故事：万山汞矿总工程师樊龙辉的女儿樊静帆还在襁褓中时，被母亲抱在怀中，一家三口从上海来到了万山汞矿，她在万山长大，生活了多年，对万山的感情极深。

樊静帆大学毕业时，正值汞矿宣布破产不久。她回到万山，看见往日工友、同学蹲在屋外两眼空洞，不知路在何方……她说："我一岁时是母亲高高兴兴抱着来万山的，大学毕业时是哭着离开万山的，我发誓以后再也不回万山了。"

2016年，已经居住在法国巴黎的樊静帆听说万山区发生了翻天覆地的变化，忍不住辗转回到万山区。站在父亲樊龙辉的塑像前，她激动不已，再次落泪。离开时，她对万山区区长张吉刚说："以后万山区要是有设计、规划方面的需要，尽管找我，我的女儿现在是法国一名大规划师的助手。如果找我，不要打电话，国际长途太贵，我给你们打回来。"

张吉刚对我说："现在我们万山区每个人都打得起国际长途，与世界的沟通毫无障碍，樊女士这样说，也是出于善意。"出于礼貌，他只好说欢迎她以后多回来看看。

就在我结束采访准备离开万山区时，传来了万山区将迎来"贫困县退出国家级第三方评估验收"的消息，告诉我这个消息的田玉军同志一脸从容。从他的从容中，我分明感受到了他的自信。他的自信，就是万山区人民的自信；万山区人民的自信，就是万山区人从深度贫困到摆脱贫困这个过程的缩影。

从我前后五次到万山区实地调研来看，我有理由相信，万山区在2020年全面建成小康社会的这个目标是能够实现的，肯定会实现的！

只有这样，才能不辜负人民领袖在2008年深冬千里迢迢来到铜仁市万山区，在那场百年不遇的凝冻灾害中所带来的温暖和关怀；只有这样，才算真正地践行了"牢记嘱托、感恩奋进"的誓言；只有这样，我们才能在将来毫无愧色地告诉我们的子孙：我们参与了脱贫攻坚这场人类历史上最伟大的工程。

获奖作品《张富清传》作者钟法权

钟法权简介：

钟法权，空军军医大学军事预防医学院原政委，大校军衔，陕西作协会员，中国作协会员。在《人民文学》《中国作家》《解放军文艺》等报纸杂志发表小说、散文、报告文学四百余万字，有多篇作品被转载和年选。出版小说集《行走的声音》《脸谱》，长篇小说《浴火》，长篇报告文学《那一年，这一生》《陈独秀江津晚歌》《雪莲花开》《张富清传》等十余部。曾荣获第十一、十二届解放军新作品一等奖，第五届柳青文学奖，第八届鲁迅文学奖等奖项。

获奖感言

钟法权

各位领导、老师、朋友们、女士们、先生们！晚上好！

在寒冬之初，在红色延安，在隆重的第八届鲁迅文学奖颁奖现场，站在华光溢彩的颁奖礼台上，我由衷地感谢鲁奖评审专家的辛勤付出！感谢文学之神的眷顾！感谢评委会的厚爱！

在我写作的进程中，一直有一个梦想，为心中最敬仰的英雄写一部传记。2016 年，习总书记在第九次作代会上说："祖国是人民最坚实的依靠，英雄是民族最闪亮的坐标。歌颂祖国、礼赞英雄从来都是文艺创作的永恒主题，也是最动人的篇章。"总书记的讲话激发了我为英雄树碑立传的创作激情，自此我接二连三地创作了长篇报告文学《雪莲花开》、中篇小说《风过昆仑山》等讴歌英雄的文学作品。

2019 年的春天，圆梦的机会如期而至。为深藏功名六十余载的张富清老英雄写一个全面、立体的报告文学由此萌生，在陕西作协的大力支持下，我信心百倍地拉开了《张富清传》的采访创作序幕。

深入生活、扎根人民，绝不是一句漂亮的口号。唯有深入生活，才能获得宝贵的素材和充沛的营养。在湖北来凤，我先后走访了张富清工作过的三胡乡、革勒车镇、百福司镇以及高洞等地方，同所有与张富清共过事的老部下、知情人进行了面对面的交流。在一个雨过天晴、彩霞满天的下午，我走进了张富清老人的家，怀着激动敬佩之心，与老人促膝访谈，就提前拟好的一道道问题展开了深入交流。在汉中洋县，在张富清出生的双庙村，我进行了实地探访。所见所闻所听所看，让我深深感到，老英雄的峥嵘岁月，不平凡的波澜人生，就是一部生动的寓言。英雄是平常人中的非凡，是普遍中的独特；是一枝独秀、傲立于寒风中的腊梅；是大雪压青松、青松挺且直的民族脊梁。他那些不平凡的生活，最终像酉水河那样流水涛涛，在我的脑海里汇聚成为汪洋恣肆的创作激流。

《张富清传》获奖，是清风明月的孕育，是玉汝于成的收获，是评奖专家对张富清这个共和国勋章获得者、时代楷模、时代坐标的高度认同。这个奖不是颁给我的，而是颁给老英雄张富清的，是对亿万群众崇敬老英雄的深情回应。

获奖不是目的，也不是终点，而是我在创作道路上的新起点。有幸处在中国巨大变革的新时代，现实生活就是一个奇妙无穷的世界，给我们提供了丰富的文学想象。我将以讴歌人民、讴歌英雄、讴歌新时代为己任，奋力创作出与时代同行的磅礴之作。

谢谢大家！

张富清传（节选）

★钟法权

序幕

这是一个真实感人的故事，
故事发生于 2019 年的来凤。
他以卓尔不群的英雄事迹，
给当下的人们提出世纪之问：
是什么让他烈火硝烟当先锋？
是什么让他深藏功名六十年？
是什么让他扎根山乡做奉献？
是什么让他淡泊名利守清廉？
是什么让他心装百姓甘吃苦？
是什么让他初心永恒葆本色？
是什么让他抗击病魔站起来？
是什么让他不忘党恩永向前？
……

——题记

那是 2018 年 12 月中旬的一天。来凤连日阴云密布的天空终于云开日出。阳光穿透薄雾，温情地洒在翠绿的酉水河上，洒在翔凤山半边城不远处的一栋老式居民楼上。暖色调的光芒越过锈迹斑斑的防盗网，透过玻璃窗将半个阳台照亮。

有了阳光，屋里似乎暖和了不少。一脸慈祥的张富清，满面笑容地坐在窗下的椅子上。九十四岁高龄的老人了，依旧是白皙而红润的面庞，脸上少见老年斑，一双眼睛炯炯有神，笑眯眯地观赏着阳台上的蟹爪兰，饶有兴致地听着收录机里播放着的节目，左手习惯性地抓着因装了义肢而略显空荡荡的左腿，右手随着高亢的戏曲节奏打着拍子，嘴里悠然自得地哼着小调。

此时，门吱的一声被打开。他的小儿子张健全走了进来。张健全在来凤县委第二巡察组担任组长，与新成立的县退役军人事务局同在一栋楼里办公。他笑着开门见山地对老父亲说："这次全国退役军人信息采集是党中央对退役军人的关怀，信息采集有政策规定，你得把你那些宝贝亮出来。"

一听幺儿这样讲，刚才还满脸笑意的张富清，顿时一脸的严肃。幺儿说的那些宝贝，他可是整整隐藏了六十余载。几十年间，他对单位的同事没有讲，对儿女们没有讲，对自己的妻子也很少提及，一直把那些军功章珍藏在跟随了他大半辈子的棕色牛皮箱里，没有给任何人看过，难道这次登记就一定要将它们一一亮出？

前些日子，他在医院住院时，幺儿张健全给他提过几次关于退役军人信息登记的事情，他都未表态。从1955年转业到来凤那天起，他就下定决心，无论在何时何地，永不言功，永不讲自己打仗的经历，他把那些军功章一直存放在箱子里，从不示人，并打算永远地隐藏下去。他始终认为："跟那些在战斗中牺牲的战友相比，我凭什么居功自傲？我已经得到了军功章，这已经足够了！"所以在来凤，熟知他的人，与他共过事的人，仅仅知道他有过当兵的经历，却毫不知晓他是一位战功显赫的战斗英雄。

征得父亲同意，张健全这才走进父亲的卧室，去取那些封存了几十年从未示人的"宝贝"。在父亲卧室最里头的墙角处，立着一个老式的矮柜，柜子上放着一只颜色陈旧、铜按钮已经坏了一个的棕色牛皮箱。几十年了，张健全从来没有打开过这只皮箱。他不知道父亲在皮箱里面装了些什么宝贝。从小到大，甚至是在成年之后，他曾无数次萌生偷偷打开皮箱窥探一下的念头。

记得很小的时候，有一次父亲从乡下驻队回来，将挎包随手挂在了墙壁上。大哥张建国好奇心强，想看看爸爸包里装了些啥。于是搬来椅子，站在椅子上取下挎包，揭开包盖一看，发现里面除了一本《毛泽东选集》、一个笔记本和一个搪瓷茶缸外，既没有好吃的，也没有好玩的，便失望地把挎包随意挂了回去。张富清办完事回到家中，一眼就发现墙上挂着的挎包歪斜着，便知道自己的包被人动了。很明显，当时能想办法够得着挂在土墙上挎包的只有十二岁的大儿子张建国。于是张富清就问正在做作业的张建国是不是动了他的挎包。张建国是个懂事的孩子，面对父亲严厉的目光，他诚实地点了一下头。

一向温和的张富清，立马拉下脸，当着其他几个孩子的面，毫不留情地狠狠教训了张建国一顿。从此，在他们张家定下了一个规矩——未经允许，不得乱翻家人的东西。所以，虽然父亲的那个小皮箱经年累月摆在那儿，他们兄弟姐妹也曾一次次猜想，甚至一次次用手去触摸箱体，但最后都没有人敢去按下那金黄色的按钮。

此刻，张健全打开按钮的一瞬，他的手竟微微颤抖起来。随着"当"的一声响，锁扣弹起，他揭开了箱盖。箱子里面还盖着一层红色的绒布，揭开绒布，一枚枚闪亮的军功章整齐地摆放在右侧，一本本证书叠放在左侧。他拿起其中一枚军功章，只见正中间是毛主席的侧身头像，背景是飘展的五星红旗。这枚刻着"人民功臣"的一等功勋章保存得十分完好，没有因为时间久远和长久封存而生锈褪色或变得暗淡无光，失去原有的亮泽。

阳光投进屋子，落在军功章上，一时金光熠熠，光芒四射。张健全手捧军功章来到客厅，小心翼翼地将它放到父亲的手中。张富清神情凝重，深情地注视着封存多年的军功章，好久没有说一句话，记忆之门如同被一把金钥匙打开，眼前浮现出六十多年前王震司令员为他颁发奖章时的情景，耳畔响起彭德怀司令员的亲切鼓励。

张富清隐藏功名的消息不胫而走，武汉一家新闻媒体记者慕名而来。刚开始张富清就不愿意接受记者的采访，更不愿意讲自己打仗立功的事儿。张健全只得反复做父亲的工作，说："人家记者不辞辛劳，那么远从武汉跑来，你不能让人家空手而归。再说了，我也很想知道军功章的来历，要不然退役军人事务局的同志问起我来，我若是一问三不知，给人家讲不清楚就很尴尬。"

张富清用手轻轻地抚摸着奖章的边缘，一幕幕攻打永丰的战斗往事在他脑海里渐渐闪现并清晰起来。良久，他才缓缓地向记者和幺儿张健全讲述起那场永远不会忘记的战斗经历……

多少年了，这是张富清第一次打开封存已久的记忆，第一次向他人讲述自己的战斗经历；同样，于张健全来说，这是平生第一次听父亲讲他自己的打仗故事。

一、血战永丰

那是 1948 年的冬天，我西北野战军在彭德怀、贺龙、习仲勋、张宗逊的领导下，以蒲城县永丰镇为核心，向国民党第七十六军发起攻坚战。西北野战军前委于 11 月中旬下达发起冬季攻势的命令，决定实现再歼胡宗南集团两至三个师，从而改变渭北拉锯与相持局面。

国民党军队装备优良，物资丰厚，并且倚仗镇内高大坚固的围寨负隅顽抗，所以两军交战很是激烈艰苦，我军也付出了很大的牺牲。

攻打永丰是在一个漆黑的深夜。西北风肆无忌惮地刮着，借着夜色的掩护，我军各参战部队悄无声息地进入战斗攻击位置。战斗命令下达后，我军炮兵部队率先对敌人外围工事进行了密集的炮轰。炮击一停，部队立即发起进攻。一开始外围战打得还算顺利，但一到城墙跟前，攻击受阻，再难往里突破。敌人以四米高的城墙和近两米深的堑壕为依托，凭借有利的地形和强大的火力优势将我军阻挡在城外。虽然我军的大炮摧毁了敌人城外的阻击战壕，但土城墙却毫发未损。夜幕中，嗒嗒嗒的轻重机枪声响彻夜空，子弹嗖嗖嗖像蝗虫一样在天空乱窜。几轮冲锋下来，不仅未能攻克土城墙，敌人的猛烈火力还给我们的攻城部队造成了很大的伤亡，二营先后有几名正、副连长倒在了冲锋的路上。

张富清所在的六连是突击连，此刻为了尽快攻克城墙，连长李文才趴在壕沟里红着眼睛怒吼道："突击队上，机枪掩护！"

突击队员早在永丰战斗打响前就选定了。三个人一组的突击队集合到了李文才面前。

李文才用手比画着说:"张富清,你带两组从左边迂回到东城墙下,第二组五班长带一组从右边迂回到北角,给狗日的来个两头开花,炸开缺口。"连长话音刚落,两组突击队员一齐高呼:"坚决完成任务!"

大半年前,张富清还是国民党军的一名伙夫。他知道,国民党军大多贪生怕死,都不愿意当敢死队员,不用枪逼着,不发"袁大头",就不会有人主动参加敢死队。自从加入中国人民解放军,成为三五九旅七一八团二营六连的一名战士,解放军官兵英勇献身的精神时刻感染着他,解放全中国的使命召唤着他,兄弟般的战友情温暖着他。几场硬仗打下来,他仿佛凤凰涅槃,胆子一下子大了,不再怕死,每次战斗他都勇当突击队员,冲锋陷阵在最前头。他因为在几个月前的壶梯山战斗中表现英勇,由副班长提拔为班长。永丰战役打响前,已身为副排长的张富清在连队组建突击队时,又是第一个站了出来报名。

凛冽的寒风裹挟着呛鼻的硝烟扑面而来。连队的几挺机枪集中火力一齐向城墙猛射,以吸引敌人,掩护突击队。张富清背着冲锋枪,猫着腰,右手臂弯搂着炸药包,带领突击队员绕过壕沟突击到了城墙下。城墙是土夯的,高约四米。城墙上的敌人与我军打得正酣。借着炸弹的闪光,他们快速匍匐到土墙下,往三个炸药包的绑带上各塞了八颗手榴弹,并将后盖拧开,将拉环用一根细绳连在一起。然后,将三个炸药包用木棍支撑起来靠在被风雨侵蚀的土墙凹面里。做好这一切,张富清转身对另外两名队员说:"你们赶紧跳进壕沟里。"

随着两个身影消失,张富清沉着地拉响了插在炸药包里的手榴弹。

离手榴弹爆炸只有几秒钟的时间,跑是来不及了,张富清先是猛地一个前扑,继而一连几个翻滚,人便像一个滚动的地瓜落进城墙脚下不远的壕沟里。

随着几声剧烈的爆炸,他们卧倒贴在地面上的身体被震得直抖,头被震晕了,身上落了一层泥灰。此时,嘟嘟嘟的冲锋号声响了起来。号声就是命令,他们摇摇晃晃地站起来,抖落身上厚厚的灰土。稍一放松,张富清只觉得嘴里一阵剧痛,忍耐不住,吐出一口鲜血。原来满口的牙被穿云裂石般的爆破震松,三颗大牙当场脱落。在以后的岁月中，张富清其余的牙齿也没能伴随他长寿的生命年轮，而是早早地陆续掉光了。

土城墙被炸出了一个很大的豁口，夜幕中，黑魆魆的，像巨人张开的大嘴，又像一口深不见底的枯井。张富清赶忙跃出壕沟，身旁两名战友也紧紧地跟了上来。他们顺着豁口爬了上去，身后的大部队也正黑压压地冲了上来。按照连长的命令，炸开城墙后，要不顾一切往里面冲，去占领敌人的司令部，那是我军赢得胜利的最终目标，也是此次战斗胜利的标志。

张富清带着两名战友跳下城墙奋不顾身地径直往里打去，在通往敌军司令部的十字路口，两座碉堡里的机枪正嗒嗒嗒、嗒嗒嗒地狂叫着，射出的子弹呈交叉状死死地封锁了前进的道路。张富清对紧跟在他左右的两名战士命令道："跟上我，贴着墙根绕过去。"最终，他们匍匐到了敌人碉堡前的战壕下。张富清解开胸前绑炸药包的布条，他对两名突击队员说："别用导火索引爆，那样引爆速度太慢，直接插进手榴弹，一个手榴弹不放心，插两个，把拉线连在一起。"一个战友说："手榴弹响得太快了，危险。"张富清果断地说："你看狗日的多疯狂，手榴弹晚响一分钟，我们就会牺牲更多的战友。执行命令，听我的！"说完他用手一比画："你们两人炸左边的一个，我炸右边的一个。"

火光中，只见这边几个忽隐忽现的身影跳跃着，那边像潮水一般的队伍涌动着，"缴枪不杀"的呼喊声清晰可辨。时间就是生命，他们以最快的速度，朝着那吐着"火龙"的碉堡靠近。随着两声巨响，一个碉堡被张富清揭了顶。接下来，张富清又左冲右突，将另一个碉堡炸塌了一个角。然而，当张富清再一次从壕沟里站起时，只觉得两眼模糊不清，嘴里还有淡淡的血腥味，情急之下他用左手顺着额头朝下一抹，伸到眼前一看，手上全是鲜血。血还在不停地从他头顶上往下流，那是刚才站起来时，一颗子弹从他头顶上飞过，像耕田的犁一样划开了他的头皮。他顾不得疼痛，用手再擦了一把额头便继续往前冲。待他回头时，竟发现原本紧跟身后的两名战友均已不幸中弹牺牲了……

讲到这里，老人的声音戛然而止，两眼已饱含泪水。天放亮了。对敌攻击进入尾声，激战的枪声渐渐趋于平缓。"缴枪不杀"的吼声此起彼伏。脚下的阵地尸横遍野，硝烟弥漫了半个天空。一阵寒风卷过后，背上背着两支步枪，怀里抱着一挺机枪的张富清看到了在主阵地上飘扬着的鲜艳军旗，那是六连的红旗。他激动地迈开步子朝着迎风招展的红旗奔去。

战斗结束后，张富清回到连队才发现，全连原本一百一十多人，现在只剩下一个班的人数，许多张熟悉的面孔都不在了，那些牺牲的战友在战斗打响前，都是活蹦乱跳的生命啊！可就在一夜间，他们为了新中国的解放事业而光荣牺牲了。他实在忍不住了，趴在地上失声痛哭，哭得撕心裂肺，哭得肝肠寸断。最终他的哭声被呼啸的风声、零星的枪炮声和胜利的欢呼声淹没。在以后的岁月中，只要回忆起那些牺牲的战友，就犹如旧伤复发，他的心底就会隐隐作痛。

张健全万分惋惜地问道："为什么会牺牲那么多人？"

张富清说："敌人是守，有城墙防护不说，而且装备精良，仅守城的敌军就有一万多人，而我军是攻，攻城自然伤亡大……但是我们还是打败了敌人！"

史料记载：永丰战役，西北野战军共歼灭国民党军一个军部、三个师部、九个团又七个营，计二点五万余人；毙伤第十七师少将师长王作栋及以下官兵七千六百余人；俘获第七十六军中将军长李日基、少将参谋长高宪岗，第二十师少将师长吴永烈，第二十四师少将师长于厚之，第十七师上校副师长张恒英等及以下官兵一点七万人。彻底粉碎了胡宗南所谓"重点的机动防御的新战术"，收复并巩固了澄城、邰阳（今合阳县）、白水地区，拖住了胡宗南集团增援中原，配合了淮海战役，并解决了部队粮食问题，为冬季整训创造了条件。12月1日，中共中央致电彭德怀、贺龙等，祝贺冬季攻势取得的巨大胜利。

在永丰战役中，张富清凭着勇敢和机智，炸开了城墙，炸毁了两个碉堡，光荣地完成了突击任务。

为表彰他的战功，第二纵队司令员兼政委王震亲自为张富清颁发一等功勋章，西北野战军司令员彭德怀夸赞张富清说："你打仗不怕死，为永丰战役的胜利立了一大功哇！你是个好同志！"

几个月后，经彭德怀签署，红彤彤的报功书邮到了张富清位于陕西汉中洋县马畅镇双庙村的老家。

直到此时，双庙村的乡亲们才知道，几年音信全无的张富清，不仅还活着，而且光荣地加入了人民解放军，并且立了大功，成为了不起的战斗英雄。

二、长工

张富清是一个生在乱世的孩子，一个在苦水里泡大的孩子。

1924年12月24日，大雪纷飞的秦岭深山腹地，汉中洋县马畅镇双庙村村民张前成的媳妇周爱女为他生下第三个儿子。因为大儿子不幸夭折，张前成对这个新生的孩子极为重视，他满怀希望地找到双庙村最有文化的孙乡贤给只有小名尚未取大名的三儿子取名为张富清。

洋县是个好地方，在古代被喻为"汉上明珠"，在今朝被称为"朱鹮的故乡"。从地理上看，它北依秦岭，与留坝县、太白县交界，南靠巴山，东接佛坪，南邻西乡县，西毗城固县。地势相对平坦，不像北面的佛坪、留坝等深陷秦岭深山。洋县像一口大锅平展地摊在秦岭大山的余脉之中。从洋县出发一路向西，行走十余公里，过谢村镇，再往前走十多公里就到了马畅镇，从马畅镇往西走不多远就到了双庙村。双庙村正好处于洋县的"锅底"，这里河流纵横，远有汉江，近有湑水河；这里水网交错，水田密布，土地肥沃，以种稻为主。

很显然，双庙村是因村庄里的两座庙而得名。时过境迁，沧海桑田，如今已难觅双庙村过去的踪影。

张富清的父亲张前成，是一个老实巴交的赤贫农民，一个靠种地、打短工谋生的穷苦人。张前成家日子过得凄苦。仅有的三间土坯房，又低又矮，仅可遮风却无法挡雨。每逢雨天，是外面大下，屋内小下；雨停后，是外面不下，屋内照下。三亩水田，因为产量低，加上家大口阔，生产的粮食难以糊口。张前成只得带着大儿子四处给人打短工，在勉强填饱二人肚子的同时，顺便挣点余粮，补贴一大家人的口粮。不想大儿子因病无钱医治而夭折。俗话说，福无双降、祸不单行。就在张富清长到三岁左右尚不记事的时候，张前成突患重病，也因无钱医治，不久病逝，时年四十有余。下葬时，因家徒四壁，买不起一口薄棺，仅裹了一张篾席，在湑水河边挖了一个土坑草草埋葬。

张前成中年病故，对贫困的张家来说是雪上加霜，就如天塌了一般，这条在风雨中飘摇的小划子，随时都有可能被浪花打翻。好在张富清的母亲周爱女性格坚强，她虽然是个小脚女人，却以顽强不屈的精神撑起了这个一贫如洗的家，以慈爱和坚韧含辛茹苦地带着二儿子张茂茂、女儿张润莲、幺儿张富清在饥寒交迫的贫穷线上苦苦地挣扎。

在那个灾难深重的时代，读书对于赤贫的农家孩子来说就是一种不知天高地厚的奢望。对张富清而言，别说读书，只要有口饭吃，能够把命活下去，就算幸运，就算前世积了大德。一个无书可读、无耕牛可放的穷孩子，每天能做的就是在家看守自家的三间土坯房。

张富清从小缺乏营养，到了十一二岁的时候，还是那样瘦弱。为了不走背井离乡讨饭那条路，周爱女托娘家亲戚说情，将张富清送到了城固县宝山镇东庙村一户姓魏的地主家当长工，条件是管吃管住，年尾给两斗米。

在张富清幼年的记忆里没有任何欢乐可言，只有黑暗与苦难的阴影时刻相伴；在他少年的时光中，暗无天日的境遇没有带给他一丝温暖，反倒是尝尽了人间的苦楚和辛酸。

在魏地主家，张富清每天除了放几头牛，还担负挑水、打扫院子的活计。地主家可不像穷人家只有一个小水缸，地主家的水缸有好几个，而且都大。厨房摆着两个大水缸，洗漱间摆着一个大水缸。三口大水缸可不是几担水就能挑满的，而是要挑十多担。每天天不亮张富清就起了床，起床后先要把三口大水缸挑满。一个水缸可装八桶水，他一共要挑十二担二十四桶水。一桶水近五十斤重，一担水近百斤重，十二担水挑下来，张富清累得上气不接下气，饿得前胸贴后背。肚子饿了，可还没有到吃早饭的时候。这个时候太阳刚刚爬到东山的顶上，他还得把牛赶到山坡上或者汉江的河滩边去放养。张富清两脚发软，两腿无力，他很想骑在牛背上，省省力气，可是地主说了，牛不是马，牛是用来耕田的，马才是供人骑的。言下之意，你只能放牛而不能骑牛。张富清害怕丢了长工这个饭碗——虽然每天仅吃残羹剩饭填饱肚子，但不至于一日三餐喝稀粥度日——所以他从不敢骑到牛背上，哪怕是刮风下雨道路难行，他也只能跟在牛屁股后面，踩牛脚窝子，在泥泞的路上赤脚行走。待他把牛赶进山里或河滩上时，正好太阳吸干了挂在草尖上的露珠，正适宜水牛吃。

日上三竿，牛的肚子吃饱了，他才能把牛赶回地主家。此时，他早已饥肠辘辘，饿得两眼直冒金星。饭菜摆在厨房的案板上，虽然是剩饭剩菜，可对张富清来说，却是美味佳肴。吃完饭，张富清就拿起笤帚扫院子。地主家的院子分大门里的院子和大门外的禾场，一院一场有近两亩地，扫下来也得好一会儿。本来，扫院子应该在早晨进行，可魏地主家里人嫌早晨扫院子太吵人，所以就改到了中午前。到了下午太阳偏西，张富清还得把牛赶出去放一次，天快黑时再把牛赶回来。吃过晚饭，还有很多杂活要干，诸如推碾子碾米、推磨子磨面……一直忙到天黑得不能干活为止。黑的夜，是张富清的救星。在那间又小又窄的阁楼上，他才能安稳地躺在床上美美地睡上一觉。

这是一个什么世道啊！没黑没白地给地主扛长活，像牛马一样受人使唤，没有自由，没有尊严，有的只是辱骂和冷眼，还得死乞白赖地守在人家家里，以求有口饭吃，把命活下去。凭他这个弱小的身躯是无法改变现状的，他只能泡在苦水里继续受煎熬。

三、奴仆

二十岁，是闪光的青春，是充满梦想的年华。二十岁的小伙应该长得虎虎生风，可张富清依然既瘦弱又矮小，他看不到人生的一丝曙光，依然在泥沼里艰难跋涉，苦难的生活何时是个头呢？

万没料到，扛长工的苦日子还没熬出头，更大的灾难又降临到了他的头上。

抗日战争胜利后，国民党急于实施反共方针，加紧部署全面内战，在国统区征集兵丁的数量逐年剧增。1945年年底，国民党胡宗南部继续在富庶的汉中抓壮丁。

张富清的二哥张茂茂被抓了壮丁。自大哥夭折之后，二哥便成了家里的顶梁柱。更重要的是，贫穷的张茂茂不久前好不容易娶上了媳妇，承担着延续张家香火的重任。一旦他被抓到部队，不仅家里唯一的劳力没了，而且为张家续香火的大事可能也将化为泡影。在周爱女的眼中，身体瘦弱的小儿子张富清根本撑不起这个家，如果二儿子被征走，那张家的天可就真塌了。

周爱女左思右想，如何才能把张家这根顶梁柱保下来？花钱，家里是一贫如洗；逃跑，无处藏身。怎么办呢？这可愁坏了周爱女。

娘家兄弟给她出主意说："你不是有两个儿子吗？"

周爱女一头雾水回道："是啊！"

娘家兄弟自鸣得意地说："你可以来他个以小换大，反正一家出一个兵丁，凑够数就行。"

周爱女说："我那幺儿子能行吗？还没长个儿呢！"

娘家兄弟说："只要你愿意，我替你去找保长。"

周爱女说："这孩子命苦，从小就给地主扛长活。这次抓壮丁，抓的是老二，只怕他不愿意顶他二哥去，村上被征了兵丁的后生没有几个活着回来的。"

娘家兄弟说："让我看当长工与当兵丁没啥区别，都是为了混口饭吃。"

让幺儿张富清替换老二张茂茂去当兵，周爱女不是没想过，但于她来说，手心手背都是肉。张富清从小就被送到地主家做长工，吃的苦受的罪，她也常听亲戚说起，也经常为此而流泪。但有什么办法呢？她一个妇道人家，要不是为了儿子有口饭吃，把命活下去，也为了挣那两斗米，补贴家里粮食短缺，绝不会忍心这样委屈儿子啊。现在乡公所抓壮丁，是铁板上钉钉子想躲也躲不脱。思来想去，她只得忍痛用幺儿张富清去换回二儿子张茂茂，只得再一次把张富清送出去，送到更远的地方去。

于是，周爱女的娘家兄弟找到保长，提出了用张富清顶替张茂茂去当兵的想法。

一开始，保长也没考虑那么多，心想，不管大的小的只要是男丁凑够数就行。保长同意了，周爱女和娘家兄弟便带着张富清去见保长。但保长一见到张富清本人就不高兴了，这娃人家能要吗？还没枪高呢！

周爱女的娘家兄弟赶忙赔笑说，国军部队里娃娃兵多的是，没问题的。

最后，保长看在周爱女娘家兄弟送了一斤食盐、两斤挂面的分儿上，答应把张富清送到乡公所。

张富清记得，那是一个大雾弥漫的冬日，一米开外只能看个人影。

他跟着双庙村的保长走进了马畅乡公所，走进了乡长的办公室。乡长见到保长身后的张富清，就问："让你征兵丁，你怎么带个娃娃来？"

保长转过身把张富清从身后扯到乡长面前说："这娃属蛇，今年二十二了。"

"年龄是够了，可这个子还没枪高呢！"

"这娃是从小饿的，吃两年军饷，拔一拔就长高了。"

"都二十二岁了还拔一拔，你糊弄谁？"

"不是有句话叫作'二十三，蹿一蹿'么。"

"这娃面黄肌瘦，得吃多少油盐才能蹿一蹿！"

"国家战乱不断，打了十多年的仗，村里送出去的娃是有去无回。眼下村子里大都是些上了年岁的老人，小伙子少得可怜，像他这样的可是宝贝，人家家里乐意送来就不错了，我们还挑剔个什么呢？"

乡长心想保长说得有道理，这些年抓壮丁就没止过，乡村里少见青年人。如今，能把兵丁数额凑齐就很不容易了。一番思量，乡长不再坚持，让人把张富清带到后院一间招募壮丁临时居住的大房子。张富清进去了，他的二哥张茂茂走了出来。

保长交了差，乡长却遇到了麻烦。本来什么兵丁都要的国民党长官在见过了张富清后，任乡长怎么美言，怎么好吃好喝招待，就是不肯点头接收。

乡长实在没办法，只得耍无赖说："你要就把他带走，不要我把他留下，你可别说今年的征丁不够数，明年正好充数额。"话讲到这个份上，对方也没领走张富清。乡长也是个狠角，他硬是没让张富清回家，而是将他强行留在了乡公所当苦力。

乡长担心张富清吃不了乡公所的苦，受不了乡公所的苛刻约束，私下逃跑，便恐吓张富清说："以后你哪儿也不许去，老老实实地待在乡公所，让你干什么，你就干什么。你要是趁机逃跑了，我们就把你二哥重新抓回来。"

就这样，张富清当兵丁不成，反被留在乡公所当了苦力。耕田种地，挑水砍柴，什么重活苦活都得干。活干得比地主家还要重，吃得却比地主家还要差。原因在于，乡长并不住在乡公所，平常派活也不是乡长指派，而是两个当差的。俗话说，阎王好见，小鬼难缠。那两个当差的，活脱脱两个"小鬼"，他们就没把张富清当人看，而是当成了奴仆。先说吃饭。平常在乡公所吃饭的就是几个当差的和杂役，每到开饭时，他们也不让张富清上桌，等他们吃饱喝足了，才轮得上张富清吃剩菜喝残汤。在地主家做长工，好吃不好吃，起码管个饱，在乡公所，那是人情似纸薄，张富清常常是有上顿没下顿。再说干活。两个当差的心更狠，把张富清当牛一样来使唤，种完田，种菜地，反正一刻也不让他闲着。张富清稍有反抗和怠慢，两个当差的要么拳脚相加，要么翻着花样地折磨他。

又一年抓壮丁的时候到了。来招募兵丁的长官一见瘦骨嶙峋的张富清，脑袋摇得像拨浪鼓，说宁可少一个也不要无用的货。这话说得十分难听，乡长也无奈，只好继续把张富清强留在乡公所做苦力。

到了1947年，国民党因东北战场失利战事吃紧，兵源紧缺，军队开始频繁征兵，以扩军备战，满足战场用兵所需。这一年，张富清已经二十三岁了，虽然身高见长，但还是瘦，好在接兵的不再挑剔，开春，马畅乡公所总算把张富清送进了部队。

进入国民党部队后，张富清才知道司令长官是胡宗南。因为长得瘦小，张富清被分到了胡宗南部四十七旅当了一名伙夫。因为力气小，不能很好驾驭运输炊事装具和军需物品的骡马，再加上搬运军需活干得慢，他时常遭受老兵油子的殴打。劳累了一天，到了晚上还要给老兵们端水洗脸倒洗脚水，有一点伺候得不好，轻则挨骂，重则挨打，受尽欺辱。少得可怜的军饷，要么被长官克扣，要么被老兵油子"借"去赌博，说是借，实则有借无还。最让张富清无法忍受的是，发了新衣服，还没穿上身，就被老兵油子强要了去，扔到他手中的都是一些又脏又破的旧衣服。

这样的苦日子何时是个头呢？张富清渴望命运出现转机，渴望人生的曙光早点到来。

四、瓦子街的转折

在那个黑暗的年代，靠个人奋斗是很难改变命运的。一个人要想挣脱苦难，唯有把自己的命运彻底融入国家的命运。张富清之所以能迎来新生活，与中国共产党领导的人民军队紧密相关，与瓦子街战役紧密相关。他的人生，因西北野战军瓦子街大捷而发生了根本性的转变。

瓦子街战役，是解放战争时期西北战场发生的一次重要战役，是西北野战军落实毛泽东"围城打援"军事思想的典型战例之一。

瓦子街战役于 1948 年 2 月 28 日全面打响，到 3 月 1 日结束。我西北野战军所有参战部队在彭德怀司令员的指挥下，按照毛泽东军事战略方针，集中原一、二、三、四、六共五个纵队七点二万人的优势兵力，采取"围城打援"的战术，有效消灭了敌人的有生力量，取得西北战场上的首个大捷，成为西北野战军由战略防御转为战略反攻的起点。

按照作战部署，首先由许光达率领第三纵队在宜川发起攻击。第六纵队罗元发部由延长县南下，经云岩协同独立二旅围攻宜川，在消灭秋林、圪针滩之敌后占领黄河禹门口铁索桥。第二纵队王震部从晋南出发，由禹门口强渡黄河，消灭禹门口西岸之敌，进至黄龙圪台、石台寺、杨家湾地区，由南向北阻击东援之敌。国民党军为解宜川之围，开始增兵驰援。西北野战军集中主力九个旅，设伏于瓦子街以东、铁龙湾以西川道两侧南北高地，待机歼敌。

战斗当天，天空下起了大雪。陕西延安、榆林一带山高沟深、坡陡路滑，给半机械化的胡宗南部造成了不利影响，却为靠两条腿行军打仗的人民解放军打伏击搞偷袭提供了便利。战斗历经三天，经解放军官兵浴血奋战，瓦子街战役取得了歼敌一个军部、两个师部、五个旅共三万余人的伟大胜利。战役中，击毙敌二十九军军长刘戡、九十师师长严明、三十一旅旅长周由之、四十七旅旅长李达、五十三旅副旅长韩指针、一五八团团长何怡新等高级将领，活捉敌团以上高级将领十六人。

张富清清楚地记得，自己被"解放"的那天，是一个飘着雪花的清晨，刮着风，天气冷飕飕的，地上的积雪有一尺多厚。

天太冷了，军需运输队的人一个个缩在被窝里不愿起床，都想着能多暖和一会儿是一会儿。此时，离窑洞不远的村口突然传来激烈的枪声。在窑洞外站哨的哨兵神色紧张地冲进窑洞，高喊："不好了，共军发起进攻了！"大伙儿一听，都慌了神，像被蛇咬了，一下子从炕上跳起来，争先恐后穿衣服。因为窑洞里太黑，大家又太忙乱，一个

张富清传（节选）

人把衣服拿错，就会引起连锁反应。一时之间，怒骂声、撕扯衣服声响起一片，整个窑洞乱成了一锅粥。

说来也巧。那天清晨，张富清所在的炊事班的伙夫们像往常一样，天不亮就起了床，正当他们穿好衣服和鞋的时候，哨兵突然推门惊叫，已经走到窑洞门口的伙夫们率先应声鱼贯而出。机灵的张富清跟着两个老兵迅速跑出了窑洞，出了小院的大门。

院门前的路只有一条，向左是村外，向右是镇上。他们往左一转就踏上了通往村外的小路，小路上已经有不少人跑在了前头。他们没有目标，漫无目的地沿着那条小路朝沟谷里钻。天空飘着雪花，天色灰暗而昏黄，满山满沟的大雪，一片白茫茫的世界。路上的积雪太厚了，又软又滑，人跑得很吃力，他们一边大口地喘着气，一边拼命地往前跑。不知不觉来到了一个山包前，脚下的路好像突然没有了。慌不择路之中，他们拐进一个山口，竟然跑进了解放军临时设置的收容队。

瓦子街战斗打响之后，第二纵队在村外设立了一个收容队，负责收容掉队人员和伤病员。收容队是一个临时性组织，成员一般由医疗队和政治部门的人员组成。

当时，天已经亮透。天空的雪花正漫不经心地飘着。瓦子街的枪声还在时断时续地响着。

张富清随着人群来到了窑洞前的空地上。平台上站着一排持枪的战士。其中，一个年龄偏大，身材偏瘦，脸腔黝黑，握着手枪把，像个当官的人朗声命令道："都站好了，不许乱动！"

对于解放军，张富清算是略知一二。那是他在给地主家当长工放牛时，常遇到村里一位放牛的老人，老人爱讲古，每当他们坐在河边的杨柳树下休息，老人就给他讲薛仁贵征东征西等一些杂七杂八的历史演义，但讲得最多的还是老人亲眼所见的红四方面军征战城固、汉中的战斗情景，以及洋县流传的红二十五军在华阳古镇白塔寺大破敌西北警备第二旅旅长张鸿远的故事。老人还给他讲，红军是穷苦人的队伍，只可惜自己当时年岁快过花甲，红军部队不要年岁大的人，不然就参加红军了。张富清听了就在心里想，红四方面军过陕南时，自己还不到十岁，红二十五军打华阳时，自己也刚满十岁，只可惜那时年龄小，没有机会，也不够条件参加红军。被迫加入国民党军队当了做饭的伙夫后，常听几个老乡在私下里讲，解放军打仗如何勇猛，纪律如何严明，对老百姓如何和善。现在解放军近在眼前，虽然衣装破旧，没有国民党军穿戴体面，但人人精气神十足，对他们这些俘虏不仅不打不骂，而且十分和气。

他们惊魂未定，噤若寒蝉。过了好一会儿，见无人反抗，解放军里一个双眼细长的人才又继续高声命令道："都听好了，拿了武器的把武器放到一边，没有拿武器的原地不动。"

后来张富清才得知，那个脸膛黝黑的叫李文才，是三五九旅七一八团二营六连连长；双眼细长的叫肖友恩，是六连指导员。瓦子街战役进入尾声后，纵队领导考虑到国民党军溃逃人员多，为确保收容队安全，六连被临时抽调来，负责人员的安全警卫。

听到命令后，手里持有武器的人纷纷走到一旁把武器放到指定的位置，张富清等没拿武器的伙夫们则都按命令站在原地。当时，张富清站在第一排最后一个。

连长李文才两手叉腰站在窑洞门前，他头戴棉帽，帽檐软塌塌的，几乎遮住他的双眼，一身灰布的军装，小腿上缠着绑腿。李文才连长虽然个子不高，讲话声音却洪亮得像个小喇叭。他高声说道："我是中国人民解放军西北野战军第二纵队三五九旅七一八团二营六连连长李文才，你们的军长、师长、旅长在瓦子街战役中，要么被我军击毙，要么被我军俘虏。我军有纪律，不打骂俘虏，不虐待俘虏，对俘虏的政策是，愿意留下的就当解放军，不愿意留下的发三块大洋做盘缠各自回家。今天，无论你们是自己主动走进我们收容队，还是稀里糊涂误入的，我们都会给你们自由选择的机会。想留下参加解放军的，向前一步走；不愿留下想回家的，后退两步走。"

张富清听到命令后，没有一丝犹豫，就像按抢答器一样，第一个向前跨了一大步。因为他内心早就有了参加解放军的愿望，只是苦于没有机会和条件。

李文才连长两眼朝第一排的队伍睃了一个来回，便一眼看中了身材瘦削却机灵听话的张富清，用手一指他问："你叫什么？"

张富清双腿一并说："报告长官，我叫张富清。"

李文才温和而又严肃地说："以后不许叫长官，叫我李连长，或者李文才同志。"

张富清抬手敬礼答："是的，李连长同志。"

李文才连长又问："你当了几年兵？"

张富清回答说："报告李连长同志，我是去年春上被抓的壮丁，到今天不满一年。"

此时，站在李文才连长一旁的指导员肖友恩大声问道："你当的什么兵？"

张富清轻声说："我是做饭的伙夫，给军需运输队做饭的。"

肖友恩仔细打量了张富清后继续问："你是怎样当的国军？为什么愿意参加我们解放军？"

张富清略加思考后说："乡里抓壮丁，我二哥被抓上了，可我二哥刚结婚，又是家里的顶梁柱，我妈让我顶替二哥当了壮丁。国民党官兵又抢又赌，团长一夜能赌输全团的军饷；班长和老兵油子们也赌钱，还打人。听说解放军'很仁义、很规矩'，而且纪律严明，从不拿老百姓的东西，借什么一定归还，损坏了赔新的；我还听说解放军是穷人的队伍，不打人不骂人……"

指导员肖友恩对张富清的回答很是满意，夸赞他说："你讲得不错，我们解放军是人民的子弟兵，就是为了人民翻身得解放而打仗。"

连长李文才也满意地点了点头，借机鼓动说："你们中间还有谁愿意像张富清一样参加解放军的，现在报名还来得及，过了这个村，就没这个店了。"

片刻的工夫，又有五个人先后站了出来。张富清迈着坚定的步伐，第一个走上窑洞的台阶，走到一张参军报名登记的桌子前，自愿报名参加了人民解放军。

天色已经大亮，低沉的云层中显露出淡淡的曙光。瓦子街断断续续的枪声划过天空。狂野的西北风吹得院前一棵掉光了叶子的老榆树嘎嘎直响。张富清站在队列前，毅然决然地加入了中国人民解放军，成为西北野战军第二纵队三五九旅七一八团二营六连四班一名光荣的解放军战士。

人生的路，最紧要处就那么几步。瓦子街战役后，张富清的生命揭开崭新一页。他手持钢枪，站在塬上，仰望东边黎明的曙光，一轮红日喷薄欲出，面对全新的世界，他庆幸自己黑暗的人生到此结束，光明的人生从此开始。他激动地高声唱起了刚刚学会的歌曲《三大纪律八项注意》，以表达自己从小到大从未有过的欢愉心境，以及对未来无限美好的憧憬。

五、激战壶梯山

三五九旅，是一支诞生于湘鄂川黔根据地的红军部队，旅长是大名鼎鼎的王震。长征到达陕北后，三五九旅唱响南泥湾，是一支敢打敢拼的英雄部队。

张富清分到四班后，迫不及待地扯掉了军装上代表国民党的标志，摘掉帽子上的青天白日帽徽。张富清自觉地与过去决裂的举动正好被指导员肖友恩看在眼里。肖友恩走到他身边，拍拍他的肩膀说："张富清同志，你扯掉衣服上的标志固然重要，但最重要的是要从思想上、从内心里，与过去的一切旧观念、旧习惯、旧作风彻底决裂，做一名爱人民、听指挥、不怕死的解放军战士。"

张富清并腿敬礼，坚定地说："我是穷苦农民的孩子，我恨透了国民党军，我保证做到！"

张富清被编入六连后，不仅得到了战友兄弟般的温暖，还得到了组织的关怀。他参加解放军的第二个月，正好赶上西北野战军军事政治整训。在一次政治课上，指导员肖友恩为他们全文朗读了闪耀着毛泽东思想光辉的《为人民服务》，并逐字逐句进行了讲解，让战士们明白了为人民利益而死的价值和意义。张富清这才知道中国共产党的领袖叫毛泽东，知道《为人民服务》是毛主席为纪念牺牲的红军战士张思德写的一篇文章。文章围绕死的意义和价值进行了深入透彻的阐述。指导员还告诉他们，人民就是劳苦大众，法西斯就是以蒋介石为代表的地主阶级集团。政治课让张富清如梦初醒，他终于明白，虽然人都是要死的，但死的价值和意义完全不同：为国民党卖命而死是轻于鸿毛；当解放军为人民利益而死是重于泰山。指导员好比播种人，把为人民服务的思想像一粒种子播撒在张富清的心田里。这粒孕育理想信念的种子，从此在春风细雨中生根发芽，在战火考验中茁壮成长，在

张富清传（节选）

147

艰难困苦中固基强本，直到长成一棵参天大树。

解放军官兵平等，友爱团结，有做人的尊严，还有人生奋斗的理想。对张富清来说，从旧军队里脱身参加人民解放军，就好比咸鱼翻身，完全是人生的两重天。

面对两支截然不同的军队，张富清体会深切，只觉得一夜之间天翻地覆。肖友恩指导员见张富清诚实淳朴、态度端正、作战勇敢，便有心培养他，常找他谈心，给他讲解党的理论和思想。对于他的积极表现，时常在连队大会上进行表扬，激励他在战场上奋勇杀敌。

两个月后，在一次突击遭遇战中，张富清发现自己听到枪声后竟然不再害怕。在抢夺一个高地时，他勇敢地冲在最前头，膀子负了伤，他也没有下火线，坚持战斗到胜利。在这次突击遭遇战中，他因表现突出，荣立团一等功一次，还被提拔当了副班长。

张富清对自己的光明前程充满了信心，对未来的美好生活充满了憧憬。他不会写字，但他找连队的文书代笔，由他口述，写下了入党申请书，表示坚决跟党走，听党的话，做一名党的好战士，在战场上不怕死，英勇杀敌，为党和人民多立战功，永远做到为人民服务，为共产主义事业奋斗终生。他的入党申请书虽然只有半页纸，却饱含真情，字里行间表达了对党的热爱和向往。肖友恩指导员对他的入党申请书非常满意，表扬他是一个做比说更好的优秀战士。

有了信仰，有了追求，就有了力量。张富清这个少言寡语的陕西汉子，从此由弱不禁风的小绵羊，变成了一只小老虎、一个不怕死的突击队员。

1948 年 8 月中旬，正是关中平原苞谷灌浆的时节。西北野战军发动了壶梯山战役。

驻守黄龙、介牌、壶梯山一线的是胡宗南部整编第三十六师。可别以为一个师没有什么了不起，这个三十六师的人数与一个集团军的兵力不相上下。1946 年 4 月，胡宗南为保三十六军的实力，主动将三十六军整编为"特种师"，下辖三个旅六个团，外加三个师属独立团（一般整编师为三旅六团制），其官兵人数保持在三万人左右。师长钟松也不是泛泛之辈，他历经战火锤炼，具有丰富的实战经验，抗战胜利后，曾获得过"青天白日"最高勋章。在钟松的战斗生涯中，他与西北野战军有过多次较量，虽然败多胜少，但我西北野战军也一次未能实现全歼其部的目标。在西北野战军与胡宗南部攻夺宝鸡的战斗中，钟松以日行百里的速度疾速突进，连续数次冲散我军后撤行军纵队，彭德怀司令员跺脚骂其为"打不死的钟松"，其勇猛睿智可见一斑。钟松在与西北野战军交锋中连吃败仗后深刻意识到，与西北野战军打仗，既要讲战术，还要讲战略；既要利用好地理优势，还要打好精神战。在壶梯山防守战中，他深知，澄城以北的冯原镇是黄龙山的门户，介牌山是冯原镇的屏障，壶梯山是冯原镇的钥匙，如果壶梯山失守，则冯原镇以南无险可守，解放军就可以由介牌山居高临下，直扑富平、蒲城以及渭南等地，进而包围西安。

为了加强防御，钟松命令所属部队在冯原镇、壶梯山、刘家凹正面宽十二公里、纵深长六公里的地域内，构筑了要点式的防御体系，以壶梯山为重点构筑了核心工事，作为对抗西北野战军的主要支撑点。8月3日，钟松在玄武庙中召集第三十八旅连长以上军官训话，决心在壶梯山与西北野战军决一胜负，以报一年前在榆林沙家店损失六千多人的"走麦城"之仇。

8月8日，我军除以少数部队阻援外，集中五个纵队十一个旅的兵力，围歼驻守冯原一带的三十六师。具体部署是：主力第一、第二两个纵队首先东西夹击敌主阵地壶梯山及其西北魏家桥之敌二十八旅；第四纵队向冯原镇及其以南地区第一二三旅攻击；第三纵队向镇东第一六五旅攻击；第六纵队攻击防守刘家凹一侧的一四二团。西北野战军采取的是中央突破、两翼包围的迂回战法。中央突破的目标是壶梯山。而壶梯山地形十分险要，敌军又构筑了很多明碉暗堡，组成了十分坚固的防御体系，形成了阻挡我军进攻的重要屏障，显然是一块很难啃的骨头。而担负攻打壶梯山的主力部队，正是由王震指挥的第二纵队，而三五九旅就是其中一支擅啃硬骨头的主攻队伍。

战斗在黎明前打响。天幕还没拉开，大地一片漆黑。西北野战军按照预先部署，集中炮火对壶梯山进行了持续猛烈的炮轰，一时之间，炮火连天，地动山摇。炮击停止后，各部队开始出击。横在张富清所在连队面前的是一道山梁，从最高处的几个碉堡射出的密集子弹组成了一道密不透风的火力网，一时打得部队官兵难于招架，几次冲锋都因伤亡过大不得不中止。战前身为班长的张富清再一次被连长任命为突击组长。攻击受阻，连长李文才对站在面前的突击队员说："党考验你们的时候到了，你们要不惜牺牲自己的生命，把狗日的碉堡给老子炸掉！"个子不高的张富清，斜背着枪，抱着炸药包，勇敢地冲在最前头。他一会儿弯着腰贴地小跑，像钻山豹一样，在一个个小山包、一条条小沟壑之间快速穿梭；一会儿卧倒在地匍匐前进，借着地势、陡坎、树木和敌人挖的壕沟隐蔽向前。他凭着勇敢和机智，成功地靠近了一个吐着火舌的碉堡。他绕到碉堡一侧，将手榴弹塞进炸药包，然后趴在地上，将炸药包放在了射击孔下。在拉响手榴弹后，他以极快的速度顺着坡地滚进了碉堡前不远处的战壕里。他的身体刚刚落地，轰隆隆一声剧烈的爆炸在山顶响起，碉堡的土木顶盖被掀到了半空中。

当他从战壕里爬起来时，人还处于眩晕状态。只觉得眼前金光闪闪，模糊地看到朝着山冈上冲锋的战友们如潮水一般。

听到胜利的呐喊，他笑了。他庆幸自己成为指导员所希望的勇敢战士。被炮火熏黑了脸的李文才连长赞许地朝他竖起了大拇指；肖友恩指导员夸奖他"好样的"。在壶梯山战斗中，他的右臂和右胸被敌人的燃烧弹灼伤，他咬着牙，忍受着疼痛，随着部队攻到了山顶。他以不怕死的劲头，不仅炸毁了一个碉堡，还消灭了几个敌人，缴获了敌人三挺机枪。

历时四天的壶梯山战斗胜利结束。钟松叫嚣在壶梯山与西北野战军决一高下的美梦再一次破灭。据史料记载，壶梯山战役，我西北野战军共歼敌近万人，收复县城三座，敌三十六师钟松部三分之二人员被歼灭。钟松带着整编一二三旅主力迅速突围，再一次得以脱险，副师长朱侠在督率所部突围时阵亡，参谋长张先觉、国防部战地视察官马国荣、高级参谋李秀先后被俘。余下部队仓皇后撤至大浴河以南的寺前镇、永丰镇地区转入防御。

庆功会上，张富清荣立师一等功一次并被授予"战斗英雄"称号。并且经党组织批准，张富清在火线上光荣地加入了中国共产党。如果说授予战功和荣誉称号是组织对他在战场上不怕死的英雄气概的褒奖，是对他听党指挥勇战强敌的激励，那么接收他加入党组织，就是党对他表现积极的认可，也是对他政治可靠的信任。

壶梯山战役结束后，连队在硝烟还未散尽的战场上为新党员举行了入党宣誓仪式。一句"听党的话，跟党走，为人民服务"的铿锵誓言，从此成为张富清一生的奋斗目标，成为他一生的行为准则。他的入党介绍人就是连长李文才、指导员肖友恩。七十多年过去了，世事沧桑，物是人非，可是连长李文才、指导员肖友恩这两个人的名字永远镌刻在张富清的脑海里。每当回忆起炮火连天的岁月，回忆起连长李文才、指导员肖友恩对他的关爱与引导，回忆起跟着连长李文才、指导员肖友恩一起打仗、一起训练、一起学习的时光，两人的音容笑貌便跃然而出，仿佛就在眼前正对他下达突击的命令，或者站在队列前夸赞他作战勇敢，号召全连官兵向他学习，敢于冲锋，勇当突击队员。这一幕幕情景，化作他漫漫人生最美好的追忆。尤其是，连长李文才鼓励他做"永远的突击队员"，成为他为党献身的力量源泉，而指导员肖友恩对他的"听党的话，跟党走"的教诲，成为他一生忠诚践行的座右铭。

正因为他明确了人生的奋斗方向，正因为他懂得了生死的意义，正因为他明白了为谁而冲锋陷阵，所以赴汤蹈火对于他而言不再充满畏惧，枪林弹雨的战场让他浴火重生。从此，张富清成为连队突击队的主力队员。他说，在战场上，怕死是打不了胜仗的，子弹往往专找怕死的人。"冲锋在前打头阵、不怕死的张富清"一时成为战友们的口头语。在接下来大大小小的战斗中，他屡立战功，杨家凹追击战以及攻打永丰城的突击战中他表现尤为突出，先后荣立军特等功一次、一等功一次，师一等功一次、二等功一次，团一等功一次，并荣获"战斗英雄"称号。西北野战军政治部在给张富清家里的报功书上这样写道："贵府张富清同志为民族与人民解放事业，光荣参加我西北野战军第二纵队三五九旅七一八团二营六连，任副排长。因在陕西永丰城战斗中勇敢杀敌，荣获特等功，实为贵府之光、我军之荣。特此驰报鸿禧。"

六、进疆出疆

经过 1948 年的一系列战役，到了 1949 年，西北战场上的胡宗南部兵力上已经由优势转为弱势，地盘也在节节败退中逐渐缩小。党中央根据全国战争需要，再一次对部队进行了整编。1949年2月1日，西北野战军整编为第一野战军。王震率领的第二纵队整编为第二军，张富清所在团整编为第一兵团第二军第五师第十四团。

这不是简单的部队序号整编，也不只是番号的改变，而是标志着时局的发展越来越有利于共产党领导的人民军队。全国解放的黎明，已经在地平线上露出曙光，那曙光正变得越来越亮，不久将照亮全中国。随着西柏坡的指示在嘀嗒的电报声中向各野战军发出，人民解放军指战员奔袭作战的脚步在神州大地踏出隆隆巨响，中华民族的新生就在眼前。

关中大地，硝烟散尽。1949年7月中旬，陕中战役的最后一战在宝鸡打响，王震率领的第二军以摧枯拉朽之势大败胡宗南余部。8月5日，第一野战军发出动员令，号召全体指战员为"解放整个大西北而战斗"，"敌人逃到哪里必须追到哪里，不给片刻喘息机会"。

第一野战军在西北战场的态势由守转攻、由攻转追，各部队官兵士气大振，官兵们冒风雨、忍饥饿，连续奔袭作战，敌人逃到哪里他们就追到哪里，不给敌人丝毫可乘之机。张富清回忆那段行军打仗的时光时，脸上充满了胜利的自豪。他说："在那段追击战中，每天要么打仗，要么急行军，几乎没有在哪个地方停过两夜三夜，是走到哪儿，睡到哪儿，敌人逃到哪儿，追击到哪儿。奔袭行军，成为常态。行军时根本就没有碗来盛饭吃。炊事班的战士将做好的馒头、窝窝头装进筐子摆在路边，当队伍经过时，他们便将馒头、窝窝头随手快速放进我们端在手中的帽窝里，我们一边行军一边吃饭。"

胡宗南率部分残余逃往汉中，其他残余分别溃逃到天水、平凉一带。第一野战军分三路向汉中、天水、平凉实施追击围歼。我军步步紧追，胡宗南只能继续向西南逃窜。关中大地全境解放，八百里秦川，换了人间。

在接下来的兰州战役中，第一野战军打垮了以马步芳为首的顽固猖狂的西北"马家军"，解放了兰州城，为解放大西北扫除了最后的障碍。

早在1949年3月，在西柏坡，王震司令员就主动向党中央、毛主席请缨："我们要到最艰苦的地方去，到新疆去！"

抗战时期，王震率领三五九旅自力更生，开发南泥湾，成为一支独特的既战斗又生产的部队。南泥湾大生产得到了毛泽东的高度赞扬，毛泽东为王震亲笔题词"有创造精神"，并赞誉三五九旅是"发展经济的前锋"。

王震的请缨得到了党中央和毛主席的批准。1949年10月，关中大地一片繁忙的丰收景象。整编后的第一兵团，沿河西走廊向西，翻乌鞘岭，过武威，经张掖，出高台。在新中国成立的第四天，兵团抵达酒泉。

酒泉位于河西走廊西端的阿尔金山、祁连山与马鬃山之间，地理及军事位置十分重要，它东接张掖和内蒙古自治区，南接青海省，西接新疆维吾尔自治区，北接蒙古国。古时既是兵家必争之地，也是河西走廊的战略要地。进疆前，第一兵团在酒泉召开了进疆誓师大会。兵团政治部发出了振奋人心的号召："把五星红旗插上帕米尔高原！"

酒泉与喀什相距两千五百多公里，需要穿越荒无人烟的沙漠戈壁，翻越白雪皑皑的雪山峻岭。当年，新疆不通铁路，公路路况也非常差。恶劣的环境和气候条件同当年红军长征时爬雪山过草地相差不多。在挺进途中，张富清和他的战友们高唱由王震的诗谱成的战歌："白雪罩祁连，乌云盖山巅。草原秋风狂，凯歌进新疆。"催人奋进的旋律，成为他们克服困难的精神动力。

一路上，他们风餐露宿，与风雪严寒抗争。在行军途中，张富清作为战斗骨干调入第二军教导团。在吐鲁番过冬后，教导团又开始了长途跋涉，徒步一千六百多公里，于1950年三四月间到达喀什。

喀什古称"疏勒""任汝""疏附"，三面环山，一面敞开。虽然历史悠久，但当时并不繁华，生活条件比较差，可是对于一路征战历经艰难困苦的官兵们来说，到了喀什，各方面均得到了较大的改善，已经相当满足了。张富清说："到喀什后，部队发了军鞋，此后再也没有打过光脚板。以前，没鞋穿是常事。"他的脚底老茧又厚又硬。他说："有鞋穿后，脚上的老茧用了半年的时间才一层层蜕掉。"

在喀什，不光发了新军鞋，还发了新军装。张富清说："大部分官兵换上了黄色的新军装，还有了新棉衣。"而整个部队全体换装，那是到了南疆以后。

在喀什，他们用汽油桶烧开水，不是为了烧水喝，而是为了洗澡

张富清传（节选）

煮虱子。那种"幸福"让张富清至今难忘。他说:"从宝鸡入天水,转战到平凉,又从平凉走河西走廊。哪怕在酒泉,我们也没有机会和条件洗澡,军装穿得又脏又破,身上的虱子多得无法形容,说出来都让人难以置信。记得抵达喀什的第二天,各连找来汽油桶,装上水,架到柴火堆上烧。那可是我们第一次洗上了热水澡,脱下的衣服用开水烫泡后,水面上漂了一层死虱子……"张富清轻快地笑着继续说,"虱子一下两下弄不绝,经过半年的清洗,我们的身上才没了'小动物'。"

解放军官兵入疆,揭开了新疆历史的新篇章。教导团进入喀什后,他们一边剿匪,一边开垦土地;一边自己动手搞营房建设,一边练兵备战,随时准备迎接祖国的召唤。

新中国成立之初的1950年,朝鲜战争爆发。这是一场极为残酷的战争,英勇的中国人民志愿军在取得重大胜利的同时,也付出了巨大牺牲。在炮火连天的朝鲜半岛,志愿军队伍亟须补充新鲜血液和战斗骨干。

那是1953年年初,部队在召开援朝作战动员会后,团政治处的一名领导找张富清说,上级准备抽调连一级战斗骨干入朝作战,问他有什么想法。

朝鲜战争爆发后,远在南疆的张富清高度关注朝鲜的战况,对于朝鲜战场的惨烈程度他从报纸、广播中略知一二,因此他心里清楚,到朝鲜与"联合国军"打仗,要比在国内与胡宗南部队打仗艰难百倍,流血牺牲的概率要更大。可他心里有一个坚定的信念——听党的话。此时已经升任副连长的张富清明确而又坚定地表态说:"新中国不容侵犯。我坚决服从组织的安排,如果党需要我入朝作战,我将义不容辞!"

张富清的请战很快得到了组织的批准。半个月后的一天,他与教导团十几名战斗骨干一起,再一次迈开双腿,沿着来时的路,昼夜兼程赶往北京。

进疆再出疆,八千里路云和月。出疆对张富清来说既是人生的再一次挑战,又是人生的再一次"长征"。进疆时,跟随大部队,生活有保障,不用操心吃饭问题;出疆时,因为人少,他们一路是靠自己背着的馍充饥的。沿途公路时通时断,遇上了车就搭一程,没有车或者路不通时，就靠两只脚徒步行军。

在一个多月的行军途中，他们穿越沙漠戈壁，经历风雨冰雪、烈日狂沙。当他们途经鄯善时，突然遭遇沙尘暴，黄沙遮天蔽日，一行人压低帽檐，勉强能睁开眼睛辨识路线。走出沙暴区后，他们的耳朵、鼻子里灌满了细沙，嘴里一咬牙也是嘎嘣直响。

一路荒漠，最缺的是水，在补给站或者是老百姓家装一壶水，都舍不得喝，实在渴得受不了才拧开盖子喝一小口。因为风沙大，走得急，每个人都口鼻干燥得出血。回忆起那一个多月的长途跋涉，张富清说："跟唐僧西天取经一样难。一路上先后有好几个体质稍差的同志，因缺水少吃而屡次晕倒。"

到了北京，他们一个个变得又黑又瘦。"在到达北京的头几天里，因为长时间的疲劳，好菜好饭吃得都没有胃口，只是见了水亲，一连补了好几天的水，对水的饥渴感才逐渐消失，"张富清感慨地说，"看来人缺不得水，水就是人的命哩！"

随部队一路征战，张富清全凭两只脚板。在短短的几年时间里，他从渭北的一个塬到另一个塬，从一个沟到另一个川，从秦岭到祁连山，从戈壁沙漠到首都北京，跨过了万水千山。

就在他们这批待命出征的战斗骨干在北京休整期间，朝鲜战争局势有了明显缓和。于是上级部门特别安排他们浏览名胜古迹，观看文艺演出。张富清是第一次到北京。天安门的壮观、长安大街的宽阔，让他每天都处于新鲜和激动之中。可是到了夜晚，只要想起那些牺牲的战友，他就会难过得睡不着觉。他下定决心，到了朝鲜，一定好好地打仗，报效国家和人民。

正当他们整装待发的时候，1953年7月27日，朝鲜停战协定在板门店签订。这标志着朝鲜战场不再有大的冲突，在朝鲜作战的部队将分批撤回国内。因此，他们这批准备参战的干部也就没有必要再入朝作战了。根据上级有关部门统一安排，按照组织的分配，张富清被派往防空部队文化速成中学学习。他先后在天津、南昌补习文化，最后又被分配到了武汉，在位于武昌的武汉空军文化补习学校继续学习（后移驻汉口）。

七、婚姻大事

时光荏苒，白驹过隙。到1954年，张富清离开家乡已经整整七年了。

张富清的年龄也不小了，已经到了而立之年的门槛。在农村像他这样年龄的，孩子都有几个了。可他为了响应解放全中国的号召，一直处于打仗备战、训练学习的紧张状态中，丝毫没有精力考虑个人的婚姻大事，快三十岁了还单身一人。对于终身大事，他并不像其他人那样着急，他有自己的想法："婚姻大事急不得，要顺其自然。再说了，我是党的人，要听党的话，在个人的私事上，我哪能打自己的小算盘呢？"队领导见他只顾工作和学习，便找他谈话："富清啊！你年龄不小了，是不是应该考虑个人问题了？"

张富清听后有点发蒙，他不知道领导要跟他说什么。于是莫名其妙地问："啥个人问题？我能有啥个人问题？"

队领导被他逗乐了："啥个人问题，我说的是婚姻问题！"

张富清依旧丈二和尚摸不着头脑："我连对象都没有，婚姻能有啥问题？"

队领导差点笑出声来，说："真是个牛犊子。我是说你该搞对象了，该结婚生娃了。"

张富清不好意思地说："原来首长说这个事啊！你为什么不直说，非要说个人问题，把我整糊涂了。"队领导微笑着说："当兵前，你在老家谈过对象没有？"

张富清说："我是给地主扛长工的，地无一寸，房无一间，谁家姑娘愿意嫁给我呢？"

队领导继续问："那你现在怎么考虑的？"张富清说："我从小没上过学，没一点文化底子，把书念好了再说。"

队领导马上指点说："我们是共产党员，党的事业要干，个人的婚姻大事也得考虑。"

话少的张富清想了想依旧说："我没有上过一天学堂，如今有这么好的读书机会，我要珍惜时间，好好读书。"

队领导继续开导说："学习文化是一辈子的事情，可娶媳妇却是有时间阶段的，年龄大了，可不好找哟！哪个姑娘乐意嫁白头老翁？"

张富清不以为意地说："找不着媳妇就打一辈子光棍。"

队领导严肃地说："那可不成，打光棍可不是光荣的事情，从某种意义上讲，是给我们这支伟大的军队、伟大的党丢丑哩！"

一提到党，一提到军队，张富清马上表态说："我听党组织的，啥时候批假，我啥时候回老家相亲找媳妇。"

1954 年的初夏，张富清从汉口站坐上了开往西安的火车。到达西安站后再转长途客车，几经辗转，翻山越岭回到了阔别七年的马畅镇双庙村。

七年不见，老母亲周爱女的满头青丝变成了灰白色，脸上的皱纹更多更深了。她颤巍巍地拉着一身戎装、英姿飒爽、白白净净的张富清看了又看，简直不敢相信站在自己眼前、握着自己手的就是自己的幺儿子——那个又瘦又小的幺儿如今完全变了模样。

儿是娘的心头肉。自张富清被强征壮丁离开家乡后，周爱女是天天盼着儿子的来信。可那时，别说张富清目不识丁写不了信，就是托人代写，也因为部队频繁转战，加上兵荒马乱，邮路不通，他也没法给家里寄信。与他同时被强征到国民党部队，后来像他一样投奔解放军的同乡中，在新中国成立后，有好几人分别从四川、湖北、陕西等地回家探亲。周爱女只要听到消息，无论远近，都会拄着拐杖，上门去打探消息，问人家有没有见过她的幺儿子。要是在路上碰到了穿军装的，她更是立马上前搭话，问人家是否认识张富清，如果认识，见到了，请给捎句话，就说娘想他。实际情况是，张富清在 1949 年上半年，正随部队行军征战于宝鸡、平凉一带；新中国成立后，他就随部队进了新疆，在遥远的喀什，根本无法与家人取得联系。几年来音信全无，直到 1950 年部队的立功喜报邮到双庙村，村上的人才知道，张富清不但活着，而且还成为立了很多战功的英雄。

身为军官的张富清回家乡探亲的消息像长了翅膀一样传遍了双庙村。乡亲们纷纷来到张家，想看看当了英雄的张富清变成什么样子了，是不是还是那么矮、那么瘦、那么不起眼。可当人们亲眼见到张富清后，都一致感到眼前的张富清与过去是判若两人。过去又矮又瘦的身量如今长到了一米六二；过去黄皮寡瘦的脸如今变得白净红润；一双炯炯有神的大眼饱含坚定和自信，不见了过去的胆怯和自卑；一身合体的黄军装衬托得他更显英俊威武。唯独没有变的是，张富清还如过去一样，少言寡语，忠厚朴实，不愿张扬吹嘘。当人们问他是怎样立的战功、打死了多少敌人时，他只是笑；当人们问他身体长高了是不是因为部队生活特别好，是不是顿顿有肉吃有酒喝时，他也只是笑而不语，不停地给男人们递烟，给婶婶嫂子姐妹们发糖。

当然，他谈得最多的是北京的天安门有多雄壮，武汉长江里跑的船有多大，西安的城墙有多高。眼见张富清快三十岁了还单身一人，周爱女心里很是焦急，四处托亲戚给幺儿说媳妇。周爱女的娘家堂弟周明林，与双庙村农会主席孙瑞祥的姐姐是亲戚。周明林知道孙瑞祥家有一个年方十八岁还未说婆家的姑娘叫孙玉兰，也知道孙玉兰是一个漂亮、活泼、追求上进的好姑娘，便托孙瑞祥的姐姐回娘家探个口风，如果孙玉兰的父母和孙玉兰有那个意思，他就穿针引线给外甥张富清当月老。

其实，张富清从部队回家探亲的消息在双庙村传开后，在来看他的人中，就有那个叫孙玉兰的姑娘。她不仅是双庙村的青年积极分子，还是村妇女主任、新民主主义青年团团员。在此之前，她到过张家几次，第一次是随镇上的干部到张家看望，再后来是春节和"八一"随村委会到张家慰问。张富清回村的第二天，她就随着众人一道来到了张家。在孙玉兰眼里，张富清并不像村里老人讲的那样又瘦又小，她只觉得一身军装的张富清不仅长得细眉大眼、相貌堂堂、风姿英俊，而且正直善良，充满了朝气。如果说在没有见到张富清之前她只是怀有一种对英雄的好奇和崇敬之情，那么在见了张富清之后，一颗少女的心便开始了萌动，她感觉眼前的张富清就是将与自己相伴一生的人。

春夏之交，正是雨水连绵的季节。在一个雨过天晴的下午，美丽的彩虹像一座天桥架在了双庙村前的渭水河上空。孙玉兰的姑妈迈着小脚，踩着泥泞的乡村小路回到了娘家。当时，孙玉兰正坐在葡萄树下与母亲扯闲话，只见姑妈一脚泥巴、满面春风地走进大门。孙玉兰赶忙站起来为姑妈让座椅、端凉茶。姑妈一边喝茶，一边开门见山地问侄女见过张富清没有，印象如何。孙玉兰平常就与姑妈谈得来，对于姑妈的问话，她没有躲躲藏藏，而是大大方方地给姑妈表明了对张富清的印象。

孙玉兰的姑妈一听心里便有了底，于是把张富清的母亲周爱女托人找她上门提亲的事给孙玉兰的母亲讲了一遍。孙玉兰的母亲说："玉兰也到了提亲的年龄，只是像儿女成亲的大事，还得你兄弟瑞祥当家。"对此，孙玉兰的姑妈是知道的，虽说是兄弟当家，因为是侄女玉兰的婚姻大事，她必须给弟妹先讲。日落西山的时候，孙瑞祥回到了家里，孙玉兰的姑妈又给兄弟瑞祥说明了来意。孙瑞祥是个爽快人，马上表态说："这事是好事，张家穷没有关系，张富清年龄大一些也没关系，关键看玉兰本人愿不愿意，因为将来是他们两个人过日子。"孙玉兰的姑妈早知道兄弟明理大度，但没有想到在儿女婚姻大事上会如此开明，于是自作主张地说："那就把玉兰叫到屋里来，问问她的想法。"孙瑞祥点了点头。孙玉兰的母亲把在葡萄架下绣鞋垫的玉兰叫进了堂屋。孙玉兰的姑妈当着兄弟的面把张家托人提亲的事又给玉兰讲了一遍，问玉兰有什么想法。孙玉兰人如其名，兰心蕙质，她说："父亲多次给我讲，找夫家是人生的大事，不要光图外表好看，一定要找思想进步的青年。张富清是党员，还是战斗英雄，人长得也好，是新时代最可爱的人，标准都够了，不知父亲母亲是什么意见？"孙瑞祥说："只要你看上了，你个人的大事自己做主。"孙玉兰点了点头，算是默认了。

第二天一大早，孙玉兰的姑妈就赶回了家，回了周明林的话。周明林一听孙家人都乐意，心里好不高兴，他想，新中国成立前，孙瑞祥家在双庙村是众所周知的知书达理的殷实人家，孙瑞祥现如今任双庙村的农会主席，不仅人品端正，而且家风好，要是堂姐家与孙瑞祥家结成亲家，那张家以后也算是有个依靠。周明林满心欢喜地赶到了堂姐家，喜气洋洋地给堂姐周爱女讲了为外甥张富清介绍对象的经过。

周爱女听了心里也好生欢喜。孙玉兰在双庙村可是个人见人夸的好姑娘，长得好看又懂事理，村上开群众大会时见过两面，孙玉兰还随村上的干部来家里慰问过两次，在她心中留下了极好的印象。可如今要让这么好的姑娘做自己的儿媳妇，她心里没有底："我们张家是穷家小户，只有三间土坯房，人家孙家日子过得好，砖墙瓦舍，分前院后院。"

周明林充满信心地说:"只要孙玉兰同意了,这事就成。"

周爱女担心地说:"孙瑞祥过去是乡贤,现在是农会的主席,只怕他看不上我们这样的人家。"

周明林说:"时代不同了,谁还讲这个。他说了,让闺女自个儿做主。"

周爱女依然忧心地说:"孙玉兰那女娃,长得好看端庄不说,还能说能干,这事一旦在村里传开了,会不会有人笑话我们张家,说我们是癞蛤蟆想吃天鹅肉?"

周明林是一个能说会道的人,他见堂姐信心不足,便打气说:"大姐,你是穷怕了。如今我富清外甥,再不是过去当长工的穷酸样,而是一表人才,英俊威武,不仅立有战功,还是军官,与孙家姑娘是天造一对、地配一双。"堂弟的这番话颇有道理,周爱女这才稍稍放下心来。

考虑到张富清探亲时间有限,经两边媒人商定,两家大人第三天就在孙家见了面。果然,孙瑞祥并不像周爱女想的那样讲究门当户对,而是非常开明地说:"新社会了,我们不搞父母包办,只要两个娃同意,我们做大人的就没有意见。"

孙瑞祥这句话是一锤定音,定下了张富清与孙玉兰的婚姻大事。

张富清虽说没有直接与孙玉兰讲过话,但他在见了孙玉兰后顿生似曾相识之感,打心眼儿里一下子喜欢上了这个纯洁美丽的姑娘。而孙玉兰对大自己整整十一岁的战斗英雄张富清是既崇拜又喜欢,内心的声音再一次告诉她,眼前的英雄就是自己可以托付一生的人。6月的初夏,巍峨秦岭,子房山下,渭水河里碧波荡漾,汉江江面烟波浩渺。紫薇花红得娇艳,飞翔展翅的朱鹮白得耀眼。漂亮大方的孙玉兰与朴实无华的张富清经媒人牵线定了亲。

同在一个村,相约便利。从此,张富清与孙玉兰时常相约于渭水河边。夕阳西下,渔舟唱晚。他们听河水潺潺,看渔翁垂钓,听船工号子,赏夕阳美景,畅谈人生理想和美好未来。

时间是短暂的,一晃半个月假期结束了。张富清结束休假前,两家人再次坐在一起。鉴于张富清年龄偏大,两家人约定年底给娃娃们办理婚事。

可是到了年底,因为种种原因,张富清无法请假回家。经组织批准，同意他的未婚妻来部队与他举行婚礼。

孙玉兰接到信后立即行动，按照张富清的交代，在村、镇两级开好了介绍信。可她毕竟从来没有出过远门，又是一个女孩子，孙家考虑再三，决定由孙玉兰的小叔护送她到部队。孙玉兰在小叔的护送下，一路辗转从洋县翻秦岭到西安，从西安坐火车来到了武汉。

两人见面第二天，张富清拿着部队开的介绍信，领着孙玉兰到民政部门办理了结婚登记。然后，两人在江岸区人民艺术照相馆拍了结婚照，又一同到商店里买了糖果和香烟，准备分发给战友们。

那个年代，人们崇尚俭朴的新生活，哪怕结婚也都是越简单越好。张富清与孙玉兰没有举行婚礼，甚至没有在餐馆请客。婚姻登记当天晚上，张富清从食堂打回了三个菜，又从餐馆端了三个菜，并买了一瓶酒，请孙玉兰的小叔和一位战友作为见证人，在宿舍里吃了一顿饭。

他们结婚的洞房，是部队的一间单人宿舍。宿舍没有任何装饰，只有孙玉兰用她那双灵巧的手，用买来的红纸剪了三幅喜鹊闹春的喜字，一张贴在门上，一张贴在窗户的玻璃上，一张摊放在张富清叠得比豆腐块还要整齐的军被上。

简朴的婚礼，让两个新人终生难忘。

八、到来凤去

人生的奇妙就在于常常出乎人的意料。

1955年1月，经过一年多的文化补习和专业学习，张富清即将光荣毕业。毕业本是很正常的事情，可他们这批学员一毕业，将迎来集体转业。学校领导希望他们以党的事业为重，关键时刻听从党的召唤，到最艰苦的地方去，到人民需要的地方去。

那时，国家百废待兴，社会主义建设全面展开，不仅军队需要人才，地方更需要年轻有为的干部。在人生的十字路口，张富清面临转业分配到何处去的抉择。当时，他有三个选择方向：一是回老家洋县，二是留在武汉，三是到湖北恩施来凤。回洋县，既便于开展工作，又可回报家乡人民，还可照顾亲人。武汉，九省通衢，城市环境优越，工作生活便利，是人人向往的大城市。恩施来凤，山高沟深，穷困偏远，条件艰苦，人生地不熟，开展工作难度大，生活困难大。

过去，在事关个人前途命运的问题上，张富清是自己一个人拿主意、做决定，不需要与人商量。现如今，他不再是单身一人，三种选择也许就是今后三种迥然不同的人生，他需要与妻子商量。他对孙玉兰讲了转业分配可以选择的三个去向，也给孙玉兰讲了领导的动员谈话。他说："领导动员我到湖北恩施来凤，那儿偏远落后，环境艰苦，情况复杂，需要干部，你愿不愿跟我一起去？"

孙玉兰不假思索地说："嫁鸡随鸡，嫁狗随狗。你转业到哪儿，我跟你到哪儿。"

孙玉兰的回答让张富清既诧异又惊喜，他没想到妻子的觉悟如此之高，决心如此之大。结婚时，他回不了家，一封信回去，孙玉兰二话不说就来到了部队，而且对举行婚礼没有任何要求，那时他就在心里庆幸自己找到了一位通情达理、可以同甘共苦的好媳妇。尤其是结婚后朝夕相处，孙玉兰的贤惠温柔更让他无数次感慨自己拥有了一生的好伴侣。他万分欣喜地说："那就好，我们听党的，就按组织的要求到来凤去。"

但是，孙玉兰还是怀着好奇心问："来凤在什么地方？"

张富清也没有去过来凤。他只是在领导办公室里挂着的地图上看过"来凤"二字。来凤位于湖北的西南角，在湖北、湖南和重庆的交界地带，属于湖北省的边地；那里群山连绵，是个穷乡僻壤。他对孙玉兰实话相告："我也只是在地图上看过，在湖北省的西南部，那儿尽是大山，比我们老家北面的子房山好像还要大。"

孙玉兰一脸灿烂地笑着说："难道比我们洋县北面的华阳还大？比秦岭山还大吗？"

张富清说："来凤我也没去过，不好比较，听湖北的战友讲，那儿很穷，反正你要做好吃苦的思想准备。"

孙玉兰不服气地说："在老家，我家虽然比你家条件好点，但也好不了多少，我从小也不是在蜜罐子里长大的。"

张富清说："你这样说，我就放心了。"

孙玉兰说："只要能够与你在一起，吃再大的苦，我也能忍受。"

张富清一把握住妻子的手说："可是说好了，我明天就找领导去报名。"

孙玉兰幸福地说："在哪儿不是工作，到哪儿不是生活。"

第二天一上班，张富清就走进了教导员的办公室，正式提出了转业到来凤工作的申请。

教导员对张富清主动申请去来凤县工作大为感动，出于关心，他提醒张富清说："你是我们队一百多人中第一个报名到来凤那样的艰苦地区工作的，你的精神让我很受感动。鉴于你的积极表现，我实话告诉你，到来凤是组织的号召，而不是行政命令，希望你慎重考虑，到那儿工作可是一辈子的事情，一旦组织决定后，就无法更改。"

张富清坚定地说："既然是组织的号召，我定当响应。"

教导员关心地问："你现在不是单身一人了，你与你那口子商量了没有？"

张富清说："昨晚我们俩就合计好了，她支持我到来凤工作，表示我到哪儿她就跟到哪儿。"

教导员如释重负，说："你真是找了个好媳妇！"

张富清在离开教导员办公室时问："还有几天宣布命令，办离队手续？"

教导员掰着指头算了算说："还有好几天，这几天我批你假，带上媳妇看看黄鹤楼，看看东湖，等转业到了来凤，出来一趟可就不容易了。"

孙玉兰到部队生活已有一些时日了，张富清还没有带她到汉口繁华的江汉路去逛一逛，更没有带她上黄鹤楼去看一看。有一次，孙玉兰问他，黄鹤楼上有黄鹤吗？长的什么样子，难道比我们老家的朱鹮还好看吗？张富清听了笑得差点喘不过气来，他问孙玉兰，是谁说黄鹤楼上面有黄鹤？孙玉兰说，听一个军人家属讲的，她说黄鹤楼上的黄鹤长得金光闪闪的，翅膀一张，比簸箕都大。

张富清听后心里不是滋味。孙玉兰到部队几个月了，他竟然从没带她到江汉路上看看海关大楼，逛逛鳞次栉比的商铺，也没有带她坐船到长江上感受江水的浩荡，更没有一同登上蛇山，去看黄鹤楼。其实，他也只到黄鹤楼去过一次，那次还是学校组织的。他满怀歉意地对妻子说，黄鹤楼建在蛇山顶上，它是中国的四大名楼，最有名的诗句是"故人西辞黄鹤楼，烟花三月下扬州。孤帆远影碧空尽，唯见长江天际流"，是诗仙李白写的。

李白的这首《黄鹤楼送孟浩然之广陵》，张富清还是跟随部队参观黄鹤楼后才记下的。黄鹤楼上题写了那么多名句，可他唯独记下了李白的这首诗。在以后的岁月中，张富清能背诵的诗，除了毛主席的诸多诗词，也就是《黄鹤楼送孟浩然之广陵》这一首了。

那时，他们的文化补习学校已经从武昌搬到了汉口黄浦路上。第二天天蒙蒙亮，两个人就起了床，先坐公交车到汉口码头，然后坐渡轮过长江到蛇山脚下。上山的路用石条铺成，年轻的小夫妻，爬几十级的台阶，如走平地一般。上到半山腰，就到了黄鹤楼的大门前。清晨的太阳刚刚从长江东边的天际冉冉升起，霞光万丈，映照在波涛奔涌的江面上。浩浩荡荡的江水从龟、蛇两山之间穿过，翻着白浪，滚滚向前，犹如万马奔腾。

黄鹤楼的大门简朴、庄重。上楼的台阶也是清一色的石条铺成，牢固而坚实。在黄鹤楼前的花坛中，两只黄鹤归来的铜雕，在朝霞的映衬下，闪闪发光，栩栩如生。张富清在心里想，难怪那个军人家属讲，黄鹤楼上有黄鹤。立于黄鹤楼下，仰头朝天空看去，近在眼前高耸入云的黄鹤楼上仿佛真有黄鹤在云端翱翔。

进入黄鹤楼，他们一层一层地爬，一层一层地看。每一层的布局不同，景观也不同，在每一层看长江和龟山，都有不同的感受，留在大脑里的图景也就有了神奇的变化。黄鹤楼里保存的丰富的文化遗产里除了壁画就是无数文人骚客留下的千古绝唱。面对这些佳作，张富清有选择地给孙玉兰朗读了几首。孙玉兰虽然识字不多，但她父亲读过十年私塾，在老家双庙村算是最有文化的乡贤。孙玉兰小时候跟母亲学做女红，也跟父亲学背《三字经》，至今都能完整地背诵，只可惜会背不会写，更识不了多少字。面对那么多颂扬赞美黄鹤楼和长江的诗词，孙玉兰唯独对崔颢的《黄鹤楼》情有独钟。她在跟着张富清吟诵两遍后，竟然一字不漏地记住了。站立于黄鹤楼的最顶层，望着滔滔不绝的长江，看着拔地而起的龟山，孙玉兰像小时候背《三字经》那样背起了《黄鹤楼》："昔人已乘黄鹤去，此地空余黄鹤楼。黄鹤一去不复返，白云千载空悠悠。晴川历历汉阳树，芳草萋萋鹦鹉洲。日暮乡关何处是，烟波江上使人愁。"

听着孙玉兰深情的朗诵，看着烟波浩渺的江水，张富清心里涌出一丝丝酸楚：到来凤去，将远离故土，今天登黄鹤楼也许就预示着一生与故乡的离别。

很快，转业命令宣布。张富清办完手续后的当天下午，就带着孙玉兰到长江码头购买了第二天从汉口开往宜昌的船票。

第二天天未亮，他们早早地起了床，张富清像过去行军打仗一样将被褥捆好，孙玉兰将一些简单的生活用品和衣服分别装进两个帆布包里。除此之外再没有其他多余的物品。一切收拾完毕，天才放亮。

张富清背着背包，一手提着在北京驻训时部队配发的棕色皮箱，一手提着一只装有生活用品的帆布包，另一只帆布包由孙玉兰提着。一个背包、一个皮箱、两个帆布包，就是他们的全部家当。

让张富清没有想到的是，刚出门就看见队领导和战友们已早早地等候在门口为他们送行，因为分配前的座谈会、会餐送别都已在昨天晚上进行完毕。队教导员拉着他的手，一再叮咛说："到地方工作，工作任务发生了变化，工作环境发生了变化，工作对象发生了变化，千变万变，只要永葆革命的理想信念，永葆为人民服务的思想，永葆军人吃苦耐劳的本色，就一定能够战胜一切艰难险阻……我们期待着你在新的工作岗位上为人民再立新功。"

时间到了，在战友们的祝福声中，张富清与孙玉兰坐上汽车，离开学校大院，来到了汉口船运码头，登上了汉口开往宜昌的轮船。太阳从东方升起，霞光映红了波涛起伏的江面。早春二月的风，裹挟着寒气，吹得人喘不过气来。随着"嘟——嘟——"几声长鸣，船逆流而上起航了。迎面扑涌的大浪撞击着船头，发出噼噼啪啪的声响；船尾则是船身犁出的槽痕，但很快就被随后跟来的浪涛给填平了。

他们放好了行李，来到了甲板上，兴致勃勃地欣赏长江两岸的美景。激动之中，孙玉兰又开始小声吟诵《黄鹤楼》："昔人已乘黄鹤去，此地空余黄鹤楼……日暮乡关何处是……"张富清听着孙玉兰的吟诵，心情如长江浪花般翻滚。他在想，远离了乡关，云雾中的来凤是个什么样子呢？

来凤虽说跟武汉同归湖北省管辖，却是那样的遥远。从汉口溯水而上到巴东用了整整两天。好在他们是第一次坐船，都不免激动，也不觉得时间过得慢。在巴东码头上了岸，换坐汽车到恩施又用了两天，尽收眼底的不再是广阔的江汉平原，而是层峦叠嶂的万重大山。从恩施到来凤也就一百四十多公里，他们以为大半天的工夫就可抵达，但汽车行驶在崇山峻岭间就像一头老牛走走停停，硬是走了两天。足足一个星期的时间，他们才从武汉抵达来凤县城。

九、粮油所主任

张富清站在来凤县城中心的凤鸣山上，鸟瞰来凤，县城像一颗晶莹剔透的明珠，被四面翠绿的群山环抱。其形其景与家乡洋县何其相似，只是来凤城关的地势没有洋县平坦宽阔，四周的山也比洋县高了许多。

来凤县城地处鄂、湘、川三省交界要冲，位于四面环山的小盆地里，是典型的"一脚踏三省"之地。一条酉水河从县城南边流过，河的对岸就是湖南龙山县。酉水发源于宣恩县七姊妹山，流经来凤段长八十九公里，于沅陵县城西汇入沅江，奔向洞庭湖，是土家族儿女的母亲河。

张富清与孙玉兰从小到大生活在汉江和渭水河边，对有河水流经的城镇怀有特殊的感情。眼前环山蜿蜒、贴城而过的酉水河，让他们倍感亲切。

酉水河以水美闻名，尤其是沈从文的名篇《边城》发表后，酉水河更是名扬中国。张富清与孙玉兰没有读过《边城》，不知道沈从文曾深情地描写："白河便是历史上知名的酉水，新名叫作白河……若溯流而上，则三丈五丈的深潭清澈见底，深潭为白日所映照，河底小小白石子，有花纹的玛瑙石子，全看得明明白白。水中游鱼来去，皆如浮在空气里。两岸多高山，山中多可以造纸的细竹……逼人眼目。近水人家多在桃花里……"

因为有一条美丽神奇的酉水河从县城边流过，来凤也就平添了许多神韵。可是1955年的来凤还处在贫穷、落后、近乎原始的状态中。说是一个县，其实"块头"与当今的一个镇相比大不了多少。第二天，张富清找一位分管转业干部的县领导报到，县领导简要地给他描述了来凤县基本情况后，也许出于对张富清是转业军人的考虑，还重点给他介绍了来凤县的革命历史。来凤县是一个具有光荣革命传统的革命老区：1927年，共产党员张昌岐、杨维藩等在来凤县建立来凤县支部；1934年，来凤县成为贺龙率领的工农红军创建的鄂、湘、川、黔革命根据地的重要组成部分；1935年11月，红十八师参谋长兼五十三团团长刘风在来凤壮烈牺牲。来凤参加红军的人很多，有三百多名红军战士倒在了长征路上，可以说，来凤是英雄的故乡。同时，来凤的情况也较复杂，1950年至1951年，来凤经过大小剿匪战斗八十七次，捕歼土匪近万人。

听到"英雄""土匪"四个字，张富清心里一颤。难怪到来凤之前，学校领导对他讲，来凤情况复杂。他当时并未理解，还以为是人际关系复杂。现在听县领导一番介绍，他终于明白，来凤情况的复杂性在于，既诞生了众多革命英雄，又滋生了为数不少的土匪。

来凤街道两旁的房子，大多为木板房，既破且旧，一条蓝河（也叫老虎洞河）穿城而过，流入城边的酉水河。老百姓的房子多临蓝河而建，总共不过三街九巷，人口稀少，不满五千。除了两家铁匠铺，几乎没有工业，生产落后，民生凋敝。看着群山环抱的县城，张富清深深感到现实的来凤可与"有凤来仪"这个比喻相去甚远。

县上的领导得知前来报到的张富清经历过战火的考验，上过军事文化补习学校，接受过专业的培训，于是给他安排了一份很重要的工作——担任城关镇粮油所主任。

俗话说"民以食为天"。粮油所主任这一职务，在来凤小县城里可谓比天还大。来凤是七分山地三分田，而且山高沟深，百姓基本上靠天吃饭。落后的农业生产条件使粮食收购在来凤显得更加困难。那时，国家实行的是粮食"统购统销"政策，天时和地利对来凤来说两头不靠，城市人口需要大量粮食，可收上来的公粮又不够分，供需矛盾十分突出。为了填饱肚子，县城里的人时常用一斤粮票去换五斤红薯，红薯虽然没有大米饭好吃，虽然吃得粗糙，可总比饿肚子强。

张富清为此绞尽脑汁，想了不少办法。一方面自己建米厂，搞大米加工，尽可能增加精米供应；另一方面严把规矩，严格分配。有一天，县里一个单位派人来买米，以不容商量的口吻要求多给细米——细米就是优质米。张富清也不客气地呛道："群众别说细米，粗米都不够，按规矩办。"这名办事员很生气，回去就找领导告了状。县上一位领导听说后，专门把张富清叫到办公室，直截了当地提醒他注意工作方法，原则要讲，灵活性也得有，办事不要太死板固执。在权力面前，张富清没有退步，他掷地有声地说："粮食紧缺，谁也不能搞特殊，不然就违反了党的政策！"

县领导听了，气得脸红一阵白一阵，可又不便发威，毕竟张富清说得有道理。张富清也不管那么多，也不管领导高不高兴，一句妥协的话也没说，更没找个台阶给领导下。最后，领导只得自找台阶，夸他坚持原则，党性观念强，不愧是部队培养出来的，有军人直来直去的硬作风。张富清也不去想领导是在真夸他，还是话里有话。他本来就不爱说话，坐在那儿半天也不言语，谈话在尴尬的气氛中不欢而散。

淳朴简单的张富清一身清爽地走出了县委县政府办公楼，迎着扑面而来的春风，抬头望一眼蓝天白云，他像打了一次胜仗，情不自禁地哼唱起了在部队学会的第一首歌曲《三大纪律八项注意》："第一一切行动听指挥，步调一致才能得胜利；第二不拿群众一针线，群众对我拥护又喜欢……"

1955年11月，张富清和孙玉兰的大女儿出生，因为是头胎，又生在异乡来凤，所以他们给女儿取名为张建珍。小家庭从此多了新的成员，在来凤他们后继有人了。

张富清勤勉、扎实、清廉的工作作风，赢得了上上下下、里里外外的一致好评。当年来凤县粮食局党支部对张富清进行了考察，结论是："能够带头干""群众反映极好"。因为工作成绩突出，1956年5月，他被提拔为县粮食局副局长，任职不久，又到纺织品公司任党支部书记。

十、找水

正当张富清准备甩开膀子大干一场的时候，他被安排进入恩施专区党校脱产学习（1955年5月，恩施地区改设专区）。

张富清自知自己从小没有上过一天的学堂，是地地道道的文盲，只是从 1953 年下半年到 1954 年年底，他才正儿八经地在解放军办的正规文化补习学校里扫了盲，识了字，粗浅涉猎了党的基本知识和基本理论。因为时间太短，不仅不系统，也不完整，对毛泽东思想的掌握更是一知半解。他深知自己文化底子薄，跟不上社会主义建设发展的需要，他十分渴望学习。当县领导征求他意见时，他说："我是个放牛娃出身，能进党校学习，我是求之不得。"

县领导说："社会主义建设，既需要实干型干部，还需要有文化的干部，你缺少的就是文化，希望你珍惜机会，在党校里好好学习，以提高文化和理论水平。"

这一年是 1957 年。春暖花开的 3 月，张富清走进了恩施专区党校，对知识的渴望，让他就像嗷嗷待哺的婴儿，总是饥饿，总是吃不饱。有不认识的字，他就查阅随身携带的《新华字典》，这本《新华字典》是他 1953 年 8 月在北京王府井新华书店购买的，为的是到文化补习学校方便认字读书。从此这本字典派上了大用场，成为他的贴身宝贝、他的随身老师。

在党校学习期间，他勤学苦记、分秒必争，别人上课学，他加班加点学，星期天也学，一有疑难问题就虚心地求教于老师和同学。他要抓住党校脱产学习的大好时机，填补自己的知识空缺，为今后投身社会主义建设打下文化基础。也就在这一年的深秋，张富清的大儿子出生了，那是一个国家建设的火热年代，他给儿子取名为张建国。

1959 年，正是"大跃进"如火如荼的年代。一年前的 1958 年 5 月，中共八大二次会议正式通过了"鼓足干劲、力争上游、多快好省地建设社会主义"的路线。张富清从党校学习结业之时，正是"大跃进"进入高峰之际，刚刚成立的人民公社急需能吃苦、作风硬、纪律强的基层领导干部。为此，组织上任命张富清担任三胡公社（1958 年成立农村人民公社，实行政社合一，三胡区改制为三胡人民公社）副主任，希望他能带领当地群众，尽快改变三胡的落后面貌。

在当时，来凤县城里的人常这样打趣三胡公社：三胡的人，都是吃稀饭的，如果在县城看到谁衣服上有稀饭渍，准是三胡的。反正一个字：穷！那个时候，张富清一家人已经在来凤县城生活了整整四年。经过这四年的适应，他们已由当初的人生地不熟、听不懂当地的方言、吃不惯当地的饮食，逐渐融入了当地人的生活。家里的人口，也由当初的两个人，变成了四口之家，女儿建珍已有四岁，儿子建国也有两岁了。一家四口人住在两间砖瓦房里，虽然房子不宽敞，但也不太拥挤；生活虽然过得清淡，但一家人和和美美，苦中有乐。从来凤县城到三胡，不仅工作环境和生活条件将发生很大的变化，而且子女入学以及就医更是困难；从县城到山沟乡镇，生活质量不是大踏步地提高，而是大踏步地后退。在山区乡镇工作的人，无不盼望有朝一日调进县城工作，或者是能把家安在县城。可张富清却一路"逆行"，从武汉大城市到偏远落后的来凤，又将从来凤到最贫穷的三胡。

张富清至今还记得县领导找他谈话的情景。那是他从党校结业回到县城上班不久的一天下午，县上的一位领导代表县委找他谈话。县领导先是对张富清优良的思想品德、出色的工作业绩进行了一番肯定，然后对张富清在党校优异的成绩和突出的表现给予了赞扬，接下来县领导话题一转说："我们来凤有一个三胡公社想必你也知道，那里自然条件很差，人民群众生活贫穷，公社党委班子缺少年轻有为的干部，组织上经过慎重考虑决定安排你到三胡去工作，担任公社革委会副主任，希望你继续发扬不怕吃苦的优良作风，用你的实干精神，与公社党委一班人，团结奋斗，带领三胡群众早日改变贫穷落后的面貌。"最后，县领导关心地说，有什么想法和困难，尽管讲出来。

张富清对三胡的贫穷落后，不仅早有耳闻，而且曾亲眼所见，但他依然毫不犹豫地表态说："只要是组织的决定，我都坚决服从。"因为在党校学习期间，张富清便萌生了到基层为社员群众做点实事的想法，所以县领导的谈话、组织对他工作的安排并没有让他感到意外，反倒觉得合了自己的心愿。他决心用在党校学到的知识，用自己的青春，用自己的满腔热血，去改变山村的面貌，让社员群众过上有吃有穿的幸福生活。

当天晚上，在饭桌前，张富清把下午县领导找他谈话、派他到三胡任职的事情告诉了孙玉兰。孙玉兰不知道三胡在什么地方，便好奇地问："三胡在哪里？"

张富清说："三胡在来凤县城的西北面，在一个叫胡家沟的大山沟里。"

孙玉兰又问："那从来凤县城到三胡有多远？"

张富清说："远倒是不远，也就三十多里的路程，只是路不好走，出城就是爬山。"

孙玉兰忧虑地说："你到了三胡，我们母子怎么办？"

张富清说："你要是不怕吃苦，就跟我钻山沟。"

孙玉兰说："我们不是已经住进大山里了，只是建珍、建国年龄都小，建珍就是因为来凤医疗条件差，才落下了病根。"

张富清想了想说："要不你们留在城里，我有时间就回城里看你们。"

孙玉兰说："留在县城里，就医上学倒是比三胡方便，可我们在城里一个亲人也没有，也没个依靠。你到了乡下，进了大山，回来一趟也不容易，一心挂两头，反倒干不好工作。我们还不如跟你去，一家人有苦同担、有乐同享。"

张富清说："你可得想好了，迁出了城，想返回来就难了。"

这一夜，孙玉兰辗转反侧睡不着。她倒不是怕吃苦，也不是适应不了山里贫穷落后的生活。她主要是担心山里医疗条件差，女儿已经落下了病根，万一儿子再出现什么意外情况，那可怎么办啊。

鸡叫五更了，她的脑袋依旧一团乱麻。回望与丈夫一起走过的路，她蓦然想起自己当初在决定离开武汉到来凤时对丈夫说过的"你到哪儿我跟你到哪儿"，这句话让她的心里顿时亮堂起来，纠结像乌云被风吹跑了一般，人一下子轻松了，内心的宁静让她很快安详地进入了梦乡。

哪里有困难就到哪里去，越是艰苦的地方，越是一往无前。张富清接到任命后，没有留恋，更没有犹豫，举家迁到了三胡公社所在地胡家沟，住进了紧靠山根、房门临街的两间土砖房里。

三胡公社在两座高山间的峡谷里。全公社人口有两万多，以汉族、苗族、土家族为主。那时，张富清干劲冲天，他甩开膀子、迈开步子，用两个月的时间跑遍了三胡所辖的胡家、苏家堡、猴粟、三堡、八股五个管理区，十八个生产大队，二百一十四个生产小队（1958 年三胡成立人民公社时的行政体制），他对农村、对三胡贫困落后的情况，有了更细致的体会和更深刻的认识。

三胡多山，多高山。"地无三尺平，人无三分地，身无三分银"，三胡是样样都占。还有人的思想观念，更是处在一个近乎原始的状态。

靠天吃饭的地方，最怕的是天旱，可偏偏三胡连续两年大旱。老天似乎在考验张富清。在他到任两个月后，三胡又遭遇了百年未遇的旱灾，一时间各生产大队人畜用水告急。"谁去上巴院子？"公社党委田书记眼巴巴地望着党委成员。

"我去！"张富清站起来干脆有力地说。

第二天一大早，张富清头戴草帽，脚穿草鞋，背上挎包和水壶上了路。

那时，三胡公社与各管理区、生产队不通公路，仅凭一条条崎岖陡峭的山路与各生产队相连。张富清天麻麻亮从家里出发，走到下午3点才到上巴院子。因为天太热，身上带的一壶水早已喝得见了底。四面环山的上巴院子唯一的一条小河干涸了，所有的堰塘干涸了，田地里的庄稼干枯得可当柴火用，就连村中寺庙里一口千年不干的老井也快见了底。

在生产队队部，因急火攻心而满嘴起泡的大队支书说："从来没有见过这么干旱的天，多久了一滴雨都没有下，再不下雨，人都得干死！"

张富清一口陕西话，当地人听不大懂，他尽量少说话，要说就说短句："找到水才能保命，等雨咋行？"

支书舔了一下嘴唇说："寺庙里千年古井都见了底，还能有什么办法？"

在他们的观念中，只要庙里那口古井枯竭了，其他的地方就再不会有水。古井标志着干旱的程度，也影响着他们找水的信心。

张富清的倔劲上来了，不容商量地命令道："这么大的山，不可能没有水，出去找！"

支书扭头瞅了一眼窗外火辣辣的太阳说："古井都见了底，其他的地方也不会有水。"

张富清干渴的嗓子仿佛在冒烟，他抿了抿嘴唇说："不找，你怎么知道找不着？"

支书又看了一眼窗外说："太阳像个火球球，会热死人的。"

张富清一听他说"热死人"，心里就冒火，略带怒气地批评说："难道比上战场还可怕吗？"

支书听了不再吭声，屋子里一时陷入寂静。窗外大槐树上的蝉正拼了命地聒噪。

张富清对民兵连长邓明诚说："邓连长，你当过兵，还上过朝鲜战场，你怕死吗？如果不怕死，你就跟我当找水的突击队员。"

张富清到三胡后，往上巴院子走过一趟，与支部"一班人"见过一面，对高大壮实的邓明诚留下了较为深刻的印象。邓明诚当了八年的通信兵，参加过抗美援朝战斗，经受过战火的洗礼，登过海南岛，是一条敢闯敢干的硬汉子。

他立马站起来说："你张主任都不怕死，我的命能比你张主任的命更金贵吗？"

张富清就像是当年在战场上炸碉堡、当突击队员一样，呼的一下站起来，手一挥说："那就好，我们去找水。"

张富清顾不得歇口气，顾不得酷暑炎热，带着邓明诚进山去找水。张富清家住汉江边，了解水的习性，知道山有多高，水就有多高。他们沿着干涸的河床走，去找河水的源头。太阳像火球，山上的树都快烤焦了。炽热的鹅卵石直烫脚板，攀爬一道道崖壁，就像手里握着滚烫的烤红薯。他们热得嗓子像着了火，全身汗水不停地往外冒，衣服是湿了干、干了湿。太阳落山前，他们终于走到了小河的源头。源头在一座陡峭的山峰下的一个石洞里，洞口有大水缸粗。邓明诚说，往年这儿可是泉水叮咚，现在成了干鱼嘴。张富清摆了摆手，示意邓明诚少说话，以保存体力。他蹲下身子，弯着腰往洞里钻。邓明诚用手扯住张富清的衣服说，不要往洞里走得太深，听祖辈讲，洞里有妖怪，凡进去的人，就没有能走出来的。张富清笑了笑，让他留在洞外守着，自己钻了进去。

山洞黑黢黢的，像张着的鳄鱼嘴。地上的细沙软绵绵的，空气潮湿，给人一种阴森森的感觉。张富清从挎包里取出手电筒，洞穴一下子亮堂了。越往里走越清凉，越往里走越幽静。刚才还大汗淋漓，现在全身凉爽。他照了一下洞壁，再用手摸，石壁上不像外头那么干燥，有一种湿漉漉的感觉。此时，突然从前方传来水的滴答声。他赶紧往前走几步，拐一道弯，在手电筒的光束下，一摊清水如蓝宝石般发出光亮。他仿佛在沙漠中看到了绿洲，几步奔过去，先是用手在平静的水面上划了几下，然后将手电筒放到一边，用双手捧起水一口气喝了个够，只觉得凉爽沁入了心坎。他拿起手电筒朝石壁上照去，凹陷的石壁长满了青苔，一股股清泉水正顺着青苔向下缓慢地滴淌着。

张富清欣喜万分，朝洞外大喊了几声，但不见邓明诚应答，山洞里只有他自己的回音。他取下喝空了的水壶，装了满满一壶清泉。

张富清走出洞外，邓明诚正急得在那儿转圈圈。张富清对邓明诚说："这下好了，洞里有水。"邓明诚哪里肯信。张富清将水壶递到他手中，说："你喝一口就明白了。"邓明诚接过满当当的水壶，顿时手心里感到丝丝凉意，他激动地一把拧开水壶盖，仰起脖子咕嘟咕嘟直往喉咙里灌，然后一抹嘴巴感慨万分地说："太解渴了！祈祷观音下雨不见雨，张主任来了有水喝。"

张富清看天色还早，让邓明诚赶在太阳落山前回村里，通知每家派一个人来取水。

这一夜，上巴院子沸腾了，人们喝到了甘甜的泉水。天旱干死人的恐惧在他们的心中烟消云散。通过找水这件事，人们明白了一个道理，那就是天无绝人之路，只要努力就一定能走出困境。第二天，在张富清的带领下，他们又在一个深山沟里找到了一处泉眼。第三天，他们继续扩大战果，在离村庄最远的北山峰下再次找到了一个泉眼。

这一年入秋后，张富清带领上巴院子的几个生产小队的社员大搞水利建设，在几处水源地筑了小水坝，修渠引水，确保农田灌溉。1961年、1962年，上巴院子连续两年粮食丰收。他们不仅摆脱了干旱饥饿，还积累了在水源地修筑小水坝、在小河滩修筑小堰塘来抗旱保丰收的经验。

十一、连心路

1977年，国民经济得到较快的恢复。秋后，经过前期的充分准备，卯洞公社党委吹响了攻坚克难的号角，集中力量打响了修通高洞公路的大会战。

为了便于开展工作，张富清天天吃住在管理区和生产队里，与群众并肩战斗在工地。那时没有专业包工队，没有挖掘机，没有矿石机，没有碎石机，完全靠义务投工、人工作业的土办法修公路。由于地势险要，百分之八十的路要靠开山炸石开路，其中最难的一段路处于鸡爪山的悬崖峭壁中，必须从绝壁上凿出一条路来。

按照先前的安排，高洞民兵连专门挑选了六个胆子大的民兵骨干组成突击小组。一个姓侯的扁脸小伙与一个姓代的圆脸小伙为第一组，他们先在崖壁上打出炮眼，放响第一炮，凿出立足之地后，其余两组跟进，分别朝东、西两头凿进。

当天早晨，一连阴了几天的天空终于放晴，金灿灿的阳光洒满了整个山寨。人们都说，老天开眼，如此好的天气是开山放炮的好日子。突击小组的六名成员携带炸药、雷管、钢钎、铁锤、绳子等工具，从后山翻到了鸡爪山山顶的一棵大松树下。这棵松树有近百年的树龄了，树身粗壮，需两个成年人才能合抱，树顶如华盖。它之所以存活如此长久，就在于它长在鸡爪山崖的山顶上。从松树下再往前走十步就是悬崖峭壁，面对让人眼晕的万丈深渊，六名队员无不心生畏惧，一个个打起了退堂鼓。小侯与小代也不由得几乎忘记了第一个下崖、第一个在绝壁上打炮眼、第一个填充炸药、第一个点火放炮的承诺，坐在树下相互打起了嘴仗。

张富清对在鸡爪山崖壁上放响第一炮的困难早就有所预料，当天清晨，突击小组从后山出发前，他还专门做了动员并提了要求。送走突击小组，与高洞管理区领导商量安排完当天的工作后，张富清便踩着突击小组的脚步来到了崖边。果不其然，六名队员正相互推诿。

面对年轻人的畏难情绪，张富清没有表示不满，更没有训斥，而是对他们流露出来的胆怯和担心给予了深深的理解。当年自己第一次当突击队员炸碉堡时，心里也害怕过，手也颤抖过，腿也发软过，但有了第一次炸碉堡的经历后，就不再恐惧，碉堡炸得越多，胆子越大，经验越丰富。

小伙子们看着身穿一身破旧蓝色中山服、头戴鸭舌帽、脚穿解放鞋的张富清，一个个不好意思地埋下了头。张富清心想，与其动员别人干，还不如自己先示范。于是，他微笑着对小侯说："小侯，把你腰上的绳子解下来，我下去。"

小侯熟悉张富清，知道他的年龄与自己的父亲一样大，更知道这条高洞公路是他提议修建的，为修这条路张主任费了不少心思，从项目论证到现场测绘，从施工组织到人员调配，他是全程参与。眼下，开山炸石，遇到了险难，他不顾年岁大，要亲自出马。小侯一时不好意思地愣在了那儿，想说点什么，却又不知如何开口。

刚才还吵吵嚷嚷像聒噪的蝉一样的小伙子们也都不再吭声，现场一下安静了下来。小代站起来不无担忧地说："这么陡的崖壁，下去绳子磨断了怎么办？爬不上来怎么办？摔死了怎么办？"

张富清一听说"摔死了怎么办"，心头似猛地被人用锤子狠敲了一下，随着"咯噔"一声，脑海里不禁浮现出壶梯山炸碉堡的情景。

当时天已放亮，冲锋的号角已经吹响，突击队员在连长的指挥下，一连炸毁了挡在路上的几个碉堡，不承想在部队最后发起总攻冲锋，快要接近壶梯山山顶时，敌人一个暗堡的伪装砖头被推开，射击孔露出黑洞洞的枪口，紧接着嗒嗒嗒的机枪扫射声响了起来，密集的子弹如雨点般落下，冲在最前头的官兵顿时倒下了一大片。李文才连长显然急了眼，高声吼道："张富清，带着你的突击队把他妈的端掉！"张富清向后一挥手，六名突击队员跟随着他迂回着朝暗堡冲去。在距离敌人暗堡一百多米的时候，他们卧在了一个土坎下。他命令第一组出击，三名突击队员像离弦的箭，快速接近暗堡。不幸的是冲在最前面的两个人瞬间被敌人的子弹击中倒地，剩下的一个战士将捆在一起的手榴弹塞进了射击孔，却被敌人推了出来。手榴弹没有炸毁敌人的碉堡，却把那名战士炸得血肉横飞。顿时，眼前的天空一片猩红血雨，张富清的脸上溅了不少血点，他甚至感受到了那血的温度。此情此景，让张富清五内俱焚，报仇雪恨的愤怒趋使他冲了上去。他贴着地面爬行，子弹从头顶嗖嗖嗖地飞过。在接近敌人的暗堡时，他才弯腰站了起来，沉着地拉响手榴弹后，他没有立即将手榴弹从射击孔投进去，而是稍稍停了一两秒，然后迅速塞进射击孔，随后一个鹞子翻滚跳开。拉响的手榴弹因为已经在他手里停留了一两秒，所以敌人根本来不及用手去推，捆在一起的六颗手榴弹顿时爆炸，随着一声巨响，暗堡被揭了顶。

他卧倒的壕沟离暗堡太近了，强烈的冲击震得他全身像散了架一般。当他满身泥土、摇摇晃晃站起来时，我军的队伍正潮水般冲向山顶。刚才被他炸毁的暗堡，是敌人在通往壶梯山山峰途中修建的最后一个暗堡，炸掉了它也就清除了通向胜利的最后一个障碍。正因这最后一个碉堡被清除，壶梯山战斗才得以取得最后的胜利。他也因此荣立师一等功。

回想起那惨烈的一幕，他咬咬牙，对面前的小伙子们说："你们看我的，我先下去。"

这一年张富清五十三岁，他的身体虽然不如当年在战场上那般敏捷壮实，可是他的气魄依然保持着当年在战场上当突击队员时那种不服输、不怕死的狠劲，面对眼前的危险，他勇敢地冲了上去。他再一次不容商量地命令小侯说："你把绳子解下来给我。"

小侯一时愣在了那儿，发蒙似的看着张主任伸过来的手和坚定的目光，只好解下系在腰间的比大拇指还要粗的绳子，交到了张富清的手中。张富清对小代说："我看你平常胆子蛮大的。我先下，你跟上。打炮眼必须两个人，一个握钢钎，一个抡铁锤，没人合作不行，你和我一组。"

乌鸦嘎嘎地从崖前飞过，一朵朵洁白的云彩仿佛悬挂在鸡爪山的山顶上。悬崖下站满了围观施工的人。

张富清泰然自若地走到悬崖边，其余几个小伙子坐在地上、脚蹬石头，手里紧紧抓住系在他腰上的绳子。他对几个放绳的小伙说，不要紧张，一点一点慢慢放。说完他双手扒住崖壁，转身下去。这次他腰里别的不是手榴弹而是一把锤子，不是去炸碉堡而是来炸崖壁修路。他双脚撑在崖壁上，双手抓牢绳子，随着绳子的延伸，他一荡一晃地像壁虎一样下到了半山腰，找一条石缝，用手扒牢，寻一块凸出的石壁站稳脚，待小代下来，两人就开始在绝壁中打炮眼。随着铁锤敲打钢钎的响声，随着钢钎撞击岩石的火花飞溅，钢钎一点一点地打进山体，第一个炮眼打完了。接下来，第二个、第三个……然后是装填炸药，放置雷管，用半干半湿的土堵实炮眼。点导火索是开山炸石的最后一关，小代害怕地摇着头。张富清说，那第一炮我来点火示范，你先上去。张富清点燃导火索后，吹响了口哨，上面用力拉，他双脚用力蹬岩缝，双手抓绳向上攀登。三根导火索刺刺作响，吐出的烟雾笼罩了整个山崖，笼罩了像蜘蛛侠一样向上攀爬的张富清。随着轰轰轰三声巨响，一时之间地动山摇、碎石飞溅。随着一阵烟雾散去，崖壁上留下了比雨伞小不了多少的凹洞。

小伙子们欢呼雀跃，齐声夸赞张主任了不得！他们不知道，此时张富清的耳朵里正在轰鸣。这是他在壶梯山战斗中炸毁最后一个碉堡时因离得太近而留下的耳鸣后遗症。

小代一脸敬佩地问张富清是不是当过工程兵，为什么胆子那么大，一点也不害怕危险，不怕掉到山崖下。张富清笑着没有接话。他从来不给人讲自己当兵的经历，不讲自己的光荣历史，更不讲那些被自己封存了的战功。好一会儿，他才对小伙子们说："这下你们敢下了吧！"

小侯显然受到了深深的触动，他慷慨激昂地说："有您做示范，现在我们不怕了！"张富清微笑着给围在身边的小伙子们讲了下山攀壁的动作，讲了抡锤打炮眼的要领，讲了导火索留多长、离多远再点火的规则和经验。待小伙子们都听明白了，他像指挥打仗一样，右手一挥说："那就看你们的了。"

最险最难的鸡爪山，每天随着铁锤锤打钢钎的撞击，随着钢钎打出一个个炮眼，随着轰隆隆一声声炮响，随着岩石一块块被炸飞，绝壁中的天堑一天天有了路的模样。

在1978年早春的一个傍晚，经过五个多月的艰苦奋战，从鸡爪山崖壁中开凿的公路终于打通，与两头新修的公路成功连接。晚霞的映照下，这条路像一道美丽的彩虹盘绕在鸡爪山的山腰间。

那是热火朝天的岁月，那是让高洞人永远铭记的日子。张富清和几千名社员一同奋战了一百六十多个日日夜夜。他既是指挥员，又是战斗员，与年轻人一起抡大锤、打炮眼、开山放炮，在崖壁上硬生生地凿出一条路来，圆了高洞山寨两千多土家族、苗族儿女通公路的世代梦想，结束了送公粮、卖烤烟、买肥料只能靠肩挑背驮的历史。

春风骀荡。当高洞山顶上的桃花、杏花、梨花以及满山的野花一齐盛开时，当突突突冒着黑烟的东方红拖拉机装着老百姓需要的化肥、种子、生活用品爬到高洞山顶，再将稻谷、烤烟等土特产装上车运下山时，全村男女老少围着拖拉机跳起了土家族、苗族欢快的舞蹈，男人们痛饮起他们最爱的苞谷烧酒，他们像过节一样庆祝高洞公路竣工通车。

张富清包干高洞的那几年，是很长一段时期内高洞发展的鼎盛阶段，最高时烟叶种植面积达到了两千余亩，产量达到三十多万斤，其生产经营为公社带来可观的效益。

最关键的是山路通了，老百姓进山出山方便省力了，农产品可以换成零花钱了，家家户户的日子是芝麻开花节节高了。

高洞的路修通了，张富清心里的一块石头落了地。他常常坐在拐枣树下，望着鸡爪山上的那棵高大挺拔的松树，回想起崖壁上开山炸石凿路的情景，连他自己都解释不清楚，五十多岁的人了，为什么还有那么一腔热情一股冲劲。其实在此之前，他并没有爬过崖壁，也没有在悬崖上打过炮眼。那天也是神奇了，他顺利地下到了半山腰，顺利地放响了头三炮。正是在自己的带头示范下，小伙子们才不再惧怕绳子断了摔进山谷里，不再顾忌点燃导火索后把自己炸飞，崖壁上凿路才得以顺利推进，鸡爪山上修出"天路"不再是梦想。

如今，这条"天路"就在眼前，它在缭绕的云雾中时隐时现，眼前的一切，真真切切，让人浮想联翩。高洞常常云雾缭绕，像人间仙境。当动听的山歌从云雾中飘荡而出，当拖拉机的马达声穿山而过时，张富清的脸上满是陶醉的笑容。

高洞的天空辽阔而深远，初升的阳光将山村点缀得更加美丽，袅袅升起的炊烟与天空飘浮的白云缠绵到了一起，百鸟齐鸣与男女对唱的山歌声交织在了一起，云雾中的"天路"像一根彩带把党和社员群众的心紧紧连在了一起，是一条名副其实的"连心路"。

高洞的山顶上，虽然地势相对平缓，但还是沟壑纵横。依山而建的农家，掩映在万花丛中。清晨的山谷里，伴随着狗吠、牛哞，传来了家家户户的女主人吆喝自家男人回家吃早饭的呼唤声。坐在拐枣树下的张富清，也听到了房东戴芳兵叫他吃饭的声音，那声音是亲切的，听着就觉得心里舒坦和温暖。为老百姓造福的成就感与高洞乡亲的认可，让他觉得一切付出都是值得的。

十二、重新站起来

2012 年 4 月，来凤正值春暖花开、春光明媚的好季节。粉红的桃花开得艳丽，雪白的杏花开得清雅，淡黄的迎春花开得秀美。这一天，住在老街建行家属院内的张富清老人，还像往常一样6点按时起了床，洗漱后下楼，沿蓝河（老虎河）河边散步。这一晨起锻炼的习惯从1985年离休起，他已经坚持了二十多年。

清晨，雨过天晴的天空蓝得没有一丝杂质，空气清新；繁花的香味扑鼻而来；河水流淌的潺潺声、小鸟叽叽喳喳的鸣叫声，给寂静的清晨增添了生机和欢乐。张富清沿着河边的小道刚走了一半，只觉得左腿膝盖突然有点不对劲儿，时不时产生既像蚂蚁叮咬又像针扎般的疼痛。因为人老了，怕冷，他还穿着毛裤，他几次停下脚步，掀起裤腿，察看膝盖的疼痛处。左看右看也没有发现异常，可是一阵阵的疼痛，让他没了散步的心情，更没了欣赏春光的心境。

他停下了脚步，向回折返。这是他散步以来第一次走了一半就折返回家。

老伴儿孙玉兰正在厨房忙碌，为他煮早餐的面条。面条刚下锅，正沸腾着。孙玉兰明显感到张富清比往常回来得早了，于是问道："你今儿个怎么回来早了？"张富清听了也没吱声，身上的这一点小小的疼痛他不想告诉老伴儿，免得老伴儿担心。因为老伴儿患有高血压，心脏也不好，都安了好几个支架了。不多会儿，老伴儿把面条端了出来，放在客厅那张不大的餐桌上。张富清虽说大半辈子生活在湖北，但乡味难改，饮食上依然保持着陕西人的口味，爱吃面条，几十年来早餐吃面条是他最喜欢的生活享受。其实面是南方那种机器压的挂面，虽说没有老家的手工扯面好吃，可他吃了几十年也习惯了。

一天、两天、三天……半个月过去了，疼痛越来越频繁，越来越剧烈。有一天晚上，张富清竟然疼得忍不住叫出声来。老伴儿打开灯，只见他正用手捂着左膝盖，龇牙咧嘴满脸痛苦。在老伴儿的一再追问下，他才给老伴儿讲了这半个多月来身体的不适。

天亮后，孙玉兰着急地给两个儿子张建国和张健全分别打了电话，让他们到家里来，把父亲送到医院去看医生。

在县医院，一番检查后，初步诊断为风湿性膝关节炎，采取针灸理疗和消炎办法处理。一个月住下来，疼痛非但没有减轻，反而逐渐加重，膝盖的红肿处越来越大，还有了明显化脓迹象。张建国、张健全两兄弟一商量，决定转到恩施土家族苗族自治州人民医院。医生针对病情采取了消炎引流的办法。经过大半个月的治疗，病情依然不见好转，医生给他们兄弟俩建议转到湖北省人民医院，说那里医疗条件更好，医生水平更高，对老人的治疗更为有利。为了尽快治好父亲的病，两人采纳了医生的建议，立即将父亲转到了湖北省人民医院骨科。

张富清住进省人民医院骨科时已是 8 月盛夏了。此时的张富清，膝盖发炎化脓的程度已经非常严重了，皮肤表层红肿得相当厉害。根据张富清的愿望，为保住腿，骨科陶海鹰主任先是采用灌洗引流术进行保守治疗，也就是说把膝盖切开，用导管输送盐水冲刷脓液，然后填压大块纱布，待炎症消除后，再做膝关节置换手术。

每次换药，拉扯伤口里的纱布时，护士虽然万分小心，可是还会牵扯出血肉。消毒完了，又一条一条地填压新纱布。医生反复叮嘱他，要是疼得忍受不了就喊出来。可张富清怕影响医生治疗，干扰其他病人，硬是咬着衣角不出声，哪怕是痛得大汗淋漓，他也是一声不吭。

由于已经错过了最佳治疗时间，所以两周的保守治疗效果并不明显，还有恶化的趋势，真菌和细菌感染严重，软组织坏死部分在扩大，弄不好会引发败血症。好在持续的高烧得到控制。最终，陶主任决定实施截肢手术，以保全张富清的生命。

一天上午，陶海鹰主任在查完房后，专程来到了张富清住的病房，与张富清及其亲人进行术前谈话，讲清手术的理由和风险。

听说要截肢，张富清犹如遭当头一棒，好一会儿说不出话来。他在心里想，战争年代都没有倒下，如今怎么就被病魔打垮了呢？竟然还要截肢！他哀求医生说："不截行吗？"

"您要腿还是要命？"

"我不怕死，可我不想是个残疾人，拖累家人、拖累国家。"

"您是老干部、老革命，年轻时为国家做贡献，老了国家给您看病，哪里谈得上拖累。"

"正因为老了，不能给国家做事了，才应该少给国家添麻烦。"

"您这个老同志啊，就是思想太好了。您现在都这样了，心里想的还是国家，还怕给国家添困难，太少见了。"

在此之前，陶海鹰主任已经与张富清的儿女们说明了截肢的理由。

他们均表示尊重科学，尊重医生的意见。为此，他们一齐上阵劝父亲听医生的，先把命保住再说。

面对医生的主张、儿女们的劝说，张富清只得默默点了头。

几个小时后，张富清从手术室被推了出来。他脸色苍白，手脚冰凉，被子下面左腿处已是空空荡荡的……

麻醉的药效消失后，张富清渐渐苏醒。他只感到大腿根好痛好痛。他躺在雪白的病床上，身上插了好多管子。他用手去摸疼痛的地方，觉得身体少了什么。什么呢？他动动右脚，脚在；他想动动左脚，但大腿根以下什么都没有了。他一时反应不过来，我的左脚呢？我的左腿呢？好一会儿，他才想起了手术前陶主任与他的谈话、儿女们的劝说，难道他们真的把我的腿给截掉了？他急切地大喊："你们把我的脚弄哪里去了？没有脚，我怎么走路，还怎么行军，还怎么打仗？我不就成了一个没用的废人了吗？"

守在病床边的张健全急忙握住父亲的手说："爸爸，你做梦了吧！还想行军打仗哩！医生给你做掉了，是截肢手术。"

看着爷爷可怜的样子，张富清在湖北民族大学音乐舞蹈学院当教师的孙女张然忍不住泪流满面。可清醒后的张富清却没有流泪，他只是非常平静地看着亲人，他那坦然的样子，仿佛在说：没事了，你们不要为我担心。

无论怎样，一条腿没了，张富清的内心或多或少隐藏着无法言表的伤感。老人只得长叹一声："我的这条腿啊，陪我走了多少路！"一次他竟然自言自语："战争年代腿都没掉，没想到和平年代腿掉了！"

张建国、张健全齐声劝他说："保命要紧，腿没了怕什么，以后我们照顾你。"

张富清知道儿女们孝顺，知道儿女们为给他治病操碎了心，知道儿女们为了支付妻子心脏安装支架的手术费还借了十二万元的债，他心怀歉疚地说："以后我是不是就成一个废人了？什么都不干了，还要拖累你们！"

张健全是老幺，平常跟老爸说话比较随意，他以略带批评的口吻说："您老人家说的什么话！养儿干什么？就是防老。您老人家有病了，躺床上了，就是我们兄弟姐妹的事。"

"我既然不能为国家做贡献了，就不能给单位添麻烦，也不能给你们添负担，"张富清感动而坚定地表态说，"我必须重新站起来，至少做到生活自理，不能坐在轮椅上让人照顾。"

张富清年岁太大了，医生们估计，老人截肢后，余生只能在床上和轮椅上度过了。

可此时的张富清却已经暗暗在心中开始制订自己人生冲锋的计划了。伤口基本愈合后，他用一条腿做支撑，先是沿着病床移动，后来慢慢地扶着墙壁练习走路。一开始，掌握不好平衡，有好几次他都差点摔跟头。有一次，他不小心摔破了胳膊，扶墙站起来时，墙面留下了好几道血印。

站起来自己走路，是张富清术后最大的心愿。张建国、张健全及时为他联系了安装义肢的工厂。

张富清被送进义肢厂，先是石膏打模取样，待义肢做好了，他在护士和两个儿子的帮助下，开始练习套肢，开始康复训练。截肢后，新长出来的是嫩肉，接驳腔里即使是软的物体，一经与嫩肉摩擦，也会产生剧烈的疼痛。一边是用力站立，一边是义肢摩擦皮肉后难忍的疼痛，每次站立，汗水就湿透了他的衣衫。

但张富清一直坚持着、忍耐着、练习着。年近九旬的张富清心里只有一个信念：我要站起来，打仗我没有倒下，病魔也不能让我倒下。"站起来！"他在心里给自己下了最后一道命令，"我要冲锋到最后！"

在武汉住院两个多月后，张富清回家了。回到家中的第二天，他就又开始锻炼起来。每天清晨，他戴上十多斤重的义肢练习行走。新生的嫩肉一次次被磨破，血水透过裤子渗出来。伤口愈合了，他接着练习；磨破出血了，再包扎。义肢太硬，硌得新长的嫩肉伤痕绷裂，流血，结痂，再流血。他用手一摸，痛得钻心。张富清在心里呐喊："我要走起来，走起来才是战士！"他顽强地向困难发起新的挑战，直到嫩肉磨出一层硬茧子。

张富清凭着难以想象的毅力，重新夺回了对"腿"的控制权。他先是能一个人走到阳台上；再后来，在子女们的扶助下，能在楼下的院子里转圈圈；到了第八个月，他终于可以一个人正常行走了。

张富清自如行走的那天，在春光明媚的清晨，在不大的房间里，

张富清传（节选）

他缓步走到了阳台上。此时初升的太阳正好越过东山，瑰丽的霞光像闪烁的金粉洒在蟹爪兰嫩绿的叶片上，小小的阳台便一下子弥漫了无限的春色。蟹爪兰是他离休后种养的，他喜爱蟹爪兰的朴素，也喜爱蟹爪兰鲜艳的花朵。从生病离开家住到医院，有大半年的时间他没有看到蟹爪兰了，即使是回到家后，因为要练习行走，他也有相当长一段时间没能近距离地好好看看与卧室一屋之隔的蟹爪兰。今天见了，就像与亲人久别重逢，心里不免感动。他随手推开窗子，一股春风涌入，蟹爪兰不住地摇动身姿，仿佛在向许久不见的主人致意。

他嘴里喃喃有声，就像是对列队整齐的士兵下达"立正，稍息"的口令。他缓步从阳台这头走到那头，再从那头走回来，像将军检阅自己的部队。迎着扑面而来的春风，看着正在打苞的花蕾，他的笑容如春光一样灿烂。

他缓慢地转过身，看一眼客厅的挂钟，7点马上就要到了，他移步向客厅走去，对站在客厅里迎上来的老伴儿孙玉兰说："看早新闻，从今天开始，我要回到以前正常的生活。你把水烧好，看完了新闻，我来给你们下面条。"

老伴儿孙玉兰满脸幸福地说："你慢点走，我来给你开电视。"

张富清是那样地热爱生活。他站起来行走的第一天，就像以前一样进厨房忙活开了，先是给老伴儿和大女儿做了一碗他最擅长的刀削面，然后将厨房灶台擦拭得干干净净、一尘不染。在妻子和孩子们心中，张富清是一个永不言败的战士，更是一位体贴的丈夫、慈爱的父亲。

张富清以九十岁的高龄，战胜了常人无法想象的困难，重新站立起来了。病魔夺走的是一条腿，站立来的是一座屹立不倒的山！

十三、本色

如今，张富清一家三口还住在 20 世纪 80 年代初盖的建设银行家属楼里。走进窄小的院子，给人的第一感觉，除了拥挤便是杂乱。站在楼下，举目四望，虽然房子显得陈旧，但大多数人家力所能及地进行了装修，基本上都将普通的钢筋防盗网换成了不锈钢防盗网，将陈旧的木窗换成了铝合金窗户。唯有住在二楼的一户人家，还是当初的钢筋防盗网，经受三十多年的风吹日晒雨淋，早已锈迹斑斑；窗子也是盖房时安装的，是那种老式的旧木窗。这套至今保持着原初面貌的住房，就是张富清的家。

楼房没有电梯，步行到二楼，那扇陈旧的木门上悬挂着"光荣之家"的牌匾，这是张富清家有别于其他住户的鲜明标志。

两室一厅的房子，虽然面积小，可屋子里收拾得干干净净，东西摆放得整整齐齐。

房子里的地板，还是最初的水磨石地板；白色的墙壁自住进后三十多年时间里没有再粉刷过，已呈现斑驳的青黄色；桌子椅子柜子凳子都是木头的，从样式上看，全是80年代的产品，无不倾诉着岁月故事；沙发是人造革的，光滑发硬，没有一点柔软度和弹性。

客厅面积比一张乒乓球桌大不了多少，沙发对面的墙壁上挂着一幅匾，一米长，二十厘米宽，中间是草书的"寿"字，右边是寿桃，左边是"心宽益寿，德高延年"。靠南面有两间房子，一间为张富清夫妇居住，一间为大女儿张建珍居住。

张富清与老伴儿孙玉兰居住的卧室也就十平方米左右，虽然床、柜子、桌子、椅子和一张单人沙发等各样家具挤得满满当当，可是放置得井井有条。靠门的一面墙对着床尾，为了便于行走，只是在墙上挂了一张中国地图和一个石英钟；一张老式的双人床床头靠墙摆在卧室中央，两边各一个床头柜；进门右侧一面的墙边摆着一个衣柜、一个矮柜；靠窗的床头柜上，搁着大儿子张建国与儿媳严义芳结婚时购买的凤凰牌收录机，大儿子淘汰后被张富清拿回了家，当宝贝一样收藏了很多年，收录机上还用一块红布精心地遮盖着以防灰尘；在收录机的上方，墙壁上悬挂着两个四四方方的玻璃相框，相框里装满了一家人四十余张年代不同、大小各异的照片，那里面有张富清、孙玉兰的单人照，有他们夫妇与四个儿女的合影，有孙子孙女的，有张富清与单位同事的合影照。其中拍摄时间最早的一张是1953年7月张富清在北京照相馆照的穿军装的半身相，最近的一张是2017年1月28日一大家子照的全家福，上面共有十七人，年龄最大的是张富清，那年他九十三岁，年龄最小的是他不到一周岁的重孙。窗前摆着的是一张老旧的书桌，不宽余的桌面上堆满了书籍，还放着一个他用了六十多年的搪瓷缸，白色的搪瓷缸上印有"赠给英勇的中国人民解放军保卫祖国　保卫和平"等字样，白色的搪瓷掉了好几块，可他没有舍得更换，一直当宝贝一样使用着。在桌面的中间，摆着两本《新华字典》，一本是人民教育出版社出版的，一本是商务印书馆出版的。两本字典封面均已发黑，看不出当初的颜色。张富清说："人教版的《新华字典》是我 1953 年在北京王府井书店买的，而商务版的《新华字典》是我 1959 年在恩施上党校时买的。两本字典各有所长，它们都是我的老师，是它们教会了我认字，让我由大字不识的文盲，变成了可以读书看报的识字人。"

书桌一旁的窗下摆着一个单人沙发，那是张富清看报读书时坐的。沙发一旁的墙角处，放着助步器、轮椅和义肢。

在那两居室的房间里，无论是漆面斑驳的木家具，还是掉了瓷的搪瓷缸；无论是陈旧的字典，还是散发着浓浓亲情的老照片；无论是发黄的书籍，还是老古董的收录机，无不是张富清平凡普通而又坚守初心、保持本色一生的写照。从每一件物品中，都能追寻到张富清人生的奋斗轨迹，都能看到他朴素的生活境况和富足的精神状态。在一些人眼里，它们是陈旧的、过时的，可它们的存在正是一个共产党员清贫生活的缩影，折射出主人崇高的精神世界。如果用"价值连城"来形容，可能有点言过其实，但是从保持共产党员初心的角度去理解、去衡量、去界定，这些物品可以说是珍贵的。一位资深媒体记者在参观了张富清的住房后，感慨万千地在给一位朋友的微信中写道："如果让那些贪得无厌的贪官们来看一看张富清居住的屋子、房子里的摆设，他们一定会如醍醐灌顶，为自己过去的贪婪而心生万分的羞愧；如果让那些信仰上的迷茫者来看一看，他们一定会幡然悔悟，张富清保持共产党人的初心的生活，会像一缕阳光照亮他们的内心，让他们找到自己前行的路标；如果让那些挥金如土的人来看一看，他们就会发现一张床、一张桌、一盏灯，同样也是生活，也可以有乾坤、有追求、有向往、有幸福的别样人生，他们一定会对自己奢华的生活进行再思考，为自己攫取财富永不满足的欲望找到了良方妙药而欣慰。"

唐代著名文学家刘禹锡写过一篇流芳千古的《陋室铭》，其中一句是这样说的："斯是陋室，惟吾德馨。"张富清不一定知道刘禹锡，也不一定知道这句话，但这并不代表他不知道"陋室"对于共产党人的意义。他三十余年住在"陋室"里，从来没有抱怨过房子旧、面积小、楼里没有电梯。即使成了全国人民学习的榜样，当有人提出给他建别墅或换个好一点的大房子时，他也没有动过心。他觉得在"陋室"住了几十年，与房子有了感情，"没有感到哪儿不好"。

其实，人活的就是一种心态，俗话说："家有黄金万两，不过一日三餐；家有良田万顷，不过三尺卧榻。"在当今大众普遍追求财富和享乐的时代，过一种像张富清这样平淡俭朴的生活，是一种卓尔不群的超脱境界、一种自律修为、一种处世之道。

与张富清夫妇同住的是他们的大女儿张建珍。张建珍小时候患脑膜炎，受当时医疗条件限制而留下后遗症，后又患轻度癫痫，时常发作，因而终身未嫁，一直与父母亲共同生活。他们三个人，每人都是一身病。三人相亲相爱、相依相靠、相扶相持，谁也无法离开谁，谁也不能缺了谁，就如一个三脚架，缺了哪一只脚，都会站立不稳。张健全形容说："他们三个人，爸爸动脑子，做决定；妈妈动嘴，当传话筒；大姐是手，稍重一点的体力活由她来完成。"譬如说，上街买菜购物，买不买由张富清来决定，谈价、付钱由孙玉兰来完成，拎菜、提东西则是张建珍的事。

九十五岁高龄的张富清，至今脸上少见老人斑，皮肤白净、红润，说话声音响亮，头脑清晰。若不是因为在战争年代当突击队员，一次次炸碉堡时震松了牙齿，他的牙齿不会大部分脱落；若不是因为一次次近距离地炸碉堡，震坏了耳膜，他的听力不会衰退得那么厉害；若他能够重视保养，医疗条件再好一点，他的腿绝对不会拖到最后截肢的地步。除去这些问题，他拥有令许多人羡慕不已的平和心态和健康体格。他的高寿，绝对不是靠药物、补品来维持的，真正的秘诀不过是缘自一颗淡泊名利的心、一个和谐温馨的家庭。他从不跟人比官大、比钱多，从不跟人比吃好的、穿好的、用好的，他过自己平淡俭朴的生活。他们一大家人，从来没有为钱财、为物质闹过意见和矛盾，也从不因一句话说得不妥而心生芥蒂。从张富清家客厅匾牌上书写的"心宽益寿，德高延年"中可以看出张富清的精神追求。张富清一生看淡名利。他除了拥有在战争年代立下的一个个战功外，在和平时期，他再也没有获得任何荣誉；他从不为个人升迁而处心积虑，从不为一己之私而争名逐利。

张富清清廉了一辈子，清苦了一辈子。在过去，他们一大家子人靠他一人的工资生活，日子过得紧巴巴的。儿女们成家立业后，他的经济负担虽然减轻了不少，可一个人的工资既要顾三口人的一日三餐，还要顾日常的零星开支，尤其要顾老伴和大女儿看病买药治病，自然就没有攒下钱来，更别说有大额的存款了。90年代初，孙玉兰患冠心病到武汉治疗，安装支架需要十二万元。张富清自然拿不出这笔钱来，他的三个子女建国、建荣、健全为了给母亲治病，经过商量，决定每人均摊四万元。那时他们兄妹三人手头上也不宽余，一时都拿不出，可为了给母亲治病，他们不讲困难，没有怨言，三天时间内，各自找亲戚、朋友、同学借够了四万元，保证了母亲住院治疗所需资金。

张富清在武汉治病两个月，由张建国、张健全和张建荣的爱人轮流陪护，张建荣和嫂子严义芳及弟妹则在家抢着干家务，把多病的母亲和大姐照顾得无微不至。这种血浓于水的可贵亲情在张富清这个大家庭里体现得淋漓尽致。

张富清从武汉回来凤时，张建国、张健全担心母亲心脏不好，一时接受不了父亲截肢的事实，一路上不停地叮嘱父亲见了母亲后不要流露悲观的情绪，尽量保持过去面对困难时的乐观和从容。而与此同时，在家的姑嫂妯娌几人在得知父亲从武汉上车出发的消息后，才将父亲截肢的前后经过慢慢说与母亲孙玉兰，并一再强调父亲装了义肢，能够站立，劝母亲一定要想得开，见了父亲不要流泪，更不要激动，那样对自己的身体不好，也会影响父亲的康复。儿媳严义芳是孙玉兰学裁缝的师傅严天明的女儿，他们两家在三胡时是患难与共的好朋友。严义芳与张建国既是街坊邻居，还是同学。严义芳嫁到张家后，张富清和孙玉兰一直把严义芳当亲闺女对待，而严义芳也把张富清和孙玉兰当亲生父母一样孝敬，她对婆婆孙玉兰说："爸爸离开谁都可以，唯独不能没有你，你身体好好的，他才活得开心，活得有劲头。"这句话一说，孙玉兰不再流泪，她决心放下一切包袱，轻松自然地迎接张富清回家。

12月的来凤，常常云层低垂，细雨淅淅沥沥，太阳也是时隐时现，空气湿漉漉的，北风一吹，寒冷刺骨。张富清从武汉出院那天，正巧赶上难得的大晴天，太阳是铆足了劲照耀大地。在太阳落山的时候，张富清乘坐的汽车开进了建行家属小院。在他家的楼门口，孙玉兰率领着儿媳、女儿和孙子们站立一排，迎接"一家之主"归来。

汽车停稳，张富清由两个儿子搀扶着下了车。眼前的一幕，让他既惊喜又感动，他没有想到，家人会以这种方式迎接自己。亲人的爱像一股暖流涌遍全身，他不由得热泪盈眶，站在原地停顿了好一会儿，待心情稍稍平复后，才对站成一排的亲人们说："你们搞得像迎接从战场上凯旋的英雄似的！"

孙玉兰上前握住老伴儿的手说："你这次做手术与打一场仗没有什么区别，我们一家人在这儿就是迎接打了胜仗的英雄凯旋。"

人进屋，菜上桌。小餐桌用了几十年了，桌面被擦得光洁发亮，木材的纹路清晰地显露出来。在漫长的岁月里，它上面承放的永远只是萝卜白菜之类的家常菜。朴素的生活更是一种自然的风景，家常便饭照样孕育人间的温馨，一家人和和睦睦，自然其乐融融、幸福无比。

其实，随着年岁的增高，张富清的一日三餐更是简单，早餐是一小碗煮挂面，中午是米饭、蔬菜，晚上是一小碗开水泡饭。

今天的餐桌上特意加了一个火锅——一盆排骨炖莲藕。张富清稍事休息后才坐到靠墙的老位置上。——坐定后，一家人有说有笑地开始吃晚餐，尽享天伦之乐。

十四、初心永恒

2019 年的春天，来凤这座毫不起眼的小城因老英雄张富清而名扬神州大地。一时之间，全国各大新闻媒体的记者，从四面八方纷至沓来，采访深藏功名六十余载的老英雄张富清。

有的人稍有一点成绩，就担心旁人不知，四处宣扬、广而告之；有的人哪怕是血洒疆场为人民立了大功，也不动声色。张富清即是后者。他深藏功名六十余载之后，经各种媒体报道，成为 2019 年开年后一件轰动的事情。

眼见媒体宣传的热潮一浪高过一浪，张富清心里很不高兴，也很不安。自己隐藏了一辈子，六十多年不曾对任何人讲过的功勋，现在竟然被铺天盖地地到处宣扬。想起那些在战斗中牺牲的战友，他心里时常像被人用锥子扎了一般。他实在不能忍受了，他要好好地跟儿子健全谈一谈。

不知是张健全工作忙，还是刻意回避他，一连几天，他连张健全的人影也见不到。

终于等到一个上午，张健全满脸喜悦地回了家，进屋正准备对老人说一件喜事，却见老父亲满脸不高兴，就问父亲是不是身体哪儿不舒服。张富清用手一指胸前，不再说话。张健全吓了一大跳，赶忙问："是心闷？"

张富清说："当初不是说好了，只是为了登记才拿出那些军功章的。现在报纸电视宣传那么厉害，是干什么？"

张健全只好搪塞说："人家媒体要宣传，我有什么办法。"

张富清说："当初就不应该听你的，接受他们的采访。"

见父亲埋怨，张健全心想现在也没必要再跟父亲绕圈圈了，于是直截了当地说："现在可由不得您老人家了，据新华社的记者讲，你的事迹总书记都知道了。"

张富清一听差点站起来，说："就我那点功，为老百姓做的那点事，总书记都知道了？"

张健全顺水推舟地说："总书记不仅知道了，还作了重要指示。"

张富清像不认识儿子似的，瞪着眼睛看了张健全好一会儿说："是真的？把大意说说。"

原来，张富清深藏功名的事迹被武汉一家媒体宣传报道后，顿时在社会上引起强烈反响，各大新闻媒体记者纷至沓来。他们在采访张富清之前，首先必须经来凤县委宣传部批准，然后再由张健全根据父亲的时间和身体状态做出安排。所以不少记者在稿件刊登前，都会打电话通知张健全一声，以便张健全尽早掌握情况。张健全拿出手机说："一个媒体朋友发来消息，明天各大报纸将全文刊登习总书记对您先进事迹作出的重要指示，具体内容我也不清楚，明天早晨就知道了。"

张富清听了不再吭声。张健全趁热打铁地说："这下你可别再批评我了，宣传好你的事迹，总书记有批示，党中央有要求，你可得听党的话，不能再对我有意见了。"

张富清愧疚地说："我做的那点事，与牺牲的战友比，算得了什么呢？如今我还活着，可战友们为了新中国的解放都牺牲了，我有什么资格拿那些军功章去显摆。"

第二天，也就是 2019 年 5 月 24 日，各大新闻媒体全文刊登播报了中共中央总书记、国家主席、中央军委主席习近平对张富清同志先进事迹作出的重要指示。指示强调，老英雄张富清六十多年深藏功名，一辈子坚守初心、不改本色，事迹感人。在部队，他保家卫国；到地方，他为民造福。他用自己的朴实纯粹、淡泊名利书写了精彩人生，是广大部队官兵和退役军人学习的榜样。要积极弘扬奉献精神，凝聚起万众一心奋斗新时代的强大力量。与此同时介绍了张富清的简要事迹。

一辈子谦逊做人的张富清看后，激动而喃喃自语地说："总书记给的评价太高了，我做得不够啊！太不够了！"

2019 年 7 月 26 日，习近平在北京会见了全国退役军人工作会议全体代表。六十多年前，张富清为参加抗美援朝战争，在北京有过短暂停留。六十多年后，他作为全国退役军人模范代表再一次进京，受到了习近平总书记的亲切接见。在合影现场，习近平总书记俯下身，双手紧握住张富清老人的手，同他亲切交谈，并致以诚挚问候。张富清激动地说："感谢总书记，感谢党中央。我是党培养的，我要跟紧党走，做一名党的好战士。"习近平总书记说："你都做到了。你是全党全国人民的楷模！保重身体，健康长寿。"

习近平总书记一句"你都做到了"，是多么高的评价啊！一句"你是全党全国人民的楷模"，是多么崇高的荣誉啊！一句"保重身体，健康长寿"，是多么亲切的关怀啊！张富清当即感动得热泪盈眶。

与父亲相比，张健全时常自愧不如。父亲一辈子不为把官做多大，只为在平凡的岗位上把为人民服务这件事做好。父亲从 1955 年任来凤县城关镇粮油所主任到 1984 年年底从建设银行来凤支行副行长任上离休，近三十年时间里，换了一个又一个岗位，担任了一个又一个职务，可他的级别始终定格在了副科级原地不动。与他在三胡公社、卯洞公社等单位共过事的班子成员，基本上都被提拔了，级别最低的也是副县级。

张富清传（节选）

对此，董香彩主任不无感慨地说："在做官的问题上，谁也没有张富清同志看得开。他做事情从来不是为了升官，几十年兢兢业业，直到离休了，还是个副科，可他从来没有为提拔的事找过领导，也没有任何怨言。他的家属孙玉兰是他响应党的号召，在困难时期主动精减下的岗，后来形势好了，政策也允许，我在县上当主要领导，他完全可以找我，把他家属工作恢复了。每次我见他，都问他有什么困难需要组织解决，可他每次都说没有。现在想起来，当时我应该主动给孙玉兰大姐恢复工作，不说每个月拿多少钱，起码对她看病有利。每当想起这件事，我心里很愧疚，觉得对不起这样不计名利、不计个人得失的德高望重的老领导。

"张富清的境界和觉悟，不是一般人所能达到的。有人对他深藏功名六十余年不理解，其实只要把他的经历从头至尾看一看想一想，你就会肃然起敬，就会惊愕地发现，在我们千千万万的共产党员队伍中，还有不少像张富清同志这样，不为做官，只为为人民服务，不为功名，只为为党的事业多做有益的事情，不为享受，只为坚守初心为民奋斗的优秀共产党员。与张富清同志相比较，我们现在的个别党员领导干部，虽然文化水平、个人能力都够了，但缺少的就是张富清同志的淡泊名利的思想。刚当上镇长，就想着当镇党委书记，刚担任镇党委书记不久，就想进县委班子；进了县委班子，又思谋当县长、县委书记……在这些人的脑子里，成天想的是如何升官，不是去想如何更好地为人民服务，这一点很是让人忧心。"

董香彩的一番肺腑之言，既充满对张富清为人处世的敬佩之情，也流露出他对官场中不良风气的担忧。董香彩毕业于华中师范大学，在当时的来凤算是文化水平较高的领导干部，他在卯洞公社工作期间，经常与张富清一道下乡。张富清常说，当干部的不要老坐在办公室里，要到基层一线去，到老百姓中间去，与他们一同劳动，一同生活，那样才能体会到老百姓的疾苦和愿望。耳濡目染中，张富清的一言一行对董香彩产生了深刻的影响，他后来担任县上的主要领导，始终坚持年轻干部要放到基层去捶打，"要让他们知道老百姓的疾苦和难处"。

张富清不仅能吃苦，而且一辈子坚守清廉为官。

无论是当粮油所主任，还是当粮食局副局长，无论是担任三胡区副区长，还是担任卯洞公社革委会副主任，他都分管机关、财政、供销社等，可以说有一定的实权，但他从不以权谋私，始终是两袖清风。他是真正地清廉了一辈子，甘愿吃苦了一辈子。他的三个孩子（老大张建珍身体有病不能工作）都是凭自己的本事考学，毕业时走正常分配程序获得一份工作，没有一人沾他半点光。

对于父亲做官几十年原地不动，张健全说自己非常理解，至于与父亲一起共事的同志进步提升，他同样能够理解。他说，每个人都有自己的追求，每个人都有适合自己的岗位，每个人都有自己成长进步的空间。

在个人职务晋升的问题上，张富清就从不与同事比、与部属比，因为他从来没有去想把官做多大，他只是想把党交给的任务完成好，让党满意，让人民群众满意。

张富清自从听了儿子健全告诉他全国各大媒体宣传他的经过后，不再埋怨儿子，并积极表示听总书记的话，听党的话，配合党组织搞好宣传，为"不忘初心、牢记使命"主题教育贡献自己的余热。

7月，雨后的晚霞染红了翔凤山，染红了酉水河，染红了张富清家客厅的半面墙壁。张富清望着那血红的晚霞，仿佛置身于红旗猎猎、军号声声、硝烟弥漫的战场。

张富清笔直地端坐在沙发上，每讲完一段征战的往事，他都会停下来，喘口气，歇一歇，就像爬了一段又陡又长的山路。

张健全听了父亲讲述的战斗经历后，大惑不解，问父亲："突击队，就是敢死队，组织上为什么老让你当突击队员？"

一听儿子说"突击队员"四个字，张富清两眼放光，挺了挺胸脯，说："当突击队员，是组织对你的信任！如果是一个胆小鬼、一个脑瓜不灵活的人、一个对党不忠诚的人，想当还没有资格哩！"

张健全还是有点不明白，继续问："为什么这样说？"

张富清说："如果是一个胆小鬼，他就完成不了炸碉堡的任务；如果对党不忠诚，他要么临阵脱逃，要么临阵投敌。无论是前者还是后者，都会给攻城拔寨造成巨大的损失，因为在战场上每分每秒都有人为胜利而牺牲。"

一直以来，张健全都对父亲不怕死的劲头充满了不解和好奇。他问："子弹又不认人，你就不怕死？"

张富清自豪地对儿子说："我打仗的秘诀就是不怕死，决定不怕死的关键是信仰和意志。只要党和人民需要，我情愿光荣牺牲，那就正如毛主席所说，为人民利益而死的，就比泰山还重。想明白了这个道理，自然就不怕死了！"

张健全不仅读过毛主席的《为人民服务》，还能全文背诵。听了父亲的话，他情不自禁地背诵道："人总是要死的，但死的意义有不同。中国古时候有个文学家叫作司马迁的说过：'人固有一死，或重于泰山，或轻于鸿毛。'为人民利益而死的，就比泰山还重；替法西斯卖力，替剥削人民和压迫人民的人去死，就比鸿毛还轻。张思德同志是为人民利益而死的，他的死是比泰山还要重的。"年少时他只是按照老师的要求把这篇重要的课文背下来，长大工作后，也多次重温这个闪光的名篇，但在理解上总是无法深入。他也知道为人民利益而死是光荣的，但依然不能从感性上升到理性的高度。听了父亲的一席话，他茅塞顿开："我总算明白了，你之所以不怕死，是你明白了为人民而死的光荣意义，为人民服务也就成为你一生的信仰，成为你战胜一切困难的力量源泉。"

张健全的理解，令张富清十分满意。他说："为人民服务就是我一生的信仰和意志。"

张富清的回答，袒露的正是他浴血疆场、冲锋在前、英勇杀敌的法宝，也揭开了他深藏功勋、淡泊名利、一心为民的密码。

正如一位记者在一篇报道中所写的那样："任凭岁月磨蚀，张富清老人朴实纯粹的初心，滚烫依旧，感召日月。莫道无名，人心是名，在张富清心里，人民幸福就是最大的功名。"

有一次，张健全见父亲与前来采访的记者、作家谈兴正浓，便对父亲说："你就再讲一个当突击队员时炸碉堡的故事吧！"

张富清深思良久，又开启了他封存已久的回忆。战斗的经过是这样的：

壶梯山战斗于当天下午胜利结束，敌八十二团团长董文轩率领仅剩的几十个残兵逃下了壶梯山。敌前线总指挥裴昌会察觉我军决心吃掉钟松三十六师的意图后，马上命令第三十师放弃韩城，向王庄附近的钟松部靠拢，同时命令驻澄城的整编第三十八师第十七旅王栋部北进至王村镇，以加强兵力。钟松在壶梯山失守后，害怕重遭沙家店命运，按照预先方案，余下部队全部后撤，做梯次配置，采取逐级抵抗。敌第二十八旅撤至塔虎村至露进一线，敌第一六五旅速撤至王村镇。钟松率师指挥所及直属部队转移至王村镇南四里之外的杨家凹，整编第一二三旅担任师部撤退掩护。敌第二十八旅旅长与钟松素有嫌隙，对钟松分配的掩护任务极为不满，为保存残余部队，他下令关闭电台，撤到安全地带。钟松气得咬牙切齿，也无可奈何。撤退中，第一二三旅、第一六五旅、师直属部队拥挤在一条道上，人、马、车相互冲撞践踏，场面极其混乱。敌人的撤退，正是我军反击的大好时机。西北野战军奉彭德怀司令员命令，全线乘胜追击。杨家凹又成为主攻的战场，三五九旅又成为攻击敌人核心的主力部队。

在杨家凹战斗中，敌人以寨子为核心构筑工事，梦想阻挡我军的追击步伐。我军先是利用大炮进行了猛烈的轰击，在炮火的硝烟中，随即展开了冲锋。没想到敌人在寨子门外设了暗堡，强大的火力让我军官兵举步维艰。趴在壕沟边的李连长高喊："突击队员，给我上！"张富清猫腰跑到连长跟前，连长这才想起在壶梯山战斗中其他突击队员已经全部牺牲，仅剩下了张富清这个突击组长。连长说："换人，我得让突击队留个种！"战斗每时每刻都在死人，容不得商量，容不得耽搁一分一秒的时间。张富清不由分说带着一名战士从侧面迂回冲了上去。连长在他身后高声吼道："富清，机智点儿，你可得活着回来！"连长的嘶吼声，很快被重机枪的咆哮声淹没。

8月盛夏，炎炎烈日炙烤着大地。张富清因为跑得急，额头上的汗珠子直往下滚，他时不时就得用袖子擦一下汗，要不然就会流到眼睛里，蜇得睁不开眼。他全身的衣服也被汗水浸透了，就像遭雨水淋了一般。

暗堡里的机枪嗒嗒嗒地响着，看着战友一个个倒在冲锋的路上，张富清一时急了眼，顾不得生死，满脑子想的是如何接近并炸掉那个要人命的碉堡。张富清吸取前面几个牺牲了的战友的教训，不是直接往上冲，而是迂回前行，借着敌人挖的战壕运动到了那个暗堡一侧，将身上仅剩的四颗手榴弹捆在一起。他贴着碉堡，一步一步靠近了碉堡的射击孔，然后以最快的速度将手榴弹塞入孔中。

随着轰的一声巨响，敌人的土木工事被掀上了半空。

"嘟——嘟——嘟——"的冲锋号声再次响起，"冲啊——杀啊——"的吼叫声响彻杨家凹……

最终，坚守杨家凹的敌第一二三旅三八六团被全歼，据守王村镇的敌第四九五团除一部突围外均被消灭。钟松设在杨家凹的临时师部被我三五九旅官兵占领，鲜红的中国人民解放军"八一"军旗插在了杨家凹最高的土丘上，在万里无云的碧空中，是那样耀眼夺目。杨家凹战场渐趋平静，硝烟正随风逐渐散去，只余山头上的一缕轻烟在蓝天下袅袅上升，直到最后消失在关中平原的上空。

黄昏前，杨家凹战场打扫结束。张富清和他的战友们押着俘虏，背着缴获的武器，唱着凯歌，朝着新的宿营地出发……

张富清缓缓讲述完杨家凹战斗的往事，良久，他还沉浸在失去战友与取得胜利的百感交集的情绪中。如今流血牺牲已经成为辉煌的历史，于当年征战的张富清而言，那是一场战斗的结点，更是新战斗的起点。

初心永恒，光照一生。前进的路上纵有千难万险，张富清仍然会以突击队员的身姿，一如既往冲向前方。

"向前！向前！向前！"这是一首催人向前的战歌。张富清一唱就是一辈子。如今他虽处耄耋之年，可依然激情满怀，不忘初心，砥砺向前。一如烈士陵园里那高耸入云的持枪战士雕像冲锋向前的姿势一样，一如那滔滔不绝奔腾不息的酉水河一般，只要生命不息，他就会永远向前，永远向前……

获奖作品《中国北斗》作者龚盛辉

龚盛辉简介：

　　龚盛辉，1959年出生，湖南江永人，1978年2月入伍，1979年2月参加对越自卫还击战。1994年开始文学创作，先后出版长篇报告文学《中国北斗》《铸剑》《决战崛起》《中国超算》《向着中国梦强军梦前行》及长篇小说《绝境无泪》，发表中篇小说《导师》《通天桥》《与我同行》等。先后荣获中宣部"五个一工程奖"、中华优秀出版物奖、2021年度"中国好书奖"、全军优秀文学艺术特别奖，荣立二等功一次。

获奖感言

龚盛辉

自从上中学时第一次从教科书中读到《故乡》这篇课文，我就开始崇拜鲁迅，可以说自己是读着鲁迅的作品成长的，也是模仿着鲁迅的语气开始写作的。我为自己能够获得以中国文学的伟大旗手鲁迅命名的这一文学奖项，深感荣幸和幸福。

放眼寰宇，茫茫太空中翱翔着种类繁多的卫星，时时刻刻为人类活动提供各种各样的服务。其中有一种卫星叫导航卫星，它们就像一双双"天外慧眼"，目不转睛地俯瞰地球，让人们随时都知道自己身在何处，又可以去往何方。有了它们，海洋里的航船在礁群浪丛间从容穿行，天空中的飞机在茫茫云海上永不迷航，陆地上的车辆和行人在歧途岔路间找到方向……

中国北斗卫星导航系统，是世界上第三个建成、具有世界先进甚至领先水平的全球卫星导航系统。它是中国航天史上系统最庞大、建设难度最大、参建人数最多、建设时间最长的航天工程之一。在历时二十六年建设历程中，国家组织千军万马，北斗人克服千难万险、吃尽千辛万苦，终于让北斗走进世界千家万户、造福人类千秋万代。它既是中国的北斗，也是世界的北斗，是中国科技工作者对人类卫星导航技术发展进步做出的"中国贡献"，体现了中国人民的伟大担当精神。

《中国北斗》一书，也是我数十年文学创作生涯里，采访、写作难度最大的作品，曾为此失眠复失眠，吃尽苦中苦。但现在所有付出的心血与汗水，都变成了骄傲与自豪——作为一个报告文学家，能投身于有关北斗卫星导航的文学创作，是一种运气和福气！

《中国北斗》的采访与创作，既是艰辛之旅，也是感动之旅。这种感动来源于北斗人"自主创新、团结协作、攻坚克难、追求卓越"的北斗精神。这种精神充盈于他们为北斗卫星导航不懈征战数十年的漫长历程，也体现在千万个北斗人身上。每采访一个北斗人，就被他们感动一次；每写一个北斗故事，就受到一次北斗精神的洗礼。这一次次感动、一次次洗礼，赋予了我在困难面前坚持下去的激情。感谢北斗人，不仅给了我创作的源泉，而且给了我创作的不竭动力！

中国北斗（节选）

★龚盛辉

生命之问

"我在哪里？"

"我该往哪里去？"

这既是时空概念，也是哲学话题，甚至是关乎生死存亡的关键问题。

20世纪80年代初的一天，一支国家地质考察队完成当天的勘探任务后，天色已晚。按计划，他们要赶到十公里外的宿营地。他们背好勘探设备，沿着预定行进路线进入一个林木茂密、杂草齐肩的狭长山谷。队长走在前面，用事先准备好的砍刀一路披荆斩棘，把大家带到一个三岔谷口。

他掏出地形图铺在地上，借着手电筒微弱的亮光，对照地图查找自己所处的位置，可因该地形图过于老旧，等高线非常粗糙，且与实际地形地貌严重不符，加之夜色茫茫，压根无法确定自己所在的地点。

队长只好收起地形图，用指北针辨别前行的大致方向，哪知屋漏偏逢连夜雨，受当地特殊地质条件影响，指北针失灵了。

队长把目光投向头顶的天空，却见乌云压顶，漆黑一片，根本看不到用以辨别方向的大熊星座、小熊星座。

他又透过夜幕仔细观察周围树木的长势，试图以枝叶疏密判定南北东西，哪知在这亚热带山谷里的树木，受光均匀，四周枝叶长势差别极小。

他想起此前业务集训时，地形学专家说，南面的山坡多长苔藓且密盛，而北面的山坡却少有苔藓，即便有也比南坡稀疏得多。但他仔细查看两边的山坡后，却发现两边不仅都长有苔藓，而且疏密相差无几。

队长忽然间感觉像掉进了汪洋大海，四顾茫然，只能凭直觉带着大家向最左边的峡谷走去，可走了一个多小时后，却发现前头三面峭壁，是条绝路。

他们只好折返原地，沿着中间峡谷前进，哪知半个小时后，又发现前面是断崖……

就这样，他们在深山丛林间迷路了。三天后，大本营的救援队找到他们时，考察队的队员们已饿得奄奄一息。

这样的险情并非个例啊，有时甚至可能演变为悲剧。

1980 年 5 月，经过政府批准，科学家彭加木带领中国罗布泊考察队，开始罗布泊科考活动。他们进入罗布泊后不久，携带的水和汽油快用完了，被迫安营驻扎。彭加木为寻找急需的水源，给大家留下一张"我往东去找水井"的字条后，一个人离开了科考队，再也没有回来。中国科学院得到彭加木失踪的报告后，先后派出四批搜寻队伍、上千人次深入罗布泊地区反复寻找，但始终没有发现彭加木。彭加木的失踪，给后人留下了一个大大的问号。

俗话说，"海阔凭鱼跃，天高任鸟飞"，洄游的巨鲸、迁徙的候鸟，自有导航的天赋。人类面对深山丛林、无垠沙漠会迷失方向，在浩瀚的海洋和辽阔的天空面前，长期以来，导航方式也非常有限。比如地标导航，早期航海只能沿着海岸航行，飞行也无法跨洋。再如天文导航，受天气影响较大，导航的精度不高，十分容易发生偏航。即使在无线电领航技术兴起的岁月里，因为沙漠和大洋之上难以兴建地面导航台，或者能设置地面导航台的地方因偏远而难以维护，都会给定位带来很大的困扰。

"我在哪里""我该往哪里去""何时能到何地"，是人们时刻都会遇到而且必须回答的问题。

带着"向导"的导弹

在充满未知的地球上，如何准确找到自己的位置和前行方向，是科学家矢志不移的追求之一，并时刻牵动着他们敏锐的神经。

1957 年 10 月 4 日，人类第一颗人造地球卫星在苏联的拜科努尔航天发射中心升空，开启了人类的太空时代。

美国当局立即指示约翰斯·霍普金斯大学应用物理实验室跟踪卫星运行情况，并设法计算卫星轨道数据。

实验室主任弗兰克·麦克卢尔指派数学家比尔·盖伊和物理学家乔治·威芬巴赫负责这一任务。他们在跟踪这一卫星时，发现它的频率出现了偏移现象，经研究认为，这是相对运动引起的多普勒频移效应。两位科学家研究后，在地面上架设了多部接收机，根据接收到的信号的不同频差，成功地对这颗苏联卫星进行了多普勒定位跟踪，最终推算出了这颗卫星的运行轨道。

麦克卢尔得到报告后，向他们表示祝贺，然后又去思考自己的问题了，把盖伊和威芬巴赫晾在一旁。可就在他们打算转身离开时，麦克卢尔示意两人等等，然后一把将他们抱住，兴奋地说："真是太棒了！你们不仅解决了自己的问题，也为我眼下的难题提供了新的解决思路！"

盖伊和威芬巴赫不约而同地摊了摊手。他们不知自己的顶头上司在说什么。

麦克卢尔激动地拍着他俩的肩膀说："难道你们不知道我正在做一个海军的项目吗？他们让我想一个办法，可以尽快知道茫茫大海中军舰的具体位置，这些日子都把我愁死了。可刚才，就在刚才，我似乎已经找到了这个办法。你们想想看，既然你们能够发现卫星在哪里，如果把问题反过来，卫星就能发现你们在哪里，海军军舰的定位问题不就解决了吗？"

首颗人造卫星升空的第二年，即 1958 年，美国海军率先开启了卫星定位研究，经过数年卓有成效的探索，建成了人类第一个卫星定位系统——子午仪卫星定位系统。尽管它还显得有些简陋，由于定位时间长，不能连续导航，也难以修正电离层延迟误差，但它在人类定位技术史上无疑具有革命性的影响和意义。针对它的缺陷，美国海军也提出新计划，试验了星载原子钟，拟为海军舰艇尤其是核潜艇提供低动态的二维定位服务。与此同时，美国空军提出"621B 计划"，准备以伪随机码为基础的测距原理，为空军提供高动态三维服务。1973 年，五角大楼将海空军的方案合二为一，建立国防导航卫星系统，这是GPS（Global Positioning System）的雏形。此后不久，国防导航卫星系统更名为全球定位系统，即 GPS。从 20 世纪 70 年代末到 80 年代中期，美国先后发射十一颗试验卫星，充分验证了地面接收机、地面跟踪网络和 GPS 卫星定位能力的可靠性。1989 年 2 月，第一颗 GPS工作卫星成功发射，GPS 开始组网。此后短短两年间，美国共发射了九颗 GPS 卫星，可谓争分夺秒，紧锣密鼓。

经历了 20 世纪 50 年代的朝鲜战争和自 50 年代持续至 70 年代的越南战争后，面对数字惊人的人员伤亡，美军对短兵相接、相互渗透的作战模式产生了恐惧，开始探索新的作战模式。随着信息技术的出现并不断成熟，美国提出了"精确战"概念。

"精确战"是指依靠信息技术的支持，运用精确制导武器系统，对敌人实行精确打击的作战模式。它可在多维空间和不同时间，以多种方式对敌人实施全方位立体打击，进而达到作战目的。它具有作战距离远、重点打击精确、作战节奏快、作战效益高、附带伤亡小、作战可控性强的特点。

"精确战"的实现，需要信息技术尤其是卫星导航定位技术的支撑。20 世纪 80 年代末 90 年代初，随着美军 GPS 初具规模，"精确战"这一新的作战方式即将呱呱坠地。

1990 年 8 月，海湾战争爆发。1991 年初，美国发起了代号为"沙漠风暴"的军事行动。这场行动几乎是在美军部署完成第一个 GPS 基本星座的同一时间爆发的。就在行动实施前的十六个月里，美军先后发射了十颗导航卫星，与在轨的数颗超期服役试验卫星，共同组成一个庞大的 GPS 星座，为整个海湾战区提供全天候二维（经度、纬度）

和每天十九小时的三维（经度、纬度、高度）导航定位服务。

当时美军的导航卫星为防区外发射的空对地导弹提供精确制导，在高密度空袭中，为几百架飞机提供精确导航，提高了战斗机和轰炸机的攻击精度，隐身飞机和巡航导弹几乎全靠 GPS 来选择隐蔽的进攻路线。同时，它还为在沙漠中行军的部队提供了精确定位服务和方向指引。虽然此时 GPS 卫星在战争中应用有限，但它却向世人展示了巨大的潜在军事价值，尤其是"战斧"巡航导弹的威力，更是让人目瞪口呆。

时任伊拉克总统萨达姆耗时近十年，苦心经营了一座深入地下数十米、富丽堂皇的地下总统府。战争爆发后，美军实施"斩首行动"，从战舰上发射的两枚"战斧"巡航导弹，在 GPS 引导下飞行两千多公里，一前一后精确通过直径不到两米的位于沙漠腹地的地下总统府地面换气窗，一举摧毁了萨达姆的地下宫殿。萨达姆因为在军营视察，才侥幸逃过此劫。

两枚"战斧"巡航导弹，飞行两千多公里，全部命中直径不到两米的目标！还有什么比它更精准？

由此，"战斧"被人们称为"带着'向导'的导弹"。

这场战争，也被军事理论家们称为"精确战的源头与象征"。

高科技领域的"新宠"

大量高科技武器的使用，使第一次海湾战争向人类呈现出一个崭新的战争形态：以往的沟壕战、攻城战全部不见了踪影，取而代之的是运用高科技武器对敌方高价值战略目标进行定点清除。但它的战争消耗空前巨大，这场正面交锋仅持续四十余天的战争，竟耗资数百亿美元。好在美国自己仅支付其中的20%，剩余的80%由科威特、沙特、日本、德国、阿联酋、韩国等盟友买单。否则，就像美国参议员们说的："这样的战争，连我们美国都打不起。"

不过，空前的高消耗，换来的是空前的低损失。以美国为首的联军共有六十九万余人参战，投入航母九艘、战机三千五百余架、战舰二百多艘，但有数据显示，联军伤亡只有四千二百多人，其中美军阵亡不到三百人，而且约一百四十人是非战斗阵亡。武器装备上，多国部队只损失战机一百二十余架、坦克三十五辆、舰艇两艘，这与美国在越南战争中的损失相比，简直不可同日而语。

而战争的另一方——伊拉克，可谓损失巨大。

占据压倒性优势的多国部队大量使用高科技武器装备，摧毁了伊拉克大量的地面目标。伊拉克投入的七十多个师一百二十多万人、四千多辆坦克、约两千八百门火炮和两千八百辆装甲运输车中，近90%的坦克被摧毁，50%以上的装甲运输车被打成筛子，火炮阵地被连根拔起，伤亡超过十万人，近九万人被俘，海军几乎全军覆没，投入前沿一线的四十多个师完全失去了战斗力。伊拉克不得不宣布无条件从科威特撤军。

经济上，伊拉克更是遭到前所未有的重创，其赖以生存的工业支柱——石油工业几乎坍塌，大量的采油、炼油工厂和基础设施被摧毁，直接经济损失达两千亿美元。战后，伊拉克还要对科威特赔款四百多亿美元，两项相加，可以说，伊拉克四十余天就损失了两千四百亿美元。

此外，美军投下的三百余吨贫铀弹，给伊拉克国土带来了严重的放射性污染，当地居民饱受恶性疾病之苦，发病率明显高于其他地区，而且放射性物质的释放周期会长达数十年，甚至数百年。

昔日的发达国家伊拉克，人均GDP从战前四千美元骤然下降到不足四百美元!

"沙漠风暴"出人意料的结局，尤其是"战斧"巡航导弹精准的"千里穿杨"技术向各领域释放的冲击波，比那两枚"战斧"巡航导弹本身的威力要强千万倍，有人形象地把它称作"信息原子弹"。

第一次海湾战争结束后，它的最高导演和指挥者——美国总统老布什，向国会发表国情咨文演讲，在讲到这场战争时，挥手在空中画了一个圆，然后微昂着头，迎接从台下响起的掌声、欢呼声。

按理，两枚"战斧"巡航导弹攻击伊拉克地下总统府的视频应属保密等级很高的情报内容，但不知为何，这段视频竟然在海湾战争结束后不久，便在世界上广泛流传开来，给各国带来了不小的震动。

军事观察家们把老布什画圆的手势称为"开启世界卫星导航时代的经典手势"。它不仅向美军发出了加紧GPS建设的号令，而且标志着导航"战国时代"的来临。

美国五角大楼闻令而动，更加积极地推进全球卫星导航系统建设。1991 年 7 月，所有 GPS 卫星全部使用新一代技术，将定位精度提高到粗码精度一百米、精码精度十米。

1993 年 12 月，GPS 具备初步作战能力。1994 年 3 月，预定的二十四颗卫星全部发射完毕。1995 年 4 月，美国宣布 GPS 具备完全作战能力。

此后，美国为保持在世界导航技术领域的绝对优势，按照"部署一代、改进一代、研发一代"的战略，坚持以每代间隔十年的速度，紧锣密鼓地对 GPS 进行更新换代。1997 年，美国开始新一代导航卫星发射，到 2004 年，共有十二颗新一代导航卫星升空，民用 GPS 的定位精度达到六点二米的实用化水平。从 2005 年到 2009 年，共发射八颗 GPS 升级版卫星，信号强度增加四倍，定位精度达到分米级。从 2010 年至 2014 年，美国发射了十二颗新一代 GPS 卫星，定位精度再次提升，系统整体性能进一步增强。

随着 GPS 卫星的不断现代化，美军 GPS 制导武器应用领域越来越广、比重越来越大。第一次海湾战争，美军尝试运用 GPS 制导武器。1999 年科索沃战争时，美军把库存的六百四十五枚由 GPS 制导的灵巧炸弹全部投放到战场，再次打出了令人瞠目结舌的效果。随着 21 世纪的来临，美军新一代 JDAM（联合制导攻击武器）、JSOW（联合防区外攻击武器）、JASSM（联合防区外空地导弹）和 SDB（小直径炸弹）弹药，几乎都采用 GPS 制导，极大地提升了美军的打击能力。从 2001 年到 2003 年，以美军为首的联军先后发起阿富汗战争和第二次海湾战争。这期间，美军分别投放了四千五百枚和六千五百四十枚 JDAM 炸弹，加上 SDB 等炸弹，GPS 制导的灵巧炸弹已经成为美国实施高精确打击的主力武器。

苏联与美国同期展开对卫星导航定位技术的探索，并于 1982 年发射了格洛纳斯导航系统的首颗卫星。由于国内动荡接踵而至，格洛纳斯导航定位系统建设几乎中断。

1993 年，俄罗斯局势稍有好转，叶利钦政府能够腾出精力重新审视美军 GPS 建设情况及其在第一次海湾战争中的表现时，竟被老布什那个在空中画圆的手势惊出一身冷汗。俄罗斯紧急调拨数十亿美元，陆续向太空发射数十颗导航卫星，建成了覆盖全球的格洛纳斯导航定位系统。

欧盟则于 1999 年首次公布了伽利略导航定位系统建设计划。伽利略计划由欧盟国家投资三十五亿欧元，同时联合日本、以色列、乌克兰、印度、摩洛哥、韩国、阿根廷、巴西、墨西哥、挪威、智利、马来西亚、加拿大、澳大利亚等国家共同建设。伽利略导航定位系统是欧洲自主的、独立的全球卫星导航系统，提供高精度、高可靠性的定位服务，有着覆盖全球的导航和定位功能。

我们的近邻日本和印度，前者建立了覆盖本土及周边的准天顶导航定位系统，后者也研制建设了区域导航系统。因为在他们看来，卫星导航定位系统是国家崛起的重器，亦是大国标志之一。

卫星导航，已成为全世界高科技领域的"新宠"。

卫星快速研制协奏曲

中国卫星导航北斗一号三星系统于 1994 年立项，2000 年建成后，北斗二号（覆盖亚太地区）卫星导航系统于 2004 年启动。

北斗二号导航系统的卫星数量从北斗一号的双星增加到十几星，卫星组网任务空前紧张。而且，北斗一号曾经遇到的频率问题，在北斗二号工程启动不久再次出现。

北斗二号使用的频率，是可用于卫星导航的最后一段频率资源。中国北斗、欧盟伽利略都只能使用这一频率资源。这就好比一间仅容得下一个人居住的小房子，有两个人想住进去。到底谁进去好呢？最好是两个人都能住进去，但在有限的空间里容下两个人，确实是个很难解决的问题。

对于通信频率问题，根据国际电信联盟最高法则，谁家的卫星首先通过该段频率发回信号，谁就拥有优先使用权。

同时，国际电信联盟有关法则还规定，通信频率自注册申报之日起，必须在七年内开通使用，否则优先权自行消失。这意味着，中国必须在此期限内向太空发射北斗二号组网卫星，并成功接收卫星向地面发回的信号。

狭路相逢先者胜！北斗二号只能背水一战！

北斗工程"两总"果断启动快速组网机制。这是中国航天史上开天辟地的新概念、新创举。

卫星系统是北斗卫星导航系统的关键，被北斗人尊称为"第一系统"。北斗二号所有的新技术都需要在卫星系统中实现，他们面临着从未有过的技术挑战，尤其是快速组网，更是让卫星系统压力巨大。

快速组网，要求卫星快速生产，否则快速组网就是无米之炊、无稽之谈。就如工程"两总"领导们对卫星系统"两总"说的那样："快速组网能否顺利推进，首先就看你们的了！"

过去，我国一颗卫星的生产周期短则两到三年，长则四到五年，而北斗二号快速组网，要求他们在几年内提供十几颗高质量卫星，研制进度大大提速！

卫星系统能创造这一步登天的奇迹吗？对此，卫星系统谢军总师、杨慧总师神情镇定，充满信心。

卫星研制不仅系统繁多、结构复杂，而且投资巨大、风险极高。因此，作为卫星系统总设计师，需要具备吃苦耐劳、锲而不舍的坚强毅力，视野开阔、思维严谨的学术品质，顺时不骄、逆境不馁、临危不乱的沉稳性格。

有人说："谢军生来就是块当卫星总师的料。"

你看，卫星发射成功了，指挥大厅一片欢声雷动，身为北斗二号卫星系统总师的谢军稳稳坐在那里，不紧不慢地鼓掌，脸上还是平时那抹淡淡的笑容。同志们纷纷与他握手庆贺："谢总，我们成功了！"而他只是轻轻地说："这次，我们成功了。"让人听了，总觉得后边还有一句话——"这次成功已经过去，以后的成功需要努力。"

这份淡泊与沉稳，让人联想到晴天丽日下风平浪静的大海，深邃、博大而不张扬；让人想到平地崛起的山峦，任尔风狂雨骤，我自岿然不动，年复一年，日复一日，用默默的坚持与坚守，把一草一木聚集凝结为一道别样翠绿的风景。

谢军生于 1959 年，1982 年大学毕业后，被分配到中国空间技术研究院工作，这时正值中国酝酿建设自己的卫星导航之际。因此，谢军大学毕业就开始关注北斗卫星导航技术。参加工作后的谢军先后参加过十多颗卫星、几种飞船的研制，参与或主持完成数十项航天关键产品，每项科研、每件产品，他都做得踏实过硬。凭着这股子认真踏实劲儿，谢军先后成为研究所里最年轻的研究员、最年轻的副所长、最年轻的所长。

21 世纪初的一个秋天，谢军和往常一样正在办公室审查项目方案，桌上的电话机突然响了。谢军习惯性地瞄一眼来电显示，是从北京的空间技术研究院院领导办公室打来的，拿起话筒一听，是李祖洪副院长。

李祖洪说："北斗一号第三颗卫星已经发射成功，'双星定位系统'运行更加稳定。北斗二号区域系统很快就要启动，我们院作为卫星系统研制单位，北斗卫星攻关任务非常艰巨。"

谢军说："是啊，北斗二号组网需要十几颗卫星，是北斗一号的好几倍。"

李祖洪说："北斗二号卫星系统总设计师人选非常重要，院里研究决定，由你出任这一关键职务。"

谢军态度坚决地回答："是！我一定努力做好。"

干北斗，是谢军的夙愿，现在让他担任北斗二号卫星系统的总师，他打心眼儿里感到高兴，也真心感激组织的信任。但同时，他也觉得肩上的责任重了很多，突然感到一道道难题像一道道高高的山梁，一下子挡在他面前。

北斗二号是我国首个多星组网系统，而且建设时间紧迫，卫星必须实现快速生产和密集发射，生产能力和卫星寿命问题面临巨大考验。

卫星导航系统要提供连续稳定的服务，而任何一个小部件的质量问题都会对整个北斗导航星座产生影响，造成服务中断。因此，必须保证零缺陷、零故障。

研制队伍非常年轻，缺乏必要的系统知识和工程经验。

他知道，从关键设备研制单位负责人向卫星系统总设计师过渡，自己的知识储备还不够，还有许多问题需要深入钻研。

但这些，对于以挑战难题为乐事的谢军来说，同时又是一种动力。

他放下系统总师的架子，深入下属各系统、各部门，向老专家、老师傅们拜师求教，对每个部件、每个产品、每个问题，打破砂锅问到底，不弄明白就缠着不放。同志们感动地说："谢总啊，你这股子学习劲头，比刚分来的那些学生娃还足啊！"

谢军听了，扶扶眼镜说："别看我现在是总师，管整个卫星系统，可在一些局部技术问题上，我确实是个学生，还得认真向大家请教呢。"

多年的工程实践、领导经历，加之虚心学习、认真求教，使谢军很快对自己的职责有了清晰的理解：作为一名卫星系统的总师，平时要能把关、善协调、会指导，关键时刻要敢决策、勇担当、有谋略；而严把质量关，确保卫星零瑕疵，则是总师职责的重中之重。

卫星系统由若干分系统、数十个支系统组成，一颗卫星由数百种、上万个设备和零部件构成。遍布全国各地的数十家研制生产单位，都需要他这个总设计师去检查指导，把好每一个产品的质量关。为此，他每年有三分之一时间不是待在基层，就是在前往基层的路上。坐火车，乘飞机，开会讨论，协调工作，组织联调联试，成为谢军的工作常态、生活常态。用他妻子的话说："一周不出差，谢军在家里就坐立不安。"

谢军也坦陈："一周不到下边去看看，心里头就不托底。"

而研制厂家的老总们则说："我们既害怕谢总来，又盼望谢总多来。"

他们"害怕谢总来"，是因为谢军往往奔着问题来，他到哪个单位就意味着哪个单位出了问题，并且他的原则性很强，尤其对产品质量问题更是不容商量、寸步不让，为此"吵架"成了家常便饭。

他们"盼望谢总多来"，是因为谢军不论去哪里，都是奔着解决问题去，而且总能抓住问题的关键，提出科学妥善的解决办法。当他离开时，几乎所有问题，哪怕再难的问题，都不是问题了。

北斗卫星上使用的行波管放大器，曾在一段时间里使用国外技术。那年，型号"两总"决定采用国产化行波管放大器。该产品研制单位费了九牛二虎之力，终于研制出了六台。可是，谢军在认真检查这六台产品的性能指标后，发现个别指标与上星要求还有一些小差距。

谢军当即决定："全部重做。"

有人求情："谢总，指标差距不大，上星虽然有些勉强，但也没什么大问题。"

谢军坚持说："卫星是在天上转的，再小的问题也是天大的问题，怎么能勉强呢？"

又有人提醒他："按北斗工程进度，离卫星上天只有两个月了，如果这个设备推倒重来，没有半年出不来，影响工程进度怎么办？"

"我们不能因为产品生产滞后影响工程进度，更不能因为工程进度降低质量要求，性能指标一点也不能让！"原则面前，谢军坚定如铁，"设备指标、工程进度，一个不能少，两个我都要！"

说完，他立刻召集卫星各系统负责人协调会，分析产品性能指标出现"小差距"的原因，找出关键部位和关键部件，在指示产品研制部门扭住关键抓整改的同时，组织其他系统积极配合，调整相应指标，齐头并进，集智攻关，仅用一个多月便完成了产品性能提升，达到了上星指标，既保证了产品质量零失误，又确保了卫星上天不延误。

北斗二号卫星系统总师杨慧，美丽大方，性格沉稳，理性中不乏感性，有一种天然的知性美。她有一句名言："你爱北斗，你就骂北斗！"

有人听了很不理解："既然爱北斗，为什么还要骂北斗？"

杨慧说："我们为什么有时会骂自己的孩子？是因为他是自己的，我们打心眼里爱他，严格要求他，真心希望他健康成长。"

有人说："发射卫星，对于卫星人来说，就像嫁女。"可不是嘛，研制一颗卫星，从前期调研设计到生产测试，再到发射场联测，前后上千个日日夜夜，研制人员与它形影不离，一个部件一个部件地做，一个数据一个数据地测，一天一天看着它成型成熟，就像看着自己抚养大的孩子，心里有感情啊。

在事业上，杨慧总说自己是个幸运儿。1995年，她从东北重型机械学院硕士研究生毕业时，正值北斗一号工程刚刚启动。她一到空间技术研究院工作，就加入了北斗卫星团队，而且深受范本尧总设计师器重，把关键技术攻关任务交给她。她很快脱颖而出，成为北斗一号卫星系统副总设计师。

在家庭里，杨慧则是父母的宠儿。父母都是航天科技集团的老员工，从小就把女儿视若掌上明珠，哪怕她成家立业了，老人也同样关心有加。杨慧1991年初结婚，当年年底便有了孩子。为让女儿安心学习工作，母亲申请提前退休，帮她带孩子。孩子很聪明，也很贪玩，因此上学后成绩波动很大，大人看得紧时，成绩就蹦到年级前三名；要是哪段时间没人管，成绩就呼啦啦掉到班级倒数几名。尽管如此，孩子也很少让杨慧分心，而且成绩越来越稳定。

北斗一号备份星项目启动后，范本尧总师为使杨慧尽快锻炼成长，有意往她肩上压担子，放手让她带领大家研制备份星。因此，这颗星可以算杨慧航天生涯的"头生子"。这时，自己的孩子正处于初中毕业即将步入高中学习的关键时刻。杨慧的母亲拍着胸脯对她说："孩子读书的事，你就甭管了，交给我和你爸了。"

那年，学校组织"优秀家长"评选，由于孩子表现优异，孩子的父亲母亲被评为"优秀家长"，但杨慧却连参加家长会领奖的时间都没有。母亲代她去参加家长会回来后，神秘地笑着把奖状交给她说："闺女，你看吧，这是奖给你这优秀家长的。"

杨慧接过一看，不禁一阵愧疚涌上心头：奖状上写的不是自己和丈夫的大名，而是自己父母的名字！

母亲说："学校弄错了，把姥姥、姥爷当孩子家长了。"

杨慧轻轻拥抱着母亲，哽咽着说："学校没弄错，是孩子的姥姥、姥爷优秀，是我们当爸爸妈妈的不称职。谢谢妈妈，谢谢爸爸。"

有了父母的支持，杨慧心无旁骛地带领大伙儿下基层，跑外协，她马不停蹄；关键技术攻关，她亲临现场，悉心指导；哪个环节出现问题，她火速前往，帮助解决；卫星测试，无论是分系统检测还是大系统联测，她一回不落，次次在场。卫星研制完成时，她瘦了一圈，但心里却充满欣慰。

一位哲人说："爱与不爱，不在于好与不好，而在于付出了多少。"可以说，她对北斗的付出远远超出对自己孩子的付出，更何况在她眼里，北斗这个"儿子"是那么优秀，她就像对自己的孩子一样，充满信任和怜爱。

"10、9、8、7、6、5……"这一声声倒计时，就像一声声婴儿的啼哭，让杨慧心里阵阵泛酸。"点火！"伴随着惊天动地的巨响，身材修长的

"长三甲"运载火箭，托着她的"孩子"，呼啸着奔向星空，渐渐消失在漆黑的苍穹……此时，杨慧已是满脸泪痕。

杨慧擦去泪水，走进测控室。显示屏上那条美丽的弧线稳定地延伸，火箭一路飞行正常，遥远太空不断传来喜讯：一级火箭准时分离，星箭准时分离，卫星准时入轨，太阳能帆板顺利打开……

望着屏幕上平稳的卫星信号线，杨慧的心情慢慢平静下来。哪知，就在卫星入轨四十分钟后，杨慧正为卫星发射成功而庆幸时，平地起波澜，显示屏上的数据告诉她，卫星出现异常！

这太突然了，完全让她猝不及防，就像她刚才还稳稳倚靠着的一堵墙，冷不丁就倾倒下来，一下子压在她身上，让她眼前一片漆黑……

无论如何，她也接受不了眼前的事实。这个自己一手培育、健健康康的"孩子"，怎么会出现异常呢？杨慧禁不住轻声抽泣起来。

这颗卫星凝聚了多少人的期待，又汇集了多少人的心血啊。要是不能让卫星恢复正常，她无法面对寄予厚望的各级领导，无法面对倾心支持她工作的父母，无法面对与她同甘共苦的同志们，更无法面对自己！

她的脑海一片混乱，但一个声音始终在向她呼喊，而且越来越清晰，越来越坚定——"你一定要让卫星重新正常起来！"凭她对这颗卫星深入透彻的了解，她坚信一定能做到！

杨慧要求自己平静下来，把思维伸向茫茫太空，沿着卫星信号中断—中断原因—异常部位的方向顺藤摸瓜，很快发现异常的症结所在。

那么故障又能否修复呢？杨慧立刻根据卫星姿态及阳光、强磁辐射等各种太空因素，组织大家进行计算机模拟，发现十几天后会出现抢救卫星的机会。

"卫星异常能排除！"杨慧向北斗"两总"报告，并恳求实施抢救计划。

"两总"领导听到这个消息很高兴，但为慎重起见，又说："杨慧，我可以批准你们的计划，但你要准确地回答我，是可能会治好，还是一定能治好。你要知道，我们的远望号测量船现在还在远海呢，你要是没把握，我得赶紧让它回来，后边还有紧急任务等着用它呢。"

杨慧肯定地回答："一定能治好！"

"两总"领导当场拍板："好，那我就让远望号延期返航！"

卫星最佳姿态终于出现了。杨慧连日里一直乌云笼罩的脸庞上，终于露出一丝微笑，但仅仅一瞬，她便敛住了笑容，带领大家进入紧张的抢救操作。

这期间，中国人最看重的春节悄然来临，可大家早已忘记今夕何夕，就连挂在门口的红灯笼，他们都没有留意到，甚至都不知道除夕之夜丰盛的饭菜，是食堂精心准备的年夜饭。他们每天就知道埋头敲键盘，输信息，救卫星。

大伙儿连续奋战三十三天，卫星异常终于排除了，所有性能指标恢复如初。杨慧这才长长地吁了一口气，回头望了一眼窗外。她刚来这里时，窗前梧桐的树枝还是光秃秃的，现在已经冒出嫩绿的新芽了。当她走近墙上那面久违的镜子时，却让自己小吃了一惊：满头的青丝竟白了一大半，她都快成白毛女了！

卫星发射的一波三折，更是给她上了一堂极其生动的航天课，让她对航天的高风险有了更加深刻的认识。航天，容不下丝毫隐患，不能有半点盲目自信，唯有谨慎、谨慎、再谨慎，细致、细致、再细致。作为卫星总师，首先是当好一名"把关人"，把好每一个产品的质量关，把住系统与系统、产品与产品的每一个连接关，把住全局系统整体水平关，确保每一颗卫星零隐患。

谢军、杨慧作为团队的"领头羊"，没有辜负大家的期望，在北斗工程"两总"和单位领导指导下，他们大胆探索，又带领团队开展导航卫星批量化生产改革。

此前，我国星箭研发处于单线研制模式，即"几年磨一箭、数载送一星""一星一设计、一箭一更改"。在此模式下，单星研制依据卫星特点、产品构成、分工需要等独立安排，星上产品以技术实验室研发为主，每款产品都是实验室精心打磨出来的精品，甚至是孤品，很少考虑产品化问题。航天制造业"慢工出细活"的精品意识深入人心。规模靠人堆、工艺看人艺、质量靠人控。总体设计完成大框架后，再依次交由总装、结构、热控等各个环节进行分设计，时间常常在等待和交接中付之东流。这种传统的卫星研制模式，显然难以适应快速组网的要求。

为加快研制进度，他们建立了多颗卫星并行研制、进度交错推进、研制与批量生产交替进行的发展新模式，产品状态相对固化，卫星一次设计、组批生产。

传统模式下出现质量问题只是"一坏坏一个"，而将实验室孤品搬上流水线形成批量化生产后，一旦出现丁点瑕疵，就会出现"一坏坏一批"的新问题、新情况。为此，他们提出了"向管理要质量、向科学要效率"的整改目标，把质量控制重点放在产品源头上，从设计、工艺、生产、检验、测试五大环节进行量化控制、层层把关，下大力气进行单机可靠性分析、可靠性验证，确保进入流水线的每一个"母品"，都是零隐患的精品。

通过这一系列改革，北斗卫星研制生产效率大幅提高，由过去几年研制一颗跃升到一年研制十几颗，而且测试人员减少了50%！进场前总装与测试周期缩短了一个月，研制成本大幅降低！

由这些改革成果构成的"北斗卫星导航系统多星多线研产一体化工程管理系统"，在第二十届全国企业管理现代化创新成果评比中，一举夺得一等奖。

美国宇航局局长的敬畏

批量研制、批量生产，卫星系统团队开创了中国航天新局面。研制任务最紧张的时候，十二颗卫星同时在研制，甚至一个人同时参与五颗卫星研制。他们与时间竞赛，与自己战斗。为了节省上食堂吃饭的时间，他们曾连续三个月蹲在墙根下吃盒饭；遇到故障时，他们坚持问题不解决不出实验室，常常连续奋战几个昼夜；为把上下班时间省给工作，很多人住在附近的小旅馆，连续几个月不回家；为了赶任务，很多年轻人把婚期推了又推，有的甚至一推就是几年，等到北斗二号最后一颗组网卫星发射成功才成家……

2007年北斗二号首星发射，发射试验队刚到发射场区时，70%的队员水土不服，连续腹泻发烧，但大家还是立刻投入战斗，搬设备、扛机柜、布电缆，连续三天的重体力活儿，让大家几乎"胳膊都废了"。

接着，大家又开始近十天、二百多个小时的不间断电测，型号"两总"和技术人员一起排班，很多同志带病坚守在岗位上，不少人由于水土不服，身体虚弱，多次晕倒在现场……

2007 年 4 月，北斗二号第一颗卫星，也是首颗中圆轨道卫星发射成功，拉开了北斗区域导航系统建设的序幕；

2009 年，北斗二号第二颗卫星落户太空；

2010 年开启密集发射之旅，当年就将北斗二号第三颗到第七颗卫星送上太空，北斗二号导航系统增加了五个新成员；

2011 年，第八颗到第十颗导航卫星发射成功，北斗二号导航系统再添三星，有效提高了该系统的可靠性和稳定性。当年底，国务院新闻办公室正式对外发布，北斗卫星区域导航系统开始试运行，向中国及周边地区提供连续的、免费的导航定位和授时服务。

2012 年，六颗卫星相继入驻太空，组网卫星达到十四颗，北斗二号卫星导航系统完全建成。

2012 年 12 月，中国向世界宣布，北斗二号正式向亚太地区用户开通服务！

北斗二号在不到六年的时间里，发射十六颗卫星，最多一年发射六颗导航卫星！在中国航天史上，这是开天辟地第一次！

北斗人在创造世界级航天发射速度的同时，还创造了人类航天技术的新精度、新高度。

北斗卫星导航系统集导航定位、双向短报文通信和高精度授时于一身，有人把这些技术要求形象地比喻为"三大男高音"，"演唱"起来有"四难一大"：高精度测距指标实现难，高精度星载铷钟研制难，星座连续稳定运行维持难，产品一致性保证难，高密度发射风险大。

北斗导航卫星研制团队精心组织，奏响了一曲旋律雄浑、曲调高昂的协奏曲。

卫星是导航系统的眼睛，其视向、视角直接决定着导航定位的水平。北斗二号系统混合星座，包括 GEO 卫星、IGSO 卫星、MEO 卫星。其中的"大哥"GEO 卫星会消耗更多燃料。导航轨道专家经过反复分析论证，大胆创新，使"原地不动"的 GEO 卫星有规律地摆动起来。

这一摆动，大大减少了燃料消耗，提高了卫星寿命。

北斗二号卫星使用的"东三"卫星平台，在卫星姿态控制上与导航卫星有些不匹配。在这种情况下，卫星的太空飞行轨道与设计轨道会出现很大偏差，测控人员不得不运用多种预案，反复调整卫星姿态，这会耗费大量燃料，导致卫星使用寿命大打折扣。北斗二号，六年十六星，既对卫星精确控姿技术提出挑战，也为攻克这一航天关键技术带来了契机。型号"两总"带领大伙儿把此前发射的所有卫星姿态控制数据汇集起来，运用海量数据计算技术对其进行综合分析，找出经验教训，再针对北斗卫星进行改进完善。与此同时，他们进一步强化北斗导航卫星技术仿真分析，设计了多种卫星在轨控制的数学仿真方式，对卫星姿态控制数据反复进行仿真验证，然后通过地面大量物理仿真试验进行调整，确保了卫星姿态控制数据科学准确。2007年，北斗二号首星上天后，人们发现，卫星飞行轨道与设计轨道几乎完全重合，线条非常优美。

老专家们看了，赞不绝口："屏幕上的卫星姿态遥测曲线，几乎都可以与教科书上的几何线媲美了！"

导航定位精确度，在很大程度上取决于卫星测距精密度。GPS在世界各地布站，卫星测距相对容易实现。而北斗卫星导航系统只能本土布站，实现精密测距必须解决双向测距问题，即卫星要对地面发射信号进行测量，地面接收卫星信号也要同时进行测量，再由卫星进行复核，就好比用两把尺子进行比对。精密测距最大的障碍是来自其他系统的干扰。为尽量排除这些干扰，卫星研制团队通过大量信号数据分析，找到隐藏其中的各种干扰信号，根据其对卫星测距影响的大小和模式，再有针对性地采取抗干扰措施，不断改进测量算法，反复攻关试验，突破了双向测量关键技术，研制出高精密、高稳定星载测距接收机，确保精密测距指标达到一纳秒以内。

一纳秒是什么概念？一秒是一千毫秒，一毫秒是一千微秒，一微秒是一千纳秒！

北斗二号卫星研制团队在型号技术攻关和工程实践中，先后攻克十二项关键技术，突破四十多项专业技术难关，填补数十项技术空白，为北斗导航卫星系统建设和可持续发展奠定了坚实的技术基础。

中国北斗（节选）

217

他们从 2004 年北斗二号立项，到 2007 年发射第一颗北斗二号卫星，短短三年里，创造了航天研制管理的多个"第一"，并以这些"第一"为基础，形成了自己的"私家秘籍"——《航天器总体设计禁忌》。

每一名来空间技术研究院工作的年轻人，第一堂课就是阅读《航天器总体设计禁忌》，一开始就得知道哪些是航天器总体设计必须掌握的知识和技巧，哪些是不能踩踏的"雷区"。

批量化卫星研制，让年轻人一颗接一颗、一种型号接一种型号地干，"80 后"都参加了数颗卫星的研制。年轻人迅速累积经验，视野快速拓展，大大缩短了成长周期。一些 2009 年参加工作的年轻人，已经成为团队的骨干力量。一位青年科研人员参加工作仅四年，就当上了主任设计师。

现在，北斗卫星系统团队已经成为一支人才济济的高规格"乐队"。其中，既有老一辈"指挥家"（如范本尧、李祖洪），又有承上启下的"台柱子"（如谢军、杨慧），还有"小荷才露尖尖角"的"新秀"（如"80后"总体主任设计师杨聪伟等）。团队成员也从最初二十多人发展壮大到近百人。

这支队伍里最年轻的总设计师只有四十二岁，最年轻的副总设计师三十八岁，最年轻的主任设计师只有三十一岁，七成员工在三十五岁以下。

时任美国宇航局局长迈克尔·格里芬了解到中国北斗卫星研制团队的年龄结构后，不由得感叹："中国北斗卫星导航技术的成就让我敬重，北斗工程进展之神速让我敬仰，而这支队伍的领军人物和主导中国航天的这些人则让我敬畏。他们太年轻了，北斗卫星导航的未来如何，从这些年轻人身上，就可以看出端倪。"

倾斜的谈判桌

什么是时间？

生物学家说："时间就是生命。"

经济学家说："时间就是金钱。"

物理学家说："时间是四维时空的一个维度。"

哲学家说："时间是一张白纸，却可以拥有无限的可能。"

艺术家说："时间是一片土壤，能长出姹紫嫣红的花朵。"

……

而卫星导航专家则说："时间，是卫星导航的心脏。"

确实如此。导航定位建立在时间基准之上，天地间时间越同步，误差越小，导航定位精度越高。换言之，卫星导航定位精度取决于星载原子钟的授时精度。因此有人说："玩卫星导航，说到底就是玩时间。"

星载原子钟目前的主要种类有铷原子钟和氢原子钟。北斗二号快速组网，不仅需要先进的星载铷钟，而且要求批量研制、批量生产。中国星载铷钟技术专家们面临着从未有过的压力与考验！

虽然早在北斗一号工程启动之前，中国就开始布局星载铷钟研发，并写入国家"八五计划"，成立了中国空间技术研究院西安分院与中国科学院武汉物理与数学研究所联合、北京无线电计量测试研究所与北京大学联合的两支攻关队伍，开展星载铷钟基础研究，但研制进程一直很缓慢。

在此情况下，北斗一号星载铷钟只能从美国引进。美国公司不仅爽快答应了，而且合同签订顺利，交货准时，没有丁点儿磕磕碰碰。

美国在高技术行业的产品出口，一向门槛甚高，这次为何"合作愉快"？其实这很好理解：北斗一号没有连续导航功能，且定位精度要求不高，对进口星载铷钟性能指标要求较低。

北斗二号星载铷钟的引进就不同了。北斗二号导航定位精度要达到世界先进水平，首先星载铷钟就要"赶超一流"，要求授时精度比北斗一号星载铷钟高出好几个数量级。

如此高性能的星载铷钟，再向美国引进，就很难符合美国相关规定了。于是，中国把目光转向瑞士的一家公司。这家瑞士公司是一家具有悠久钟表研制历史的老牌企业，形成了自己独特的研制风格，自认为是业内做得最好的公司之一，业务遍布全世界，不仅欧盟伽利略卫星导航系统使用他们的星载铷钟，就连美国也向该公司进口产品。

这家瑞士公司的老板帕斯卡既是企业家，又是科学家，谈吐幽默，性格豪爽，待人坦诚。杨长风、谢军率中国代表团首次前往该公司，帕斯卡就开诚布公地说，为了公司利益，他很想做成这笔大买卖，但同样是为了公司利益，他不能得罪欧盟和瑞士政府，否则会得不偿失。言外之意，这笔生意只能在北斗二号所需星载铷钟性能指标和欧盟允许出口产品指标之间找平衡。

结果，双方第一次接洽，中方代表提出产品性能指标后，帕斯卡说，中方的这些条件他都接受，但他不能保证什么时候做出来和能否做出来，即使做出来也不能保证能得到欧盟和瑞士政府的批准。

这岂不等于说，货款我先收下，但有货没货给你，我不知道。这等买卖自然成不了。

然后，瑞士公司又提出，为能让欧盟和瑞士政府顺利放行，双方签订合同时把产品指标写低些，而把实际交货产品性能做高些。这样瞒天过海，中国没有丝毫主动权，完全指望别人的诚信与良知，也有些不靠谱。

如此这般，双方几次洽谈均无果而终。中国北斗卫星研制箭在弦上，瑞士公司也担心如此下去导致买卖不成。因此，在第四次洽谈时，中方几乎把产品指标要求压到了底线，瑞士公司也答应尽力去做政府的工作，稍稍放宽出口许可标准。双方在谈判桌上你来我往近二十个小时，总算找到了大家都能接受的平衡点，草拟了合同。哪知，双方正准备签字时，突然得到消息，瑞士政府出口许可标准极为严格，任何企业、任何人都不能越雷池一步。

结果，进口星载铷钟的第四轮洽谈又失败了！

从公司返回宾馆的路上，大家一言不发，但心里都憋得慌，恨不得在路旁的树干上踢两脚才解气。已是凌晨时分，街道上一片静谧，唯有杨长风、谢军等几个人的脚步声，沉闷地在街巷里回响。

谢军终于憋不住了，叹了一声说："我们也不能怪帕斯卡，他也尽力了。"

杨长风说："这样谈下去，也不知道何时才有结果，看来我们不能把星载铷钟这个赌注完全押在进口上。这种关键技术只有自己干，才能完全摆脱受制于人的局面，才能真正抓住主动权！"

谢军说："我们是该下这个决心了！"

杨长风说："对，回去我们就布这个局！"

为发挥交叉优势，2005 年，北斗工程"两总"组建中科院武汉物数所、中国空间技术研究院西安分院（联合兰州空间技术物理研究所）、北京无线电计量测试研究所（联合兰州空间技术物理研究所）三支研制团队，形成稳固的"三足鼎立"态势，对星载铷钟这个卫星导航领域的技术制高点发起了坚定顽强的攻势。

中国星载第一钟

中国空间技术研究院西安分院被大家冠之以"北斗重镇""铷钟福地"的美名，北斗大系统总设计师孙家栋也称赞他们"大有作为"。

这里是"北斗大师"辈出的地方。我国"双星定位"理论创始人、"两弹一星"元勋陈芳允院士在这里担任过副所长；北斗卫星导航系统副总师李祖洪，北斗二号总师、北斗三号副总师谢军等一批卫星导航专家，都曾在这片热土上锻炼成长。

中国空间技术研究院西安分院也是最早放飞北斗的单位之一。早在 20 世纪 80 年代末，他们就审时度势，开始组织卫星导航技术预研攻关。1994 年，国家正式批准"双星定位系统"立项后，他们又承担了卫星有效载荷系统、跟踪子系统技术攻关及产品研制的任务。设计师们就像神笔马良，缜密思考，精心设计，经过九年多的拼搏奋战，圆满地完成北斗一号四颗卫星全部有效载荷和跟踪子系统的几百台单机设备的研制攻关和生产任务，一步步将陈芳允描绘的"双星定位"蓝图变成现实。

2000 年 10 月 31 日、12 月 21 日，北斗一号 01 星、02 星相继发射成功，建成"双星定位系统"。

2003 年 5 月 25 日，北斗一号 03 星成功发射，"双星定位系统"可靠性和安全性得到进一步巩固。

2007 年 2 月 3 日，北斗一号 04 星成功升空，"双星定位系统"性能再次提升，并将系统寿命延长到新一代导航系统成功部署之前，确保了新老系统无缝对接。

2003 年，他们未等北斗二号系统正式立项，就运用北斗一号导航有效载荷研制经验，围绕有效载荷技术，先期安排多个专项技术攻关，并相继取得关键技术突破，为北斗二号卫星有效载荷的可行性论证和方案的确立奠定了坚实基础。2004年9月，北斗二号导航系统正式立项后，他们再次承担了卫星导航分系统和天线分系统的研制任务。卫星系统副总师刘波，分系统主任设计师王岗、吴春邦和他们带领的导航团队，对有效载荷系统技术进行了全面分析和梳理细化，攻克了一批星载设备关键技术，为北斗区域系统建设做出了重要贡献。

作为"北斗重镇"、卫星有效载荷研制的主力军、国家星载铷钟最早布局的单位之一，在星载铷钟这场大会战、大决战中，中国空间技术研究院西安分院豪情满怀、志在千里："我们要成为突围战的先锋队！"

在星载铷钟实验室门口，每天上午上班前，每天下午下班后，大家都会看见一个容貌清秀、气质高雅的中年女子。她就是中国空间技术研究院西安分院铷钟产品首席专家贺研究员。自从加入星载铷钟攻坚团队，她每天做的第一件事和最后一件事，就是到这里查看测试数据、检查遥测数据和设备运行情况，一年三百六十五天，天天如此，风雨无阻。

2004年，她从我国最早从事铷钟研究的单位之一——北京大学量子电子学研究所获得博士学位时，正是北斗二号正式立项之际。听说中国空间技术研究院西安分院承担了星载铷钟研制任务后，她立刻放弃留校工作的机会，毅然来到西安，加入星载铷钟研制队伍。

虽然国内已有三十年的铷钟研究历史，但高性能产品一直处于试验阶段，而要想实现星载，铷钟的精度又要比地面产品提升三个数量级，工程难度非常大，因此专家们都说："星载铷钟的研制，是一项耗费生命的事业。"

这句话有三层含义：一是铷钟性能的提升，需要充分考虑各个部组件的细微差异，通过整机反复精细调整逐步优化产品性能，调整的次数成百上千。二是每一个参数调试难度都非常大，都需要放到真空罐里测试十几个小时才能看到结果，起早贪黑便成了他们的工作常态。三是每解决一个问题，哪怕再小的问题，都要经过反反复复的折腾，如为了去掉一个可调电容，他们对单元电路进行了十几轮的设计改进和长达数月的试验验证；为了解决铷灯真空下过热的问题，他们轮流值守在真空罐旁，一守就是好几天……

为让"慢性子"的星载铷钟研制跑出快节奏、高效率，他们只能"以百米冲刺的速度跑完一个马拉松"。

在关键技术攻坚时期，每名团队成员只做"加法"不做"减法"：工作时间，只许加班，不许请假；任务节点，只能前提，不能后推。结果，连续九个月，全体团队成员平均加班八百多个小时，没有休息一天（包括节假日、双休日），也没有一人请假。他们比上级要求的期限，提前一年拿出星载铷钟正样产品。

这是中国航天史上的第一个高性能星载铷钟。

得知这一喜讯，中国航天科技集团的领导骄傲地对记者说："六七十年代我们有原子弹，现在我们有原子钟！"

然而，在欣喜之余，大家心里又有些不踏实：它来得如此神速，会不会有问题？它的性能指标能否满足星载要求？

那就先让它到太空上遛一遛吧。

2006年，它搭乘育种卫星顺利升空。试验结果显示，各项技术指标良好，完全达到航天标准。它标志着我国具备了独立自主开展星载铷钟研发的能力，成功打破了少数航天强国在星载铷钟领域的垄断与封锁。

听到这个消息，几乎所有的北斗人都大大地舒了一口气："中国总算有自己的星载铷钟了。"

是啊，多少年来，由于没有自己的星载铷钟，我们为北斗忍受了多少屈辱，接受了多少不平等的交易，在心里憋了多少气啊。现在终于有了自己的星载铷钟，是该松口气了。

有了它，我们就打破了该领域的技术垄断。

有了它，当别人在谈判桌上提出苛刻条件时，我们就可以轻松应对。

有了它，当别人傲慢地对着我们说"no"时，我们就能说声"再见"，然后像徐志摩在《再别康桥》中写的那样，轻轻朝他挥挥手，潇洒地离开，"不带走一片云彩"！

2007年4月14日，中国空间技术研究院西安分院研制的星载铷钟首次伴随北斗二号首星发射入轨。

随着北斗三号系统建设的酝酿与立项，中国空间技术研究院西安分院在星载铷钟技术攻坚战场上继续向着体积更小、性能更精的方向进军。作为牵头抓总单位，与兰州空间技术物理研究所联合研制出的新一代星载铷钟，频率稳定度提高了十倍，达到世界先进水平，直接推动了北斗全球导航系统定位精度由十米级跨越到米级，测速、授时精度同步提高一个数量级。

至今，中国空间技术研究院西安分院已为我国北斗二号、北斗三号导航系统提供数十批次的国产化星载铷钟，并且全部表现良好。

北斗三号副总设计师谢军不无自豪地说："当初别人封锁我们，不卖给我们星载铷钟。现在，我们的国产星载铷钟比外国的还好用！"

非凡匠心砺高精

如果说中国空间技术研究院西安分院是"中国星载第一钟"诞生地，那么北京无线电计量测试研究所则是中国唯一同时研制铷原子钟、氢原子钟的机构，是中国原子钟家族成员最齐全的地方。

北斗二号卫星导航系统要求定位精度优于十米、授时精度优于五十纳秒，系统性能与GPS相当。要达到这一指标，首先要求星载铷钟必须与美国星载铷钟性能相当，而且为确保北斗工程建设"后墙不倒"，北斗工程"两总"要求"三年内完成样机研制，七年内完成正样研制"。

作为我国权威时频技术的基础研究机构，北京无线电计量测试研究所岂能不为国家导航重大关键技术突围做出贡献？他们义无反顾地肩负起神圣使命，集中精力，倾尽心血，确保了北斗工程进度"后墙不倒"：2004年完成星载铷钟技术指标攻关，2006年提前交付正样星载铷钟。2007年，他们研制的第一颗星载铷钟，与中国空间技术研究院西安分院研制的铷钟一起，随着北斗二号第一颗卫星发射升空，标志着他们在原子钟技术攀登之路上迈上了一个大台阶。

随着北斗二号区域系统建设的快速推进，北斗三号全球系统的预先研究齐头并进，并对系统性能提出了更高标准和要求，定位精度、授时精度等系统指标比北斗二号整整提高了十倍！与此相适应，星载原子钟性能也必须跃升十倍，达到高精度级别。

攻克这一关键技术，有世界"星载原子钟王国"之称的美国用了整整十年。而"后墙不倒"的要求，只给了北京无线电计量测试研究所一年时间。

面对异常严峻的挑战，他们心无旁骛、埋头苦干。冯克明所长亲自挂帅，给项目组配备精兵强将，处室领导担任项目负责人，组织人力物力调度，不等不靠，自筹资金，提前启动项目研究。

铷原子钟是非常精密的产品，星载铷钟更是精品中的精品。作为星载设备，要求体积小之又小、性能精之又精、使用寿命长之又长，研制人员必须独具匠心、精雕细刻、反复验证，方能确保每台产品"健康无恙""寿比南山"。

北京无线电计量测试研究所星载铷钟技术负责人杨高工，就是一个善于发现问题、积小功成大功的原子钟人。杨高工生于山东，2007年博士毕业后来到这里工作，恰巧新一代星载铷钟项目启动，他一参加工作便成为原子钟人。他平时言语不多，但开口便是珠玑，深厚的专业理论底蕴让他有着十分敏锐的观察和判断能力。

频率数据曲线，在一般人眼里杂乱无章，毫无头绪，但在杨高工心目中就像自己孩子的脸庞那么美丽、亲切和熟悉。数据曲线的每一点细微变化都逃不出他的眼睛，杨高工透过它了解到"孩子"心里想什么，或是什么地方"不舒服"。

在一次测试过程中，整机频率出现细微变化，细微得完全可以忽略，但杨高工一眼就捕捉到了。通过进一步观察，又发现这种变化只在某个环境条件下出现。杨高工对各种参数逐一排查后，找到了变化原因。按常理，频率变化和诱因之间并没有必然联系。但杨高工坚信自己的感觉，通过多方排查，最终肯定了自己的判断。后经产品开盖检查，又得到进一步证实。

找到原因后，对症下药进行整改，问题迎刃而解。

对产品生产中出现的任何轻微数据变化，哪怕是偶然发生，杨高工都不放过。他常说："任何问题的出现都是有原因的，都要透彻分析，都要排除。只有把所有小问题修复了，才不会发生大问题。"

正是原子钟人这种每一个细节都追求完美的精神，确保了他们用不到一年的时间，便完成了星载铷钟的升级换代，确保关键技术指标提高了十倍以上，使国产高精度星载铷钟步入世界一流水平。

铷原子钟体积小、重量轻、可靠性高、频率稳定度好，是星载原子钟的主力军，应用最广泛。但它也有明显的弱点，就是无法彻底解决频率准确度和频率漂移问题。而氢原子钟精度超高，且稳定性好，漂移率也很小，能确保导航系统长达半年以上的自主导航能力，可以弥补铷原子钟的先天不足，但体积是铷原子钟的四倍，要实现小型化，应用于航天领域，非常之难。

为进一步提高北斗导航、定位、测速和授时的准确性，降低其对地面的依赖，北京无线电计量测试研究所在开展星载铷钟攻关的同时，对星载氢钟技术展开攻关，拿下了氢钟小型化关键技术，将氢钟体积大幅缩小，达到星载标准。

在北斗卫星导航系统组网发射中，北京无线电计量测试研究所研制的星载氢钟已两次搭乘新一代北斗卫星升空，且在轨运行良好，标志着星载原子钟家族中又多了一个新宠儿，开辟了一个充满希望与光明的新方向。

困境与超越

"一个人要仰望蓝天，更要脚踏实地。仰望蓝天，能让人望得更辽阔，看得更透彻；脚踏实地，则能使人在大地上站得更稳，走得更远。只有把这一虚一实两件事做好了，才能在事业上有所成就，走出一段精彩人生。"

中科院武汉物数所研究员梅刚华，真不愧是武汉大学的高才生，出口便是哲言。

仰望蓝天、脚踏实地，三十多年的原子钟研制生涯，他就是这么走过来的。

1985 年，梅刚华硕士毕业分配到中科院武汉物数所，开始结缘原子钟。两年后，由于原子钟工程研究不景气，他又转向基础研究，探索用极化原子束磁偏转实现同位素浓缩方法，获得中国科学院自然科学成果奖，积淀了厚实的原子分子理论基础。

1994 年北斗工程正式立项，亟须星载原子钟关键技术支撑。物数所紧急组建原子频标研究室，决定由梅刚华担任研究室主任。当时梅刚华担任研究所科研处处长不久，刚打开局面，正干得顺风顺水，但他考虑到北斗卫星导航是国家重大工程，星载铷钟是紧迫需求，便愉快地服从组织安排，带领团队与兄弟单位联合，踏上了星载铷钟攻坚的征程。

通过对国内外星载铷钟技术深入研究，他提出了一个技术难度超大因而没人敢尝试的崭新的技术方案。有人听了这一创新方案后，批评他"嘴小胃口大——折腾"。

梅刚华听了，不仅不生气，还笑着说："嘿嘿，大家说得对，我还真是从小就爱折腾。"

不过，梅刚华自己也承认，他这次折腾得有点大，甚至有些悬。当时，我们国家不仅没有星载铷钟，就是普通铷钟的性能指标也比国外差了两个数量级。星载铷钟不仅要求精度高，还要满足极其苛刻的小型化、低功耗、高可靠、长寿命的要求，尤其要适应太空的复杂环境，难度非常大，而当时他们对这些几乎一无所知。在此情况下，要走通没有走过的路，一步登上俯瞰天下的高度，确有"蚍蜉撼树"之嫌。

但梅刚华却近乎固执地认为，走别人走过的路，做别人做过的事情，太没意义；跟在别人后头，一步一步地撵，一点一点地赶，更是不过瘾、没意思。要赶超别人，就得把步子迈大些，甚至来个大跨越，一步跃到别人前头去，那才叫痛快淋漓！

航天主管部门以及中科院机关领导，也非常赞赏梅刚华的跨越之举。

有了上级领导的大力支持，梅刚华攻关意志更加坚定，率领团队猛打猛冲，一路突破技术壁垒，于2000年完成原理样钟研制，虽然离上星距离遥远，但证明他们找对了攻关的方向。他们再接再厉，继续奋进，初步突破航天环境适应性关键技术，于一年后推出电性能样机，朝星载目标迈进了一大步。

然而，随着2004年北斗二号系统正式立项，国产星载铷钟进入工程化阶段，上级重新调整星载铷钟攻关布局，要求物数所独立自主完成整机研制。这是对梅刚华及其团队的信任，也让他的团队遇到了新的困难。

首先是工程经验的挑战。长期以来,大到整个物数所,小到他们原子频标研究室,基本都是从事基础研究的,没有任何工程经验,对如何组织工程研究一片茫然。

接着就是电子线路设计、制造技术的挑战。过去他们主要从事物理系统技术攻关,对于电子线路系统技术几乎没有涉及。

还有质量控制技术的挑战。航天产品质量要求苛刻,需要一系列严密的控制措施和规范的控制流程来保证,航天部门在长期的航天实践中,形成了一整套航天产品质量控制体系。对于这些,他们认识不深、缺乏经验。

然而,再大的困难也困不住物数所党委的决心,更困不住梅刚华胸间的豪情:"困难越大,攻关成功越有意义,更能体现人生的价值!"

所有的挑战都来吧!他们不退却,也不回避:一边系统学习航天产品制造规范,逐步实现产品设计和工艺实施过程管理专业化、正规化,一边倾尽团队之力,组织电路攻关。

那段时间,是梅刚华有生以来身心压力最大,感到最疲惫、最艰难的日子。北斗工程进度"后墙不倒",让他没有任何退路。一个个挑战、一道道技术难关,就像一丛丛荆棘、一片片沼泽,阻碍他前行的脚步。时间毫不留情地一天天逝去,那嘀嗒作响的秒针敲击声,就像一记记重锤,沉重地敲击着他的心房,让他心急如焚而又无可奈何。他只能一次次警醒自己:"把脚下的步子走快些,再走快些!"

按航天行规,产品一旦出现故障,哪怕只是个小问题,就必须做"故障归零"处理,确保上天万无一失。有一次,他们的一个产品交付后,出现了一个小故障被退回,他们对产品做了"归零"处理后再出所,哪知测试中又出现了问题,产品再次被退回……如此"归零"数次,问题依然没有得到彻底解决,把梅刚华折腾得寝食难安,连续三天三夜连轴转,头上突然出现斑秃,发丝一撮一撮往下掉,以至于让他怀疑自己会不会过劳死。如此煎熬了好长时间,才消除了产品隐患。

梅刚华带领大家加班加点,仅用一个月时间便完成了星载铷钟工程化任务,成为全国唯一一家独立完成星载铷钟整机研制的团队。

上级有关部门闻讯，组织专家前来验收产品。专家们反复检测产品各项性能后，脸上不约而同地露出笑容：它可以适应恶劣的太空环境，完全达到星载要求。

但专家们在考察产品质量控制情况时，脸上的微笑一下子不见了——产品质量基本不受控！换句话说，他们的产品质量偶然性很大，难以确保长期稳定。专家们指出这些问题时，话说得很严肃，甚至有些难以入耳，说得大家屁股底下像长了刺儿般坐不住。

但梅刚华不仅没生气，还暗地里感到高兴。他感到专家们批评得很对，说的是内行话，都说到了点子上，是真正能帮助自己改善科研管理水平的苦口良药。他甚至在想：要是这些专家能有一两个到我团队里工作，那我们的工作就顺利多了。

梅刚华在发言中真诚表达了对专家们的谢意，会后又登门拜访，虚心向他们请教，带人去他们单位参观学习，与很多质控专家结下了深厚的友谊，并成为知心朋友。

在此基础上，物数所快速组建了两个部门，专门负责建立质量控制体系，并对产品设计生产过程实施有效质量管理；改造实验室，建立一条符合航天规范的生产线；按航天规范要求，制定了一系列设计、工艺文件。他们的星载铷钟设计生产体系，当年就通过了国际标准化质量管理体系认证。

与此同时，他们继续完善提升产品性能，于 2006 年研制完成第一台正样产品。专家们再次来到物数所，通过产品测试得出结论，他们的星载铷钟性能指标达到高精度标准，相当于美国 20 世纪 90 年代末的水平，处于国内领先水平。产品质量管理也上了新台阶，由"基本不受控"提升为"基本受控"。

2007 年，随着物数所的第一台星载铷钟与北斗二号首颗卫星一道发射升空，星载铷钟转入组网卫星产品生产阶段。为确保产品质量稳步提升，他们在抓紧生产星载铷钟的同时，继续强化质量管理。2008 年，在他们交出首台组网星载铷钟前夕，专家们又一次来到物数所，不仅再次肯定了产品性能，而且认为"质量管理体系发生了翻天覆地的变化"。卫星系统总师谢军连连点头："非常好，非常好！"评估专家一致认为：物数所产品质量管理水平达到"质量受控"。

就这样，短短两年时间，梅刚华就在型号总体、物数所领导的大力支持下，率领星载铷钟团队，研制完成了工程样机、正样产品、组网产品，产品质量管控实现了由质量基本不受控到质量基本受控再到质量受控的飞跃。

2010年，北斗三号全球系统项目启动，要求星载铷钟向"高精度"进军。

梅刚华认为，北斗要建成世界一流导航系统，星载铷钟作为关键设备，其性能指标必须向世界顶尖产品看齐，甚至要有所超越。于是，他建议在研制"高精度"产品的同时，布局比美国新一代星载铷钟略胜一筹的"甚高精度"产品攻关。

有人听了，认为"'甚高精度'的难度太大"，并且"同时搞两代型号，步子迈得太急"，建议"饭一口一口吃"。

在这关键时刻，航天主管部门领导再次支持了梅刚华的大胆创举："正因为'甚高精度'难度太大，才应该提前布局。"于是，"高精度""甚高精度"两代星载铷钟在物数所同时上马。

微波腔、铷光谱灯，是影响星载铷钟性能的关键设备。梅刚华围绕关键大力创新，带领团队通过上百次试验，研制成功具有全新结构、全新工作原理的微波腔，首次运用新技术激励出高强度原子跃迁信号，同时获得中国、美国发明专利授权。与此同时，他带领大家通过系统的论证和试验，解决了多个技术难题，大大提高了铷光谱灯的可靠性、使用寿命及对卫星环境的适应性。

经过五年的艰苦奋战，中国"甚高精度"星载铷钟终于在物数所诞生了。计时精度比"高精度"产品提升十倍，达到一百亿分之三秒水平，比美国同期产品性能指标高出一倍。"万秒稳定度"也大幅提升，明显高于美国新一代星载铷钟。

中国，在世界星载铷钟领域，奇迹般地完成了由追赶到领先的逆袭。

得到这一测试结果时，梅刚华充满欣慰地说："我们终于在星载铷钟领域跑到了领跑的位置，我们终于打破了发达国家的技术垄断！"

北斗卫星导航系统总设计师杨长风在做客央视《开讲啦》栏目时，

满怀感慨，充满自豪地说："星载铷钟精度通常指标是十年差一秒，而我们的星载铷钟三百万年差一秒。真是令人称奇，让人惊叹！"

北斗钟情西昌

北斗卫星导航系统快速组网，也对卫星发射场系统提出严峻挑战。

北斗导航混合星座的 GEO、IGSO、MEO 三种轨道卫星，都属于中高轨道卫星。而在全国航天发射场中，只有西昌卫星发射中心能同时满足这三种卫星的发射条件。北斗卫星注定要从这里出征，西昌也由此赢得"北斗港"的美誉。

北斗对西昌情有独钟，因为西昌卫星发射中心不仅具有发射纬度低、发射效率高的自然条件优势，而且是具有世界一流核心技术、一流设备设施、一流人才队伍、一流组织管理、一流服务保障的中国航天发射品牌。

西昌卫星发射中心自1970年12月创建以来，伴随着航天科技的发展而壮大，创造了我国航天史上的一系列第一：中国第一颗试验通信卫星在这里升空，使中国成为第三个掌握运载火箭低温发动机技术、第四个成功发射地球同步轨道卫星的国家；中国第一颗实用通信卫星从这里出发，结束了中国人只能租用外国卫星看电视、听广播的历史，打破了西方国家在卫星通信领域的垄断地位；我国承揽的首颗国际商务卫星亚洲一号在这里成功升空，开创了中国航天跨出国门、走向世界的新篇章；我国首枚大推力捆绑式运载火箭在这里发射成功，标志着中国在世界航天市场竞争力的极大提升；尼日利亚一号通信卫星运用长征系列运载火箭在这里成功升空，开创了我国整星整箭出口的新纪录；我国第一颗月球探测卫星嫦娥一号在这里成功升空，实现了中华民族奔月的千年梦想；我国第一颗地球同步轨道数据中继卫星天链一号在这里成功升空，填补了我国航天测控领域的空白；天链一号04星从这里奔赴太空，使中心成为我国第一个发射次数突破一百次的发射场……

航天奇迹的背后，站立着一支素质过硬的航天发射队伍。

西昌卫星发射中心全体工作人员，忠诚履职，顽强拼搏，勇创一流，屡战屡胜，出色地完成了肩负的使命。西昌卫星发射中心执行了我国所有的北斗发射任务，全部进入预定轨道，成功率达到100%！尤其是2013年以来，中心共执行了六十多次航天发射任务，占该中心成立以来发射总数的45%！

这一次次密集发射，就是一场场战役、一次次战斗！这个战场，和硝烟弥漫、真刀真枪的战场一样有着明碉暗堡，同样需要大智大勇、当机立断，需要在关键时刻奋不顾身冲过去、扑上去！

运载火箭推进剂液氢是一种极高危燃料：当它的浓度达到一定程度时，一粒大米从一米高的地方掉落下来的能量，就会引起爆炸。因此，大家都说液氢加注队是"刀尖上的舞者"。

李明伟是这支"与魔鬼同舞的舞蹈队"的"领舞"。中心进入密集发射时期后，他在短短五年里，指挥大家完成数十次液氢接收转注任务。

液氢转注现场非常嘈杂，在这样的环境中连续工作，让人感到头晕目眩。但李明伟感到奇怪的是，自己在繁重的任务中，头脑却越来越清醒，耳朵也越来越灵敏，能在杂乱的轰鸣声中清晰地辨别出哪些声音是制氢设备的噪声，哪些声音是转注管路的气流声，哪些声音是从山谷里吹来的风声。队友们也说："队长，你的耳朵竖得越来越直了，简直像神话里的'顺风耳'。"李明伟听了也不否认，嘿嘿笑道："这叫适者生存，环境造人。"

一天上午，李明伟带领大伙儿执行液氢接收转注任务。

"各操作手注意，开始检查管道情况，确认状态！"

"1号管道正常！"

"2号管道正常！"

"各操作手注意，开始……"李明伟的第二个指挥口令，下了一半时戛然而止。他突然感到今天的各种声音与往日有丁点儿不一样，竖直耳朵仔细一听，发现是槽车操作柜传来的声音有些异样。

李明伟脑袋一紧：槽车氢气泄漏！他做出的第一个反应，就是关闭供气阀门，立刻向上级报告。

上级命令："立刻解决，确保安全，绝不能影响发射进程！"

"是！"皮肤黝黑、体形敦实的李明伟响亮回答。他一双牛眼朝大伙儿一瞪："同志们赶紧撤离！我一个人留下！"

李明伟拿起氢浓度探测仪，独自向操作柜走了过去。从理论上讲，氢气泄漏五六分钟，爆炸随时可能发生，而此时发现泄漏已有三分钟了。他沉着冷静地打开操作柜，探测仪果然发出嘀嘀嘀的警报声。但具体泄漏点在哪儿？它细如针眼，眼睛看不到，加之操作柜管路复杂，找到它非常困难。怎么办？时间一秒一秒过去，危险在不断增加。

在这千钧一发之际，李明伟放下探测仪，把脸庞贴向操作柜那一个个管路连接处，通过气流变化判断泄漏点。当他把耳朵靠近液面计下的管路时，感到有股气流冲进耳朵。用肥皂水对它进行喷洒检验，果然发现连接焊缝上产生大量泡沫。

李明伟当机立断，火速关闭阀门，并按应急程序给槽车泄压，异响声立刻无踪无影。这时，氢气泄漏已经五分钟了，要是故障没排除……

想到这儿，李明伟一屁股坐在地上，额头上冒出一层豆大的汗珠。

西昌卫星发射中心通信线路、供电线路，各有数百公里长，而且一半线路藏在大山深处。对于巡线人员来说，它们是名副其实的"长征路"。他们巡线一次，要翻过五座大山，蹚过十一条河流，穿过三十个村庄，横跨四十条道路，涉过无数激流险滩，跨过无数田坝沟坎，徒步行走近三十天。数十年来，他们每年"长征"数次甚至十几次，但他们一趟接一趟、一代接一代、无怨无悔、步履坚定地行走着，练就了一身下可钻井"入地"、上能爬杆"登天"的绝招，赢得"通信神经网络编织者"的美誉。

技师郑邦国在这条"长征路"上跋涉了二十三年。

2008 年 5 月 12 日，郑邦国和队友正在执行卫星发射前夕巡线任务。这天中午，天气格外晴好，灿烂的阳光把层峦叠嶂的大凉山照耀得别样妩媚葱翠。突然，郑邦国感到脚下一阵抖颤，山峦轻微一晃。在地震多发地区生长的他，立刻意识到什么地方发生地震了。但巡线任务在身，他没有多想，继续带领队友在崇山峻岭间跋涉。

傍晚，他们巡查到宿营的点号，听队友说，下午 2 点多果然发生地震了，而且是 8 级，震中就在四川汶川。

郑邦国不禁心头一紧。他的家乡就在汶川附近啊！他的妻子、儿子和岳母都在那里！他们都怎么样了？都还安好吗？

郑邦国赶紧掏出手机给妻子打电话，打不通。拨岳母的手机号，还是打不通。郑邦国拔腿跑到附近的山顶上，举目眺望家乡的方向。夕阳如血，山峦层叠，逶迤苍茫，看不到家乡，见不着亲人。郑邦国心急如焚、肺腑欲碎，两行泪水似断线的珠子，啪啪地掉在脚下的岩石上……

领导得知他家乡的受灾情况，于次日早上带人赶到点号，接替他的巡线任务。

领导说："邦国，等会儿跟我回队里，队里已给你订了回成都的票。"

郑邦国颤抖着声音说："我恨不得现在就赶回去，可昨晚电视上说，进入灾区的道路全被破坏了，抢险救灾部队都进不去，我到了成都也无计可施啊。"泪水又涌出了郑邦国的眼眶……

几天后，他们巡到另一个点号时，领导带来了他家的受灾情况：他家那栋楼房大部分陷入地下，他的妻子、儿子和岳母，出现在当地失联名单里。

郑邦国听到这个消息，一屁股跌坐在地上，紧咬着嘴唇，紧闭着双眼，任泪水哗哗流淌。很久很久，他才从地上坐起来，又伸手握住了那把开山的砍刀，仿佛那把砍刀可以劈碎他心中沉重的悲伤……

领导上前握着他的手说："邦国，你家人只是下落不明，你赶紧回去找找他们吧。"

郑邦国轻轻拍拍领导的手，重重叹了口气："整栋楼房都陷入地下了，还有什么下落不明。"

领导说："也许……你还是……"

郑邦国突然昂头一声大吼："让我家人活不见人、死不见尸！老天爷不公啊！"领导拍拍他的肩膀，派一名队友陪同他回家。

郑邦国的家乡在北川，是汶川大地震中受灾最严重的地区之一。当他踏着残垣瓦砾找到自己家住的那栋楼房时，发现它大部分已陷入地下，只有一小片露出地面的楼顶，在昭示着它曾经的伟岸。

郑邦国久久地跪在那片楼顶旁。模糊的泪光里，他仿佛又看见岳母、妻子、儿子像往常他每次回家探亲那样，微笑着手拉着手，站在车站旁迎接他归来。夜深人静时，他仿佛听到耳边传来一个声音："邦国，听说你们以后卫星发射任务很重，你安心工作吧，不要挂念我们，把工作干好，到了不是太忙的时候，就回来看看我和孩子……"

这是他每次探亲即将归队，妻子送他去车站时叮嘱他的声音。

四十多年来，这支技术素质过硬、甘于奉献的航天发射队伍，有过成功也有过失败，有过欢笑也有过泪水，获得过掌声也挨过批评，但他们追逐中国航天梦的步伐从未停歇，实现了从发射单一型号运载火箭到发射多种型号运载火箭，从发射地球同步轨道卫星到发射多轨道航天器，从发射国内卫星到发射国际商业卫星，从近控测试发射到远控组织指挥等一系列跨越，让中国航天从这里走向高轨、走向世界、走向深空。

北斗二号钟情西昌，这个为共和国航天事业屡建奇功的功勋发射中心，又迎来了新挑战——高密度发射。

高密度发射，在我国史无前例。如何才能做到快而不疏、高效高质？为此，"两总"对北斗工程实行严格的"零窗口"管理。

所谓"零窗口"，就是要求运载火箭发射时间和预定点火时间偏差不能超过一秒，不允许有任何拖延与变更。围绕这一目标，北斗工程"两总"组织有关系统和部门，对发射场区设备保障风险、意外事故风险、气象条件风险、发射过程指挥风险进行了深入细致的评估。在此基础上，对发射系统进行了一百多项管理改革和技术改造，开创了相同卫星采用相同发射前准备模式，同时组织数次发射任务，既可保障安全，又可缩短卫星发射前准备时间的航天发射新局面。发射系统发射能力连上几个台阶，从过去每年发射两三发跃升到每年发射十五发！

快速组网，万事俱备，只待神箭破苍穹！

惊险开局：北斗二号首星发射

2007 年 4 月 3 日，距离频率使用"七年之限"的最后期限——2007 年 4 月 17 日，已经不到半个月时间了！

西昌卫星发射中心发射场区三号发射工位上，高高地竖起了一枚

"长三甲"运载火箭，北斗二号首星发射进入最后测试阶段。跌宕起伏、险象环生的北斗二号组网之旅，徐徐拉开了大幕。

作为北斗二号组网的首星，它就像大家庭中的长子，肩上责任重大。它要为"弟弟妹妹"们探路，探测空间电磁环境，验证MEO轨道。而它最重要的使命，则是抢占卫星导航稀缺频率，为中国卫星导航事业闯出一条新路。

这次发射首次启用新建的三号发射工位，首次使用远控模式，首次发射MEO卫星，未知因素多，发射风险高、挑战大。针对任务特点难点，北斗工程"两总"组织参与发射的各系统工作人员，扎实做好远控设备安装调试、地面设备调试运行、发射场合练等准备工作；深入分析风险，找出风险因素六十二个，制定应对措施一百三十六条，严格把控每一个节点，确保发射全过程受控，顺利推进发射程序。

尽管这样，由于任务紧急、时间仓促，北斗二号首次发射依然险象环生。

星箭吊装完成后，突然发现卫星喷管不知什么时候被撞了个小缺口。大伙儿的心一下子悬了起来。

它会影响发射吗？如果有影响，需重新更换，推迟发射，那就有可能超过"七年之限"！

关键时刻，近八十岁的大系统总师孙家栋，趴在地上慢慢爬到卫星底下，仔细查看受损部位，凭着数十年的航天经验做出判断："不会影响发射，可以继续下边的流程！"大家虚惊一场。

哪知，离发射窗口只有三天了，拦路虎又冷不丁跳了出来：卫星上的应答机出现异常。

从坐镇指挥首星发射的"两总"领导到每一个现场测试人员，都一下子绷紧了神经。虽然深入测试分析发现隐患并不大，导致故障概率很低，只是不能排除影响信号传输的可能，但"两总"和中心领导意志坚定如铁："所有隐患，无论大小，必须归零！"

北斗人爬上高高矗立的发射塔架，重新打开已经密封的星箭组合体，拆出应答机，紧急排查隐患原因。此后的三天，大伙儿不眠不休，神经绷得似搭上箭的弓弦，眼睛一眨不眨地盯着数据显示屏，捕捉着每一个细微的变化。困得不行了，用凉水洗把脸，醒醒脑；饿了，让食堂送个盒饭来，往嘴里扒拉饭菜时，眼睛还一动不动盯着显示屏，也不知自己吃了些啥。大家连续奋战三个昼夜，终于找到隐患，把它连根拔除。这时，卫星发射已经进入半小时准备。

令人意想不到的是，离运载火箭点火只有两分钟时，即14日4时9分，测试人员又发现一个为火箭三级供气的连接器没有按规定脱落。此时，火箭发射已不可逆转，如果连接器不能在两分钟内脱落，火箭点火升空时必被其拉扯，给火箭、卫星乃至整个发射场造成灭顶之灾！

所有领导、专家和工作人员的心又一下子悬了起来。远控大厅一百多名工作人员都屏住呼吸，静得仿佛能够听到自己的心跳，他们把目光投向发射站站长唐功建。

唐功建，曾十几次担任火箭发射01指挥员，次次圆满成功，被大家誉为"福将"。真不愧是久经沙场的"金手指"，只见他临危不乱，非常冷静地在一分钟内连续下达七道指令。相关岗位人员从容不迫，配合默契。连接器终于在大家焦急的目光里缓缓脱落了！

大厅里响起了雷鸣般的掌声、欢呼声："唐功建，好样的！""太棒了，唐功建！"

掌声刚刚落下，大厅里传来倒计时的声音："10、9、8、7、6、5……"

2007年4月14日4时11分，随着指挥员一声"点火"命令，托举北斗二号首星的"长三甲"运载火箭，在轰轰的巨响中，孔雀开屏般绽放出美丽的尾焰，扶摇直上，飞向苍穹，渐渐融入黎明前漆黑的夜色……

尽管运载火箭顺利升空，但大家的心依然悬着、揪着。星箭会顺利分离吗？太阳能帆板能顺利打开吗？卫星信号能顺利传回吗？

全国十多家信号接收机研制单位被召集到西安卫星测控中心，在一个大操场上，各单位把带来的产品摆成一线，等待着在太空翱翔的北斗二号首星发回信号。

4月17日20时，十多台接收机相继收到太空传过来的信号，而且非常清晰！这一刻，离"七年期限"截止时间只有四小时！

它意味着中国赶上了建设卫星导航系统最后一班车！它为中国卫星导航事业打开了一扇充满阳光的希望之门！

"我们胜利了!"大家欢呼跳跃,互相拥抱,整个操场沸腾了!

降服"太空魔王"

北斗二号首星发射惊心动魄,但对于充满磨难与坎坷的北斗卫星导航系统建设来说,仅仅是个序曲。

北斗二号首星进入轨道不久,太空又突然跳出"魔王",再次挡住了北斗的去路:卫星在某一区域遭遇大功率复杂电磁干扰,信号接收率竟不足50%!

这一区域,对于中国来说是关键区域。为什么别的区域没有强电磁干扰,这一区域却有"魔王"挡道,而且如此顽固,经多次故障归零,问题始终无法解决?

那天,北斗工程"两总"正在开会,研究部署北斗二号组网后续工程。听到这个消息,老总们一个个心急如焚。问题来得太突然,而且太严重了。虽然北斗卫星设计了抗干扰措施,但没想到干扰强度如此巨大,竟销蚀卫星信号一半以上,这意味着天上的北斗导航卫星形同虚设,继续发射卫星也就没有意义了。换句话说,这个问题如果不能及时解决,即将组网的其余卫星发射计划将被无限期推迟。

北斗工程"两总"会议立刻转换主题:如何应对"太空魔王"。大家认为,对付强电磁干扰的方法无外乎两种:一是"躲",就是改变卫星信号频率,躲到没有电磁干扰的频率上去;二是"抗",即提高卫星抗干扰能力,让北斗卫星拥有功能强大的电磁防护盾牌。

而最关键的问题是,现在使用的频率是可供选择的唯一频率,除此之外,再无其他频率可用。这意味着,想"躲"都无处可"躲"。

因此,只有"抗"才是唯一出路,也可一劳永逸,资金投入少,而且安全性高,但技术难度大,风险高,是个典型的"烫手山芋"。

谁能接手这个"烫手山芋"? 也许想接它的单位很多,但却不是谁想接就能接住的。接手这个"烫手山芋"的团队必须做到两个确保:不仅要确保短期内能"吃"掉,还要确保"吃"得干脆利索,吃出高水平。

高新科技研究院北斗团队,再次临危受命,担当攻关重任。

早在北斗二号论证阶段，他们就听说，我国的空间飞行器经过这一区域时常常遭遇强电磁干扰，由此他们预料，北斗卫星组网时，这个问题会再次遇到。因此，他们对抗干扰技术提前做了一些基础研究。当北斗遭遇"魔王"的消息传到研究院后，他们便决定要把这个"烫手山芋"拿到手，并立刻着手研制攻坚方案。

欧博士代表团队进京受领任务，正准备汇报团队攻坚思路时，领导示意道："方案就先别说了，你先回答几个问题。"

欧博士合上文件夹，应道："是！"

"卫星体制不能变、信号频率不能变、下颗星发射计划更不能变，卫星抗干扰指标不仅要提升，而且还要提升到完全把干扰压制住，你们能不能做到？"

"能！我们一定能！只是这时间……"欧博士的话没说完，便被领导不容置疑的命令打断了："时间三个月，只准提前，拖后一天都不行！"

"这……"

"这是卫星组网计划决定的。若你们觉得有问题，我们只好交给别的单位了。"

"别，别……我们没问题！"

"这，可是要立'军令状'的。"

"我们立'军令状'！三个月，保证一天不延！"

"好！这任务就交给你们了！"

这个"太空魔王"魔力非常大，降服它有多难？一个专家把攻关技术难度形象地比喻为"相当于把大象装进冰箱里"。卫星上安装抗干扰设备的地方很小，而且功耗要低，既要具有强大的抗干扰能力，还要稳定可靠，确实是个天大的难题。正常情况下，三个月内攻克难关，简直是天方夜谭，而且马上就是春节，又使任务时间大打折扣。加上此前欧博士所在的团队主要做北斗地面系统，星载设备很少涉及，虽然有一定的技术积累，但工程经验严重不足，更何况是"火烧眉毛"的紧急任务，容不得半点闪失。

谁接这样的任务都得掂量掂量，而欧博士竟把"军令状"立得嘎嘣脆，这不是"二愣子"是什么？

欧博士头一次听到自己这个绰号时，憨憨一笑，说："当时也没想那么多，只想到问题出来了，成了整个工程的'肠梗阻'，领导心里急，我们心里也急，就想尽快把难题解决掉，就想把任务拿过来再说，哪还顾得上想难题有多难。"

立下"军令状"，欧博士想马上返回单位传达"两总"指示，迅速组织团队攻关。可他从会议室直接来到民航售票点时，却被告知，南方地区遭遇百年不遇的暴风雪，机场已经封闭。他立刻来到火车站，登上当晚从北京南下的特快列车。哪知事情越急，老天越是捉弄人。列车走走停停，磨磨蹭蹭，好不容易到达长江边时，竟然趴窝了。等了一整天，欧博士才得以换乘从南边开来接应的慢车，速度还比不上马车。心急如焚的欧博士掏出手机，打通王博士、孙博士的电话，汇报情况，共同协商调兵遣将、排兵布阵事宜，连续打了两个多小时，耗光两块手机电池。当他还在火车上时，院里一个二十多人的团队已经开始攻关了：陈高工当晚启程前往西安，负责硬件设计与生产；李博士、唐博士、黄博士、聂博士等立即展开算法攻关，开发软件；孟博士等提出测试解决方案；其他人根据分工各司其职……换了两次车、走了三天才返回院里的欧博士，走进办公室看到的情景是：室外天寒地冻，室内攻关热火朝天。

大家碰头后，团队领导班子提了一个严苛的要求："每个人的工作必须环环相扣，做到万无一失，绝不允许出现任何纰漏！"

大家一下子炸了锅："你当我们个个是神仙啊！不允许出错，谁能保证？这有可能吗？"

"不能保证，也得保证！"团队领导班子说，"这个任务一开始就是倒计时，一天的富余量都没有。出现差错就要反复，任务就无法按时完成！在非常任务面前，在非常时刻，我们必须采取非常举措，把'不可能'变为'可能'！"

大家一下子安静下来，然后默默离开会议室，开始背水一战。饿了，吃盒饭；困了，在沙发上躺一下，爬起来接着干。每个人都像打仗一样，严格按时间节点，无差错、高质量地推进任务进程。

在大家紧张的忙碌中，春节来临了。春节怎么安排？这问题对于团队领头人王博士来说，其难度相当于解决一个科研关键技术。让大家继续加班加点连轴转？这显然不合情理，他也说不出口。可如果不继续加班加点，任务节点就可能推后。

王博士绞尽脑汁、思前想后，给大家下了一个很特别的通知："在大年三十到初二这三天，大家可以不来加班。"这话堪称艺术，没说放假，也没说不放假，只说"可以不加班"，就看大家怎么去理解了。

大年三十那天，团队领导和往常一样，一大早就来到实验室。不久，他们发现，团队成员也来了，而且一个不少。大家说："任务这么紧，在家还能待得住？"

就在这天，陈高工在美国进修的妻子特意赶回来陪家人过年，但陈高工干到傍晚才回家。

妻子嘟哝道："大年三十都不休息，这么忙吗？"

陈高工赶紧赔上笑脸说："没办法，任务压身呢。"

团圆饭后，他陪家人看了一会儿春晚，但眼睛盯着屏幕，脑袋里却缠绕着那些布线，便索性要去办公室。

妻子白了他一眼："就你忙，平时都干什么去了？"

"你出国这一年多，知道他是怎么过的吗？"婆婆见状，叹口气说，"你出国第二天，他就住到实验室去了，平时很少回家。尤其这一个多月里，吃在实验室，睡在办公室沙发上。"

妻子一听，怔怔地望了丈夫好一阵，上前抱住他："对不起，"然后轻轻挽住他的胳膊，"走，我陪你去加班。"

团队以惊人的毅力、超凡的付出，兑现了当初的庄严承诺——

时限三个月，但他们只用了七十天！

经测试，他们研制的抗干扰卫星载荷，性能指标比原来大幅提高，某区域卫星信号有效接收率从不足 50% 跃升到 100%！

在成果验收会上，大系统总师孙家栋院士向他们竖起大拇指："你们临危受命，关键时刻敢于亮剑，又打了一个漂亮的攻坚战，不愧是'李云龙式'的攻坚团队！"

镇住"伪距波动"

数颗 GEO 卫星发射升空后，又出现"伪距波动"现象。

这可不是个小问题，若不及时解决，将直接影响北斗系统稳定运行，影响导航定位的精度，使系统性能大打折扣。

GEO 卫星为什么出现"伪距波动"？"病灶"在哪里？在天上还是地上？大家费了九牛二虎之力进行排查，但问题原因始终云遮雾罩，致使整改工作无从下手，难以展开。

谁能解开 GEO 卫星"伪距波动"之谜？有关部门领导脑海里跳出一个人——朱炬波教授。

朱炬波是数学家，尤其擅长海量数据分析。海量数据，在一般人眼里无异于茫茫沙漠、无边戈壁，索然乏味，寂寥无趣，让人头晕眼花、昏昏欲睡。可在数学家朱炬波眼里，就是另外一番景象了。看他面对海量航天数据时的那种神态：微眯着眼睛，眉宇间写满了欢喜，脸庞上荡漾着笑容，俨然是在欣赏一幅艺术价值极高的名画。

海量数据，在朱炬波心目中，是一片森林，再茫茫无际、纷繁错乱，他也能找到蜿蜒其间的通幽曲径；是一片沃土，通过耕耘，能收获春天的花朵、秋天的果实；是一片蓝天，清晨有朝霞，傍晚有晚霞，白天有阳光、云朵，夜间有月亮、星星，时刻都有观赏不尽的景致；是一片大海，有浪花，有海市蜃楼，有远方的帆影……

朱炬波也说，自己是一叶喜欢在数据之海上冲浪的小舟，并在数据之海上创造了"把雷达装进小盒子"等一系列奇迹。

茫茫太空，无边无际。太空飞行器要严格按照预定轨道飞行，必须在内部安装遥测装置，不停地测试自身的位置和飞行速度，与此同时，还需要地面站点对其进行跟踪测试，与遥测数据进行对比，纠正飞行器飞行偏差。为此，世界头号航天大国——美国，在世界各地设立众多地面测试站点，建立"测距＋测速"测控机制，应用于飞行器测控。

20 世纪 70 年代，我国自主研发出多种型号太空飞行器后，也参照美国的布站模式和计算模型，在我国西北地区设置一系列测控站点，建立有着显著"美国痕迹"的测距、测速相结合的太空飞行器试验测控机制。但中国只能在自己国土上建站，站点间距显著缩小，舶来的测控机制难免"水土不服"。

1997 年，我国进行某型太空飞行器试验时就出了问题：计算轨道、落点与实际轨道、落点竟相差甚远！为什么？试验部门领导与科技人员百思不得其解。他们抱着雷达测试数据来到朱炬波这里求援。当天晚上，朱炬波便和易东云、郭军海在实验室里摆开攻关战场。

三个人围着几台电脑昼夜计算，每人每天轮流休息三四个小时，连续七天，算法换了一个又一个，几乎把所有能想到的招儿都使尽了，把那堆庞大的数据倒腾了不知多少遍，可计算轨道与实际轨道依然没有一点相互靠拢的迹象。

山穷水尽之际，他们灵机一动：为什么不丢开测距数据，单纯从测速数据中找找原因呢？

他们根据这一崭新思路改编计算程序。一算，其结果与太空飞行器实际落点几乎一模一样！

难道是偶然的巧合？他们又找来同类案例，应用这一计算模型进行处理，得出的结果竟如出一辙！

三个人几乎同时跳起来：真是太棒了！

的确是个令人兴奋的发现。只运用测速数据计算航天器轨道，在国际上是第一次，这是中国的发明！它为建立中国特色太空飞行器轨道测量机制开创了一条阳光大道！

他们发明的这一计算模式，把近乎一座小房子般庞大笨重的太空飞行器测试装备缩小到一只盒子大小。该产品于 2010 年定型装备后，实现了由站点式固定测控到移动式机动测控的转变，使中国成为世界上第一个实现车载式太空飞行器测控的国家。

这次查找 GEO 卫星"伪距波动"的病灶，朱炬波面对的数据超级大，是名副其实的海量。他要在逐个排查数据的同时，进行综合分析推理，整个任务仿佛大海捞针！

朱炬波接受任务后，与课题组成员一头扎进那片海量数据里，如同一名老中医，耐心细致地对每一个数据"望、闻、问、切"，一层层拨开迷雾。半年后，导致北斗 GEO 卫星"伪距波动"的病灶终于现出原形。

在有关部门组织的会议上，会场鸦雀无声，大家都把目光投向朱炬波。

中国北斗（节选）

朱炬波和盘托出诊断结果：导致"伪距波动"的原因既有天上的，也有地上的；误差中快的数据是地上系统导致的，依据"一……二……三……"；误差中慢的数据是天上系统造成的，依据"一……二……三……"。

朱炬波宣读完毕，会议主持人说："大家有什么疑问，现在就向朱教授咨询。"

与会者都摇头、沉默，会场里随后爆发出热烈的掌声。

鉴于朱炬波的业务水平和贡献，北斗工程总师组吸收他为专家组专家，并授予他"北斗二号卫星工程建设突出贡献奖章"。

病灶虽然找到了，但要消除它，还需要形成机理。陆明泉带领的清华大学北斗团队主动肩负起这一艰巨任务。有人听了他的想法后，建议道："咱们先立个项再说吧。"

陆明泉说："等咱们申请立项，上边批准立项，时间就得过好几个月，北斗工程耗不起。"

大家又担心："可不立项，哪来的经费支持？"

陆明泉说："咱们团队虽然不富裕，但我算过了，这点钱暂时还拿得出。"

他立刻组织多名教师和学生，展开"伪距波动"机理研究，在国内首家运用数学建模、软件仿真方法，对其进行深入探索，终于揭开了 GEO 卫星"伪距波动"的神秘面纱，提出了地面监测系统改进措施，得到总体、卫星和运控系统的高度认同，为成功搬掉"伪距波动"提供了准确方向。北斗卫星导航总设计师孙家栋认为："这是我国利用数学工具和仿真手段解决重大工程难题的一个典范！"该成果获得省部级科技进步一等奖。

在朱炬波带领的数学分析团队、陆明泉带领的清华大学北斗团队等兄弟团队帮助下，北斗工程建设人员经过一番艰苦奋战，终于排除了 GEO 卫星"伪距波动"这只拦路虎。

惊心动魄七秒钟

2010 年 1 月 17 日，第三颗北斗导航卫星发射升空。

哪知"长三丙"运载火箭起飞五十秒后，安控显示屏上突然出现异常：速度曲线出现连续大幅度跳变，五秒之后，数据跳变依然剧烈，不断跃出炸毁线，表明火箭已岌岌可危。

连续五秒，这是地面必须实施安控的极限时间。在此情况下，若无法继续实施安控，只能将火箭引向相对安全空域予以引爆。在国际航天活动中对类似事件，美国这样处理，俄罗斯这样处理，欧盟这样处理，日本也这样处理……

"难道我们也要炸毁火箭？"安控助理赵梅心里猛地一紧，额头上瞬间渗出了冷汗。已从事火箭安全控制十七年的她，这种情况还是第一次遇到。

"车高工，怎么办？"赵梅紧张地望着一旁的安控判定专家车著明。但见车著明双眼紧盯安控显示屏，神情非常冷静。

其实，车著明压力巨大。火箭、卫星，价值数十亿元的设备，现在炸与不炸就听他一句话。若是他判断失误，不该炸而炸了，或是该炸而没炸，都会给国家和人民带来重大损失，他都是罪人！而此时此刻，仅凭几块屏幕显示的数据，就要对在太空高速飞翔的运载火箭状况做出快速精准的判断，其难度可想而知。

安控机房里的空气仿佛凝固了，大伙儿都用紧张的目光望着车著明。但见他依然一脸镇静，冷峻的目光不住地在几块显示屏间切换，反复仔细比对那些瞬息万变的测控数据。他天天跟数据打交道，它们就像他放牧已久的羊群，哪只羊什么颜色、个头多大，他都心中有数。

第七秒，只见车著明站起来，轻轻舒了一口气说："是设备跟踪故障，火箭没问题。"果然，根据车著明的判断，有关人员对有关设备进行检测，发现是运载火箭搭载的设备给出的下行信号不稳定。对其进行针对性调控后，测控数据渐渐趋于稳定，运载火箭飞行各项指标良好，发射任务又一次获得圆满成功。

"车高工，"赵梅和大伙儿都向车著明竖起大拇指，"短短七秒钟，凭着几个显示屏给出的数据，就能准确判断设备工作状态和火箭飞行状态是否正常，您真是神了！"

在指挥大厅里坐镇的各级领导和航天专家来到安控机房和大家一起欢庆发射成功，得知这次发射经历了"生死攸关七秒钟"时，都感到非常后怕。发射中心一号领导紧张而又感动地握着车著明的手说："著明，你又为我们中心、为北斗卫星导航立下大功了。要不是你排除火箭问题，引爆程序一旦启动，我们中心、我这个一号，就是罪人啊！中心和我，感谢你这个大功臣！"

车著明说自己生来就是一条在数据之海里游泳的"鱼"，离不开这片浩瀚的数据之海，他为这片海而生，因这片海而成长，也因这片海而快乐。

1993年，车著明以优异成绩拿到基础方法研究和数学建模专业硕士学位后，主动要求前往西昌卫星发射中心工作。这个创建于1970年的卫星发射中心，是我国卫星发射任务最繁忙的发射场，在数十年欢笑与泪水相伴的发展历程中，他们创造了中国航天的辉煌，也留下了浩如烟海的测试数据。

车著明面对这些海量数据，仿佛鱼儿突然发现了大海，心中充满畅游的激情。他深知，这海量数据虽然看起来杂乱无章、枯燥无味，但其中却隐含着各种规律，若能把它们从海量数据中识别出来，有选择地抽取，运用到航天发射实践中，那可比黄金还要贵重百倍、千倍。

纵身跃入这片浩瀚的大海，舒展身心在其中畅游，成为车著明生活中的最爱，甚至是生命所系。凭着这股子痴迷的劲头，车著明基于中心那片浩瀚的数据之海，开发了运载火箭遥测信息快速处理系统、航天发射数据快评系统、液体火箭爆炸危害的定量分析系统，有效节省了卫星燃料，延长了卫星寿命。尤其是历经两年攻关，通过误差分析、误差传递建立的火箭飞行精度预报系统，使火箭飞行精度大幅提高。打个比方说，20世纪90年代初，我国的火箭发射精度是"从海南把一个高尔夫球打到黑龙江一个高尔夫球场上"，而这个系统，把我国火箭飞行精度提升到"从海南直接把高尔夫球打到黑龙江高尔夫球场的球洞里"。

排除卫星"脑梗"风险

中国空间技术研究院西安分院北斗卫星有效载荷研制带头人刘波，

是名老北斗，从 1991 年参与北斗一号试验卫星的预先研究开始，已经走过了三十年北斗人生。他把青春献给了北斗事业，向北斗导航献出一系列宝贵的创新成果，成为近百人的北斗导航卫星载荷团队负责人。

但在团队成员心目中，刘波并不像个领导。平时，他总喜欢往实验室里钻，与大伙儿一块儿研究问题；关键时刻，他更不像领导，因为这时候，他并不是向大家挥挥手："同志们，给我上！"而是把袖子一挽，第一个冲上去。

2007 年，北斗二号首星进入发射场后，要通过对接试验，测试上行注入和下行播放信号的电磁兼容性，需要开启整颗卫星载荷舱所有上下行设备。当得知要开启全功率微波产品时，大家都非常担心造成微波辐射，影响身体健康。

对于微波辐射问题，刘波不仅想到了，而且早在西安分院组织测试与验证时，就已经带着几名同志进行了验证，发现微波辐射剂量微乎其微，完全属于安全范围。但为让大家彻底打消思想顾虑，安心做好整星测试，刘波再次带着微波测量仪，首先走进测试车间，获得第一手数据，让大家彻底放下心来。

北斗二号首星上天后，星上载荷产品关键技术指标得到了充分验证，但也暴露了一些技术瑕疵，排在首位的是扩频测距接收机上行信号传输的隐患。

刘波态度坚决："所有问题发射前必须归零！"

型号"两总"也给他们下了死命令："问题不归零，就不能转正样！"

可他带着大家进行了一年多技术排查，依然没有找到问题根源。那段日子的刘波，虽然依然指挥有序调度有方，可他心里却承受着天大的压力。他既要组织大家排查隐患，又要协调组织有关单位进行繁重的后续型号生产，忙得只恨分身乏术。

一天，刘波正在测试车间和大家一块儿忙碌着，突然心头一阵绞痛，他下意识地用手捂住胸口。同事见了，忙问："刘总，怎么啦？"

"没事，可能是坐久了没活动。"刘波揉揉胸口说，"我出去走走就好了。"

可他到外边转了一大圈，胸痛依然不见缓解。同事说："你赶紧去医院看看吧，身体比什么都重要。"

刘波说："没那么严重，干完这阵再说吧。"

"北斗工程要持续十几年甚至几十年，什么时候才把活儿干完啊！"同事说，"尤其现在这节骨眼上，你这带头人身体不能有任何闪失，否则你让大家怎么办？"

同事不由分说，一把将刘波拉到医院里，做了心电图和心脏彩超。

医生看着医学显影图片说："心脏出问题了。"

同事问："什么问题？"

医生说："冠状动脉阻塞。"

同事问："严重吗？怎么治？"

医生说："得住院，然后做心脏搭桥手术。"

同事听后怔住了。这时，只听刘波问医生："暂时不做心脏搭桥，会出现严重后果吗？"

医生说："那倒不会，但建议早做搭桥为好。"

刘波说："吃药能维持下去吗？"

医生说："暂时可以，但桥总是要搭的，现在不搭，以后也得搭。"

"那我先吃药吧。"刘波让医生开了一些缓解心脏压力的药剂，便离开了医院，又与大家投入到紧张的隐患排查和型号攻关中，直到导航卫星载荷全部完成。

虽然从此他再也没有离开过药瓶子，但他却非常欣慰："干北斗，让我很享受、很快乐！"

卫星载荷对于导航系统来说，既是"心脏"，又是"大脑"，是结构最复杂、最敏感，性能指标要求最高的部分，也是最脆弱、最容易出问题的部位……

2010年6月，一颗已经进入最后检测程序、不久就要发射的导航卫星，冷不丁出现了大功率微波开关微放电问题。

测试人员发现这一迹象时，脑门上冒出一层冷汗。卫星发射在即，若不能及时排除问题，将严重阻碍后续组网，影响整个工程进展。如果是设计的问题，就更严重了，所有在轨卫星的微波开关都有可能失效，引起载荷"脑梗"，导致整个组网"瘫痪"！

刘波听到险情报告时心里也咯噔了一下，但他很快便镇静下来，吩咐检测人员："查查另外两颗卫星，看有没有类似问题。"

结果不查不要紧，一查又把测试人员吓了一跳：另外两颗卫星的大功率微波开关也有微放电现象！

刘波临危不乱，从身上摸出一只小药瓶，倒出一粒缓解心脏压力的小药片丢进嘴里，然后背着手离开测试间，走进小办公室，双手捧着茶杯，静静地思考起来……

很快，刘波就梳理出了解决方案，又带领大伙儿奋不顾身地冲上去。他们经常加班到凌晨一两点，甚至通宵达旦地干，对着突然跳出来阻止北斗导航建设的隐患紧追不舍，终于找到了它的藏身之处，将其连根拔除。

北斗二号卫星入轨工作时间长的有十几年，短的也有七八年，所有卫星载荷均运行稳定、性能可靠。

这的确能让刘波和他的团队成员们欣慰一辈子！

擒雷捕电钻云缝

雷电是卫星发射最大的自然屏障，也是运载火箭的第一杀手。如果运载火箭在大气层遭遇雷击，必定箭毁星亡，天上一片火花，地下一片火海，酿成重大悲剧。因此，火箭发射窗口必须确保发射场周边十公里范围内无雷电。

西昌卫星发射中心地处川西高原山区腹地，海拔近两千米，雷电气象多发，雨季漫长，在全球十大卫星发射场中气候条件较为复杂。据统计，中心自创建以来发射的一百多颗卫星中，几乎一半发射任务是在雨季执行的。

数十年繁忙的发射任务，给中心天气预报工作带来严峻挑战，也为中心锻炼了一支临危不乱、预报精准、作风踏实的气象预报队伍，培养了一批以高级工程师郭学文、汪正林、江晓华等为代表的高水平业务骨干。

郭学文，大家给他取了个绰号"电钻"，以此称赞他工作干劲大、业务钻劲足。1982年7月，他从中山大学大气科学系毕业来到中心工作后，成为一名基层预报员。由于不满足于"看云识天气"，他在干好本职工作之余，一头扎进西昌地区二十多年以来堆积如山的气象资料里，仔细研究其中的变化规律，撰写了长达五十万字的气象预报论文，对西昌地区天气变化情况进行了系统总结，很快成长为一名优秀的气象预报员。1984年我国发射第一颗试验通信卫星时，年仅二十四岁、参加工作刚两年的郭学文，就担任了天气预报领班和气象发言人。

郭学文不仅能"钻"，还敢"闯"。20世纪90年代初，发射中心决定开发发射场区雷电监测预警系统。当时雷电监测技术在国际上尚不成熟，更没有同类课题研究资料可供借鉴。面对这样一个要"无中生有"的课题，郭学文竟然眼都没眨一下就揽了下来。

朋友吃惊地看着他："这不托底的项目，你也敢接呀？"

他笑着说："有困难就有办法，办法总比困难多。"

他面临的第一道难题，就是把十几台单站探头数据汇总到一台计算机上进行集中处理。那时计算机硬件水平非常低，联网堪比登天。为抓住一瞬即逝的灵感，他在口袋里装了一个小本子，时不时地记上几笔，一个月下来，成功地找到了改装8086计算机、安装多个串口的方法。如此这般坚持了两年，郭学文和课题组终于找到一条高层次卫星发射气象保障的路子，建立了地面电场仪网和雷电监测预警系统，分别获得省部级科技进步二、三等奖，实现了中心气象保障能力质的飞跃。这套系统在卫星发射气象保障中屡建奇功。

20世纪90年代中期，全球气候开始呈现出"无规律"变化趋势，受其影响，西昌卫星发射中心发射场区气候更加复杂多变，各种天气历史纪录屡被打破，让气象预报人员防不胜防。

但郭学文认为，变化无常并不意味着没有规律，要认识和发现新特点、新规律，就需"魔高一尺，道高一丈"。为此，他站在天气预报学的高度，运用新兴的系统科学原理，引入方兴未艾的计算机处理技术，对发射场区气象数据进行科学细致的总结和分析，独创了天气预报"三角形理论"，将中心气象学研究推向了国际前沿。

为建立系统的"三角形理论"，他在中心首次将气象台、气象雷达站和气象室的数据全部输入计算机，进行立体综合分析，研制开发出探空资料处理系统。此外，他还紧跟国内外气象领域发展的前沿，积极开展了资料自动接收、数据智能加工、信息快速传递、预报客观定量的综合性、网络化、多功能现代气象预报业务等研究课题。这些成果，实现了气象资料的自动处理与交换，既减轻了观测人员负担，减少了人为计算失误，也防止了信息丢失、漏用、过时等现象，使中心气象预报水平从预报图模式，一下子进入了代表国际趋势的数值预报模式。

在中心承担的多次卫星发射任务中，郭学文与同志们一道，沉着冷静、周密细致，圆满地完成了寒潮、冰雪、雷电等各种复杂天气条件下的卫星发射气象保障任务，为中心在北斗组网等重大发射任务中创造"成功率100%"的奇迹立下了汗马功劳。

北斗二号第五星，原定的发射窗口是2010年8月2日5时30分。可是风云突变，中心气象预报团队根据数值预报产品分析，判断8月1日至3日有一次中等强度的降水过程，并根据风场演变情况推断，降水过程将在8月1日上午8时左右来临。也就是说，1日的窗口以多云天气为主，2日的窗口以小雨天气为主，具体降水时间不确定。

2010年7月30日上午9时，气象保障团队组织紧急会议。预报员小刘走到触摸式汇报平台前，打开数值预报产品，在8月1日8时五百百帕风场预报图上画了一条长长的槽线。这槽线代表的是降水和雷电。现在这条深棕色的槽线，东起四川盆地，西至孟加拉湾，像一把带血的弯刀，斜斜地压在发射场区上空，也压在所有预报员心头。

"现在需要确定的是，降水过程在1日8时前到，还是8时后到。"小刘一字一顿地说。

中心技术部气象室主任汪正林陷入沉思。十三年前的"亚太ⅡR"外星发射，是中国航天史上第一次因气象条件而提前的发射任务，当时的汪正林还只是个年轻的气象预报员。现在，身为气象室主任的他，又一次面临艰难的抉择。明哲保身的做法是，8月1日、2日两个窗口都报小雨，任务按原计划执行，但这样就可能错过1日窗口的好天气。如果1日窗口不报降水，2日窗口报小雨，领导可能会决定提前发射，这存在很大风险：万一降水过程提前，1日窗口不能发射，低温燃料必须紧急泄出，发射将至少推迟五天，会对后续工作造成不可估量的影响。

究竟该怎么报？汪正林把目光投向高级工程师郭学文。

"1日窗口的好天气有60%～80%的把握，降水在1日8时后来临有90%的把握，而2日90%是个坏天气。"郭学文沉稳地说，并向汪正林点了点头，"主任，可以下决心！"

上午11时，汪正林拿起连接指挥部的电话，以非常自信的口吻报告："1日8时前，降水概率很低！"

指挥部领导基于气象室结论，通过集体讨论，同意改变发射计划："准备将发射窗口提前一天，在8月1日发射。气象团队继续加强监测和分析，及时报告结论。"

11时30分，气象团队再次做出预报结论：7月30日至31日，多云间晴；8月1日至3日，有一次中等强度的雷电降水过程。8月1日窗口：多云，无雷电，无降水。8月2日窗口：多云，小雨。8月3日窗口：多云，小雨。

13时，指挥部再次来电询问："气象系统，你们的结论有没有改变？"

郭学文自信地回答："没有。"

15时30分，第二次指挥部会议如期举行，郭学文再次报告天气预报结论："7月31日下午，场区有弱的局地对流，22时以前结束。8月1日窗口：多云，无雷电，无降水。8月2日窗口：多云，小雨。"

指挥部综合各方面因素后，果断决策：发射窗口由8月2日5时30分，提前到8月1日5时30分。

正当大家紧锣密鼓地进入发射倒计时准备时，7月31日16时，发射场上空突然响起隆隆雷声。人们不禁心头一紧，电话一个接一个打到气象室。气象团队紧急会商后得出结论："这是局地对流，会在22时前结束。"果然，五个小时后，场区上空的雷声渐渐远去，云层越来越薄，发射窗口：多云，无雷电，无降水。

8月1日5时30分，随着"点火！起飞！"的口令，"长三甲"运载火箭在山呼海啸的轰鸣声中，托举着我国第五颗北斗二号卫星直刺苍穹……

北斗二号第九星发射，在卫星组网工程中可谓意义重大。它标志着中国北斗区域卫星导航基本系统已建成，完成星地联调和测试评估后，将于2011年底，开始为中国及周边大部分地区初步提供连续无源定位、导航和授时以及短报文通信服务，满足交通运输、渔业、林业、气象、电信、水利、测绘等行业以及大众用户的需求。

北斗不是单颗卫星，而是需要发射几十颗卫星组成一个星座。星座的设计要求很高，要保证在地球上任何一点，能同时看到四颗星，这样卫星与卫星之间不能靠得太近，要分散开，而且卫星间距必须是确定的，这就要求每次发射的卫星，不仅要准确入轨，还要保证什么时间进入轨道某一个点，若错过发射窗口，就定不了位、入不了轨。对于北斗星座使用的 MEO 和 IGSO 卫星来说，发射窗口非常稀少，珍贵得"一秒值千金"。

经测算，北斗二号第九星最佳发射窗口是 2011 年 7 月 27 日 5 时 44 分。

发射前两小时，发射准备工作全部就绪，现场人员准备撤离。可就在这时，发射场区上空仿佛突然罩下一口大黑锅，乌云滚滚，电闪雷鸣，大雨倾盆。

距离发射窗口只有半个多小时了，发射场区依然风狂雨骤，山呼海啸，雷电张牙舞爪，撕裂长空。

发射指挥部命令气象团队："严密跟踪气象变化，每隔十分钟向任务指挥部报告一次场区未来十分钟的天气情况！"

5 时 10 分，气象团队报告：发射场未来十分钟，雷电交加！

5 时 20 分，气象团队报告：发射场未来十分钟，雷电交加！！

5 时 30 分，气象团队报告：发射场未来十分钟，雷电交加！！！

这时已到发射窗口时间，指挥部命令气象团队：以最快速度，拿出 5 点 35 分至 45 分气象精准预报！

5 时 45 分，是发射窗口最后边缘。若错过这个窗口，又要等待很长时间。

就在这千钧一发之际，气象团队终于觅得良机:5 时 43 分至 45 分，发射场区周边八平方公里空域没有雷电，满足最低发射条件。

只有两分钟！仿佛白驹过隙，却要准确无误地下达一系列口令，完成一系列操作，这在世界航天史上堪称奇迹！

指挥部当机立断：机不可失，时不再来。发射！

5 时 44 分 28 秒，伴随着指挥员"点火"的口令，操作手果断按下红色按钮，长征运载火箭托举着北斗二号第九星拔地而起。

火箭刚刚从一线狭窄的云缝穿过厚厚的云层，只见天空劈下一道闪电，重重砸在发射场旁的山坡上，轰隆一声，地动山摇。

窗口预报分秒不差！好悬哪！

创造爱情神话的"总总师"

"一番番春秋冬夏，一场场酸甜苦辣。"北斗人在短短六年时间，将十几颗卫星送上蓝天，仅2012年一年就连续实施四次发射。

在密集发射中，每一次运载火箭升空，大家都会看到一个体魄魁梧、身板笔直、和蔼可亲的"老头儿"，或在西昌卫星发射中心肃静的指挥大厅，或在繁忙的测试现场，或在高高的发射塔上，和大家一起忙碌。

这个可爱的"老头儿"，就是被大家尊称为"总总师"的孙家栋院士。

北斗卫星导航系统下设卫星、运载火箭、发射场等分系统，各分系统都设有总设计师，而孙家栋是大工程总设计师，因此大家都说他是管总师的"总总师"。

在担任北斗"总总师"的岁月里，他很少待在家里，绝大部分时间不是参加各种会议，就是到下属单位调研，或者在去开会和调研的路上。其实，他和其他劳累了大半辈子的老人一样，身上也有不少小毛病：屡屡发作的陈旧性腰肌劳损，常常疼得他难以行走；大脑供血不足的老毛病，时常让他感到头晕目眩、天旋地转；皮肤瘙痒症，让他寝食难安，严重时需要注射激素控制病情，但护士刚刚拔掉输液针头，他起身又投入工作。每当大家劝他"悠着点"时，他总是说："北斗工程那么庞大复杂，我不往下边跑，心里就没数，这个总师就当得不踏实。"尤其是卫星发射，常常险象环生、突如其来，在这种关键时刻，更需要他待在现场临机处置。若是评选卫星发射场区年龄最大、亲临现场次数最多的航天工程总师，孙家栋绝对是"双料冠军"：仅到西昌指挥卫星发射，就有过一百多次。几乎每次北斗卫星发射，他都亲临现场，并屡屡使卫星发射化险为夷。

一次，卫星发射窗口就在春节前夕。大家都盼着运载火箭把卫星送入轨道，然后欢欢喜喜回家过大年。火箭升空二十四分钟时，西安卫星测控中心报告：星箭分离，卫星准确入轨。哪知，大家欢庆发射成功的掌声刚刚落下，测控中心又紧急报告：卫星太阳能帆板出现故障，失控的卫星消失在茫茫太空中！

孙家栋的神经一下子绷紧了。此时，卫星所处的太空环境温度在零下 100℃ 左右，太阳能帆板不能工作，就没有电能，卫星内部加热设备就不能供热，卫星极有可能被冻坏。

情况危急，他立即召集科研人员分析情况、研究对策。

科研人员立刻对卫星飞行数据进行精密计算，推断大约十天后，地面有可能接收到卫星上发来的一些遥测数据，根据这些数据模拟卫星在轨状态，便能制定出卫星抢修方案。

孙家栋综合各方面数据后，做出最后决策："等待！"

北斗工程"两总"命令远望号测量船和地面测控系统严密监测。

所有测控人员都绷紧了神经，睁圆了眼睛，竖直了耳朵……每一天都过得那么漫长，仿佛一年、十年、百年……十几天后，奇迹如期出现，远望号测量船率先收到卫星传来的信号，然后有关测控站相继收到卫星遥测数据……失控的卫星，终于重新回到科研人员的掌控之中！

这一天，正是人们把酒言欢、喜气盈盈的除夕。孙家栋顾不上欢度佳节，立刻带领大家根据实测数据制定抢修方案，成功地使卫星避免了坠入大气层的危险，转入在轨长期管理。

2012 年 10 月 25 日，北斗二号组网的收官之星——第十六颗导航卫星发射在即。这次发射，对提升系统服务性能、扩大服务区域非常关键。大家又看见孙家栋坐在醒目的指挥席上。这是这位八十三岁的航天老前辈，在九个月内第七次来到西昌卫星发射中心。

22 点 33 分，西昌卫星发射中心指挥控制大厅里传出了坚定有力的声音："各号注意，一小时准备！"

孙家栋站起身来，一一查看系统工作状态，重新回到指挥位置。今天的"总总师"格外干练整洁，身穿紫红色鸡心领羊绒衫，外套黑色夹克，胸前挂着天蓝色"发射任务通行证"。他那深邃沉稳的目光，紧盯着正前方那三块大型电子显示屏幕，上边不断变换着各种数据和画面，为发射指挥决策者提供各类实时信息。

宁静的大厅里再次响起指挥员的号令："五分钟准备！"

孙家栋挺了挺依然笔直的腰杆，正了正衣襟，然后习惯性地将胳膊肘支在面前的指挥桌上，双手交叉紧握在一起，敏锐的目光一动不动地盯着显示屏上跳动的数据。

"10、9、8……"指挥控制大厅开始响起倒计时的声音，冲击力随着数字的递减而愈发强劲，不断撞击着每一个北斗人的耳膜和心房。孙家栋交叉的双手松开又握紧，握紧又松开……虽然他已经历过数十次航天发射，但从未感到轻松过。

"3、2、1，点火！"

随着响彻指挥控制大厅的一声号令，发射场区传来震耳欲聋的轰鸣，火箭发动机吐着美丽的火焰，"长三丙"运载火箭拔地而起、冲天而上……

孙家栋屏住呼吸，睁大眼睛一眨不眨地望着火箭不断地上升，渐渐融入茫茫夜空。指挥大厅里响起令人欣慰的声音："太阳能帆板顺利打开！此次发射圆满成功！"孙家栋这才轻轻松了一口气，慢慢松开了紧握的双手，与大家一道鼓掌庆贺，紧绷的脸庞随之松弛下来，挂满喜悦里不失淡定、淡定中饱含欣慰的微笑。

"孙院士，快来照相呀！"

孙家栋朝同事们招了招手，健步走到鲜红的祝捷字幕下与大家合影留念，脸上依然挂着微笑。

曾有人找来"总总师"每次发射成功后与大家的合影，大伙儿惊奇地发现，几乎每次卫星发射成功后的合影，孙家栋都是这种微笑。因此，大家都把他"喜悦里不失淡定、淡定中饱含欣慰"的微笑，称为"成功的微笑""总总师的经典微笑"。

大家心目中这位"总总师"，先后坐镇指挥数十颗卫星发射，只有一次不那么淡定。

那天是 2007 年的农历九月十四，是中国传统节气霜降。当天 18 时 5 分 4 秒，又一枚"长三甲"运载火箭从西昌卫星发射中心拔地而起，向着满天繁星飞去。当指挥控制大厅的扬声器传出发射成功的消息时，大家从座位上站立起来，欢呼雀跃，握手拥抱。这时，孙家栋却走到了一个僻静的角落，背过身子，掏出手绢偷偷地擦着眼泪。

此时此刻，他的老伴儿魏素萍正躺在病床上。他惦记她，想念她。

在与老伴儿相濡以沫的五十年里，孙家栋在创造中国航天神话的同时，也创造了爱的神话。

年轻时的孙家栋，五官端正，身材魁梧，腰杆挺得笔直，还长了一副喜兴脸，微笑总是挂在脸上。凭着帅气的长相，再加上随和的性情、刚直的人品、过人的才气，孙家栋迷倒了一大片女孩。不少姑娘主动向他暗送秋波，却没有一个能拨动他的心弦。直到有一天，一个朋友把一个女孩的照片递给他："家栋，你看这个姑娘怎么样？"照片上的姑娘脸庞圆润，目光清澈，微笑暖人，孙家栋眼睛为之一亮。这个姑娘就是魏素萍。

1959 年，他们携手走进婚姻殿堂，结为秦晋之好。也就在这一年，孙家栋开始走上研制火箭、卫星的人生道路。此后近五十年里，他参与研究或主持研制的火箭、卫星，型号一个接一个，在很长一段时间里，甚至同时担负着数个航天工程总师的重任，马不停蹄地从一个城市飞往另一个城市，有时一周要去三四个城市，坐飞机成了他的家常便饭。即便在北京的日子，他也常常是白天调研，晚上开会，深夜回家。夫妻俩聚少离多，俨然成了现代版"牛郎织女"。婚后的魏素萍，只知道丈夫很忙，却一直不知道他忙的是什么。

一个深冬的夜里，她突然被电话铃声惊醒，只见孙家栋衣服没披就跑到客厅接电话。魏素萍见状，拿着大衣跟过来给丈夫披上。正对着话筒说话的孙家栋条件反射般地急忙用手将话筒捂住，用眼睛示意她快点走开。她委屈地瞪了丈夫一眼，默默地回到了卧室。谁知孙家栋一边听着电话，一边还想把卧室门关上。但电话线不够长，他就斜着身子伸出脚尖把门钩上了。此时，中国的航天事业刚刚起步，保密政策是上不告父母，下不告妻儿。

1967 年 7 月，年仅三十八岁的孙家栋成为中国第一颗地球卫星——东方红一号技术负责人。同年，妻子也怀孕了。孙家栋日夜忙于卫星设计，就连晚上也抽不出时间回去看看怀孕的妻子。这年 12 月 8 日，魏素萍要临产，孙家栋竟忙得抽不开身。当阵痛袭来时，魏素萍渴望能握住丈夫的手，然而直到女儿出生的第二天晚上，孙家栋才出现在她身边。

虚弱的魏素萍幽怨地看了丈夫一眼："你到底是干什么的？什么工作能比老婆生孩子更重要？"

孙家栋轻轻握住妻子的手："素萍，两个都重要，可我……"

她知道丈夫对工作守口如瓶，自有理由，从此便不再问起。

1970年4月24日，东方红一号发射成功。那天，魏素萍也和大家一起，举着国旗走上街头，加入了欢庆队伍，但她却不知道，我国第一颗卫星竟是丈夫带领大家完成的杰作。直到1985年10月，中国有关部门宣布中国运载火箭要走向世界，进入国际市场，电视向全世界直播长征三号运载火箭将国外的卫星送上太空时，魏素萍从屏幕上看到了丈夫的身影，她才知道丈夫是干什么的。

1994年9月，魏素萍患上了胆结石。此时，中国第一颗大容量通信卫星发射在即，孙家栋要前往西昌卫星发射中心。临行前，魏素萍一边为丈夫收拾行装一边说："你出差了，我正好借这个机会到医院做手术。"

到了发射场后，孙家栋脑子里装的全是卫星发射前的准备工作，对老伴儿手术情况及她为什么一直没和他联系，压根儿没时间理会。一周后，卫星被成功送入太空，孙家栋放松下来，觉得身体像散了架似的疲乏无力。可是，他还要立即赶回北京主持与美国航天代表团的谈判。孙家栋强撑着疲惫的身体完成谈判，随即累倒了，被送到附近的海军总医院。躺在病床上的他，这才想起患病的妻子，一打听方知，一周前魏素萍在做胆结石手术时突发脑血栓，并落下了偏瘫的后遗症。孙家栋立刻请求将自己转到妻子所在的医院里，与妻子同住一个病房。

虽然自己也是病人，但孙家栋尽心尽力照顾重病的妻子，每天早晨搀扶着她在医院的林荫小道上散步，一边走一边和妻子说话。

魏素萍乐了："我是因祸得福呢。除了第一次见面时，你滔滔不绝地和我谈了多半天，以后再也没听你说过那么多话了。"

孙家栋感叹道："一眨眼，我们都是快七十岁的老头子、老太太了。这么多年，让你受累了！"

魏素萍眼里一热，感叹道："我等了你一辈子，就盼着什么时候能像别的女人一样，和丈夫守在一块儿。好不容易等到了，我却老了，连身体也残了。"

出院后，为了让魏素萍的四肢恢复正常，孙家栋一有空就搀扶着她到外面散步，每天给她做按摩，说笑话逗她开心，从百忙中挤出时间和她一起锻炼身体，还抽空查阅了大量关于脑血栓后遗症方面的资料。饮食上，为配合她治疗，孙家栋还为她列了一个特别食谱，让保姆照着去买菜，给她改善伙食。

魏素萍跟他开玩笑说："老头子，你哪里像个科学家，简直就是一个保姆了。"

孙家栋也笑着说："这么多年对你照顾得太少，正好借此机会好好陪陪你。你看，我还得感谢你呢，陪你锻炼身体，我自己都瘦了二十多斤，连脂肪肝都好了！"

一年后，魏素萍竟奇迹般地康复了，身边的人都惊讶不已。魏素萍跟他们开玩笑说："这是我们老孙用爱情创造的神话！"

2004年，七十五岁的孙家栋同时被任命为北斗二号、嫦娥一号总设计师后，比以前更忙了。哪知2006年12月，魏素萍又患重病做了大手术。术后，令人痛苦不堪的治疗，让魏素萍第一次感到恐惧，也第一次对丈夫如此依恋，生怕他的一次出差就成了夫妻间永远的遗憾。

尽管孙家栋尽量压缩在外的时间，然而2007年既是北斗二号首星发射之年，又是嫦娥一号奔月之年，是孙家栋最为繁忙的一年。这一年里，年近八十岁的孙家栋十次进入发射场，在发射现场指导了五次卫星发射任务，主持、参加了近百个与航天有关的会议，空中飞人似的飞了二十多个地方。魏素萍心疼地说："他总是天天跑，穿皮鞋太累，我每年光布鞋就要给他买四五双。"

一天，孙家栋就要前往西昌。眼看丈夫收拾行装，魏素萍心中不舍，强忍泪水说："有时间就快点回来，我在等你。"

孙家栋眼里泪水打转，向老伴儿点点头，把一只装满药品的袋子交到她手里。他生怕她看不清药瓶上的小字，特意在每个药瓶上重新贴上了标签，写明服药的时间和剂量。

当天晚上，中央电视台播出了北斗二号最后一颗组网卫星发射成功的消息。魏素萍又在家里电视屏幕上看到了自己的丈夫，禁不住擦着湿润的眼角喃喃道："老伴儿啊，这样的一辈子，值呢！"

孙家栋八十岁时，著名科学家钱学森专门给他写了贺信：

孙家栋院士：

您是我当年十分欣赏的一位年轻人，听说您今年都八十大寿了，我要向您表示衷心的祝贺！

您是在中国航天事业发展历程中成长起来的优秀科学家，也是中国航天事业的见证人。

自第一颗人造地球卫星首战告捷起，到绕月探测工程的圆满成功，您几十年来为中国航天的发展做出了突出贡献，共和国不会忘记，人民不会忘记。我为您取得的成就感到骄傲。

希望您今后要保重身体，健康生活，做一名百岁航天老人。

谨祝生日快乐！夫人面前代致问候！

钱学森

2009 年 3 月 5 日

2010 年，孙家栋荣获 2009 年度国家最高科学技术奖。

孙家栋院士把自己的一生都奉献给了中国的航天事业，他的业绩赢得了我国航天专家以及社会各界的尊重和赞誉。

2017 年，孙家栋当选为"感动中国 2016 年度人物"。颁奖词这样写道："少年勤学，青年担纲，你是国家的栋梁；火箭、卫星、嫦娥、北斗，满天星斗璀璨，写下你的传奇。年过古稀未伏枥，犹向苍穹寄深情。"

2018 年 12 月 18 日，党中央、国务院授予孙家栋"改革先锋"称号，颁授改革先锋奖章，称赞其为"航天科技事业创新发展的重要推动者"。

竞争对手与合作伙伴

2007 年 4 月 14 日，北斗二号组网首星成功发射，并于 17 日顺利开通，按照国际电信联盟"先登先占"的原则，中国已经拥有与伽利略重合频率的优先使用权。

而此时，由于欧盟各国之间意见不一致，伽利略导航卫星发射计划进展缓慢。尽管如此，中国北斗人秉承合作共赢的愿望，与欧盟伽利略携起手来，解决频率共享难题。

中国北斗、欧盟伽利略，既是竞争对手，更应该成为合作伙伴！

在中国即将发射第二颗北斗二号卫星的前夕，欧盟火速组成频率专家代表团来到北京，主动与我方协商频率问题。

欧盟代表说："我们伽利略频率体制理论，是注册了专利的。"

中国代表说："我们使用该频率不会影响伽利略。"

欧盟代表自信地说："我们的频率信号体制，你们永远绕不开。"

中国代表说："要相信人类的智慧。我们中国有句老话：办法总比困难多。"

"无法绕开的频率"，的确挡不住北斗人前进的步伐。经过深入研究、反复试验，北斗频率工作者终于摸索出一套新的信号体制理论，得到了绝大部分国际专家的认同。

在此期间，中国频率工作者一次次主动前往欧盟，与之协商频率合作问题，终于达成了双方共用这一频率的初步协议。对方提出中国要把频率计算结果交给他们。中国代表为表达合作诚意，同意了，同时也要求对方把频率计算结果交给我方。只是不知何故，对方迟迟没有提交计算结果。

欧盟代表团仔细研究北斗频率计算结果后，发现无懈可击。加之北斗卫星导航系统全球组网将很快展开，在此形势下，他们再次邀请中国频率工作代表团于 2015 年元月前往欧盟，继续协商频率问题。

双方围着谈判桌一坐下，欧盟代表团团长便就频率计算结果一直没有提交给中方一事表达歉意，并解释说："我们之所以没能把计算结果交给你们，是我们的卫星出问题了。"

中方代表们一笑而过。

欧盟代表团终于同意中国制定的频率使用规则，但附加了一个条件，伽利略系统组网卫星数量从二十四颗增加到三十五颗。中国代表团通过深入分析验证，认为欧盟这一要求不会给北斗系统带来实质性影响，原则上同意了。双方商定，协议文件由中方起草。

协议完成草稿，双方又经多次讨论、反复修改，正式形成协议文件。协议完全体现公平、公正、合理原则。欧盟代表团正式从法理上接受了中国提出的频率共用理念，同意在国际电联框架下完成卫星导

__rm_0__

航频率的协调工作。同时，经中国代表团提议，双方将就 S 频率使用问题继续展开洽谈与合作，并正式写入协议条款。

在商量协议签字地点时，中方代表团提出："过去协商，我们大多来欧洲谈，这次签字仪式，就请你们到中国做客吧。"

欧盟代表团欣然应邀："好，我们去中国北京，故地重游。"

双方代表团团长郑重地在协议上签上各自的名字，中欧卫星导航系统就 L 频率长达八年之久的协调工作圆满结束。

中国北斗、欧盟伽利略在频率问题上的密切合作，创造了"只能容下一个人的小房子容下了两个人"的科学奇迹，堪称世界重大科技工程领域合作共赢的典范！

"北斗，为你骄傲"

2012 年 12 月，完全可以称之为"北斗月"。

2012 年 12 月 27 日清晨，中国向世界宣告：北斗二号正式向亚太地区开通运营服务。千万个北斗人听到这个消息，欣慰地笑了："终于有自己的北斗了！"广大网友听到这个消息，更是激动不已，纷纷在网上留言："北斗，为你骄傲。"

2012 年 12 月 28 日，中共中央、国务院、中央军委对北斗二号卫星导航系统向亚太地区开通服务专门发来贺电，电文如下：

> 在全国各族人民认真学习贯彻党的十八大精神之际，欣悉北斗二号卫星导航系统正式开通，谨向你们表示热烈祝贺，并通过你们向参与系统研制建设、运行管理和服务保障的广大科技工作者、部队官兵和全体同志，致以崇高敬意和亲切慰问！
>
> 建设我国独立自主的卫星导航系统，是党中央、国务院、中央军委着眼国家安全和发展作出的重大决策。北斗二号卫星导航系统研制建设，凝聚了广大工程技术人员的聪明才智，体现了自主创新、团结协作、攻坚克难、追求卓越的北斗精神。该系统建成并投入使用，是国家和军队信息化建

设的重要里程碑，是对我国经济社会发展的重要贡献，标志着我国卫星导航发展"三步走"战略的第二步取得了全面胜利，标志着我国在建立自主可控的卫星导航系统进程中又迈出了一大步，意义重大，影响深远。

成就来之不易，发展任重道远。希望你们紧密团结在以习近平同志为核心的党中央周围，深入学习贯彻党的十八大精神，高举中国特色社会主义伟大旗帜，以毛泽东思想、邓小平理论、"三个代表"重要思想、科学发展观为指导，胸怀理想、坚定信念、求真务实、开拓创新，推动中国卫星导航事业再上新台阶，为国防和军队现代化建设，为全面建成小康社会、夺取中国特色社会主义新胜利作出新的更大贡献！

北斗二号卫星导航系统的确值得每一位中国人自豪。

它创造了四个第一：是国际上第一个将多功能融为一体的区域卫星导航系统；是我国第一个与国际先进系统同台竞技的航天系统，直面国际竞争，与美国GPS、俄罗斯格洛纳斯等国外先进系统比性能、比服务；是我国第一个面向大众和国际用户服务的空间信息基础设施，需要经受数以亿计的各类用户长期连续稳定使用的严苛考验；是我国第一个复杂星座组网的航天系统，卫星与地面站星地一体组网运行！

它实现了十大创新：导航定位、短报文通信、差分增强三种服务融为一体；提供三频导航服务，提高了高精度定位成功率；采用GEO+IGSO+MEO混合星座；实现GEO/IGSO星座高精度定轨、时间同步、构型维持；首次采用IGSO卫星；实现大型复杂星座的构建和运行管理；采用东方红三号甲卫星平台；采用长征三号乙新构型运载火箭，一箭双星发射高轨卫星；实现卫星、火箭批量生产、密集发射，推动航天产品研制生产方式转型；建立面向公众服务的空间基础设施。

北斗二号虽然只覆盖了亚太地区，覆盖范围远远不及美国GPS全球系统，但在覆盖区域内的服务性能可以比肩GPS：大众应用定位精度六米，精密授时精度达二十纳秒，而且具备GPS一代、二代所没有的短报文通信功能，一次可传送多达一百二十个汉字的信息。

2012年12月，中央电视台"中国经济年度人物奖"获奖名单揭晓。

北斗卫星导航系统任务团队获得"2012中国经济年度人物创新奖"。

本届中国经济年度人物评选的主题是"实业的使命",旨在呼唤实业的回归与振兴,表彰在实体经济方面的优秀践行者和为实体经济发展做出重大贡献的群体。

北斗卫星导航系统任务团队是一支充满活力和战斗力的队伍,承担着北斗导航工程运载火箭和导航卫星两大核心系统的研制、组批生产、发射组网等任务。这支一百余人的团队,自2004年9月北斗二号系统立项以来,短短八年间,在工程"两总"领导下,牢记使命、攻坚克难,先后突破了宇航产品组批生产、多星多轨组网运行等十二项关键技术,突破了四十多项专业技术,填补了数十项技术空白,成功完成了十四枚运载火箭和十六颗卫星的研制和发射任务,为北斗卫星导航系统建设和今后的可持续发展奠定了坚实的技术基础,为我国后续航天工程及其他社会建设积累了丰富的宝贵经验。

北斗卫星导航系统任务团队入选"中国经济年度人物创新奖",当之无愧、实至名归!

2017年1月5日,2016年度国家科技进步奖评选结果揭晓。北斗二号导航系统荣获国家科技进步特等奖。1月9日,在人民大会堂隆重举行的颁奖大会上,北斗二号副总设计师李祖洪,北斗二号卫星系统总设计师、首席科学家谢军,北斗二号运控系统总设计师周建华,代表北斗导航团队领取了这一份沉甸甸的荣誉。

2017年12月3日,第四届世界互联网大会在中国浙江乌镇召开。本届大会以"发展数字经济、促进开放共享——携手共建网络空间命运共同体"为主题。经评委会严格评选,北斗卫星导航系统被第四届世界互联网大会授予领先科技成果,是本届大会唯一享此殊荣的卫星导航系统。

中国卫星导航管理办公室主任冉承其发表了获奖感言:"卫星导航的诞生,彻底改变了这个世界。GPS,我们耳熟能详,现在我要告诉大家的是,在这个改变中,中国不是旁观者,而是践行者,更是创新者。2000年北斗一号建成,2012年北斗二号建成,就在上个月,新一代北斗三号全球系统部署拉开大幕,一个更高效、更精准的时空服务,正在由北斗给出中国方案!"

获奖作品《国家温度》作者蒋巍

蒋巍简介:

蒋巍,满族,1947年生,一级作家,享受国务院特殊津贴专家,获中国文联"全国最美志愿者"称号。1968年下乡赴北大荒,历任哈尔滨市文联党组书记、主席,中国作协文艺报副社长,创作研究部副主任。先后当选中国作协第五、六、七、八届全国委员会委员,中国文联第九届全国委员会委员,中国文艺志愿者协会理事等。出版各类作品三十余部,两度推出"感动中国人物"牛玉儒、丛飞和"时代先锋"文朝荣。先后获全国第二、三、四届优秀报告文学奖、中宣部"五个一工程奖"、金盾文学奖等。

国家温度，是比较出来的

——获奖感言

蒋 巍

《国家温度》获得第八届鲁迅文学奖，在上海的宝贝女儿雪孩竟然泣不成声，她知道老爸的辛苦。许多年，只要在家，我一直坐在书房里的台灯下，无分昼夜地敲字，幼时的她不时响着一双小脚锤，噔噔噔跑过来钻到我怀里，要爸爸。再后来就经常是手机视频了——我规定她不许哭，因为只要见到女儿掉泪，我立马就崩溃，不问缘由。太太则批评我："虽是老骥，并不伏枥。"

无奈，我选择了报告文学就是选择了奔波与劳累，不像诗人或小说家可以凭着生活经验、爱恨情仇和想象力，把读者的心按在地上使劲摩擦。报告文学必须到现场，去见人见事见环境，问过程问细节问动情时，然后再去折磨自己和折腾读者。我经常对人特别狠，采访时一直刨到伤心处，不时搞得自己也双泪长流，直喊"拿纸来！"座中泣下谁最多？除了对面的江州司马还有我。

其实，文学的力量就在于感动。不能感动自己也不能感动他人，就是塑料花。倘若你送给心爱的女孩一束塑料花，她一定会摔在你脸上然后愤然离去，一周后坐在宝马车上给你发来一条短信——她已成了别人的新娘。

《国家温度》获奖，其实书边站着很多人，我只能站在后边。先是中国作协的领导发话："扶贫攻坚，千秋伟业，作家绝不能缺席！"然后张弓拉箭，把二十多位名家和我射了出去。知道我年逾七旬，不时来电慰问，关切多多。其后还有编辑、评委，他们从字里行间读到了我的辛苦、真诚与感动。我这人就受不了感动，整整十个月，我像一匹脱缰的野马奔驰在祖国大地上，由陕西而新疆而贵州而上海而黑龙江，基本等于绕大陆一圈——不是我勤奋，而是一支离弦之箭回不来了。历史上的贫困与苦难，我都见过；而今见到黄土高坡上的一座座新村；维吾尔族双语学校每周一高高升起的五星红旗；贵州大山深处的孩子不必过乌江就可以上新学堂了；上海扶贫干部抛家舍业，在新疆、西藏轮番一住三年，把破烂的中学改造成全区名校，有孩子考进北大、清华；还有免费的营养午餐、免费的九年一贯制教育、免费的特长培训班，不许一个适龄孩子辍学……呵呵，伟大新时代的暖流正涌向每一个边疆小镇、每一个遥远村庄，我拉着行李箱、带着一盏小台灯，顺着感动奔走——这条路走不完也写不尽啊！

真理是比较出来的，温度是比较出来的。《国家温度》其实就是伟大新时代的一个记录本，像士兵归来的大声报告。

国家温度（节选）

★ 蒋 巍

说明：收入本书后，为阅读方便，章节按序重列

前言　千年等一回

1

曙光初现，一张木犁静静伫立在东方地平线上。

它以锋锐的犁铧——开始是石片，后来是青铜，再后是钢铁，在中华大地留下五千多年的年轮，裂纹中全是风尘、汗水与歌哭。它有着父亲般坚强的形象和母亲般美丽的曲线，所有涌向它的记忆都是一个民族的牵挂。每天朝阳穿它而过，喷出光芒万丈。

犁，五千年中国的神圣图腾和伟大动力。历史由它而起，梦想由它而起，革命由它而起，改革由它而起，中国共产党的初心使命由它而起，人民群众对美好生活的向往由它而起，全面进入小康社会的磅礴进军由它而起。它朴实得像一头躬身耕作的牛，始终奋力向前。它英勇得像一张巨大的弯弓，将中国人民的憧憬射向远方。无论多么现代的大机械代替了它，它永远在，中华民族的灵魂之弓！

2

贫困是世界上最可怕的毁灭性力量。它可以毁灭和平，毁灭文明，毁灭生态，毁灭家国，毁灭梦想，毁灭生命。故而，消除贫困是全人类面对的共同挑战。

党的十八大以来，以习近平同志为核心的党中央，以宏大而精密的顶层设计和坚定决心，领导和指挥了一场波澜壮阔的脱贫攻坚大决战。目标是在 2020 年，全国各族人民一个不落，携手同步迈进小康社会，实现中国共产党第一个百年奋斗目标。迄今已过去七年多，七年的风霜雨雪，总书记考察调研最多的是贫困地区：六盘山区、秦巴山区、武陵山区、乌蒙山区、大别山区……十四个集中连片特困地区的山山水水，刻印下人民领袖与村庄心心相连的深情足迹；走进贫困群众家中，嘘寒问暖，摸被看锅，细算民生账，探讨脱贫路，殷殷叮嘱当地干部要看真贫、扶真贫、真扶贫……

这是人类史上前所未有、中华民族千年等一回的"人民战争"。七年多来，全国二百八十万扶贫干部奔赴战场，近千名扶贫干部倒在冲锋路上。如今，这场举国总攻战的磅礴伟力和涓涓暖流，正在抵达大江南北每一条山路、每一间农舍。困扰中华民族千百年的绝对贫困，正在从中华大地上一片片抹去。全面的、决定性的胜利即将到来。时针正在接近那个激动人心的时刻。

3

事实就是力量，事实就是温度。下面的数据就刻写在中国九百六十多万平方公里的大地上：

——改革开放四十多年来，八亿多人口已实现脱贫。

——全球范围内每一百人脱贫，就有七十多人来自中国。

——党的十八大以来，贫困人口由 9899 万人减少到 2018 年年底的 1660 万人，连续六年每年减贫都保持在 1200 万人以上，相当于欧洲一个中等国家的人口规模。全国农村贫困发生率降至 1.7%。

——至 2018 年年底，全国 832 个贫困县有 436 个摘帽，12.8 万个贫困村有 10.2 万个脱贫。

——进入 2020 年，全国扶贫攻坚战已经取得决定性胜利。

一切行动，一切成果，一切意义，归于人民至上，归于人民共享。

是偶然的巧合也是时代的必然。2018 年 12 月 18 日 10 时许，我专程前往延安梁家河村，去寻找一颗年轻的崇高而激越的心，一条为乡亲们不息奋斗的山路，一盏照亮了很多夜晚和很多经典名著的油灯……与此同时，在北京，庆祝改革开放四十周年大会正在人民大会堂隆重举行，习近平总书记代表全党和全国各族人民，发出在新时代新征程上奋勇前进的豪迈宣言："高举中国特色社会主义伟大旗帜，不忘初心，牢记使命，将改革开放进行到底，不断实现人民对美好生活的向往，在新时代创造中华民族新的更大奇迹！创造让世界刮目相看的新的更大奇迹！"

4

小康的梦想犹如一轮朝阳，已然升起在新时代的地平线上。

能够成为这场伟大进军的参与者、见证者和书写者，是令人激动的。毕竟，我经历过那些艰难困苦的岁月，经历过上山下乡的迷茫，经历过改革开放的洗礼。如今目睹大江南北的泥草房被扫荡一空，千百万贫困户的脸上荡起舒心的笑容，一座座美丽乡村拔地而起，我为社会主义中国的强大力量和国家温度深感温暖和自豪。这是初心的温度，是誓言的温度，是热血的温度，是幸福的温度。

为感受和传递这个温度，我出发了。整整十个月，我绕了中国一圈。

5

本书产生于广泛的田野调查，来自陕西省、新疆维吾尔自治区、贵州省、上海市和黑龙江省数百位基层干部和农民的口述。因此我宁愿称它为报告而非文学。这些陈述全部是在村委会、农家炕头、田间地头或驻村干部的农家院完成的，其真实性无可置疑。中国扶贫大业的进程和成效，中国农村的现状与变化，广大扶贫干部的艰辛与努力，就在本书里。中国的国家温度，就在本书里。中国就这样，中国就在这儿。

对于人类的创造力，历史的想象力是永远不够的。

对于中国共产党和中国人民的创造力，世界的想象力是永远不够的。

只要有梦想，一切不可阻挡。

序篇　阳光落地的声音如此宏大
——国务院扶贫开发办公室的前世今生

这里的办公室很挤，这里的空间极大。

清一色键盘侠，他们和她们眉宇间有一种英雄气，表情严肃，十指纷飞，隔板两侧声息相闻，其边缘直抵九百六十多万平方公里国土的每一座界碑。

这里流量汹涌，巨浪排空，波澜壮阔，却保持着蓝天大地般的宁静。时时刻刻，来自全国各地的数据流、信息流汇总于此，显示出"大江东去，浪淘尽，千古风流人物"的雄心与意志、豪迈与壮阔。全国每一个村寨，每一缕炊烟，每一个普通农民，还有他们的猪马牛羊鸡鸭鹅，以及每一片耕地、每一座大棚、每一片水塘、每一个果园，都以数字方式闪耀在电脑的巨大空间里，灿若星海，横亘山河。

这里的工作人员没有加班意识，因为加班就是他们的日常。一天四餐，半夜一顿盒饭，天天如是。男士们很高兴，不用半夜让妻子做夜宵了；女孩们很惆怅，怕吃胖。不过也有一样好处，因为天天不见阳光，俊俏小脸雪白如玉。

他们昼夜鏖战，不计代价。他们的表情很平静。他们的内心很沸腾。他们的眼神很昂扬。党的十八大以来，在以习近平同志为核心的党中央的坚强领导和指挥下，他们直接参与着、引领着、推进着中华民族历史上前所未有的一场必将彪炳史册的伟大战役——中国脱贫开发攻坚战。

这，就是国务院扶贫开发办公室的同志们。

在中华民族实现伟大复兴的磅礴进军中能留下自己的一行脚印，是光荣和幸福，更是责任与担当。他们知道，他们懂得，走廊里自己匆匆而过的脚步声，穿过的是"千年等一回"的磅礴时代。

走进国务院扶贫开发办公楼，一块倒计时电子显示屏醒目地挂在前厅的墙上，黑底、红字，无声无息，闪闪发光。进入大厅的人看到它，思绪无不凛然一震。

这是一块有着特殊意义也有着深刻使命感的显示屏，宽1.52米，高3.8米。它以闪亮的数字和倒计时方式，显示着一个伟大目标的接近。其上端是"扶贫攻坚倒计时"七个红色大字，中间是"427天"（我看到的那一天）——距离2020年12月31日还有427天，再下边是以秒为单位的当天时间进度。它标识着当今世界举世无双的一项宏大民生工程——中国扶贫攻坚战的进程和节奏。

它快速闪动着，犹如无声的号角，显示着以习近平同志为核心的党中央向全党全国人民发出的新时代动员令，分秒不差地催促着全国扶贫干部奔波的脚步和激越的心跳。抵达2020年12月31日那个壮丽时刻之后，它将以更高昂更激情的节奏，直奔中国共产党成立一百年的历史坐标。那时，中国将向世界宣布：中国共产党"两个一百年"的奋斗目标之一，实现中华民族伟大复兴的奋斗目标之一——社会主义中国全面进入小康社会的伟大进军，取得决定性胜利！

在时间的钟表上，永远写着两个大字："现在"！

国务院扶贫开发领导小组办公室，是国务院的议事协调机构，国务院扶贫开发领导小组下属的工作部门，副部级单位。领导小组由汪洋同志兼任组长，负责政策制定以及领导、统筹和协调国家相关部门的扶贫工作。领导小组成立于1986年5月16日，时称国务院贫困地区经济开发领导小组，1993年12月28日改用现名。很多人大概不知道，党中央国务院最初决定成立这个国家级领导小组，与贵州省赫章县一个遥远的少数民族山寨有关。

一场大饥饿，震动中南海……

1. 被历史遗忘的深山"部落"

1985 年春，史称"天无三日晴"的贵州遭遇大旱，草黄林枯。

在毕节地区赫章县海雀村，那天早晨，一双脚趾很嚣张的大黑脚穿着"轮胎鞋"登上山顶，土布烂裤角被寒露打得湿漉漉的。这双"鞋"是用废弃的三轮车轮胎切成的，翘起的边缘钻了四个小洞，用麻绳系在脚上。麻绳七八天就磨断了，再换，轮胎底则可以穿几十年——现在还在。麻绳勒在脚面上不会磨出血吗？不会，因为脚面的茧皮和脚底一样厚，脚底的茧皮和石头一样硬。

大旱连月，庄稼苗出来的又晚又稀，蔫头耷脑。为了浇地，海雀村村支书、彝族汉子文朝荣牵牛驮着两桶水上山了。他生于 1942 年，长得很英气也很古老，犹如一尊刀砍斧凿的石雕：浓眉深目，鼻梁挺直，皮肤黝黑粗糙，衣服下兜揣着一本巴掌大的工作手册，上兜插着一支圆珠笔。上了坡田，文朝荣吃力地把两只水桶从牛背上提下来。突然间，一群渴极了的雀鸟扑打着翅膀，箭一般射进桶里抢水喝。"滚球的！"文朝荣挥挥手一声大吼。

在海雀村，老头子一向醒得比鸡早，叫得比狗凶，一支铜哨子吹得呜呜响，逼着村民早起干活。一听他的哨子疯响，全村鸡飞狗跳，村民们立马出门集合，否则文朝荣的炸雷嗓子能把人轰到地缝儿里去。年年月月，海雀村跟着这支铜哨子日出而作，日落而息，仿佛老头子的哨子响了，太阳才会升起，苞谷才会结棒，生活才会继续。

毕节，地处黔西北的乌蒙山腹地，被称为"三极之地"，即自然条件极为恶劣，生产力极为低下，人民生活极端贫困。全市两万多平方公里，平地只有 8%，其余皆为山陵。这里山高坡陡，河谷峻切，地形破碎，喀斯特地貌占全地区三分之二以上。早年，联合国有关专家曾到毕节考察了一圈，结论是"这里不具备人类生存的基本条件"，建议中国政府对住民实行大规模外迁。当地人满脸苦笑，中国这么多人，往哪迁啊？

海雀村地处乌蒙山深处，海拔 2300 米，属高寒地区。全村辖 5 个村民组，分散在几个相连的山头。共108户、730人，其中苗族162户、702人，彝族6户、28人，有小学文化的只有5人，中老年基本不会讲普通话。绝大多数村民住的是茅草房、权权房，人畜混居。境内山高坡陡，坡田占90%，耕地贫瘠，支离破碎。村子无电、无路、无学校、无卫生室，饮用水就靠收集雨水。上学、看病、打电话，需要步行下山到十二公里外的乡政府所在地。整个村庄几乎与世隔绝，用当地人的话说，这里"吃饭基本靠讨，喝水基本靠手，走路基本靠找，治安基本靠狗"。在海雀村世世代代的记忆中，从未有过吃饱的感觉。因为土地瘠薄，耕作艰难，收成低微，"洋芋没有鸡蛋大，苞谷不如巴掌长，老鼠也要跪下啃，种下一坡收一箩"。骨瘦如柴的老村民王学芳告诉我，他长到十四五岁还没穿过裤子，"山上只要没毒的都找来吃，大便像小便一样稀"，"一袋炒面、十个鸡蛋就能换回一个媳妇。"

那些年代"极左"思潮泛滥，干部怕错，群众怕饿。似乎看不到尽头的穷困，像千年铁钳一样死死掐住了海雀村的命运。美丽的苗族姑娘罗荞花（当年我见到时，她是独自带着两个女儿的寡妇）这样唱道：

> 一朵朵的红杜鹃哟，开在心里头。
> 一根根的山花蔓哟，缠着女儿手。
> 出门隔山望哥哥，
> 妹妹有情难开口。
> 锅里断了粮，灯芯没了油，
> 下雪草当被，雨过没路走。
> 山里的日子眼里的泪，
> 哪年哪月流到头？
> 哥哥你有心喊一声，
> 妹妹这就跟你走，
> 跟你走，死在外乡不回头！

后来罗荞花真的走了，被穷困与饥饿逼走了。那是"踩花山"（苗族节日）的一个夜晚，山下寨子一位开矿男人指挥一群乡党，以当地风行的抢婚方式，高举火把将她捆到马背上掠走了。当地还有一个风俗，洞房花烛夜，新娘新郎上床时要厮打一番——其实是假打，好让窗外的青年男女和小崽子们听听热闹。那个新婚夜，罗荞花是真打，哭号着打，茶壶碗盘摔了满地，因为她不情愿，因为她在海雀村有一个相爱的小伙子。但小伙子家太穷了，没房没粮没衣裳，根本养不活她，罗荞花不得不认命了。四年后，她离了婚，领着一个女儿抱着一个女儿，凄凄惶惶回到海雀村——因为她没给那个男人生个男娃，被吼出家门了。

仔细想，少数民族传统文化的核心其实就是"一切为了生存"。比如，苗族的称谓出于"田中多禾苗"的期望；彝族的称谓则来自毛泽东的一个建议，意思是上面有房，下面有吃有穿，但经过漫漫岁月，这个愿望一直没能实现。

海雀村高悬群山之上，村民们很难看到县乡干部，因为那里根本收不上公粮，反而年年吃救济粮，干部们只好躲着走。文朝荣是党和政府在海雀村的唯一代表，有人戏称他是"一个人的政府"。就这样，海雀村仿佛是被世界遗忘的山中"部落"，无人问津，苦甲天下。

2. 来自中南海的三个"！"

1978 年 11 月 24 日，那个寒冷而饥饿的冬夜，安徽小岗村十八个农民代表全村二十户人家，在一张分田到户的协定书上按下了红手印，成为"中国改革第一村"。同年，贵州顶云公社几个生产队秘密实施了"定产到组、超产奖励"的政策，成为"中国改革第一乡"。中国农村改革的大幕就此拉开，亿万农民的劳动积极性获得空前解放，粮食产量连年递增，农村大多数人的温饱问题得到初步解决。1985 年，全国各地乡镇政府组建完成，人民公社彻底退出历史舞台，农村发展形势越来越好，全国人心大畅。

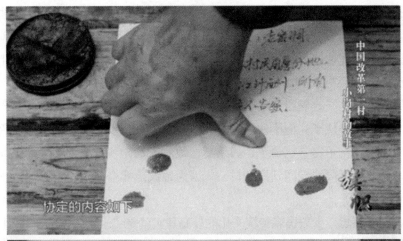

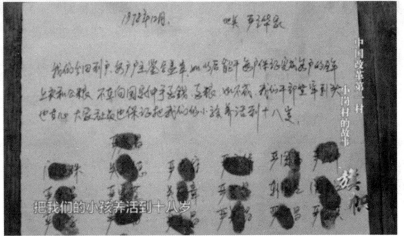

　　1985 年是牛年，俗话说"牛马年，好种田"。但是，很多人没有注意到，在经济社会发展严重滞后的贵州，生产生活依然非常艰难。尤其在毕节地区，在赫章县，在山高路远的海雀村，因去年遭遇冰雹和早霜，苞谷和洋芋大幅减产，很多人家的粮食只够两三个月吃的，全村陷入断粮困境。村支书文朝荣忧心如焚，不得不踏上无休止的"讨饭路"，一次次跑到乡里县里要救济粮。

　　在一些地方领导和坐机关的小青年看来，文朝荣的行为与全国农村发展欣欣向荣的大好形势显然很不协调，甚至很让人不快。结果，要救济的文朝荣心急火燎，发救济的领导干部越来越烦。有人气呼呼地说，海雀村是"填不满的无底洞"。还有人说，文朝荣在农业学大寨时是"一面红旗",改革以后跟不上形势了,"除了要吃要穿,别的都不会了。"彝族汉子文朝荣做事果决,脾气暴烈,村民送他个绰号叫"火神爷"。他在乡区机关多次跳着脚吼,吼得声震屋瓦,眼睛直冒火星。但不管用,救济粮迟迟要不来。文朝荣只好穿着那双沉重的轮胎鞋,一次次下山上山来回跑,去时满怀希望,回时眼里含着泪。

终于有一天,村里来了一个外人。

1985年5月下旬的一天,新华社贵州分社的青年记者刘子富为调查反映农村改革的大好形势,兴致勃勃来到著名的贫困地区——毕节地区赫章县。5月29日晨,县里派了一辆老式北京吉普把他送到恒底区。听说海雀村是少数民族村,他很感兴趣,便决定攀山而上,顺便拍一些风景照和花卉照。临近中午,翻过山头,穿过一片杂树林,海雀村出现在他眼前了。

有那么一瞬间,刘子富呆若木鸡。后来他回忆说:"当时,海雀村给我的第一印象是死气沉沉,家家户户住的是茅草房、权权房,一副摇摇欲坠的样子。""进了屋,都是人畜同居,残破不堪,根本无法避寒。那时我还年轻,走上工作岗位不久,对贵州农村的贫困情况了解不多。改革开放六七年了,看到海雀村民还住着这样的房子,我非常震惊和痛心。后来我挨家走挨家看,情况严重得更是超乎想象。"

——苗族村民王永才家的饭甑子开裂发霉了,炭火上支着砂锅,揭开锅盖,里面煮的是野菜,要仔细看才能发现里面掺有少许的苞谷面。爬上阁楼看看箩筐,筐底仅剩二十七个鸽子蛋大小的洋芋……

——安美珍老大娘家,老人瘦得三根筋挑着一个头,眼窝深陷,麻布裙和床上的被子破烂得像渔网……

——又看了几家,已经断粮了,有的小娃娃饿得耷拉脑袋了,连哭的气力都没了……

刘子富急切地问,你们村支书呢?

妇女主任吴秀琴说,到县上要救济粮去了。

刘子富又问,村里困难成这样子,上头干部没来看看啊?

村民说,村里没电话,啥事情都是我们村支书来回跑。

刘子富心急如焚,匆匆下了山,当晚赶回赫章县。第二天早晨,县委书记王国兰来看他,刘子富简要介绍了海雀村的困境并问起全县缺粮情况。王国兰沉重地说:"你头天来我为什么没见你? 因为我不知道说什么。我担心你让我介绍农村改革大好形势,可我说不出口啊! 实际上现在全县缺粮非常严重,濒临断粮的总计已达一万两千户、三四万人以上,靠我们自己的力量根本无法解决。我们已经向上头再三反映过,可时间不等人,老百姓的肚皮不等人,我们快愁死了! 希望你尽快帮我们向上级反映反映……"

王国兰走后,刘子富久久无法平静。几年来,有关农村改革"形势大好,粮食连增"的报道连篇累牍,欢声四起;一些基层官员习惯了报喜不报忧,使上级机关难以了解到基层的真实情况,更难听到大量饥民的急切呼声。思之良久,刘子富决定写一份《内参》报道——这是饥民呼声抵达中央最快的路径。但是他不能不有所顾忌,作为贵州分社初出茅庐的年轻记者,这篇"负面"报道报上去,从分社编辑、主任、主编,再到总社编辑、主任、主编,究竟能不能通过层层审查直达上听? 如果审稿过程时间拖得太长,海雀村乃至赫章县的饥民无论如何等不起啊! 人命关天,刻不容缓,刘子富做出一个大胆决定:为避免节外生枝,就在赫章县完成文稿,不经过贵州分社,直接电传新华总社。显然,这是违反工作程序的,但他顾不得那么多了。

县城晚间停电。刘子富向招待所服务员要了两支蜡烛,连夜挥笔疾书至凌晨1时许,写出一篇近两千字的报道。第二天即5月30日,他到县邮电所买回一叠电报纸,把报道稿一字一格抄写完毕,然后以加急电报方式发至北京新华社总部。一个字两分钱,这份加急电稿花了自己三十多元钱,在80年代,这是一笔不小的数目。

总社的同志大都是老新闻人,反应敏捷,懂得分量轻重,他们在第一时间把稿子送到新华通讯社社长穆青(《县委书记的好榜样——焦裕禄》作者)的案头。读过后,穆青深为震动,批示"速发! "

两天后,即1985年6月2日,新一期的新华社内参送到中共中央政治局委员、书记处书记习仲勋的写字台上,立即引起这位老革命家的关注。

刘子富的报道全文如下:

赫章县有一万二千多户农民断粮

少数民族十分困难却无一人埋怨国家

贵州省赫章县各族农民中已有 12001 户、63061 人断炊或即将断炊。

5 月 29 日，记者到这个县的恒底区四方乡苗、彝族杂居的海雀村的 3 个村民组，看了 11 户农家，家家断炊。彝族社员罗启朝家生活属于中等水平。记者走进罗启朝家，只见他的妻子梁友兰满脸愁容地待在家里。她对记者说：去年因低温收的粮食本来就不多，又还债 200 斤，现已断顿了。她丈夫只好外出借粮，至今不知有无着落。她家去年卖了 5 只鸭、200 多个蛋，收入 31 元，买盐买油就花得差不多了。她还说：当着区乡干部的面，还不敢讲没吃的，讲出去担心受打击。记者看了她家的全部家当，充其量值百把元。

记者走进苗族人家，安美珍大娘瘦得只剩枯干的骨架支撑着脑袋。她家 4 口人，丈夫、两个儿子和她。全家终年不见食油，一年累计缺 3 个月的盐，4 个人只有 3 个碗，已经断粮 5 天了。

在苗族社员王永才的家里，王永才含着泪告诉记者：全家 5 口人，断粮 5 个月了，靠吃野菜等物过日子，更谈不上吃油、吃盐。耕牛本是苗家的命根子，也只得狠心卖掉买粮救人命。一头牛卖了 250 元，买粮已经花光了。耕牛尚且贱卖，马、猪、鸡就更不用说了。在他家的火塘边，一个 3 岁多的孩子饿得躺在地上，发出"嗯、嗯、嗯"的微弱叫唤声，手中无粮的母亲无可奈何。

记者在海雀村民组一连走了 9 家，没发现一家有食油、有米饭的，吃的多是玉米面糊糊、荞面糊糊、干板菜掺四季豆种子。这 9 户人家没有一家有活动钱，没有一家不是人畜同屋居住的，也没有一家有像样的床或被子；有的钻草窝，有的盖秋被，有的围火塘过夜。

离开海雀村民组，不远就是学堂村民组。记者走进苗族大娘王朝珍家，一下就惊呆了，大娘衣不蔽体，见有客人走来，立即用双手抱在胸前，怪难为情地低下头。她的衣衫破烂得掩不住胸肚，那条破烂成线条一样的裙子，本来就很难遮羞，一走动就暴露无遗。大娘看出了记者的难堪，反而主动照直说："一条裙子穿了三年整，春夏秋冬都是它。哎！真没出息，光条条的不好意思见人！"大娘的邻居是朱正华家，主人累得上气不接下气地说："早在去年年底就把打下的粮食吃光了；几个月来，找到一升吃一升。"

苗族青年王学芳边带记者一家家看，边告诉记者：目前，全组30户，断炊的已有25家，剩下的5家也维持不了几天。组里的青年下地搞生产，由于吃得差、吃不饱，体力不支，一天只能干半天活。加上主要劳动力都得外出找吃的，已经影响生产的正常进行。

这些纯朴的少数民族兄弟，尽管贫困交加，却没有一个外逃，没有一人上访，没有一人向国家伸手，没有一人埋怨党和国家，反倒责备自己"不争气"。这情景令人十分感动。

据了解，1984年，赫章县粮食产量是1.833亿斤，人均占有粮食396斤，纯收入110元。全县89个乡中，贫困乡有88个。全县贫困面大，钱粮缺口大。从春节过后就陆续发放救济钱、粮，但仍不能解决问题。值得注意的是，有一部分区乡干部对农民的疾苦不关心，麻木不仁。不少人由过去的"怕富爱穷"转向"爱富嫌贫"，缺乏起码的工作责任心。比如海雀村距恒底区委12公里，区干部对这个村的贫穷状况也知道，但就是没有认真深入调查了解，真心实意帮助农民脱贫。

习仲勋，来自陕北大地的极富传奇性的革命元勋。毛泽东曾称赞他"年轻有为，炉火纯青"，是真正从人民中间走出的"群众领袖"。二十一岁当选陕甘宁苏维埃政府主席，三十二岁担任中共中央西北局书记，四十六岁成为国务院副总理。"文革"后他赴任广东，以极大的政治勇气率先举起改革大旗，对外开放，对内搞活，经济发展显著，使一波又一波的"逃港潮"渐渐止息下来，这件事给邓小平留下极深的印象。习仲勋一生忠诚人民，坚持倾听群众心声，他曾深情地说："我们党的一切事情，就是群众的事情"，"江山就是人民，人民就是江山。"（见《习仲勋传》）

读罢报道，习仲勋很难过也很激愤，他挥笔在文稿右上角做出如下批示：

> 有这样好的各族人民，又过着这样贫困的生活，不仅不埋怨党和国家，反倒责备自己"不争气"，这是对我们这些官僚主义者一个严重警告！！！请省委对这类地区，规定个时限，有个可行措施，有计划、有步骤扎扎实实地多做工作，改变这种面貌。

习仲勋在批示中用了三个并列的"！"，这在历届党和国家领导人的批示中是极为罕见的。显然，习仲勋以这种特别加重语气的方式，对贵州部分人民群众过着如此贫困的生活表达了严重关切，同时直言不讳地对各级党政机关存在的官僚主义作风提出尖锐批评。

6月2日当天，中央有关部门即将习仲勋批示和相关报道电传贵州省委。贵州省委省政府立即行动起来，时任省委书记朱厚泽连夜召开了各地、市、州负责人会议，传达了习仲勋重要批示精神，全面部署了救济工作。省委省政府迅即抽调了上百名干部，分成8个组，由时任省长王朝文带队，分赴各地调研，指挥组织救灾，妥善安排群众生活。此时恰逢胡锦涛同志被中央任命为新任贵州省委书记，临行前，习仲勋特别找他谈了话，向他介绍了贵州毕节地区遭遇的严重自然灾害，需要立即开展救济工作。胡锦涛到任第三天即奔赴毕节地区赫章县等地，深入农村，走村串户，查看缺粮断炊情况，要求当地政府立即开仓放粮。因遭遇暴雨，道路中断，他没能亲往海雀村。这期间，国务院紧急拨给贵州救灾款三千六百万元，从外省增调粮食五亿斤。一时间，贵州毕节地区弯弯曲曲的山路上，运送救济粮的车马川流不息……

数千斤救济粮呼呼啦啦运进海雀村，海雀村得救了，家家升起了香喷喷的炊烟。

3. "石头硬不过骨头，山头高不过脚头"

村支书文朝荣出身贫苦，小时候，是来到这里的土改工作队送他上了学，从此他的上衣口袋一直插着一支圆珠笔。从新中国成立前到改革后，他亲历了家乡的生态环境的演变：因为人口增多，乱砍滥伐，水土流失严重，曾经的青山绿水渐渐变成荒山秃岭，粮食产量也越来越低。国家救济粮的到来，让全村欢声雷动，可文朝荣想得更动情也更长远。他在村民大会上说，党和政府救了我们的命，但海雀村不能年年靠国家救济活着，我们得懂得感恩，努力减轻国家负担。全国七亿农民都在给国家做贡献，我们也是种地的，却要年年吃救济，愧不愧呀？今后，我们要闯出一条自力更生、丰衣足食的自救道路！

村民问，怎么闯啊？

文朝荣说，第一，要大力发展养殖业，多养猪马牛羊，用牲畜和咱们拉的屎给地增肥，今后大家一定要把屎拉在家里，不许肥水流了外人田！

全场大笑，说这个做得到！

文朝荣接着说，第二，要大力发展种植业。大家看看周围这十几个山头，几十年来全让我们砍成了"和尚头"，没草没树挡着，山洪一来庄稼全毁。既然党和政府保了我们的命，我们不能闲着，一起上山种树。等树木长成林子，水土保持好了，收成高了，我们就不用年年吃国家救济了！

全场笑得前仰后合，说文书记你做梦吧，十几个光头山，你以为吹口气儿就变出大森林啊？

文朝荣吼道，我们绝不能天天坐吃国家救济！石头硬不过骨头，山头高不过脚头，我死了你们接着干，你们死了儿子孙子接着干，明天就开干！

第二天，文朝荣领着一群破衣烂衫的"叫花子"，冒着寒风扛着铁锄铁锹上了山。没钱买树苗怎么办？文朝荣决定当一把"江洋大盗"。一个风高月黑天，他领一帮年轻村民悄悄潜入县城，从县林业局苗圃偷回上千棵松树苗。转天林业局局长气呼呼告到县长那里，要求把文朝荣抓起来治罪。县长笑着说，要是各乡老百姓都来偷树苗，我一定给你发个大奖状！

山高路远，天天爬山下山谁都扛不住。为节省体力，不耽误节气，文朝荣和村民们天天盖着烂衣睡草窝。连续三个春节大年夜，村民们都是在山上过的。青年男女火力旺，经常饿着肚子围着篝火载歌载舞，烂布衫烂裙子像火苗一样飘飞：

> 太阳出来照半坡，
> 哥和妹来栽树多。
> 哥在前面挖坑坑，
> 妹在后面盖窝窝……

为了感恩也为了自救，海雀村真是拼了。那时还没有退耕还林的说法和政策，但在文朝荣的领导下，村民集体上山植树还是一年年坚持下来了。这是贵州省第一个自发、自觉、自费发动的"村办绿化运动"，应载入史册。1986 年，海雀村造林八百亩，接下来的三年共造林 13400 亩。进入 21 世纪，国家制定了退耕还林优惠政策，村民们能得到补贴粮款，积极性更高了。十多年拼下来，周围几十座石山秃岭变成了郁郁葱葱的林海。绿化率由原来的 5% 提高到 70% 以上，人均拥有林木十五亩，全村每年享受退耕还林补贴 24.8 万元，林业价值逐年上升，进入 21 世纪总值已达四千多万元，人均五万多元。我前往海雀村采访时，站在高坡上纵目四望，四野群山云雾缭绕，青翠如盖，傲然挺立着一片片高大的华山松和马尾松。那是文朝荣带领全体村民共同奋斗留下的毕生心血。

当地人称文朝荣有不离身的三件宝:镰刀、背篓、轮胎鞋。2000 年，五十九岁的文朝荣退休离任，可他还是天天登上轮胎鞋，拎着镰刀，背上背篓，四处爬山巡查守护着那片青山绿海。每天都这样，来回数十里，"出门天不亮，回家月亮上"，身边只有家里那只小黑狗跟着他。

有一天，文朝荣昏倒在林子里，那只小黑狗疯狂地跑回村子报信。他累倒了，再没能站起来。2014 年 2 月 11 日，七十三岁的彝族老支书文朝荣与世长辞，全村失声恸哭。安葬之日，周围几个村子的数千名老百姓都赶来了。大家强烈要求，每村出八个人，一村抬一程，送送敬爱的老支书。跟在后面的人群排起长队，泪洒一路。

生前，老支书要求把自己葬在林海对面的高坡上，他要永远守望那片浩瀚的林子。前往采访时，我特别来到老人的墓前瞻仰并致悼念。墓呈 U 形造型，刷成白色，没有立碑也没有名字，含清白一生之意。老人家穿的那双轮胎鞋永久保存在海雀村展览馆里，世界上唯此一双。

中组部追授文朝荣为"时代先锋"。

老人与海，永不分离！迄今并且永远，在海雀村的青山绿海中，在村民的记忆中，依然走着这位白发苍苍的老愚公。

文朝荣生前肯定没有想到，海雀村因断炊惊动中南海，从而引发国家和贵州省对毕节地区以及赫章县灾民的大规模援助，这成为中国扶贫史上一个重要节点。1985 年 6 月 2 日习仲勋同志在新华社记者刘子富报道上做出的重要批示，也成为改革开放新时期中国开展大规模扶贫开发的强大动员令。经多方酝酿，1986 年 5 月 16 日，中央决定成立"国务院贫困地区经济开发领导小组"，该小组成立了专门工作机构，制定了扶贫标准，设立了专项扶贫资金，划定了重点扶持区域，确立了开发式扶贫方针。

这无疑是中国扶贫开发的重大提升！1993 年 12 月 28 日，该领导小组办公机构改称"国务院扶贫办公室"，从此中国扶贫事业从民政工作层面上升为国家行动，有组织有计划大规模的开发式扶贫在全国持续推进。

4."一、二、三"——前进、进！

党的十八大以来，习近平总书记站在全面建成小康社会、实现中华民族伟大复兴"中国梦"的战略高度，把脱贫攻坚摆到治国理政的突出位置。以习近平总书记到河北阜平看真贫和首次提出精准扶贫为起点，以中央扶贫开发会议为标志，中国扶贫开发进入更加广阔、更加迅猛、更加坚实的新阶段。党中央把贫困人口脱贫作为全面建成小康社会的底线任务和标志性指标，对扶贫体制、政策、方式等进行全方位改革创新，在全国范围打响了扶贫攻坚战，此战力度之大、规模之广、影响之深前所未有。人类反贫困史上的伟大篇章，在中国大地波澜壮阔全面展开……

怎样才算脱贫？标准是什么？党中央国务院从国情出发，从实际出发，制定了一个明确、具体、指标明晰的"一、二、三"标准：

"一达标"：农民人均年收入达到国家现行扶贫标准。

"两不愁"：不愁吃，不愁穿。

"三保障"：实现义务教育有保障，基本医疗有保障，住房安全有保障（包括饮水安全有保障）。

自工业革命以来大大落后于世界先进国家的积贫积弱的中国，自鸦片战争以降饱受西方列强宰割、欺凌、掠夺的中国，在拥有十四亿人且大半为农民的人口大国，这个"一、二、三"虽是基本保障，但要全面落实、一个不落，把小康生活送进每个农户家里，是何等伟大又何等艰巨的历史使命啊！千年等一回——人类史上空前规模的扶贫开发工程，就这样摆到新时代的中国共产党和社会主义中国面前！

这是当代中国的头等大事和第一民生工程，是以人民为中心的社会主义中国的本质要求，是以习近平同志为核心的党中央对全国人民、也是对世界做出的庄严承诺。

"一、二、三"，犹如新时代雷霆进军的号令，正在激励我们奋勇前进、前进、前进——进！

此刻，国务院扶贫办门厅高悬的那块电子显示屏上，红色数字正在不断闪动——举国上下，决战正酣！

第一章　老兵，把军装的颜色留给了大漠

风卷大戈壁，映日军旗红，
军垦第一犁，弯弓射苍穹。
铁骨敲天山，昆仑响晨钟，
汗水洗明月，化作满天星！
我登上昆仑峰，再没下来过！
我走进大戈壁，再没出来过！
我举起砍土镘，再没放下过！

我种下一棵树，再没离开过！

我用一生，把军装的颜色给了大漠，

死也不占一块绿地，

墓碑上，姓名、籍贯，永远向东！

——摘自拙作《致敬老兵——为新疆兵团成立60周年而作》

1. 历史近在眼前

对于未来，历史永远近在眼前。记住我们从哪里来，才知道我们向何处去。

毗邻和田地区墨玉县的新疆生产建设兵团14师47团团部，多年前我曾来过，如今改名叫老兵镇。此刻大地苍黄，秋叶飘零，长风中似乎翻卷着万千士兵的血性呐喊。面对一座丰碑，我凝立良久，泪湿眼眶。

这是我第二次前来瞻仰长眠在这里的47团老兵。

1949年，三大战役奏凯，中国大局已定，百万雄师高喊着"将革命进行到底"的口号，摧枯拉朽般跃向江南。此时，在中国解放战争的"最高统帅部"——河北省平山县滹沱河岸边那个宁静的小村庄西柏坡，毛泽东面对一大张全国地图，手中铅笔直指新疆。他加重语气对朱德、周恩来说，看来，解放新疆的事情要提前办了。

当时有情报称，西方某些国家和境外分裂势力正在密谋鼓动马步芳、马鸿逵等五个国民党败军之将，率部逃往迪化（现乌鲁木齐市）宣布"独立"，企图把占中国版图六分之一的新疆从筹建中的新中国分裂出去。事态紧急，必须立即采取行动！

统帅部的电令传到彭德怀手上，第一野战军随即倾巢而出。为抢得先机，王震兵团（前身为三五九旅）没来得及准备棉衣就踏上征途，一路翻越祁连山，直叩玉门关。时值年首深冬，祁连山上狂风怒号雪深过膝，身穿单衣的战士只要停下来就会冻成站立的冰雕，仅5师就冻死一百六十三人。9月25日，深明大义的抗日名将陶峙岳和新疆省国民政府主席包尔汉率驻疆官兵通电起义，但部分顽军不听指挥，蠢蠢欲动。我大军受命兵分两路，第6军急驰北疆，第2军直插南疆。王震所率先头部队乘坐从苏联租用的四十五架飞机（租金二十八万银元）和数百辆装甲车和运兵车，沿北线向迪化全速进发。意气风发的指挥员动员大兵时说："坐飞机不许把脑袋伸到窗外，不许把腿挂到门外！"上了飞机，大兵们一片哗笑："门窗关得死死的，伸个球！"

1949年10月20日，胡鉴率领装甲车营长驱一千多公里，最先抵达迪化，与当地的民族革命军和国民党起义部队胜利会师，各民族群众倾城而出，欢迎解放军的到来。三军十万将士振臂欢呼的大手，共同掀开新疆历史最新的一页。不过，最初起义兵和解放军战士说不到一起，解放军讲红军二万五千里长征多么艰难辛苦，起义兵鼻子里一哼说，你们跑了二万五千里，我们在后面追了二万五千里，还绕了不少弯路，比你们更苦更累！众人大笑。

1950年年初，新疆人民第一次见识了人民军队的本色。早年，国民党地方政府计划修筑一条流经迪化的引水渠，全长五十四公里，工程拖拖拉拉搞了几年还是个半拉子工程。王震率部入驻之后，决定立即复工扩建。工程人员为难地说，整个工程需要七千立方米石料，从数十公里之外运到沿途工地，起码得有一百辆汽车拉运一个月，上哪里搞那么多汽车啊？王震大笑说，没汽车咱有拖拉机啊！

工程人员蒙了，拖拉机在哪啊？

王震拍拍肩膀，在这儿！

五天后即2月21日，大雪纷飞，上万官兵拥上迪化大街，拥上沿途工地。人人肩上拉着一个爬犁，在绵延二十多公里的冰雪大地上排成一条运石的浩荡长龙，拉回的成吨片石沿水渠一字排开。迪化老百姓奔走相告，跑出来看热闹，听了道旁文艺兵动员士气的快板书，他们看明白了，"快看，那个棉裤上打着补丁的大胡子就是司令王震！"各民族群众从未见过这样的军队，他们深深感动了。"解放军，亚克西！"的赞叹响遍全城，沿途送热水送烤馕的络绎不绝，很多人跑回家牵驴车、做爬犁，汇入运石大军。二十天后，七千立方米片石全部运抵施工现场。从那以后，天山雪水年年流经这条花树成荫的"和平渠"，灌溉着两岸千家万户、片片绿洲，滋润着各民族的多彩家园。

新疆地广人稀，边境线空阔而漫长。为维护祖国统一，保障社会安宁，大军长期驻守是唯一的选择。1952年2月1日，毛泽东主席向驻疆十万将士发布了一道极富激情和诗意的军令："你们现在可以把战斗的武器保存起来，拿起生产建设的武器，当祖国有事需要召唤你们的时候，我将命令你重新拿起战斗的武器，捍卫祖国。"但是，新疆经济发展极端落后，物资极端匮乏，难以保证军需给养。始终心系人民的毛泽东对爱将王震说，王胡子，为避免大军长期驻守给新疆人民带来沉重负担，你们既要当战斗队，也要当生产队和工作队，走自给自足的道路，绝不能与民争利。

1954年10月，新疆生产建设兵团宣告成立，十万官兵就地转业，编为十余个农业建设师和工程建设师。这是关系他们一生的决定。官兵们愿意吗？很多人不愿意。多少年来出生入死征战沙场，他们舍不得离开部队，更思念故乡的明月和温暖的家园，渴望回老家过上"二十亩地一头牛，老婆孩子热炕头"的小日子。驻守在这天苍苍野茫茫的大戈壁，哪年哪月是个头啊？摘下领章帽徽的那一天，他们跳脚喊过、骂过、哭过，但揩干眼泪之后，他们还是义无反顾地留下了，一留就是一辈子、几辈子！

中国屯垦戍边史上，一个前所未有的雄阔布局轰然展开！

"不占群众一分田，戈壁滩上建花园！"十万大军把青山碧水、耕地沃野让给人民，他们汇成一条条绿色洪流，沿荒芜的千里边境线一字排开，并团团包围了南疆塔克拉玛干和北疆古尔班通古特两大沙漠。"军垦第一犁"插进茫茫戈壁，成千上万的地窝子升起缕缕炊烟。在官兵血染的肩膀上，新疆大开发的浪潮以排山倒海之势，开始了铸剑为犁的壮阔进军。

那时的新疆一穷二白，无一寸铁路，无一家有规模的工厂，铁钉铁皮都不能造。人称"重工业"是钉马掌，"轻工业"是弹棉花，"第三产业"是烤肉串，一盒火柴能换两斤羊毛。1950年，十万官兵自制砍土镘、犁杖等农具六万余件，当年吃上了自种的蔬菜和粮食，第二年驻疆部队主副食全部实现自给。

要扎根要发展，必须办农场、建工厂。誓师大会上，王胡子大声问战士们："咱们要建设新疆，没钱怎么办？向毛主席要吗？"战士们齐吼："不！""向新疆人民要吗？"战士们齐吼："不！""那钱从哪儿来呀？"战士们傻眼了。

王胡子激情澎湃地说："只有一个办法，那就是从自己身上出！咱们都是穷光蛋，过惯了穷日子，一年一套军装改两年发一套行不行？没有资金，军装要那么多口袋有个屁用，改两个口袋行不行？在戈壁滩上开荒种地不用讲什么军人风度，把衣领去掉行不行？"

十万大军山呼海啸："同意！"

于是新疆出现了世界上最奇特的、没有衣领的一支光脖子大军。省下来的军装、衣领变成了拔地而起的十月拖拉机厂、八一钢铁厂、七一棉纺厂以及发电厂、水泥厂等一批大型工厂，新疆沉寂千年的历史第一次响起工业时代的激情轰鸣。后来这些企业大部分无偿移交地方，为新疆工业发展奠定了坚实基础。坐落在石河子市的军垦博物馆陈列着一件已变成铁灰色的破旧军棉衣，是老兵王德明捐赠的，数十年戈壁风尘渗进每根纤维，上面补丁加补丁共计一百四十六块。面对展柜里的这件"百衲衣"，我驻足良久，泪光盈盈。

一件老军衣，代表了新疆老兵的全部历史。

九十岁的老红军赵予征对我说："其实，当时许多困难不是克服的，而是忍受过来的……"

2013年，我在新疆兵团采访近月，写了一篇报告文学《致以共和国的敬礼——新疆生产建设兵团的昨天与今天》，人民日报以两整版的篇幅刊发。今天，在47团团部的纪念馆，我看到其中一段文字高悬在一块红色展板上：

> 那是只有太阳的开始。十万雄兵铸剑为犁，开始了钢铁身躯与千里荒漠的大决战。放眼一望，大地上清一色的纯爷们儿，骨头撞得大戈壁叮当作响，粗犷的劳动号子震天动地。天哪！雄性的生活里好像缺了点什么？对呀，缺老婆！可10万光棍集中在人迹罕至的不毛之地，上哪里找咱们的七仙女啊？那时官兵一致，会上有话就说有屁就放。一次大会，王震刚讲完话，台下一位老兵沈玉富突然站起来大声说："报告首长，现在新疆解放了，天下也打下来了，你让我们留在新疆开荒种地守边防，没说的！不过等我们老了，你能不能在天山上修个大庙，让我们当和尚去？"
>
> 王胡子深深震撼了。是啊，没有老婆安不下心，没有孩

子扎不下根。他大手一挥爽朗地说："你们放心，老婆问题会解决的！"全场大笑，接着是暴风雨般的掌声。据说王震回京后郑重请示了毛泽东，说必须尽快吸收一批大姑娘入伍进疆。毛泽东回答，那就从你我的家乡开始吧。

2. "老兵精神"——永远的光芒

新疆遍地是感天动地的老兵故事。

——为发展畜牧业，1956年，农六师104团派出吴德寿等四名战士远赴青海，购买了三百头牦牛。他们赶着牛群一路翻山越岭，风餐露宿，战豺狼斗风雪，途经三省十二县，行程八千多公里，野外生活四百多天。回到场部那天，战友们见他们衣衫破烂，乱发如草，满脸胡须，已经不认识了，以为冒出四个雪山野人。出发时他们带上的一百发子弹只剩了一颗，而一路生崽的牦牛从三百头增至四百二十头。

——站在著名的小白杨哨所高地上，161团政委陈毅民给我讲了"扛膀子"的故事。"扛膀子"，我在内地闻所未闻，在新疆兵团却人人皆知——那是兵团人捍卫祖国领土的一种特殊斗争方式。1969年珍宝岛事件之后，中苏双方在边境陈兵百万，稍有不慎就可能擦枪走火，因此双方边防军人十分谨慎，谁都不敢开第一枪。但那时苏联是超级大国之一，横行霸道惯了。西北两国接壤之处少有人烟，苏方趁机不断蚕食我国领土，动辄把铁丝网、边界标识物移进中国界内几公里甚至十几公里的地方。兵团人当然不答应，他们采取"以民对军"的"人海战术"，男女老少一拥而上，一夜之间把苏军搬来的铁丝网、标识物再搬回原处。苏军气急败坏，不时开来武装直升机、装甲车进行恫吓阻拦。兵团人知道他们不敢开枪，毫不在乎，喊着号子排成一堵墙，侧身同苏军士兵撞肩膀，俗称"扛膀子"，一直把他们挤到边境线以外。陈毅民笑着说："也怪了，吃黑面包的苏联兵就是扛不过啃窝窝头的兵团人。"几十年"扛膀子"扛下来，兵团人把国土保住了，中外划定边境的时候，全兵团总计"扛"回三百多平方公里！

——农十师185团的沈桂寿，江苏支边青年。1979年，他见国境线对面的苏军哨所飘扬着国旗，心想我们这边也应该升国旗啊！他老远跑到县城没买到国旗，于是和妻子动手做了一面，然后在地头砌了一个石座，把一根高高的白杨木杆竖起来。以后每天清晨，他都跑到地头升国旗，雷打不动风雪不误，整整升了十五年，直到1994年退休。后来团部派来新人，继续坚持每天升国旗。90年代，哈萨克斯坦与我国共商边境线时，对方一位将军充满敬意地对中方人员说："你们那边总有个人天天升旗，开始我们以为是军队派下来的呢，没想到是个孤老头。我们愿意承认，这片地方是中国的领土！"

——47团的故事更为惨烈。1949年12月，我军获悉国民党顽军正在南疆和田阴谋策动叛乱，刚刚抵达阿克苏的第2军15团奉命前往平叛。阿克苏与和田之间隔着被称为"死亡之海"的塔克拉玛干大沙漠，为抢时间出奇兵，一千八百名官兵每人负重三十公斤，在政委黄诚率领下一头闯进茫茫沙海，渴极了就喝马尿、嚼植物根，脚板打了血泡就用布裹上。寒风凛冽，狂沙弥天，战士们踏着流沙日行近百里，18天行程八百公里。当他们横穿世界第二大沙漠——塔克拉玛干大沙漠，奇迹般出现在和田时，当地群众惊呼："天兵天将到了！"闻风丧胆的叛乱分子不得不放下武器举手投降。一野司令员彭德怀、政委习仲勋闻讯大为感奋，特致贺电15团："你们进驻和田，冒天寒地冻，漠原荒野，风餐露宿，创造了史无前例的进军纪录，特向我艰苦奋斗、胜利进军的光荣战士致敬！"

和田大局安定下来，15团奉命调往别处。两个营登上汽车已经出发了，彭老总的一道紧急命令忽然传下来："和田局势复杂，部队万不能调！"军令如山，15团官兵就地转业，改编为新疆兵团14师47团，从此一生留在昆仑山下。

那以后，官兵们不再有呐喊冲锋的故事了：团长蒋玉和拉上妻子宋爱珍开始上街拾粪；开荒时，神枪手孙春茂被毒蜂子蜇死在大田里；副连长吴永兴夜里巡查时牺牲在水渠里；饲养员宋常生累死在牛圈里；战士文化学发高烧死在卫生队里；王毛孩负责给学校挑水，天天挑年年挑，一直默默挑到离休。几十年后，炊事员郭学成患了老年痴呆症，老伴孩子的名字都叫不出了。座谈会上，老人家怔怔地坐在那里一声不吭，当时我很奇怪，场领导把他找来能说什么？只听场领导一声问："你是哪个部队的？"老人腾地站起来敬礼高喊："15团2营3连战士郭学成！"

那时的他，只会说这一句话。

当年，三十多岁的甘肃老兵刘来宝娶了十七岁的维吾尔族姑娘努尔莎汗，她自此改姓为刘·努尔莎汗。姑娘特别能吃苦，怀孕 10 个月了还跟着丈夫在地里干活，结果婴儿落生在沙棘丛中，半小时后夭折了。我问她，你和刘老汉过得好吗？努尔莎汗故作生气地说："他不听话，离休后我不让他去连队干活了，可他像老鼠一样总是偷偷溜出去。"全场哄堂大笑，白发老兵们个个脸上洋溢着骄傲幸福的笑容。

新政权成立之初，很多地方缺干部，47 团的津民杰、曹玉书奉命调往民丰县担任县委书记和副书记。面对全县严重缺水的艰难局面，县委经过深入调研和论证，决定动员全县人民轮番上阵，从昆仑山引一条"长流水"下山。从 1966 年 8 月 18 日宣誓动工，到 1971 年 8 月 18 日水到渠成，历经五年奋斗，人口不到两万的民丰县先后出动三十万人次，白天凿山挖渠，夜晚住地窝子。靠着"一把铁锹一扁担、一把大锤一钢钎"，硬是在昆仑山下凿出一条长达 5656 米的石渠（加上两头引渠共 7120 米）。自此昆仑雪水从春到秋灌溉着民丰大地，从根本上解决了全县长年无水灌田的干渴历史。该水渠以开工之日命名，被称为"八一八工程"，建设过程中，先后有三位维吾尔族同志牺牲在工地。后来民丰县人民又多次上山扩建水渠，加建电站等，前后耗时十余年，比河南林县红旗渠的建设时间还长。县委宣传部长司海涛特别领我到昆仑山下的"八一八"引水渠闸门处参观。半个多世纪过去了，嶙峋的山石和峭壁上，当年锤砸钎凿的痕迹依然清晰可见。仰望头顶高耸入云的岩壁，俯瞰深达数丈的淙淙流泉，回想当年全县党员干部和人民在"文革"动乱的冲击下坚守阵地，大干苦干，一年四季不下山，终于让这条通天清泉一泄而下，世世代代浇灌着民丰人的梦想之花。

我请县里找来几位当年参加过"八一八工程"建设的维吾尔族老乡座谈，他们个个肤色黝黑，满面沧桑：六十七岁的吾布力·买提克热木，十五岁时上了工地，在山上整整干了九年；五十八岁的买买提·艾力木，十七岁上了工地，因家穷娶不到媳妇，挣了一百五十元工钱才结的婚；吾吉阿卜杜拉·阿西木十八岁上山，干了十年；艾合买提江·买提图尔孙整整干了十四年。

大漠老兵，哪个不是擎天一柱！

20世纪90年代，兵团首长到47团慰问这些老兵，问他们有什么要求。老兵们说，我们从进驻和田那天起，五十多年了，没出过大沙漠，没坐过火车，没见过县城，绝大多数战友死在这儿了，趁我们还活着，能不能拉我们出去坐坐火车看看新风光？首长的眼泪下来了。经兵团安排，1994年10月，尚能行动的十七位老兵终于坐上火车，到达他们早就听闻的"戈壁明珠"——石河子新城。面对广场上矗立的王震将军雕像，没有任何人组织，没有任何人命令，步履蹒跚的老军人自动列队，颤抖着老手向将军行了庄严的军礼，肃立在最前列的李炳清大声说："报告司令员，我们是原五师15团的战士，你交给我们的任务已经完成！"接着，老兵们扯开苍老而嘶哑的歌喉，唱起一支老军歌《走，跟着毛泽东走》。歌声中，老人们泪水纵横，围观者无不动容。后来，这些老兵又到了北京，上了天安门城楼。看到祖国大地一片繁荣昌盛的景象，回到团部老家，他们高兴地对儿孙们说："这辈子没白干！"

2013年，习近平总书记在给47团老兵及其后人的回信中高度赞赏了新疆的老兵精神："长期以来老战士们为屯垦戍边、建设边疆做出了重要贡献，谨向老战士们表示崇高敬意和诚挚问候，祝愿他们身体健康、生活幸福，以老兵精神激励更多年轻人为祖国边疆的长治久安和繁荣发展做出贡献。"

3.人人车上有一个行李卷

2019年11月14日，我从乌鲁木齐飞抵南疆重镇、地区行署所在地和田市。

和田市旧称"和阗"。南倚昆仑山脉，北临塔克拉玛干大沙漠，是新疆维吾尔自治区最南端的城市。人口近四十万，少数民族占88%，汉族占12%，是维吾尔族、汉族、回族、哈萨克族等二十一个民族共同组成的多民族聚居城市。走在街上，美女如云，逶迤成行，孩子们花花朵朵，与内地都市相比，端的是一种别样风情。和田曾是古丝绸之路上的重镇，以盛产"老三宝"即艾德莱斯丝绸、手工羊毛地毯、和田玉著称。和田玉品质上佳，纯净温润，据说佩之可以养身怡神，温润性情，福寿双至，堪称天赐神物。我猜想那一定是西天王母娘娘晨起梳妆时不小心遗落在人间的一块玉饰，有幸掉在中国新疆，遂成和田玉之大业，畅销全国和世界。

在新疆，大量扶贫干部是"疆二代""疆三代"或留疆复转军人、援疆干部及入疆工作的大学生，还有很多少数民族干部。自治区扶贫办主任陈雷，1954年出生在阿图仁市，祖籍为福建省晋江，父亲作为解放军战士于1954年入疆。陈雷的网名即为"晋江"，那一份深藏心底的绵绵乡情，尽在其中，令人感慨！

地处昆仑山下、沙漠之边的和田地区太远太偏了。在大漠上乘车数小时，睡着醒来一看，景色与出发时一模一样。我笑对司机说："看来这几个小时你根本没动！"年年从春到秋，这里常刮沙尘暴，当地叫"黑风暴"。严重时能见度仅为数米，大白天黑如夜晚，有民谣戏称："和田人民真幸福，一天要吃八两土，白天吃不够，晚上接着补。"

内地扶贫工作再难，比不上新疆难，和田则难上加难！

历经多年苦战，和田地区扶贫工作取得大幅度进展。但是至2019年，和田仍然面对着34.97万人脱贫、547个深贫村退出、7个深贫县市摘帽的攻坚任务。决战决胜的时刻已经到来。张张日历像落叶一样飘零——距离2020年年底只有不到四百天了。

和田地区行署副秘书长、地区扶贫办党组书记杨桦是一位风风火火的女性，说话快、脑子快、走路快。她委派和田市电视台驻扶贫办记者胡旭东做我的向导，一方面帮着做些联系工作，一方面还可兼顾拍些基层扶贫工作和成果的视频，一举两得。胡旭东是疆三代，原籍湖南，三十多岁，个子不高，为人老实厚道。2019年8月，他被借调到地区扶贫办。听到这个消息，杨桦书记形容他犹如"遭遇晴天霹雳，五雷轰顶，万箭穿心，生无可恋！"我大笑不已。胡旭东也老实地承认杨主任说的对。确实，他知道扶贫是当下最难也最累的工作，从此别再想什么双休日、自驾游了。怎么办？当时小胡想了一招：反正横跨两个单位，那就"偷奸耍滑、能溜就溜"吧。最初，他找个借口就回电视台，不是开会就是编片子。但后来，他看到全地区上上下下的扶贫办废寝忘食，日夜奔走在大漠戈壁、偏乡远村，访贫问苦，实心实意地为各族乡亲们办好事，乡亲们的日子也变得越来越好，这一切让他深深地感动了，渐渐地，胡旭东也全身心投入到扶贫工作中埋头苦干，多次受到领导表扬。

有一次，胡旭东打开车后备厢，我惊异地发现里面塞着一个很大的行李卷，我这才知道：

——新疆所有党政机关、事业单位、地方国企的干部，从省级到最基层，都有包户住户任务，少则三户、五户，多则一组一村，这是铁律。

——规定要求，每人每月必须到包户家住一夜（这就是人人自带行李的用途），向村民宣传和讲解国家发展、党的政策、民族团结、扶贫任务等；了解农户家庭情况、思想动态，指导脱贫路径，帮助孩子就业。语言不通就带个翻译，一时找不到翻译就通过手机进行三方对话，费老劲了！过年过节，提着慰问品上门"串亲戚"更是必不可少的"自选动作"。

——早晨起来吃罢早餐，规定每人必须向农户交三十元伙食费，如果有肉菜，起码要交五十元以上。所有路费、饭费，一切自掏腰包。

——每人限期限责，必须带领自己的包村、包户按进度要求脱贫。和田地区许多县乡扶贫干部异口同声对我说："包户就是你的亲戚了，你能看着自家亲戚受穷受难不管吗！"

为了维护社会稳定和长治久安，为发展经济造福人民，新疆各级干部就这样怀着火热的心，以"老兵精神"勇敢地扑向贫苦乡村，扑向大漠戈壁，扑向自己的使命与责任。家，对他们而言"只是换衣服和洗澡的地方"。他们的忠诚、信念、爱心犹如磁石，以强大的凝聚力团结起各族人民，在新疆脱贫史和发展史上写下前所未有的动人篇章。

第二章　响彻一生的军号

1. 军号不断响起

太阳从山后一跃而起。王明礼双手叉腰，站在高高的山头，眺望着在群山中蜿蜒而去的明亮的乌江。秋风呼啸而过，卷起漫山遍野的黄叶，他屹立不动，犹如一尊山岩。

他是铜仁大山中的一支"老军号"——五十五岁的苗族老兵。历经九九八十一难，他倒下很多次又决绝地站起来，死了很多次又侥幸地活过来。身高曾被弹片削去四厘米，后来又奇迹般地升高五厘米，如今干得生龙活虎，豪情万丈，踏遍青山人未老，时时吹响着一支激励人心的"军号"。

事实上，站在山头的这位老兵只有两只半条腿。

上午9时许，我们驱车抵达铜仁市思南县鹦鹉溪镇大头坡村的村委会。一座白色小二楼，院落里一位扎着马尾辫的幼教老师正领着一群孩子做游戏，我颇感诧异，仔细一看，原来一楼是幼儿园，二楼才是办公室。这显然不是原来的设计。村干部能把办公场所让给孩子们，让我很感动。这会儿几位镇村干部迎出来，握手寒暄之际，有人指着后面一位矮壮汉子介绍说，他就是王明礼。王明礼，一件黑色旧羽绒，一双沾满泥土的旅游鞋，健步过来跟我握手。方圆大脸，宽额朗目，语音响亮，有一种逼人的豪气。交谈中，忽听一阵昂扬的军号声响起，我诧异地四下看看，山窝窝里的村庄，哪来的军号声？只见王明礼掏出手机走到路边接听电话——哦，原来是他的手机响铃！我心中凛然一震，呵呵，不愧老兵情怀！

我说，年轻时我也扛过枪。

王明礼问，你也当过兵吗？

我笑说，不过是木头的。

王明礼大笑，然后挥挥手机说，走，我们上山！

车行半路，再爬高坡，路越走越难了。鞋底沾着厚厚的泥巴重如铅块，王明礼却一脸轻松，边走边向我介绍这座正在开垦中的千亩新茶山。其间他的"军号"不断响起，看来事务繁忙，又似催人奋进。瞧着他大步向前的样子，我一时有些恍惚，都说王明礼是断了腿的退役军人，看他走路爬山怎么如此矫健有力，没有一丝异常？大概……我想大概残疾没那么严重吧。山坡上，几台挖掘机正在平整土地，还有几拨打理茶田的男女村民。王明礼和他们打着招呼，问这问那像老朋友一样亲近。过后他告诉我，这些都是周围村里的贫困户，来茶山打工后，有了固定的工资收入，日子过得舒心多了。

看过新茶山，我们又驱车赶到他和战友们开发耕做了整整十年的万家山观光茶园。这里不用爬山了，一条平整的水泥路转了十几圈直抵山顶。这里有办公区、会议厅、品茶室，有通往各个景区的木板栈道，有造型优美的巨大白色凉棚，有观景台和凉亭。登高远眺，群山起伏连绵，云雾缭绕，一条条公路仿佛丝带蜿蜒其间，串连着一个个白色的农家新村，看上去宁静而又温馨。远近的山坡上，遍布一排排低矮齐整的茶树，仿佛层层碧涛连绵不绝，场面蔚为壮观。时值深冬，山上很冷，我们入室围坐在"电热桌"旁（此为贵州"特产"：桌边围着棉帘子，里面放着电热器，脚可以伸进去取暖），从上午整整聊到傍晚。他的半生经历听得我热血沸腾，惊了又惊。末了我说，让我看看你的伤腿，都说你伤得很重，可看你走路健步如飞，怎么一点看不出？

王明礼把裤腿卷到大腿上。左小腿上部有个皮带扣，解开后，细瘦的半截小腿抽出了，一支高约三十厘米的假肢赫然立在地上！我震惊不已，探头朝假肢筒里看了看，底层垫着纱布，有一点点猩红，显然是走路磨出来的血迹。再看右小腿，皮肉看似正常却凹凸不平，有些浅黑色疤痕。王明礼说，受伤时炮弹皮把右小腿的骨头削飞了，膝盖下只剩部分残骨和一条皮肉连着脚。军医们想方设法做了十多次手术，最后用一条钢板做支撑，把膝关节和脚连接到一起，现在虽然能走路了，但完全失去知觉。我摸摸那条小腿，皮肤下面森冷、刚硬、平直。王明礼指指左大腿上的一片伤疤说，包着钢板的右小腿皮肤，就是从这儿移植过去的。

我一阵阵悚然、耸然、凛然，真个触目惊心！血肉横飞的战场上，他能活下来并一路打拼到今天，就像骆驼穿过针眼儿一样不易啊！

近八个小时，王明礼凝重地回忆着诉说着，其间他的"军号"不断响起。说起这些年的血水、汗水、泪水，仿佛都融在他的笑声和军号声中，依然昂扬、响亮而雄阔，激荡着座中所有人的心。我和同来的铜仁市扶贫办青年干部袁明、思南县扶贫办的年轻姑娘陈维春全神贯注地听着——突然间，我们毫无思想准备——只见他猛地脱下左腿假肢，动作极其利落，"砰"的一声巨响，把假肢远远甩到屋角，然后大声说:"我这条腿能上能下,有什么怕的!"

见过幽默的,没见过这么幽默的。我不禁哈哈大笑,笑完,已是满脸泪水!

2. 裸体猫耳洞之战

哦嗬,哦嗬,大家使劲拉哦,
前面是险滩了,脚步要加快哦!
哦嗬、哦嗬、哦嗬,大家齐心拉哦,
大船要上滩了,脚步要用劲哦!

这是王明礼唱给我听的乌江纤夫号子。

他唱着,我听着。纤夫们的呼吼声中,面前仿佛有一阵阵冰冷的浪花飞过……

在漫长的岁月里,铜仁思南县曾是乌江边一个繁华的水运码头,千帆竞过,商贾云集。拉运盐巴、煤油、布匹、粮食和生意人的木船或从思南乌江码头顺流而下入嘉陵江,至重庆涪陵;或从涪陵逆流而上至思南,全程约三百华里。居住在思南县乌江边的青壮村民多以拉纤为生,一条大木船连人带货可载五十吨,需要三十个纤夫,上溯航程一个多月,下来要十五天。人民公社时期,王明礼的父亲是当地有名的纤夫头和老船长。船过急流险滩,时逢疾风暴雨,他是负责扳舵的掌舵人。遇到险处,他便把舵把交给副舵,自己用粗大竹竿死死抵住江边的石岸或礁石,以防木船撞上巨石,人与货的生死存亡,常常在他的竹篙点拨一瞬间。王明礼生于1964年,是家中的晚来之子,两个哥哥大他十多岁,两个姐姐幼年时不幸因病夭折。春节前,母亲一般做两双布鞋,先给两个哥哥穿到大年初四,以便他们出门串亲找媳妇,初四以后再给小明礼穿——寒冬里,两个哥哥就光脚了。因为鞋太大,小明礼只能用麻绳系牢拖着走,拍得大地尘土飞扬,吧嗒吧嗒响,这让他很自豪。为给贫穷的家庭出点力,王明礼十二岁时便跟上父亲和哥哥去拉纤,成年人每天记十个工分,小孩子记两个工分。风里雨里,惊涛骇浪,经常超载的木船很容易出事,湿滑的悬崖栈道也常有人滚落山崖，非死即伤。拉纤时，骨瘦如柴的小明礼和大人们一起裸着上身，穿着破布短裤，肩膀上套着线粗针密的布垫，打赤脚在栈道上深弯着腰，一边轰喊着纤夫号子，一边拼力拉着百米长的纤绳艰难前行。最初肩膀和脚底磨得血水淋漓，后来结出厚厚的茧子，和石板一样硬了。路途漫漫，白天拉纤，夜里睡船板，小明礼累得饿得直哭。后来不哭了，小小年纪的他学会了咬牙忍耐和刚强。父亲一直干到七十岁才从船上下来。每到年底，从生产队分得十块八块就不错了。伟大的乌江就是这样在纤绳的拉动下滚滚向前的。

1981 年，十七岁的王明礼高中毕业，入伍当兵。家里很支持，母亲说："当兵才能吃饱饭。"父亲说："当英雄才能找到好媳妇。"说的都是真理。全村乡亲一分一毛地凑了三元八毛钱，送他当贺礼。三年后，王明礼随部队上了对越自卫反击战的战场。

众所周知，中国对越自卫反击战发生于 1979 年 2 月 17 至 3 月 16 日。遵照中央军委命令，中国人民解放军为反击不断侵犯中国领土的越南军队，短时间内攻占了越南北部二十余个重要城市和县镇，取得压倒性胜利后便迅速撤出越南，以示教训。但战事并未就此结束，两国军队后来在罗家坪大山、法卡山、扣林山、老山、者阴山等地区不断爆发边界冲突，时间持续长达十年有余。

为了实战，新兵的"魔鬼训练"极其残酷：顶着毒日头挺直腰板立正三个小时，一动不动，昏倒就抬下去，不许回来了；热带丛林穿行十天，每人负重三十五至四十公斤武器装备，每天跑五公里，不许歇；每人发两斤大米，生米生吃，然后靠野果、草根、树叶，抓田鼠、兔子、活蛇填肚子；黑夜中，百米开外亮着一百个不断移动的手电筒小灯泡，看上去就像暗红的烟头，早打完早回宿舍。打不完的接着打，实在完不成任务的坚决刷掉，派去种菜做饭喂猪。王明礼小时候经过大风大浪，爬过十万大山，练出一身虎胆和鬼机灵，吃什么都能活，干什么都高人一头。打靶五枪五十环；小灯泡枪响灯灭；投弹五十米多，新兵连第一。训练结束后他被评为"特等枪手"和"五好战士"，当了新兵班班长。后被分配到云南某野战部队任尖刀班班长，领导一个步兵班和两个机枪班，共三十二名弟兄，相当于一个排的兵力。

猛虎出山了。1984 年 4 月 28 日凌晨，二十岁的王明礼率领他的加强班，跟随大部队趁着茫茫夜色，向着阴山强行军，一路全是湿滑的羊肠小道、陡岩峭壁。部队规定：为保证进军速度和隐蔽前进，谁摔下去也不许喊，别人也不许救，死就死了。能爬上来的，跟上后续部队再走。到了者阴山潜伏阵地，那是一片荒草丛林密布的山坡，前方百米开外的山头就是被越军攻占的我国领土，下面沿坡埋了无数地雷，插着密密麻麻的竹尖。为防受伤，我军战士们不得不穿上一种特制的长筒铁靴，鞋底是一块钢板，鞋统是厚厚的水龙布。上阵地时战士们带了两罐压缩饼干，说要支撑七天，可第二天就有战士吃了一罐。王明礼大怒，下令说："谁再敢吃，就地枪决！"接下来，战士们趁着夜色掩护，悄悄用工兵锹为自己挖了猫耳洞，此后他们一直吃在那里睡在那里，竟然整整守了十个月！其间小规模接触战不时发生，我军深夜常派出小分队摸上山袭扰越军，以麻痹和损耗他们的警惕性和斗志。热带山区白天酷热难当，地面温度高达四十多度。在猫耳洞里潜伏时间长了，浑身长疮，皮肤溃烂，大腿烂裆。没办法，战士们只好脱得一丝不挂。夜里山上气温骤降，又冻得人瑟瑟发抖。每有暴雨到来，猫耳洞里的衣服、毛毯能漂起来。为防我军进攻，越军在阵地前方不仅设置了雷区，还喷洒了大量致命毒剂，水不能喝，草不能吃，皮肤沾上就发炎溃烂，我军官兵只能等下雨时用钢盔接天上的"自来水"喝。在接近敌营的地方秘密潜伏，给养上不来，饿极了，战士就等雨后试着尝尝被冲洗过的野草。发现有战士中毒后，王明礼下令："谁想吃草我先尝！"有几次他中了毒，脸肿得像大发糕，眼睛挤成一条缝，但他坚持不下火线。有一次，一只小野猪掉进猫耳洞，战士一把按住把它宰了，每人分了一小条生肉，大家欢天喜地像过年一样。我问，生吃吗？王明礼当场起身给我们表演：只见他嘴巴大张，大巴掌往伸出的舌头上一抹，想象中的肉就没了。这个动作他夸张地连做了五次，而且是真舔，巴掌上沾满了亮晶晶的唾液，好像真的吞下一条肉，逗得我们大笑不已。表演战士夜间吸烟时，王明礼起身抓起一支烟，嘴里吱吱有声地用手捂着假装猛吸一口，然后迅速把烟头猛地朝下一捅，塞进想象中的草丛。这个动作他重复了七八次，满屋人再次哄堂大笑，而他的表情却一本正经极其严肃，眼中凛凛生光。我深深体味到，这些动作今天看似"笑料"了，却深藏着他对战时生活刻骨铭心的记忆和对死难战友们的永久怀念。我的眼睛又湿了。

笑，其实是痛。即兴表演，其实是无声的长哭。

"1984年5月10日深夜1时许，大雨倾盆。数日前我指挥部发出动员令，近日择机对敌阵地发起进攻。"王明礼明白，这个暴风雨之夜是发动攻击的最佳时机。或许这个夜晚越军也有了不祥之感，不时对我方阵地发炮乱轰。随着炮弹尖啸而来，这儿那儿不时轰然炸响，火光冲天，石土飞溅。不多时，前方距王明礼十几米远的两名战士通过步话机向他报告："我们受伤了，一个胳膊没了，一个腿没了，请求增援！"王明礼立即报告连长："001，001，我是007，前方两个战士受重伤，我准备前往救援！"获连长同意后，王明礼背上急救包，迅速跃出猫耳洞，俯身向前方冲去。给两位伤兵做了紧急包扎后，他拖着两人很快返回阵地。喘息未定，在纷飞的炮火光焰中，王明礼发现一位排长正弯腰冲向前方的猫耳洞——他显然没注意到王明礼已经把两个伤兵救回。王明礼大喊一声："排长——"话音未落，只听一声巨响，火光中，那位排长腾身飞起又重重落在地上。王明礼不顾一切，又一次跃出猫耳洞向排长扑去。在火光与黑暗不断交织闪烁的山坡上，他背起断了腿的排长，一路俯身奋力回奔。突然又一发炮弹飞来，同时还引爆了身边的地雷，王明礼咣当一声扑倒，左小腿飞了，右小腿血流如注。好在他的意识还清醒，立马扯下衬衣把断腿处紧紧勒住（正是这一招救了他的命），然后一手拖着排长，一手奋力支撑着往前爬，十几米的路，整整爬了十多分钟。他说："这是我一生走的时间最长的路。"

终于把排长拖进战壕，王明礼昏了过去。后来他知道了，当时因伤兵过多，阵地上已没有担架，战友们用两件胶皮雨衣把他和排长一路拖下山，他的后背和屁股被山石磕得伤痕累累，血肉模糊。潜意识中，他迷迷糊糊听到有战友哭着叫："抬高点，别磕着！"又有战友说："磕着好，不能让班长睡着，睡过去就醒不过来了！"事后还听说，他昏倒在战壕时，战友们以为他不行了，从军衣左胸口袋里翻出了他战前写的入党申请书，已被鲜血染红。指导员看了大哭说："我批准王明礼火线入党！"

不知过了几天，王明礼清醒了。他发现自己躺在战地医院里。身

国家温度（节选）

上插着各种管子，十多个伤口包着厚厚纱布，左小腿不见了，右小腿剩一条筋肉挂着脚。他哭了，心想以后怎么活呀，怎么见父母啊，如果一辈子成了父母的累赘，活着还有什么意义？军医自然懂得他的心理，附耳告诉他："你整整昏迷了五天，两次休克，我们进行了多次紧急抢救，现在生命已脱离危险了。"

王明礼泪流不止，说："我伤残成这样，活着还有什么用？"

军医说："小伙子，你才二十岁，比起那些烈士，活着就是幸福！"

后来部队首长来看望他，通知他已经火线入党，成为光荣的共产党员了。对人生近乎绝望的王明礼忽然感觉到一种激流，一种新生命、新力量、新希望正在注入体内。热泪长流的王明礼问："者阴山拿下来没有？"

首长说："你放心！者阴山和老山已经牢牢控制在我们手中！"

王明礼又问："我救下来的三个伤员怎么样了？"

站在旁边的医生说："都活着！"

一股巨大暖流如阳光般涌入他的心中。是啊，医生说得真对，活着就是幸福！

王明礼住院治疗整整十一个月，身高缩短四厘米。第一次大手术长达二十多个小时，医生从他浑身上下取出一百多个弹片。后来的截肢手术、钢板植入手术、修整膝盖关节手术，植皮手术、食道穿孔修补手术……他不记得总共做了多少次。迄今，他的头部、胸部、腋下、腿部，仍留有十多个无法取出的小弹片。

终于，靠着一条钢板、一只假肢和双拐，王明礼艰难地站了起来，重新学习走路，他的身高因此又"长"了五厘米。这期间他再次出任班长——伤员班班长。手下十六个残兵，其主要任务是教育大家不伤心、不灰心、不变色，保持革命意志和乐观精神，退伍后积极为家乡建设做贡献。这期间，因王明礼所在部队在战场上表现英勇，受中央军委通令嘉奖一次，他个人荣立二等功。

让我震惊的是，王明礼又做了一件出人意料的英雄事：他领导的加强班里有一位小战友罗金成，很快要复员回四川农村老家。小罗和大家一起参加了者阴山战斗，表现很好但没受过伤也没立过功。回到家乡作为一般的退伍军人，按相关规定，小罗肯定不能得到特别安排，还得回家种地。考虑到小罗的家境极为贫困，很需要一份拿工资的工作，王明礼毅然做出一个决定：把自己的二等功让给罗金成，自己只拿了个三等功。

真是天下奇闻！王明礼为保卫祖国、救助战友，无畏无私得太英雄太彻底了！二十年后，罗金成专程从四川来思南县看望王明礼，生死战友情，两人抱头大哭。

后来，习近平总书记为"老山精神"做出这样的总结概括："不怕苦，不怕死，不怕亏。"

3. 从双拐"邮递员"到转战八个村

1985 年 11 月，当兵四年后，二十一岁的王明礼怀揣四级伤残军人证，拄着双拐退伍回到家乡——思南县关中坝乡扑龟塘村——听这个村名就知道是个穷困惨淡的地方。母亲见当年走时活蹦乱跳的儿子归来已成残疾，抱着他泪落如雨。当了数十年老船长的父亲却很坚强，说哭什么，为保卫国家死了伤了都是光荣，值得！两个哥哥和弟弟慨然表态，你好好养身体吧，家里地里的事儿我们包了！

王明礼被安排到思南县总工会工作。领导看他行走艰难，很爱护他，特意分配他当机关收发员，天天坐在门房里收信发信分报纸，这样可以免走许多路。可英雄自有英雄本色，再平凡的事情也能干出伟大来。时间长了，王明礼发现，工会寄出的信件文件大都是发给本县党政机关、企事业各单位的，路途并不很远。他想，虽然一封信只花八分钱邮资，可积少成多，成年累月加起来就是不小的数字啊！为了给工会省点钱，他决定自己送。思南是一座山城，分布于乌江两岸，到处是坡路。从那以后，每天下午，王明礼拄起双拐，背上邮件，艰难移动着沉重的身体上路。无论风里雨里，酷暑寒冬，他上坡下坡，乘船过桥，走街穿巷，把每封邮件送往各个单位。每个接件人看到他的样子，都极为震惊和感动，说八分钱的事情，寄来就得，何必吃这么大辛苦呢！王明礼抹抹汗说，路不远，省点是点。接件人哪里知道，来人不仅拄着双拐，而且两条腿一只是假肢、一只是钢板啊！走的路多了，装着假肢的左腿残端磨得鲜血淋漓。晚上回家，母亲帮他清洗包扎，禁不住老泪纵横，一滴滴往盆里掉。王明礼说，妈，不要哭嘛！我的好多战友都牺牲在老山战场上，我还能喘气，还能活着站在你的面前，多幸福啊！

一个冬天遭逢冻凝天气，满地冰雪。王明礼从一个陡坡滚下来，额头摔出血，两支拐杖也甩得老远，不远处的坡下就是滚滚滔滔的乌江。他躺在那里痛得半天动弹不得，蓦然间竟独自朗声大笑起来，他瞅着万里云天，自言自语说，他娘的！我打者阴山没死，救战友没死，送信件上山下山摔了几次没死，看来老天爷还得让我继续干！

就这样，"义务邮递员"王明礼一干就是十年，送信件十万多件无差错。其间的万般辛苦不用说了，不过也有一个好处：走了十年"长征"路，身板硬了，两条大腿强壮有力了，王明礼把拐杖扔了。

英雄的名望总是富有光彩和令人仰慕的。回乡两年后，经人介绍，一位清秀的姑娘许大华爱上他。姑娘全家坚决反对，吵得天翻地覆，但姑娘坚定不移，非他不嫁，父母只好认了。每次去看望未来的岳父岳母，王明礼都把双拐藏到隐蔽处，然后气宇轩昂、大步流星、满面笑容地进门问好。老人问，你的伤腿怎么样啊？王明礼轻描淡写地说，没事儿，小问题！

大华姑娘娶进家门，先后生了一儿一女。儿子大学毕业后被明礼送进老山部队，立了三等功，当了优秀士兵，五年后退役回乡，现在是驻村扶贫第一书记，女儿大学毕业后也当了兵，多次受领导表扬。其家族和乡里乡亲的孩子，有四十多个听从明礼的号召参了军，现在还有二十多个在部队上。春节回家团聚，一大家子爱国情结、英雄气概，只要军号响起，又站起一个雄壮的"加强班"！

1998 年，英雄事又来了。在全国兴起"建设新农村"的高潮中，王明礼主动申请驻村工作。这又让亲友同事们大吃一惊，你一个只有两只半条腿的残疾人，登高爬坡翻山越岭的，吃得住吗？王明礼回了一句："活着干，死了算！"

第一站是高山上的石门坎村，残屋破门，漏风漏雨，没路没水没电。王明礼到县上各部门奔走呼号，讲得慷慨激昂入情入理。领导感动了，要啥给啥。有了投资，他又带领全体村民出义工，凿石开路，立杆架线，挖沟设管。奋战一年，所有困难粉碎于脚下，有水有电了，整个山村喜笑颜开，欢声雷动。之后，王明礼又转到第二站：山腰上的花坪村。同样是水电路的问题和极度贫困，同样奋战一年，英雄在工地上摔得头破血流，钢板撞得大山铿锵作响，村民感动得直抹眼泪，所有的困难都被王明礼踹到山下。接下来是宫寨村、筑山村、过天村——可以想见这个村有多高吧……整整九年，王明礼靠钢板和假肢支撑，翻山越岭转战了八个国家级贫困村，修建水窖六十八个，筑路总计六十多公里，再加上推动农副产品多种经营，请农业专家指导村民改善种植技术，大部分群众脱离贫困，实现温饱。其间县总工会领导多次劝他回来歇歇，别太拼了。但王明礼一次次拒绝了，他说："我的很多牺牲的战友都生长在农村，他们讲的贫困情况多少次让我泪流不止。我这样干就是替他们做，帮他们的亲人，我不能走！"

　　2008 年，乌江思林水电站开建，要求周边沿江村民全部搬迁。但很多村民留恋老家，当地干部说破了嘴也不走。刚刚转战到柏杨村的王明礼出马了，他拎一瓶酒或拎一条肉上门拜访，讲大局、讲希望、讲有利于老人治病、孩子上学，酒过三巡，绝大多数农户很快同意了。最后只剩下六个"钉子户"，村民杨春茂是其中最死硬的。5 月的一天，天降瓢泼大雨，明礼听说杨春茂在对岸山上放牛，觉得这种天气很危险，便披上雨衣匆匆过江去找他。恰在桥上遇见老杨牵牛回家，两人冒着雨一边过桥一边聊。那座桥是早年修建的老木桥，桥板已经破烂不堪。两人聊着聊着，突然间那头大黑牛踩断桥板，扑通一声掉进江里。明礼知道，牛是农民的命根子啊！他全然忘记了自己是残腿之人，立马甩了雨衣，纵身跳进风高浪急、雨雾茫茫的大江。明礼从小跟着父亲在江边拉纤，练出一身好水性，但这会儿身上的假肢和钢板太沉，很快把他拉进急流不见了踪影。杨春茂急得一边往桥下跑一边大喊："不好了！有人被水冲走了，快来救人啊！"

　　很快岸边集中了十多人，大家一起跟着杨春茂往下游疯跑去找人。到了二百多米远的地方，大家看到，王明礼抹着满脸的江水雨水，湿漉漉地牵着大黑牛一步步走上岸。杨老汉上前紧紧握住他的手哽咽着说："老王，你是没腿的人了还这样不要命，我哪样都不谈了，明天就搬家！"

　　村镇领导说，最后的"钉子户"搬迁是老王拿命换来的！

国家温度（节选）

4. 永不离身的《战友花名册》

英雄的心永远属于人民。

驻村工作，让王明礼更加深刻地体验到山区乡亲贫穷艰辛的生活现状，其中有不少军人家属、烈士遗属和很多退伍战士。访谈时，座中就有他的一位战友王芝前，战场上遭遇地雷炸伤后，其肋骨处留有一块小弹片。退伍前王芝前想到家里很穷，没钱娶媳妇，再拿个伤残证更找不到媳妇了，于是他放弃了伤残证，假装毫发无伤回到思南老家。后来媳妇是"骗"到手了，可肋骨处年年发炎，疼痛难耐，每年都住几次院。医院的大夫护士都认识他了，见面就喊："王院长"又来了？直到三十多年后的2018年，王芝前才下决心把弹片取出。

每每听到类似的事情，王明礼的心都隐隐作痛，久久不能平静。让复转军人和他们的亲人不能流血再流泪，帮助他们过上好日子，成为王明礼一直魂牵梦绕的强烈愿望。驻村期间，他注意到农村青壮年大部分去城里打工，家中老弱病残爬不得高坡，干不动重活，很多坡田荒废了。王明礼想，如果把这些荒山利用起来搞产业经济，让村民来做工，荒山就可以变现，农民就可以增收，何乐而不为呢！2007年，王明礼把自家房子卖了，和几位同乡战友凑了一笔资金，开始筹建万家山茶场。

万家山海拔高，土地肥，日照充足，雨量充沛，早晚浓雾弥漫，是发展生态茶业的风水宝地。说干就干，他和战友们上了山，没有路，拿起铁锄柴刀边砍边刨；资金不够，向亲朋好友一笔笔借；住帐篷没有电，点煤油灯；没有水，一桶一桶背上去，一棵一棵浇，满山遍野的茶苗就这样种了下去。日复一日，王明礼的腿骨残端被假肢磨得长期发炎，脓血直流，他就靠消炎药、止痛药咬牙顶着。经过二百多个日夜的艰辛劳作，一千多亩的荒山终于变为绿油油的茶园。可万万没想到，第二年铜仁地区发生罕见的雪凝灾害，大片茶苗冻死在地里。还没见收成就亏得倾家荡产，四十四岁的王明礼坐在山头，泪弹子叭叭砸在雪窝窝里。几位战友绝望了，想打退堂鼓。王明礼怒吼道："咱们都是当兵的，冲锋号一响，不死就得往前冲！现在这点困难算什么？"接着他又严肃地幽了一默："如果我手里有枪，谁当逃兵就地枪决！"

一股惊天豪气顿时回到战友心中，在新疆当了八年兵的杨秀文笑说："班长枪下留人！只要你不撤，我们跟定了！"

老天变脸是常事。"东边日出西边雨，道是无晴却有晴（情）。"借用银行贷款进行了大面积补种后，第二年万家山又绿了，绿得汪洋恣肆，碧波接天，花开如海，王明礼和战友们干得更加生龙活虎了。为实现帮助老百姓脱贫致富的初心和更广泛的辐射力，他们先后成立了鼎盛生态农业开发公司、晨曦生态农业专业合作社、退伍军人创业培训基地。如今，茶园面积拓展到五千多亩，精品水果基地三百多亩，发展养殖鸡、鹅、羊四千多只。带动邻近村镇近四千人脱贫，人均年收入近万元，八十个入股贫困户分红近百万元。他们通过聘请专家精心打造的富锶"晏茶"吸引了英国太古集团、立顿公司来思南县落户，并投资建成驻中国茶叶销售总部。2017 年，王明礼和战友们又开发了一座新茶山，开荒种茶两千多亩，带动四个贫困村近千人增收脱贫，近两年总共支付民工工资二百二十多万元。事业做得红红火火，产品销售逐年大增，村民收入越来越多。王明礼却没领过一分钱，他拿的还是县总工会发给的那份工资。

又一项英雄伟业！

过去的烽火岁月越来越远了，但在王明礼的心中，生死战友情却越来越浓厚强烈。无论走到哪里，他都向有关部门打听当地有多少退伍军人、残疾军人，仔细探问他们的生活情况。然后一次次探访那些贫困战友，请他们到茶园工作或参加创业培训。就这样，妻子患了忧郁症的杨秀文来了，肋骨上插着弹片的王芝前来了，在外漂泊打工的吴家孝来了……全国各地近百名退伍军人从网上得知思南县有个培训基地，先后报名参加，获得极大激励。如今王明礼的"军号"不时响起，很多都是天各一方的战友们打来的……

访谈中，王明礼从褪了色的小背包里掏出一本很旧的边缘有些磨损的《战友花名册》，纸张有些发黄，字迹一看就是当年的老打字机打的，每页纸都用透明的塑料皮儿包着，看得出主人的精心爱护。我一页页翻看，他的数十个各地战友的名字赫然在目，有些还简要标注了他们的生活情况。王明礼说，这本花名册我背了几十年，天天不离身。每次翻看，他们的影像、曾经的战斗和现在的生活就出现在眼前，其中有几位牺牲了，有些人已经病逝了。每次我都看得热血沸腾，激动不已，觉得为战友、为老百姓，自己有太多的事情要干，根本停不下来……

他流泪了，我也流泪了。

贵州大山深处竟然藏着这样一位伟大的英雄——普通一兵！

这一刻我决定，把自己的手机铃也改为军号声。

第三章　新《菜根谭》：花菜"大跨越"

上海朋友，你知道一棵花菜的来历吗？

它从田间地头蹦到你的餐桌上，整整用了三百年外加三年：三百年前，花菜跟着丝绸之路的驼队，从地中海一带进入"舌尖上的中国"。然后，从2016年到2019年，在遵义道真县的山上山下，花菜完成了一次"大跨越"，从深山沟跑到大上海。这让我想起了《菜根谭》，此书是明朝还初道人洪应明收集编著的一部论述修养、人生、处世、出世的语录集，短短的句子像菜根一样普通却又发人深省，回味绵长。

本文是一篇新《菜根谭》。

1. 失败的第一仗

上海是当代中国的一个绚丽窗口。白天车流滚滚，入夜华彩缤纷，每个工作间都奔流着智慧、梦想和雄心，支援全国是他们的责任和义务。

上海制定的扶贫方针非常朴实："中央要求，当地所需，上海所能。"上海排名世界前列的超大能量和能力数不胜数，所到之处，谈笑间沧海变桑田，好日子说到就到。但并不是所有上海人都有呼风唤雨的大本事。2016年7月11日，杨浦区商务委副主任、文质彬彬的周灵背着行囊，带上一张全家福照片，来到遵义市道真仡佬族苗族自治县挂职县委副书记，任务是扶贫三年。上级选中他，是因为他的条件全在"框框"里：男性，大学文化，副处级，四十五岁以下，平时表现优秀，兢兢业业，勤政爱民，且有主动报名之热情。但他是什么高端人才、有超凡拔俗的大学问大本事吗？看不出，就像他的办公桌一样朴实而又普通。早年他唯一的大本事就是把算盘打得直冒烟，不过现在已经过时了。1975年，周灵生于江西一个普通教师之家，高考进了山东财政学院，毕业后到江西财大当教师。2002年，思贤若渴的上海面向全国招聘人才，其实就是招大学生，模样斯文、老实巴交的周灵顺利通过。他说："我很运气，现在就是海归博士也很难挤进上海了。"周灵被派到上海杨浦区一个小镇当了经济科长，主要负责招商引资。所以说到底，他就是个优秀的"会计"，因为工作认真、敬业，有业绩，后来提拔为杨浦区商务委副主任。

　　来到遵义道真县，望着云遮雾绕的群山和炊烟袅袅的村寨，周灵两眼一片茫然。他对农业一窍不通，"四体不勤，五谷不分"说的就是他。但他还是怀着一腔热血来了，脱贫攻坚是举国大事、千秋伟业，定点定时、不可逾越，来了总要做些贡献，不能来过就是"路过"。他原以为道真作为国家扶贫开发重点县，肯定一片贫穷破烂：山寨里七扭八歪的吊脚楼和茅草房，山路上走着满脸菜色的荷锄老农和背着竹篓的农妇，山地上疯跑着泥头花脸的光腚娃娃……可现实大大出乎他的预想。从市到县是一路平展展的高速；进了县城，楼群高耸，街道宽敞，车流滚滚，商店相连，橱窗亮丽。人人过街都非常遵守红绿灯，比上海一些地方还规矩。周灵更加茫然了，这地方发展这么好，扶贫能做啥呀？他的雄心几乎折损了一半。接着再往深山沟里走，其间先后发生两次车祸，只听"咣"的一声，他两眼一黑，小命差点跟着车前盖飞进万丈深渊。到了那些偏远山区的村寨，千年老照片显露出来了：草房棚房土房石房，显得很苍凉；世界上本没有路，因为这里走的人不多，所以还是没路；老井薄田，缺水缺地，玉米棒棒只有巴掌长；年轻人都出去打工了，剩下的"606138部队"过着半自然经济生活，一切自种自收自用，山外热潮涌动的市场经济和他们没有半毛钱关系。他们的日子像炊烟一样，缓慢细瘦、寂寞悠长，可眼界还没有炊烟站得高望得远。周灵的两眼不那么茫然了，他终于找到"战场"和可做的扶贫工作——那就是动员、联络自己在上海的一切人脉，通过帮扶捐助，全力支持道真早日脱贫摘帽。许多天里，周灵打开手机联络人，一遍遍查找审视每位友人，精准估算他们的"内存资源"，仔细琢磨从那人身上能榨出多少"油水"。远在上海的同事亲友都特别惦记他，可他们哪里知道，此刻藏在贵州大山里的周灵正准备对他们"下手"。

电话打飞了。很多友人慨然表示："周书记，有什么要求你就说，我肯定鼎力相助！"周灵很高兴，庆幸自己平时待人很真诚，人缘不错。

一般而言，当地领导对外来的挂职干部很尊敬，不分工或少分工，不给压力，你能干啥就干点啥，期满给个好评语就行了。周灵的心里很轻松，他开始广泛调研，研究资助项目、所需资金、落户何处，比如留守儿童啦，大病扶助啦，住房改造啦，修路架桥啦，等等。那阵子他特别像社会慈善人士，不太像县委副书记。

入秋的一天，县委书记突然给他来了电话，说一个村寨种了二百多亩花菜（俗称菜花），是中间商签约的，每斤给农户七角钱，他们可以卖到一块八左右。可今年市场花菜涌入太多，挥泪大减价，中间商挣不到钱，于是找种种所谓"质量"理由不收了。眼瞅着菜要烂在地里，菜农们血本无归叫苦连天，跳崖的心都有了。书记请周灵能不能在上海找找门路，把这些花菜卖出去，帮帮老百姓。周灵一口答应。他心想，汪洋如海的大上海，自己又是区商务委的干部，这点菜还消化不了吗？一通电话打过去，友人说："周书记，不是我不帮你，你没算过账吗？从农民手里收过来每斤七角，如今上海也就卖七八角，装卸车的人工费谁付？进场费、停车费、手续费谁付？一千七百多公里的路途，一辆车运费一万多元谁付？更何况菜拉到上海起码烂掉三分之一，这些钱谁付？所以这个赔本的买卖没法做呀！"联系了几个人，都是同样的回答。周灵傻眼了。末了，这二百多亩地的花菜十分之一养了人，十分之二喂了猪，十分之七烂在地里当了肥料。全村白干了一年，两手空空，愁云惨雾，几十个摘了帽的贫困户又规规矩矩把帽子戴上了。

扶贫第一仗失败了。县委常委会上提起此事，肤色特别白的周灵脸色特别红，觉得有愧又没面子。

2. 棉被那么一甩

垂头丧气的周灵来到这个花菜种植村。县委副书记来了，乡、村干部都到了。他们说，以往农民种菜就是为自家吃，所以从来不上化肥不打农药，顶多等到赶集日挑着担子卖几筐，挣点零花钱。因为花菜一年中的茬口多，价格也不错，中间商见道真的花菜品质好、纯绿色，便和一村一寨一家一户签了约，声称"保底收购"，没想到今年市场一掉价，菜贩子变了脸，农民亏得一塌糊涂……

周灵心里一动，脑子里像大年夜烟花一样火花四溅！第一，道真山清水秀，水质好土质好，且没有上化肥打农药的习惯，这正是城市人最喜欢的菜品，菜贩子一拥而上，证明一定很有市场；第二，一些菜贩子没诚信，不可靠，如果由政府管起来组织起来，产、供、销三方精诚合作，相互信任，肯定皆大欢喜；第三，如果通过土地流转或土地入股的方式，把道真家家户户的土地"连片化"，把种植绿色蔬菜"产业化"，把整个种植、销售过程"市场化"，道真就会凭借自身优势，开拓出一条规模巨大、产值连增、可持续发展的蔬菜产业，可以大大提升全县的"造血"功能，大量贫困户可以闯出一条脱贫路、自强路、致富路。想到这儿，周灵思路大开，兴奋异常。果然，"失败是成功之母"，二百亩花菜没卖出去，却给了他这么多启示！他原来设想的那些扶贫办法，比如利用上海优势，争取更多帮扶资金啦，比如利用自身人脉，多为县里拉捐助啦，那仅仅是一种"输血"式的救助方式，虽然很必要，但很难从根本上解决全县的自立自强、稳定发展和可持续发展的大问题。

周灵明白，要办好这件大事，必须首先向市场学习，向实践学习。他要亲眼看一看，来自天南地北的一棵花菜、一根萝卜、一箱西红柿是怎样进入大上海的。他专程回到上海，半夜起身换一套蓝工装，口袋里揣上一个小本本，于凌晨 1 点来到浦东的一个大型批发市场。因为有规定：午夜 12 时之前，运输车辆不许进入上海，清晨 6 时之前必须全部撤离。当了十多年上海市民，这是周灵第一次看到自家餐桌的蔬菜是怎么来的。2 时左右，浓浓夜幕中，一辆辆蒙着防雨布的大型运输车从附近各省乃至云南、江西、河南、山东等地呼啸而至，一箱箱密封的蔬菜用搬运车卸下来。卖家报价、买家报量，堆积如山的菜箱很快席卷一空，场地上干干净净，批发商高兴地回家睡觉去了。周灵把所有细节用小本子一一记下来，这正是上海人工作的精细之处。

路径看明白了，还要找一贯制的大经销商，那些行走江湖的菜贩子只能是一锤子买卖。周灵上网查询了全国十大连锁经销商，其中，福建的永辉公司是办得最好、最具实力的国内大公司之一。周灵通过朋友关系找到总部，总部说，遵义离贵阳、重庆分公司比较近，你去找他们联系吧。但这家企业太忙，业务堆成山，物流像长河。贵阳、重庆两家分公司都觉得遵义地区山多地少，做不成大基地大产业，所以特别礼貌地推来推去。周灵不得不到贵阳"三顾茅庐"，再到重庆"五顾茅庐"。终于，重庆的年轻老总被感动了，他非常认真地和县委副书记交代："你们想做成蔬菜基地，就必须成规模、按标准长期供货，我们随要随到，这样我就可以给你定下一个额度。不能今天有明天没了，那就把我们坑了。"

周灵连连点头，然后一脸诚恳地说："我们已经有基地了。"

年轻老总怀疑地说："光说不行，我得去看看。"

周灵吓了一跳。这还是他想象中和策划中的"道真蓝图"，哪来的大基地啊？

他回去赶紧操办。可贵州"地无三尺平"，道真"二尺半"。到处是碎片地，现组织、现流转、现拼接，三头六臂也来不及啊！周灵急匆匆到处找地方，有一天到了一个乡，登上山头一望，发现那里有两千多亩坡地已经连片，整齐地铺着一条条洁白的明晃晃的塑料地膜。一问，乡干部说，我们是发展烤烟重点乡，地膜是为移栽烟苗预备的。周灵大喜，说什么烟苗不烟苗的？暂时权充蔬菜基地吧。回头他把重庆永辉公司年轻老总请过来，站在山头骄傲地指给他看。年轻老总激动地望着阳光下海浪般一条条的雪白地膜，说："周书记，你真有魄力，这么快就干起来了。好吧，我一年给你两千万元的销售额度！"

哈！一个勇敢的开始就是成功的一半！

在永辉超市的帮助下，道真向上海、重庆发运花菜的"试运行"开始了。锻炼干部、熟悉业务、摸索经验是必需的。别看乡领导、村干部个个长得有模有样，说话办事气势如虹，其实大都是黑脚农民出身。一辆辆大型运输车轰隆隆开进来，干部率领村民们摩拳擦掌，寂静的山寨腾起阵阵浪花般的欢声笑语。但很快，他们不笑了，他们脸红了，因为他们用千百年来的老观念、老传统、老习性操办现代化产业，一错再错，漏洞百出。

第一车花菜运到重庆，过后好几天没动静了。周灵问乡干部："运去以后怎么样？"

乡干部一头雾水："按你的指示，我们装上车就运走了，什么怎么样？"

周灵问："车上保温效果如何？路上损耗多少？卖价多少？多长时间卖完的？"

乡干部愣了，一问三不知："我以为你帮我们卖菜，一车车拉去就完了，问那些干吗？"

周灵又气又急，但上海干部一般很温柔，不会怨天尤人。他说："搞产业化经销，是有一套严格规矩和标准的，这样才能以最低的损耗换回最大的收益。稀里糊涂运过去，不知损耗多少，卖了多少，烂菜猪都不吃，你卖给谁去？"

过后，他把乡镇村干部召来，拿出在上海批发市场记的小本子，一条条教他们：

第一，首先要确保冷藏低温：花菜摘下来要迅速放入冷库，使菜心温度降到3℃左右。上了路更要严密保温，从道真到上海，路程一千七百多公里，这样在长途运输中才能最大限度减少损耗。"懂了吗？""懂了！"

——结果干错了。泥脚汉子们满身大汗，把收上来的花菜一筐筐搬进冷库，往地上一倒，然后大门一锁万事大吉。两天后一测温，一堆堆花菜外面的冷了，里面的还发热呢，更不必说菜心已经"柔情似水"了。周灵叮嘱他们，菜要轻拿轻放，不得受损，要一排排码整齐，留有一定空隙，这样冷藏受温才均等。周灵还特意派人给他们买来一批蔬菜温度计，可以插进菜心测试温度。"懂了吗？""懂了！"大家信心百倍高声回答。

第二，菜品要保证标准化。现在人们生活质量普遍提高了，讲究吃好不吃多。周灵要求，一个标准塑料包装箱只能放三十斤，不能多也不能少。每棵菜大小均等，两斤左右，保留两片绿叶、两公分根茎。根茎长了顾客不高兴，短了菜花就散了。

——又干错了。按农民的老观念，菜长得越大越重越好，装箱时为了多卖，也显得遵义人民热情实诚，大黑手使劲往里按，结果压得越实，升温越高，损耗越大。周灵喊了起来："蔬菜物流都是走计件，谁有时间给你一箱箱论斤秤？你们塞得越多，赔得越多！"乡亲们这才明白，一箱装五十斤是干赔。

第三，为了在长途运输中保持低温，装箱时里面要放一瓶冰冻水，然后密封。装车时，车厢底板铺一层棉被，四周捆一层棉被，装完后上面再盖一层棉被。过后用防雨布将整个车厢裹严捆紧。按此严格操作，花菜运抵重庆或上海时不仅保持着新鲜的花容月貌，损耗也可降至 5% 左右。

——乡亲们又出问题了。那天周灵有点感冒，运输车下半夜 2 时出发，他跟大家搬箱装车干到 1 时许，实在挺不住了，说你们把车装好就出发吧，我先走一步，回去吃点药。就这一步，当地同志为加快速度早点休息，车装完后，把大棉被像渔民撒网一样往高高的车上一甩，捆上防雨布，然后冲司机挥挥手，潇洒有力地喊一声"走人！"就这么一个不起眼的小动作——盖在菜箱上的棉被一甩，运抵上海后花菜损耗达到 25%，少卖了很多钱。当地同志这才明白，大冬天人少不了棉被，大夏天菜也少不得棉被啊！

后来，周灵专门带一批当地干部到上海、重庆的批发市场参观，看其他各省运来的菜是怎么标准化挑选、怎么标准化冷藏保温运输的，当地干部脑洞大开，感叹"外面的世界真难弄"。

第四，当地农民种菜，以往都是大把撒种子。尤其山寨里的少数民族姑娘们个个貌若天仙，在田里斜扭纤腰，轻移莲步，一手挎竹篮，一手撒种子，姿态比舞台表演还美，至于一把把菜种撒出去能冒出多少芽，只有天知道。周灵只好现学现卖，教农民先起垄、铺地膜，用以提升地温和保持水分。同时在温室大棚里提前育苗，品种分为早、中、晚、更晚数期，以便压茬种植，让花菜一年四季成批次源源不断进入市场，避免旺期堆积如山，价格跳楼。

周灵作为挂职县委副书记，要开会，要走访，尤其要策划建设若干个前所未有的大型蔬菜基地，土地流转连片，安排贫困户就业，起草签署各方面协议合同，拓展上海、重庆、贵阳等地市场超市，事情千头万绪，忙得不可开交，他不可能天天跟着大家搬箱装车。一天，一位女副乡长走进周灵的办公室，坐那儿就哭了。周灵惊问怎么了，女干部说："从书记发动外销蔬菜以后，按照乡政府领导班子的行政分工，这件事由我负责。因为每天都是夜里装车，下半夜发车，几个月下来都是我一个人顶着。白天还要正常上班。丈夫也忙，家里孩子病了，老人病了，没人照顾，我连衣服都没时间洗，累得实在支撑不住了，真想不干了。可你为全县老百姓脱贫致富着想，好不容易张罗起这摊事业，我不能眼瞅着干到半截就散摊子了，可我实在干不动了……"说着她又掩面哭起来。

这是文质彬彬的周灵有生以来第一次发大火。他把全乡领导干部召集起来，说："建设一个面向各大城市的大型蔬菜基地，是关系道真脱贫致富、可持续发展的大事业，不是一个单纯的行政命令、工作分工。整个班子都要动起来，积极参与、敢于担当。我发一个令，你书记乡长也发一个令，就由一个女副乡长单打独斗，白天上班，晚上装车连轴转，就是铁人也支撑不住啊！你们这些男子汉连一点同情心都没有吗？不能当个顶梁柱把这项事业顶起来吗？"

书记乡长脸红了，做了检讨，说自己认识没到位，就按一般行政分工办了。"现在我们明白了，"乡书记诚恳地说，"我们愿意向周书记立军令状，从此全力以赴！"然后他紧紧握了握那位女副乡长的手，表示道歉和慰问，在场很多干部掉泪了。

从此，乡领导班子实行了轮流值班制。

3. 让花菜带着"故事"走

现代化事业、云数据时代，说到根儿上就是越来越科学化和精密化。曾经的"大帮哄"劳动方式、"萝卜快了不洗泥"的装运方式，成麻袋拉到市场上的销售方式，已经并将继续被新时代新生活淘汰。谁还这么干，谁就将和满筐的白菜大葱泥萝卜一块被淘汰。不是生活太无情，而是你太"埋汰"。

"道真历史上的第一车外销蔬菜，是我推出去的。"周灵微笑着对我说，眼里闪着上海干部特有的那种很有"腔调"很有风度的光彩。

"现在，我们的白花菜、紫花菜、宝塔花菜，进入高端超市的都有

'户口'了。"他说。那是挂在菜茎上的一个广告小牌牌，顾客用手机一扫上面的二维码，就可以看到一段视频，一个有关这棵花菜的"故事"：白胡子爷爷或漂亮的山寨姑娘穿着绚丽的民族服装，正在挥汗劳作、精心侍候（说明它没见过化肥农药）；成熟了，把这棵花菜从坡田上摘下来（证明它出生于青山绿水而非大棚）；然后修叶剪茎，轻轻放进洁白的塑料包装箱，就像小新娘进了轿子，再放进一瓶晶莹的冰冻水（证明它身份高贵、不染凡尘）……

就这样，道真大山中数以万计、十万计的品质优良的花菜，实现了胜利"大跨越"：从老乡的菜篮子和吱嘎作响的饭桌上跳下来，从山沟沟里成千上万地拥出来，然后舞动着两片绿叶，飞向磅礴万里的上海，飞向高楼入云的重庆，飞向繁花似海的贵阳，飞向沉醉春风的成都，承载着"中国梦"……

为了使道真蔬菜产业实现健康有序、稳固可靠的可持续发展，周灵提议成立了县级层面的国有总公司，负责牵头抓总、主攻销售市场；十四个乡镇分公司对接销售并向村集体下订单；八十三个村寨成立集体合作社，组织群众专门种菜并负责质量监管；所有贫困户纳入合作社并成为股东。周灵深刻地意识到，这样的一个遍及全县的大基地大系统，靠纯粹的官方运作和行政管理很容易丧失发展动力和个人活力。他建议，国家和集体占股51%，剩下的49%作为股本分给上上下下的管理者和股东，利润与绩效挂钩，干了不白干，熬夜不白熬，积极性创造性都出来了并越干越好，实现了良性运行。

三年不辞辛劳的奋斗，周灵把它概括为简单的三件事：第一年卖菜，第二年种菜，第三年搞标准化。在周灵和道真县委县政府的共同努力下，当地碎片田合成大基地，来自农家田园的花菜、辣椒、香菇等汇流成大产业，个体户成了"集团军"。如今全县基地拥有菜田十四万亩，形成相关产业链七条，达到规模化后销售蔬菜六千余吨，帮助贫困户增加纯收入一千八百多万元，惠及贫困群众八千多人，实现产值一个多亿——而过去仅仅是一张白纸。当地山里老百姓记不住他的姓名，一提"卖菜书记"，妇孺皆知。上海的亲朋好友也很奇怪，周灵这个白面书生，四体不勤五谷不分，三年未见竟然成了有鼻子有眼的"蔬菜专家"。周灵说："我没有别的本事，只有一个本事，就是

'认真'。"为这件事，他三年跑了十六万多公里，等于绕地球赤道四圈以上。国务院扶贫办派团来道真县考核扶贫成果，那是当今中国官员最严格、最难过关的"大考"。周灵汇报说："通过建设发展蔬菜基地，在全县总共惠及贫困人口 8147 人。"考核组客气地说："我们抽查一下好吗？"他们通过实地调查或随机电话访谈，问你叫什么名，家中几口人？都在干什么？年收入是多少？参加蔬菜基地劳动和入股分红多少？农民一一做了回答。他们总共抽查了十一户，再对照底单，分毫不差！

在上海帮扶的地方，当然要按"当地所需、上海所能"的方针，积极吸纳上海强大的人、财、物资源，实现借势发展、借船出海，全力打造本地"2.0 版"的发展新模式新态势。但是我以为，把上海的"科学、精细、认真、坚持"的工作精神和创新精神学到手，是最重要最根本的。世界上怕就怕"认真"二字。

2019 年秋，周灵援黔三年到期。临走前，他花三个月时间，连写带画，精心制作了一幅长长的蔬菜产业产供销一体化标准"战略图"，折起来就是一本小册子。有关蔬菜产业基地健康有序、持续发展的全部流程，从最初的选种到最后的销售，所有环节、技术、标准、质量要求，都写得清清楚楚。他把这幅"战略图"送给了当地干部。

这是周灵三年扶贫创业的心血和经验，也是他对遵义人民、道真人民满满的深情。

倒车—— 一个犹豫的开始

1. 路边有泪

我问张雷威，爹妈怎么给你起了这么威武的名字？

他笑说，大概因为老爹上过战场吧。

沙尘暴遮天蔽日，砂粒抽在脸上，刀扎般生疼。这样的天外出干活，让人心情恼火。

1976 年春，米脂县拖拉机站的青年拖拉机手张雷威戴着一个防风镜，开着胶轮拖拉机驶进横山县（现为榆林市横山区）郊区一个供销社，准备装一批农产品运往米脂县城。时近中午，肚子饿得咕咕响，他缩在驾驶室里等着工人装车完毕，好赶紧回站里吃口饭。自古以来，陕北人养成一天只吃两顿的习惯，上午九点多一顿，晚上五六点钟一顿（直至今天，当地很多人家仍然保持这个习惯）。张雷威起大早出发，临近中午水米没打牙，肚子饿得咕咕叫。

车装完了，驶出不远，前面路口有一辆大货车挡住了去路。原来是一位穿白大褂的公社女医生领一个抱着孩子的年轻母亲匆匆跑来，拦住了那辆车，意思好像是想搭车进城。女医生说了半天，但那位司机摆摆手，兀自把车开走了。随后张雷威踩下油门准备开走，可那位女医生不由分说站到车前，分开双手拦住他。张雷威探头问，什么事？女医生焦急地说，这位母亲在窑洞外干活时，锅里煮着小米粥。一岁多的孩子因为饿，自己爬到锅台那儿想喝点粥，结果一头栽进锅里，头部和手部严重烫伤，生命很危险，求你行行好，把母子两个赶紧拉到米脂县医院吧！

当时，米脂县医院是周边各县条件最好、医疗水平也较高的医院。

张雷威的第一反应是不行。一是他很饿，急着回拖拉机站卸货吃饭，回去晚了就"颗粒无收"了；二是拉上这对母子去医院，后面的麻烦事肯定很多；三是看那个母亲怀里抱着的孩子，用烂衣破褴包着，满脸紫药水，肿得没人样了。孩子万一死在路上，他担不起责任。

张雷威摇摇头，说自己任务紧急，耽误不得，你再找别的车吧。

女医生无奈地让开了。张雷威开动拖拉机突突响着上了路。开出十几米，他从后视镜中看到，那位乡村女医生抱住孩子母亲，仿佛在说安慰话，大风把她的白大褂刮得扑扑乱飞，孩子母亲不断抹着眼泪……

那一瞬间，张雷威心软了。他犹豫了一会儿：走还是不走？管还是不管？唉，那终究是一条人命啊，反正自己也是回米脂县，顺道拉上算了。终于，他挂上倒挡把拖拉机退回到路口——这一退，其实是人生境界的伟大一进。女医生赶紧把母子送上驾驶室，感激万分地对张雷威说："你真是大好人啊！"张雷威听了，暗自觉得有些羞愧。

拖拉机加大油门紧急上路，半道上孩子突然不呼吸了，母亲吓得一个劲儿哭喊"康小飞"。当地隔县不同音，张雷威听成了"咖啡"。他说，你拍拍孩子后背，能缓过来。母亲赶紧拍了几下，孩子轻咳几声，果然又有了鼻息。两个小时后，拖拉机停在米脂县医院门口。眼瞅着年轻母亲抱着孩子进了医院，他才开车回到拖拉机站，汇报，卸货，吃饭。午时已过，食堂只剩半碗剩饭了，他狼吞虎咽吃光，又灌了一瓢凉水，才觉得肚子充实多了。自己的事儿消停了，他又想起那个"咖啡"，现在不知怎么样了，是否安全了？既然拉人家来了，就得关心关心。好在县医院不远，张雷威匆匆跑到医院，老远就看见那位母亲抱着孩子坐在台阶上，正在不停地抹眼泪。

张雷威陡然一惊："孩子怎么了？"

"挂号排队太长……"母亲说。

"天哪，你真是不懂！孩子伤成这样，挂急诊就不用排队了。"张雷威说，"走！咱们进去！"

中午12点，是医院的午休时间。张雷威带着母子闯进急诊室，一位男医生正躺在病床上睡午觉。他懒洋洋地起来看看孩子的情况，说伤得很严重，需要住院治疗，最少也要花上二百元。母亲从衣袋里掏出一个脏手帕，哆哆嗦嗦打开，里面只有五十元。"我家只有这点积蓄，全拿来了，"她说，"求求大夫救救我孩子的命吧！"

医生说："那不行，你交不上费用，我跟院里没法交代。"

张雷威火了，眼珠子一瞪吼道："钱要紧，还是人命要紧？"

医生白了他一眼："谁家孩子都要紧！可收不上费，医院没法干啊！"

张雷威伸手掏掏自己的兜，一共五十斤粮票、四十八元零三角。他啪地往桌上一拍："不管多少，你得先救孩子的命！"接着他又把驾驶证拍到桌上，"一台拖拉机够不够？驾驶证押在你这儿行不行？"

其实张雷威说了大话。拖拉机是公家的，他一分钱也换不出来。

医生没话说了，立即安排娘俩入院。

回头，张雷威跟同事借了点钱，跑到商店买了两罐炼乳、两包玉米面饼干送到医院。那位医生正在给孩子上药，见张雷威回来了，问，你是孩子爹吗？

孩子妈脸红了，赶紧解释："我们不认识。他是开拖拉机的，大好人，路上碰到给我们拉来的。"

一句话把医生感动了："哦，是这样。小伙子人性不错，就凭你这仗义救人的精神，我一定想办法把孩子治好！"

张雷威问明母子俩的住址和孩子姓名，当天给横山县武镇人民公社康庄大队打了个长途电话，说你们那边有个叫康小飞的孩子，因为严重烫伤，在米脂县医院入院治疗呢，母亲带的钱不够，你们通知家人赶紧送钱来。

这是1976年的事情，张雷威二十一岁。

过后，他开着拖拉机东奔西忙跑运输，再没去医院。有时他会想起这个孩子，也不知命保住没有？但他不想多问，怕人家以为他惦记还钱的事情。萍水相逢，救人一难，过去就过去了。

四十多年过去，张雷威竟然和这个长大的孩子康小飞奇迹般地相遇，这是后话。

张雷威是老革命的后代，1955年出生。父亲十五岁参加了陕北红军，天天赶着骡马车在边区内外跑运输。国共分界线上的国民党兵见这个脏孩子赶着大车，车上堆着几十垛草捆的粗瓷大碗，看看没啥禁运物件，骂一声"小兔崽子滚吧"便放行了。回到部队上，战士们兴高采烈把大碗卸下来，原来，碗底的凹坑处藏着许多急用药品。新中国成立后，父亲成了西安的干部。1970年张雷威初中毕业后，带头响应毛主席号召下乡插队，成了知青点"点长"，因为任劳任怨，表现优秀，后来调入拖拉机站当上拖拉机手，再后去了延安大学成了"带薪学生"，毕业后被推荐去县委宣传部工作。但张雷威不愿意干，还想继续当拖拉机手。当时他一个月拿着38.6元工资，跑运输还能带点土特产回家，也算让人高看一眼的"富有阶层"了。

后来他调入国家电网陕西榆林供电公司，退休时干到工会主席。

2. 天下唯一的官称："扶贫官"

2000年，四十五岁的张雷威受供电公司委派，赴神木县芹菜沟驻村扶贫，为期三年。

那时压力不是很大，工作业绩高低、村子变化大小没有严格考核。时限到了，打道回府做个汇报就行了。

张雷威不这么想。1976年救助烫伤孩子康小飞那件事，他一直深深铭记在心。"有人说英雄三分钟热血，而那会儿我是狗熊三分钟。"老张说，"孩子命悬一线了，我还不想拉，犹豫了三分钟才倒车回来把母子两个拉上。后来每每想起这件事我没有一点光荣感，一直很自责。"

这件事成了张雷威一生的警示。

芹菜沟村，顾名思义，大概老早时候这片沟里长了些野芹菜吧。村里离城里很远，不能车来车去隔三差五跟老乡打照面就回，必须找个住地。他发现村口有三孔废弃的土窑，没门没窗，老鼠满洞窜。村支书解兰兰说，这里原是村小学，现在孩子都去乡小学读书了，窑洞也就废弃了。老张说，你派人把这儿装上门窗打扫打扫，我就住这儿吧。解兰兰怀疑地瞅瞅他说，你真住下呀？当然！老张说。

几位老村民不干了，说早年那是咱村的土地神庙，后来改成小学，不能动，动就坏了咱村的风水。

张雷威笑说，你们村世世代代受穷，光棍满村走，年年饿肚子，外边人说"有女不嫁芹菜村"，这风水好在哪儿？我看把它装修改造好了，我带着党的扶贫任务住进去，风水才会好起来。1921年共产党成立的时候，全国只有五十多个党员，后来把天下打下来了，你们说共产党的风水好不好？

老百姓一听是这个理儿。

窑洞修好了，老张把铺盖扛来睡了进去。头几晚他基本没睡好。窑洞几十年没动过火，头顶冰凉冰凉的。他不得不把枕巾包在头上，扮起了羊肚子手巾三道道蓝的放羊装，穿上绒衣绒裤睡。好在农村空气好，也安静。

住进"风水宝地"的第一天晚上，张雷威开了两瓶家里带来的老白酒，请村干部和几位老党员上炕，聊聊扶贫应该从哪开始。听完大家的意见，他说，这些天我了解了一些情况，芹菜沟村人少地多，这是你们的一大优势，但村民只种些玉米谷子杂粮什么的，辛苦一年不赚钱是个大问题，也是村里贫困的根源。我建议，现在有了政府资金支持，村里应该大力发展种植业和养殖业，一是种枣二是养羊。特别是实行退耕还林政策以后，山上植被恢复很快，牧草长势旺盛，养羊既可增收又可肥地。村干部一听脑洞大开，而且有政府资金做后盾，大家当然高兴，掌声把"风水宝地"的老墙震得直掉渣儿。

第一批二百多株枣树苗从神木县拉回来了。约定第二天全体劳力上山种树。没想到当晚刮起了沙尘暴，一出门满嘴沙子。解兰兰建议改变计划，等风停了再说。拖后一两天当然不是大问题，但张雷威坚决地说，不能改！这些年一些干部来来去去，说了不算，算了不说，让老乡们对扶贫干部产生很多不良印象。再说村民们平日都在附近的小煤窑打工，一天能赚十多块钱，把他们集中起来不容易。我们不能失信于民，这点小困难我们就停工，我张雷威以后还怎么干？第二天一大早，他和村支书解兰兰、村主任解礼兴带头，冒着猛烈的沙尘暴，扛着树苗铁锹、担着水桶上山了。忙了整整一天，二百多株枣树苗齐刷刷站在山坡上了，村民们第一次看到城里来的扶贫干部跟他们一起下地干活，心里觉得特别温暖特别踏实，想到以后红枣挂满山的景象，真是打心眼儿里高兴。张雷威吃了满嘴沙子，但他很高兴。他甚至感谢这场沙尘暴给了他走近村民的机会。他相信沙子不会白吃的。

千百年来封闭于世界之外的偏乡僻野，传统观念像大地一样结实牢靠。张雷威发现，芹菜沟村民历来有养骡子的习惯。骡子体大劲大，拉车耕地一阵风，很受村民喜爱。但骡子是一代而终的"绝户"，只能使用七八年，买时一头好骡子近八千元，淘汰时只能卖一两千元。于是张雷威向他们大力推荐秦川牛，拉车耕地样样行，只是速度慢些，喂养方式都一样。但母牛每年可以产一头小牛犊，养三个月能卖三千元，八个月能卖八千元钱，可持续发展，年年增值。张雷威还带上村民到外地养牛场、养牛户参观，然后召开村民大会，让考察回来的村民讲看到的好处，给大家算细账，说收益。

从第一批购进七头牛开始，现在的芹菜沟村变成牛气冲天的"牛村"。

在村里，老张很快发现，年轻人经常咳嗽不停，吐的全是黑痰。他立即召集在小煤窑打工的村民开了个会，他说，自古以来下井挖煤是最苦最累也最危险的活儿，人称"干的是阴间活，吃的是阳间饭"，"两块石头夹一块肉"。你们现在只顾眼前利益，到年底能拿个十万八万的，可到老了大病就会找上门来，你存的钱都得给医院送去。万一出了事故，后果就很难设想了。我建议你们还是下决心回村发展自己的种植业和养殖业，政府还会给予很大扶植，这多好啊！

老张说的条条在理。消息传开，青年们都怕了，那一带的小煤窑很快出现"用工荒"，而一向沉寂的村里分外喧哗起来。

从神木县西沟去往芹菜沟，必经"胶泥圪崂村"的村头——村上老祖宗给自己的住地起了这么古怪的名字，显然下雨时那里的黄土特别沾脚吧。这个村有个哑巴青年，二十岁出头。张雷威为了给芹菜沟村更换水泥电杆，领着村民修路，包括为村民买回小尾寒羊和秦川肉牛等一些事，他都看在眼里，于是比比划划向芹菜沟的村民打听这个陌生人是谁，为什么给芹菜沟人办了那么多好事？弄清楚以后，有一天他在村口拦住本村的煤老板石开河，一个劲哇哇叫着跟对他打手语，弄得石老板莫名其妙不明所以。有年轻人在旁解释说，哑巴的意思是说你那么有钱，为什么不给村里请一个像张雷威那样的扶贫干部？哑巴一边点头，双手还在比划着，并模仿着牛羊的模样和叫声。石老板大笑不止，他告诉哑巴，扶贫干部不是花钱请的，是政府派来的。

风掠过哑巴青年不动的身影，他愣愣地站在那里，脸上有点惆怅。

有一次，芹菜沟村一位村民按当地习俗为儿子举办成人礼（即从小挂在脖子上的小银锁在十二岁生日那天正式开锁），招待各方亲友宾朋，张雷威应邀参加。席间，一位西装革履的老板突然走过来向他恭恭敬敬敬酒，村支书介绍说，这位老板叫石开河，胶泥圪崂村人，听说你就是名气很大的扶贫干部张雷威，把我们村的哑巴都感动了，他特意过来表示一下敬意。

扶贫不仅要扶贫扶弱，还要改变村风。

芹菜沟村民刘爱田有两个儿子，大儿子刘小平从部队复员回村，娶媳妇成了老大难。花钱请媒人带女方来家里相亲，来了四五拨没结果，都嫌刘小平没个正式工作。刘爱田不得不来找张雷威，求他帮着给儿子找个工作。张雷威说，这事儿太好办了，我一个电话就能解决，不过我有个前提。大喜过望的刘爱田赶紧问什么前提，老张郑重其事地说，第一，你作为家里的老大，要率先孝敬老人，给你弟弟做好榜样；第二，要处理好弟兄二人的家庭关系，不能见面不说话，背地里还相互讲对方的坏话，在村里造成很不好的影响。你老爹耳朵聋，体力差，独自生活没人照顾，可你们兄弟二人不管不问，村民都看在眼里。你是军人的父亲、光荣军属，怎么能让村民在背后指指点点呢？

只要你能做好这两点，刘小平的工作我包起来！数天后，刘爱田兄弟两家坐在一起，把老父亲和张雷威请来吃了一顿酒席。两兄弟相互敬了酒、道了歉，两家还共同向老父亲道了歉，表示今后一定好好孝敬老人家，给孩子做个榜样。老泪纵横的老人家心里一定很纳闷，两个不懂事的儿子咋一夜之间像变了个人呢？

不久，老张把刘小平安排到供电公司当一名农电工，还给他介绍了一个好姑娘。两人很快结婚成家，刘家老少三代日子过得和和美美。

这件事感动了全村。

2006年，张雷威提升为榆林市供电公司工会主席。六年里，除了拿点精力处理公司公务，他把扶贫当成自己的"第一要务"，无论寒冬酷暑，张雷威爬山过沟，走村串户，有贫必扶，见弱必帮，帮扶必成。有一次他雨后爬山摔下悬崖，腿部三处骨折，二十七天后就拄着双拐偷偷溜出医院，继续忙他的扶贫。因骨伤尚未完全愈合，腿部至此留下残疾。张雷威的名声和村村户户的口碑传遍榆林大地，老百姓不知道他是什么官，也不懂他的级别，干脆称他为"扶贫官"。从中国到世界各国，享有这个官号的肯定只有张雷威一个。扶贫工作一期三年，两期六年，上级觉得老张年纪大了，别再这么吃辛苦了，要把他调回去。各县领导和广大村民听说都急了，纷纷向扶贫办要求把老张留下来。组织上征求张雷威的意见，他说："小车不倒只管推，就让我干下去吧。"自此，老张先后在几个县任驻县扶贫干部、挂职副县长，管的面更宽了，跑的路更远了，吃的风沙和手擀面更多了。吃着吃着，他发现了一家村民做的面条很不错。

——老霍家的手工挂面

然沟村的老霍家祖孙三代做手工挂面，手艺高超，挂出的面粗细均匀，下锅不糊汤，吃着筋道，远近闻名。但是霍家的现有设备过于原始，产量很低，经常供不应求。张雷威建议村委会大力支持霍家，办一个手工挂面合作社，扩大生产规模，带动更多村民脱贫致富。霍老汉对此很感兴趣，老张还建议他改进包装，缩小把数，再加进民航飞机上那种现代调味品小包装，走精致发展道路。这个好主意让霍老汉大为振奋。不久"吴堡县老霍家挂面厂"注册成立，在政府支持下建起占地一百二十多亩的漂亮厂房和生产流水线，安排就业职工五十多人，年产挂面三百吨。老张的一个建议，成为吴堡县的一个创新产业。

——车家塬村的一根丝

前不久，我刚刚写过湖州，当地存有指甲盖大小的一万四千三百多年前的古丝片，是世界上发现的最早丝制品，故那里被誉为"丝绸之源"。我由此写下一句非经典之言："蚕宝宝在吐丝的时候，没想到它会吐出一条丝绸之路。"更让人想不到的是，在气候寒冷干燥的陕西黄土高原，吴堡县竟然有种桑养蚕的传统。查查县志，没有答案。我猜想，此地叫吴堡，在古代为北部边境重要军事要塞的榆林（万里长城最高的烽火台就矗立在这里），一定是来自江南的吴地之人来此服兵役，把种桑养蚕的习惯带来了并就地扎根落户，繁衍成今天的吴堡县。县境内有个车家塬村，全村桑园面积四百五十亩，桑叶肥厚，丝质优良，一根丝能扯出十公里，遂被陕西省定为"一村一品"示范村。当地气候偏冷，过去家家户户都专备一孔窑洞或一间房做育蚕室。但蚕宝宝太脆弱了，这种传统方法常发生煤烟中毒，也难以保持恒温，导致蚕宝宝死亡率较高，蚕茧质量不高，直接影响了蚕农的收入。张雷威听闻，又来"打雷"了。他和农业站技术人员张武云多次深入车家塬村调研，后经县政府批准，投入了三万元购买电暖加热器，为全村修了一间小蚕供育室，又投资十二万元建起烘茧炉、收茧室、成品室、集雨窖等，该村的养蚕业一下子大大兴旺起来，蚕农收入成倍增加。如今，该村建起蚕丝加工厂，丝绵被、丝绵衣裤、丝绵枕头等产品大量销往外地，村民的腰包鼓鼓的，村貌也焕然一新。

3. 女儿眼中的爸爸

2015 年，为庆祝张雷威六十大寿，女儿写了一篇自述《有感我的父亲》：

他个头不高，体质不强，却叫了一个那么威武的名字。

他十五年如一日地忙着帮扶工作，足迹遍布榆阳、清涧、神木、吴堡、佳县、米脂六个县区的贫困农村，被村里人亲切地称为城里来的"自家人"。这就是我的爸爸，而我对这个真正的自家人却不是很了解。

——惊讶中的感动

2000 年，我爸爸开始了他的扶贫之路，也正是从那时候开始，我就很少见到他。为了了解帮扶村贫困的原因，拿出有效办法，父亲将所有节假日都耗费在村里。我经常问妈妈，爸爸去哪里了？妈妈每次给出的答案都是"去农村了"。每当爸爸回来时，我都会兴奋地告诉他最近家里家外发生的好多事情，而爸爸却在我的唠叨声中熟睡过去。他的忙碌，带给我越来越多的困惑。一次假期，我向他提出了我的疑问，问到底是什么在吸引你，为什么节假日都不陪我和妈妈呢？爸爸笑说，你愿意去看看吗？我说当然愿意。就这样，我跟着他去了神木县的芹菜沟村，在那里看到的一切让我开始心疼爸爸。书上说的穷乡僻壤应该就是这样的地方吧，羊肠小道，房屋破旧，还有散发着臭味的猪圈羊圈，我一声不吭跟他转完了整个村子。他热情地跟每个村民打着招呼，询问着家里的情况。我惊讶地发现，爸爸竟然知道村里每家每户的情况，能叫出每个村民的名字，甚至养多少牛羊都清楚。而他却不知道我当时上几年级。到了下午饭的时间，他笑眯眯地说，今天老爸给你露一手！我根本不相信，因为他在家里什么都不干也没时间干。但我的表情逐渐变成吃惊了，只见他熟练地和面、切面、煮面，加上伴料，一碗香喷喷的手擀面就出现在了我的眼前。我从未见过他做饭，这碗面条我吃到满满的感动，当然，也有一点点伤感。

——拄着双拐的 Superman

2006 年，爸爸在吴堡县水利工程建设检查中滚下山崖，脚部三处骨折。放学回家看到这个情况，我心里又疼又有点暗暗的小欣喜，爸爸受伤了，他就不会再去农村。可我低估了爸爸的执着，趁我去上学，妈妈去买菜，脚部石膏裹上刚刚二十七天，他又偷偷跑回了吴堡县。妈妈打电话给他说："你不要命了，伤筋动骨一百天呢！"老爸在电话那头笑笑说："没事，这里几个工程都到了关键期，我不多看着点儿不放心，工程一完我就回来。"挂了电话，我看到妈妈低头擦了一把眼泪。因为错过了治疗期，他的脚至今还留有残疾。后来我问他值得吗，他告诉我，当然值得，下次你跟我去吴堡，看看现在发展得多好，看看老爸做的事情有了效果，就会知道老爸这样做多高兴、多安心。我没告诉他，在我心里他已经是 Superman。

——靠不住的爸爸

腊月二十五了，我和妈妈去超市采购年货。超市的人好多呀，处处洋溢着节日的喜庆，我和妈妈费劲地挑完我们要的东西。回家路上，我们手里提着满满的年货，路越走越长，手上的东西越来越重。我哀怨地看了妈妈一眼，妈妈笑着对我说："你还没习惯？你又不是不知道你爸根本靠不住，累了咱休息一会儿再走。"是啊，每年都这样，不到年三十儿见不到人。我有点生气地给他打电话，电话那头的爸爸语速飞快地说："没什么事就待会儿再说，老爸正在老乡家送慰问款呢。"没等我回话，电话就挂断了。好吧，你送你的慰问款，我走我的年货路。

——村里朋友进城啦

难得这个周末老爸在家，我提议全家去吃自助烧烤。爸妈同意后，我和妈妈开始讨论该烤什么吃，准备什么东西，好兴奋的感觉。突然，老爸手机铃响了，我顿时莫名地紧张起来。随后，一阵凌乱的敲门声。我跑去开门，门外的人我没有见过，一张黝黑的脸，手上提一个布袋子。我问，你找谁？那人还没答话，就听老爸说："来来，赶紧进来，媛媛，你去泡杯茶。"后来我才知道这是爸爸帮扶村的人，因为家人生病要来城里住院，找不到门路所以来找爸爸。最后，我的烧烤自然泡汤了。这次我好像没有理由埋怨他，村民治病是大事。

——旅行计划只是计划

学校放假期间。"老爸，你看，这是我同学他们一家出去玩的照片，是不是很好，我们也去玩吧。""好啊，等我把手上的事情处理完，我们就去，你好好想想我们去哪儿。"我开始全心全意地研究旅行攻略。"老爸，我的假期要结束了，你的事还没处理完么？""老爸最近要给村里建标准化羊舍，还要办砖厂，实在走不开，要不明年？"于是，我等了一年又一年，直到现在一起旅行都存在于我的想象中。退休后的他一心扑在精准扶贫的工作上，走访调研、讲课开会，甚至比以前更忙。老爸，我再计划计划。

有人问我，你觉得你爸这样做为了什么？升官吗？我淡淡地说，我爸现在已经退休了。我记得，爸爸曾经对我说："我在农村插过队，我知道农民受的苦。他们勤劳、善良、质朴，只因为没有正确的引导，没有让他们脱贫致富的项目和资金，一直守着黄土过苦日子。我现在还有一点能力可以帮助他们，我愿意这样做，因为我对农村人民有感情。"我觉得这就是他的目的。唉，老爸在我心中其实是一个不称职的父亲，他将他的所有精力都用在工作上，对于家庭，他不能更好地顾全。他坚持了十五年的扶贫工作，他将他的爱分散给了更多的贫困乡村和农民。如今，我看到了他所做出的成绩，我看到了新建的羊舍、新修的水窖、改造的学校、崭新的道路、有规模的香菇大棚，等等，老爸这种"不称职"早已化成我的骄傲。他舍弃了我们一个小家，投入到建设大家的事业中，帮助更多的人走出贫困，我的怨气也逐渐变为支持他的勇气。随着年龄增长，他已退休，但扶贫的名气却越来越大，电视上能看到他的身影，报纸中能读到写他的报道，我渐渐理解了他的这条扶贫路，理解了他二十年坚持背后的酸甜苦辣。老爸，我为你骄傲。

从 2000 年到现在，张雷威参加榆林市社会扶贫工作整整二十年，先后在六个县区、十九个乡镇、五十六个贫困村驻村帮扶，帮助一万两千名群众脱贫。2015 年 6 月退休之后，他继续担任驻村第一书记，坚持义务扶贫、自愿扶贫。2016 年，因超龄他又退出第一书记序列，成为一名编外的驻村帮扶干部。从黑发干到白发，一直干到现在，现在还在干。

还要说一个小小的温馨的尾声。

2016 年夏，有位女记者来采访张雷威，聊天时她说起横山区那边有一家康姓农户，二十年来一直在寻找一个大恩人，那会儿康家一岁多的儿子因为饿，爬到锅台那儿探头喝粥，结果一头栽进锅里烫伤了，是一位路过的拖拉机手把母子俩拉到医院的。儿子得救了，可紧急之下母亲忘了问这位恩人的姓名，他们一直在找……

老张笑说，这个拖拉机手就是我呀！我记得特别清楚，当时我听当妈的一路管孩子叫"咖啡"，我还挺奇怪，怎么起了这么怪的名字？

女记者大笑说，人家叫康小飞，现在长成一条壮汉了！

人民是永远懂得感恩的。消息传到康家，全家盛情邀请大恩人前往做客。张雷威到达的那一天，全村人倾巢而出，都在等着看康家苦苦找了二十年的这位大恩人。老张一下车，掌声欢呼声顿时响彻山谷。康小飞果然长成一条壮汉，膀大腰圆，黝黑的脸膛和手上稍有些伤痕，并不严重。老张在康家吃了一顿丰盛的土特产宴席，认了个干儿子，拎着自家酒瓶子来敬酒的村干部和乡亲络绎不绝，这是历史上康家最热闹的一天。

这一天，世界如此温暖。

天下第一"傻"

黑龙江有这样一个村庄。半个世纪以来，前任村支书干了二十八年，现任村支书干了二十二年，他们创造了两次巨变，全国唯此一家。也巧，从改革初期到新时代，我前后两次访问了这个曾闻名海内外的——"傻子屯"。

1. "阎王爷给小鬼派活儿——专门收人"

正月十五云遮月，天黑如漆，寒风呼啸，拥挤的雪花好似凝冻在夜色中，一队鬼影似的队伍不时发出凄怆的呼号，举着火把走在雪野上。

领头人是大队陈支书，花白胡子，裹一件烂棉袄，一边敲小锣一边喊："老天爷，行行好吧！"跟在他身后的数百名衣衫褴褛的村民一脸畏怯，跟着喊："送孽龙，快点走吧！"他们人手一盆洋油拌谷糠，一边走一边沿着村道撒谷糠。行到一里地之外，陈支书暴叫一声："点路灯，送孽龙！"那些举着火把的人赶紧点燃长长的谷糠堆，不多时路面腾起一条数百米长的火龙，村民们匍匐在地，朝着远方砰砰磕头。

几乎每年正月十五半夜时分，桦川县集贤大队（村）都会秘密搞一次"送孽龙"活动。公社领导知道了，就装模作样批评几句，其实不当事儿。他们知道陈支书"豁出不要党票了"也要搞，因为老天爷把这个村折腾傻了也逼疯了。陈支书叫天天不应，叫地地不灵，没路可走了。

集贤村，与其说是养人的地方，不如说是埋人的地方。1938年，日本鬼子为防备抗联游击队的活动，强行合村并屯，一把火烧光了四野的乡村，用刺刀和铁丝网把一群老百姓圈到这个原叫"东八围子"的荒甸子里，人们睡了多年的窝棚地窨子。新中国成立后，这里改名集贤村，村民忙于春种秋收，拿病不当事儿。临到50年代末，乡亲们才发现这屯子有点蹊跷：日子越过越穷倒也罢了，可咱屯子的娘们儿怎么尽生些傻孩子？男男女女怎么尽长大粗脖根儿呢？

老张家生了五个孩子，不是傻子就是聋哑。独眼木匠老李头，当年从鬼子万人坑里爬出来存下一条命，五十岁时哑巴媳妇给他生了一个儿子。老李头高兴地说："当年鬼子没能埋死我，如今五十得子，儿子又是甲午年五月初五午时生，就是真龙天子也占不上五个'五'！"于是给儿子起名叫宝玉。两年后，发现儿子是只会哇哇叫的傻孩子。何止张家李家。凄风苦雨，冷月寒星，神秘而可怕的命运死死勒住了集贤村的喉咙，集贤大队成了远近有名的傻子屯。一首民谣远远传布开去："痴愚呆傻满屯走，聋子哑巴比划手，大粗脖人人有，大气瘵像柳罐斗。"据1978年统计，全村255户1313人，地方性甲状腺肿大患者859人，克汀病（痴呆）患者150人。一组浸透血泪的数据，一幅悲惨恐怖的图景，在这里汇集成一个错乱的"黑土部落"。进村一看，大姑娘赤身裸体泡猪圈的，傻小子嘿嘿笑着啃死鸡的，七八岁孩子满地爬的，姑娘嫁不出去，小子娶不来媳妇。贫穷、呆傻、眼泪、死亡，一起在这片土地上疯长。老支书找来一个风水先生，说集贤大队村口地下埋着一条孽龙，都是它作的妖，正月十五必须给它喂谷糠将它引走。可年年送孽龙，傻孩子还是年年有。又有人说，村东边有一块模样像猴的大石头，坏了本村的风水。老支书一气带人把猴石炸飞了，可傻孩子照样挡不住。过年过节，外面的亲戚没有敢进来的，傻子屯成了人人唯恐避之不远的"孤岛"。

1970年，老支书撂挑子了。傻子屯群傻无首，乱套了。

公社领导很着急，赶紧选人。书记说，看那个初中生许振忠精神很正常，就选他吧。风声很快传出来，许振忠决定逃跑。大清早他背上行李卷，棉袄里揣上两个玉米饼子，坐上稀里哗啦的乡村大客，从县城直奔佳木斯市火车站。火车站街对面有一栋壮观的黄色大楼，时称"黑龙江生产建设兵团司令部"，下乡一年半后我从独立一团（嘉荫农场）调到这里的秘书处。倘若天机巧合，我当时从窗口往外一望，一定能看到一个黑瘦青年农民被两个戴红袖标的民兵逮住了，这家伙就是许振忠。他的心机早被公社书记算到了——想逃出如来佛掌心儿？猴子都不行，何况傻子屯的人！

许振忠垂头丧气被"押"回村里，公社书记早坐等在那儿了。他苦口婆心劝许振忠接下大队书记这个担子，许振忠就是不吐口，问急了，他脱口给了一句："领导，傻子屯的情况你不是不知道，今天生个新傻子，明天抬出个老傻子。你这是阎王爷给小鬼派活儿——让我专门收人哪！"书记勃然大怒，一拍桌子："你敢说公社书记是阎王爷，小命还要不要了？"那正是"文革"时期，扣上"反党"的帽子人就完了。可许振忠梗着脖子说："你赶紧给我送大牢去吧，省得在屯子里遭社员骂，遭傻子打。"整整一下午，晚上书记还管了他一顿猪肉炖粉条，意思是哄哄他，可谈到半夜许振忠还是一块死倔的石头。书记终于火了："给你好脸不听是不是？小王八犊子，站起来！"说着他从上衣口袋里掏出一个小红本本，举起来问，"这是什么？"许振忠规规矩矩站着说："党章。"书记说："今晚到此结束。党章里说个人服从组织，明天你就上班吧。"接着门咣当一响，许振忠被扔那儿了。茫茫夜色中，远处传来几声傻子凄厉的号叫……

许振忠的命很苦。老爹绰号"许老倔"，是村里有名的血性汉子。1946年秋，东北大地战火纷飞，一绺绺胡子乘机烧杀抢掠，无恶不作。东八围子屯（集贤村）一个当过抗联交通员的年轻妇女被附近一绺胡子李大麻子绑走了，声言不交一百块大洋就撕票，全家号哭动天。许老倔说："我去要人。"然后揣上一把短杆土枪腾腾走了。上山找到李大麻子，两人几言不合，许老倔假装回身要走，猛然间掏枪轰掉李大麻子一只耳朵，几个匪徒扑上来，把许老倔捅了一身血窟窿，拖进高粱地埋了。两个月后，共产党土改工作队把李大麻子灭了，乡亲们挖出许老倔的遗体，脑袋上有五个窟窿。这一年许振忠三岁。他娘支撑不下去，只好领着许振忠改嫁他乡。可继父那边日子也难，容不下小振忠，三年后他离开母亲，只身返回集贤村伯父家。不久松花江两岸解放，许振忠上了学，但因家境困难，交不起学费，念到初中二年级只好退学，回家埋头种地。因为出身根红苗正，干活儿肯出力，三年后入了党。1971 年，鹤岗市一位亲戚来信说，他那边又开了一个国营煤矿，正在招工，让许振忠尽快前往。没想到就在这时，公社书记把他扣下了……

许振忠和他爹一样，血性。公社领导点名让他当大队书记，他明白这是个人的光荣和组织的信任。但是，集贤村窝着一大帮聋哑傻子，健康劳动力不多，地种得稀里糊涂，亩产比外村少三分之一，领头人就是活神仙也没辙呀。他闷闷不乐回到家，一推门，呛人的烟雾中，炕上炕下坐了五六位乡亲。老支书陈大爷劈头就问："接没接？"许振忠不吭声。老爷子长叹一声："说实话，让你当大队书记就是俺向公社举荐的。这些年傻子屯像遭了鬼神的诅咒，猴石也抠了，蟄龙也送了，啥招儿都不中用啊。你好歹有点文化，还是把担子接了吧，乡亲们就拜托你了……"

奶奶把烟袋锅在炕沿上磕磕，说："你爹英雄了一辈子，末了单枪匹马闯胡子窝，让胡子捅死在高粱地，你可别当孬种。"

妻子宁桂珍是县师范毕业生，早年在公社当过几年小学代课老师，她说："你从小生活在大伯家，苦啊难啊，乡亲们没少拉扯你，和大家绑一块儿干吧。"

许振忠闷声说："大半屯子都是傻子，咋干？"

妻子说："我琢磨着，一定得先弄清病根。方圆几十里好几个屯子都很正常，就咱们集贤一窝窝生傻孩子，我不信封建迷信那一套，但病根不去，谁干都是白扯。"

这一晚上公社书记把许振忠逼得满脑袋糨糊，乱糟糟的啥都想不清楚。妻子的文化就是高，一句话点醒了他：对！先查病根，病根去了，啥都好干了！

2. 木槭子开花

二十八岁的许振忠上任了。有几个在外乡工作的初中同学春节回家探亲，拉许振忠喝酒。酒过三巡，有个家伙喝高了，说："振忠啊振忠，你真是聪明一世糊涂一时，当了傻子屯的傻子头儿，就是天下第一傻！你要能把傻子屯整治好了，我头朝下倒着绕县城走一圈，看我现在就给你走一圈！"说着他一个倒立，双手撑地在屋里走了小半圈，然后吭当一声栽倒了。许振忠和同学们哈哈大笑，许振忠说："你半圈都没走到，看来可以进我们傻子屯当个半傻了！"

这以后，每逢到公社或县里开会，无论"学大寨"还是"学大庆"，许振忠不管不顾，碰上文化人就问："同志，啥原因能让人生大粗脖子，生孩子是聋子哑巴傻子？"问得对方一愣一愣的，没人能答。再去问县政府卫生科、县医院，要么答不出，要么不理他。那年月的中国正忙着搞"文革"，人人火冒三丈又缩头缩脑，多一事不如少一事，谁有心思顾得上傻子屯呢。半年后，许振忠终于撞上一个热心人——县防疫站的周玉甫。他说："一方水土养一方人，周围屯子都没事，就你们屯子有这个病，我看得化验一下水，不是多了什么就是少了什么。"许振忠一怔，回身就跑。第二天他揣上本村一瓶子井水赶到佳木斯，东打听西打听找到地方病防治所，花钱求人家帮着化验一下。两个小时后，一位穿白衣服的长者拿着化验单出来了，他让许振忠坐下，然后耐心地跟他解释说，你们村的水严重缺碘，正常的饮用水每升应含碘十到两百微克，低于五微克就会患地方性甲状腺肿大，也就是大粗脖子。低于一微克就会发展成克汀病，也就是痴呆或者聋哑，并且骨骼变形，难于行走，完全丧失劳动能力。你们村的水每升含碘不足一微克，连牲畜都不宜饮用。

我的天哪！许振忠恍然大悟。几十年来的谜底终于揭开了：怪不得集贤村很多老住户第一代都长粗脖根，但智力还算正常；到第二代、第三代就变傻变聋哑，因为缺碘越来越严重。而他没变成这样，是因为小时候跟着改嫁的母亲去外地生活了数年，中学又在公社所在地住宿两年，躲过了人生一劫。他愣愣瞅着瓶中剩下的发黄的半瓶水，原来就是这玩意儿造的孽，几十年生生喝出一个傻子屯！

这哪是水，是断魂汤啊！

许振忠问怎么办？周玉甫说，第一，打深水井；第二，迁屯。上千人的大屯不可能迁，也没地方迁。出路只有一条：打深水井。可上哪儿找钱啊？

这以后，许振忠用复写纸写了几十份上百份求援报告，指头都染蓝了，然后从桦川县到佳木斯，从省会哈尔滨到中南海，漫天寄。村里连八分钱邮票都买不起，只好用自家钱。每逢去县、市开会，许振忠拦住领导就递一份，散会后便跟在领导屁股后面一个劲儿"磨叽"。年复一年，报告雪片似的撒出去，鞋子磨破一双又一双，小傻子一个接一个向人间"报到"，没有任何反响。"文革"年代人心惶惶，谁有心思干正事儿？所有回答都不乏同情，最后的结语都是："没钱"。更有"造反派"出身的领导黑着脸要他回去"抓革命"，许振忠说："我们一窝傻子，谁革谁的命！"

1975 年，黑云压城的桦川县终于露出一角蓝天，县水利局在极为困难的条件下，给集贤村拨款九千元用于打井。整整奔走呼号了四年啊，终于看到了希望！水利局请来的钻井队开着车，拉着设备，呼啦啦开进村，村民们密密匝匝围住工地，看高高的打井架怎样擎起透明的希望，听隆隆作响的钻机怎样呼唤着甜美的甘泉。钻机突突掘进，三十米、五十米、七十米……

"许书记，抓紧转款吧，得马上去买材料……"

"别忙，九千元马上就到。"

"我的天呀！"钻井队长一拍大腿，"这点儿钱连钻井费都不够，还要下管道，安水泵，建水塔，赶快给我停钻！"

刹那间全村一片死寂，许振忠呆若木鸡。钻机停了，就像他的呼吸停了。他死死扯住队长的袖子说："这不是打井，这是救命啊！"

队长说："救不救命我管不着，我只管打井！"

许振忠怒了，一挥手朝村民们喊："去！把你们家的傻子都放出来！"钻井队进屯这些天，许振忠怕丢人，怕吓着这些城里小伙子，千叮万嘱让乡亲们把傻孩子圈到家里不许出门。此刻，他决定把傻子屯的所有苦难都摊开给钻井队看！

老乡们领着自家的大小傻子纷纷出来了。赤身裸体的，七扭八歪的，哇哇叫着比划手的……天底下最惨的一幕！

钻井队员们惊呆了。他们走南闯北，从没见过这样的畸形生命和人间悲剧！

队长被震撼了。"行啊，就这九千块钱吧。"他暗哑地说，"我们负责把井打好，把管子下去，欠款不要了。不过买水泵、建水塔，你们还得找上头要钱。"

水管打下去了，钻井队撤走了。许振忠所能做的，就是将一根木橛子插在管口上。为防止堵塞，他撮了一小堆土把木橛埋上。是夜，他在土堆旁坐了很久很久，像守着一座亲骨肉的坟冢，心里泛着无尽的悲凉。

傻子屯的活路就在这根木橛子底下。他还得奔走、呼吁、要钱！不死的黑土地，铸就了一颗不死的魂灵，他又跑了三年喊了三年，没有反应。省有关部门拨给集贤村的一台深水泵，还被县里一个领导批给防疫站了。

1978年春，一个改变中国、震动世界的伟大构想正在中南海悄悄酝酿。那是炎天流火的一天，一架军机穿云破雾，降落在黑龙江省佳木斯市的机场。舱门打开，老红军出身的李德生将军匆匆走下舷梯。李德生时任中共中央政治局常委、沈阳军区司令员，他刚刚在牡丹江市参加了一个民兵工作会议，归途专门转道佳木斯落脚。将军究竟有什么事要办？他何以眉峰紧锁，神情冷峻？所有来迎接的地方党政军要员，心里都惴惴不安地猜度着。将军步入候机厅，立即召开了一个紧急会议。他拿着一份材料，沉重地说："我是专程为你们的一个傻子屯在此落脚的。大家知道，我兼任中共中央北方防治地方病领导小组组长，今天把诸公请来，我是想问，桦川县有个集贤村，地方病非常严重，这个情况你们知道不知道？"

没有回音，沉默。

"同志们，你们都是父母官啊！"将军有些愤怒了，"老百姓有了难处找谁呀？只能找你们啊。一家有一个地方病患者就不得了，如果再有两三个不能劳动，一家人的日子怎么过呀！我们的革命是老百姓用小米养大的，如果我们对人民的疾苦不管不问，还有什么资格叫共产党！这件事必须抓紧办，结果报我！"一个月后，即1978年8月28日，中共中央派出的防治地方病慰问组，千里迢迢来到集贤村。他们挨家挨户视察了病情，当晚全村集合，举行"送瘟神誓师大会"。慰问组负责同志登上讲台，第一句话就是："乡亲们，我们来晚了！"他流泪了，许振忠流泪了，台上台下全哭了……

经过许振忠长达八年的奔走呼号，1979年9月8日，集贤村深水井终于建成，一座高十米、蓄水达四十二吨的水塔披红挂绿，高高耸起，上面镌刻着许振忠亲拟的两行鲜红大字："感谢党赐甘露水，病乡枯木喜逢春。"在鞭炮锣鼓的震天轰鸣中，在乡亲们的欢声笑语中，许振忠一推电闸，分布在全村各处的四十个自来水龙头流淌出清澈的水流。那是给生命以灵性、给大地以希望的甘泉啊！全村男女老少笑呵，哭呵，叫呵，欢跳呵，狂饮呵，连傻子们都受了感染，手舞足蹈满地打滚。自此，9月8日成为集贤村一年一度的改水节。

那根木橛子终于开出灿烂的水花。在荒诞不经的历史上，站起一个亮闪闪的希望。

许振忠完全没想到，他和傻子屯为全国人民做出一项重大贡献。因为傻子屯的惨痛教训，后来国务院有关部门做出一项规定，所有进入市场的食盐必须适量加碘。

3. "上帝的笔误"

好水有了，可七十九个傻孩子怎么办？总不能眼瞅着他们混吃等死啊。他们不能正常生长，不能上学读书，不能自食其力，成为家中的沉重负担，也成为集贤村的沉重压力。有一天许振忠听说国外有办"智障教育"的，他心里一动，太好了！村里完全可以办一个育智班，一方面请县里派医疗队对傻孩子进行治疗，一方面请老师教他们读书认字，学一些自食其力的本事，集贤村的面貌一定会有很大的改观。许振忠很兴奋，村里村外到处请老师，结果可想而知：每扇门都摔得咣咣响。

没出路了，他想到了妻子宁桂珍。宁桂珍的家是从外地移民来的，毕业于佳木斯师范学校。她本可以留在市内工作，但因为她上头死了五个男孩，姐姐又出嫁了，母亲逼着唯一的心肝宝贝回村小学当了老师。当时桂珍家闲着半间草房，身为孤儿的许振忠长大了，长年在伯父家住着不方便。桂珍家没男孩，母亲见许振忠忠厚老实，干活勤快，又有文化，便自作主张让许振忠当了"上门女婿"。这是一种"双赢"选择：宁家增加了一个壮劳力，许振忠娶了个好媳妇。年轻时候的宁桂珍很秀气，一双大辫子甩来甩去，她说："行了，就你吧，白马王子我也不想了。"许振忠说："行吧，白天鹅我也不想了。"日子过到"文革"，村小学被冲垮了，宁桂珍成了纯粹的家庭主妇。许振忠思来想去，决定请桂珍出山，把育智班办起来。可一想到那些泥头花脸、满身屎尿的傻孩子，桂珍就吓住了，不想干。许振忠说："其实我也不愿让你去遭这份儿罪，可那些傻孩子哪个不是爹妈的骨血？要是咱家摊上一个还能掐死吗？你当初支持我接下大队书记这个担子，就得干好！千委屈万委屈，你就帮我这一回吧。"

宁桂珍是明事理的人。1979 年秋，一个智障孩子"育智班"办起来了，它肯定是全国农村地区第一个。每天早晨，家长把傻孩子一个个抓猪崽似的拽来。最小的九岁，最大的十七岁，个个鼻涕成河，衣衫破烂，三分钟都坐不住，不时滚成一团。一会儿这个尿了，一会儿那个拉了，铅笔使劲扎进自己腿里还呵呵笑，动不动扯开裤子向女生抖露动物性的本能……没几天，从外村请来的一个小青年撂耙子不干了。桂珍一个人哪管得了这么多小傻子！许振忠狠狠心，又让在村小学教书的女儿小凤过来当妈的帮手。为了智障孩子记住一个字或一个动作，必须千百次地重复。仅仅为了让他们记住门外厕所的位置，母女俩几百次地拽他们进去，帮着解腰带、揩屁股、提裤子。过后娘俩对着墙角哇哇吐，恨不能把五脏六腑倒出来。要他们记住 1、2、3，娘俩连说带写，手把手教上几百遍上千遍，累得口干舌燥，胳膊都抬不起来了。与此同时，每天还要给他们梳头、洗脸、一天三次喂药，要亲眼看着他们把药咽下去。冬天来了，外面滴水成冰，母女两个还要关注他们别冻伤，为他们缝补棉衣棉裤——因为傻孩子根本不知冷热……

日复一日，年复一年，娘俩成了傻孩子中亲密无间的一员，懂得了他们的手势，学会了他们含混的语言和特殊的情感表达方式。爱是一种伟大而神奇的力量，在傻子心中也能唤起同样的反应。为育智班上山打柴，几个傻孩子不许宁老师干活儿，一窝蜂把她压在身下，差点把她憋昏过去。小凤外出开会两天，傻孩子们在路口盼了两天。等她下了车，傻孩儿们欢叫着围上来，十几只手把攥了两天的糖块硬塞进她嘴里……

大部分智障与生俱来，犹如"上帝的笔误"，好好的孩子尚未设计好就落到人间了。母女俩辛辛苦苦干了六年，育智班中很多傻孩子

国家温度（节选）

被改变了。其中有二十八人后来能认写千字左右，能做四位数加减法，先后进入正规小学和聋哑学校读书，其余大多数能够生活自理并可以参加生产队劳动了。通过新闻报道，傻子屯的事情引起联合国教科文组织的关注，有一年，他们派出一个国际专家团前来考察，那些老外看到育智班上一个哑巴傻孩当堂解出一道一元方程式数学题，有些怀疑。来自澳大利亚的贺特泽博士走上前，在黑板上又写出一道新的一元方程式，请那个傻孩解出答案。傻孩愣住了，呆呆瞧着黑板不动。在座的中方陪同人士包括许振忠、宁桂珍等都捏了一把汗。少顷，那个傻孩想明白了，脸上显出很生气的样子。他拿起黑板擦，把博士写的潦草的字母 X 擦掉，又很规整地重写了一个，然后拿眼睛狠狠白了洋博士一眼。那意思是说，你怎么这样弱智？连 X 都不会写！接着他迅速做出这道题的正解。所有在场人都笑了，考察团团长说："感谢宁桂珍女士以杰出的人道主义精神修正了'上帝的笔误'。"贺特泽博士惊叹："中国的集贤村创造了智障教育的奇迹！"

全国召开特殊教育先进工作者表彰大会，宁桂珍迎着海潮般的掌声登上领奖台。

4. 雄起傻子屯

治水完成了，治愚正在进行，治穷应该大张旗鼓开干了。

1981 年，许振忠领着村民干得汗巴流水儿，全村却倒吃了三十万斤返销粮，一个工分分值只有四分钱。那时安徽、四川等有些农村地区正热火朝天地开展家庭承包、分田到户，但政界、思想界争论很多，黑龙江省迟迟未动。集贤村到底怎么搞？能不能闯出一条治穷路子？许振忠这些年走南闯北，眼界开阔了。他对村民说，咱们忙一年连公粮都交不上，还得靠国家救济，看来单靠种粮翻不了身。他提议办工业，通过贷款和集资二十万元办个砖厂，他说现在全国搞改革开放，日子越来越好过了，以后老百姓扒草房盖砖房的越来越多，红砖一定好销。

傻子屯的人历来很少出屯，农忙时下地干活，农闲时揣着袄袖子蹲墙根儿晒太阳，主要是人人拖着一个粗脖根怕丢脸，外加不识字看不懂路牌。他们不知道中国正在发生巨变，听许振忠说要贷款、集资二十万元——这对他们来说简直是一座顶不起来的大山！所有干部和村民都激烈反对，怕手里的一点余钱赔进去，赞成的只有许振忠自己。许振忠逼到老支书家里："算你一个！当初你推荐我当大队书记，你就得支持我！"老支书说："那才百分之二。"许振忠说："你再动员儿子女儿进来，我再拉两户进来，这就六个了。你放心，赔了钱拿我祭窑！"

就这样，通过"滚雪球"的方式，乡亲们准备给孩子结婚的钱，准备修房的钱，准备过年过节走亲戚的钱，哆哆嗦嗦全集上来了。银行贷款到位后开始动工建窑，没钱发劳务费，党员带头组织了一个"白干队"。

许振忠没黑没白全身心投入村里工作，家里的事情都扔给妻子宁桂珍了。那年春天他陪上级领导检查苗情，发现一块地断垄少苗，荒草很多，这太打脸了！他怒气冲冲喝问："查查这是谁家的地？肯定不是正经种庄稼的，明年不包给他了！"旁边的队干部赶紧扯扯他的袖子，许振忠一缩脖子明白了，这是他自家包的地。还一回，他半夜忙完工作回到家，推开院门一看，一头二百来斤重的大花猪正在拱园子里的大白菜，他边轰边朝屋里喊："谁家猪跑到咱家吃白食儿了？"宁桂珍闻声出来笑着说："谁家的猪？你家的呗！"

一百八十天后，雄伟的二十四孔砖窑拔地而起，当年盈利近十三万元。

过后，许振忠又借势生力，创办了"傻子酒厂"。他亲自拟定的广告词是："天下第一傻，贵在不掺假。""傻得实，傻得帅，傻向人间都是爱！"因为傻子屯治傻的事迹传遍天下，再加上广告词写得好，"傻子白酒"很快风行大江南北，集贤村经济状况大幅跃升，成为桦川县"脱贫致富第一村"。1998年，五十五岁的许振忠被提拔为县委副书记，他穿着农田鞋到办公楼坐了几天，除了开会就是看文件。他很不习惯，一个农民不干活儿不接地气，这哪行？脚都捂臭了。没过十天，许振忠挂印封金不辞而别，又回到集贤村。县委书记几次打电话催他回去上班。许振忠说，你们定吧，啥事儿我都赞成。电话来多了，许振忠干脆不接了。

二十岁出头的王喜林接任村支书。他当众宣布："老支书当年领着大家治愚治穷，被称为'天下第一傻'，我坚决保证，今后'贵在不掺假'！"全场大笑。王喜林意识到，随着时代进步，低水平的维持性的发展远远满足不了群众的愿望了。他定下"新世纪三大步"，党的十八大之后又改成"新时代三大举措"：

第一，傻子屯名声在外，来参观学习的人越来越多，一定要建设一个"美丽家园"展示给世人。

第二，大力推进村民的"企业化"——这可是个胆大包天的新创意。他的意思是：改变农民只会种地的传统形象，让他们或者进企业当工人，或者闯进市场做生意。

第三，利用"傻子屯"的名片，大力招商引资。

村民们齐声反对，说你不让我们埋头种地了，吃啥？

王喜林说，你们过去吃的是"口粮"，种啥吃啥；做生意赚大钱了，今后吃的就是"商品粮"，想啥来啥！

乡亲们大笑，说是个理！

历史的跃升是要等待时机的。以往，这三大举措靠本村自己的力量推进，进展有些缓慢。党的十八大以后，"乡村振兴"政策下来了，"建设美丽乡村"政策下来了，"扶贫攻坚"政策下来了，"第一书记"和驻村工作队下来了，从黑龙江省、佳木斯市到桦川县，数百万投资滚滚而来。王喜林高兴地说："这叫'大河涨水小河满'，啥都有了，就差干了！"他发挥老支书的光荣传统，组织起以村干部和党员为核心的傻子屯历史上第二个"白干队"。拓宽硬化道路，绕村绕路种植绿化带，推进企业改制，引进光伏产业，全力扩大村民就业，至2019年，村民人均收入突破万元。2020年5月底，我再次来到傻子屯，七十七岁的老书记许振忠和现任支书王喜林接待了我。四下一望，四通八达的水泥公路，道路两边的美丽花坛，珠串般的太阳能路灯，平整开阔的中心广场，一排排粉墙红瓦的村民新居……哇，我三十多年前来此采访留下的老旧印象已经一扫而光！

在座的镇领导告诉我，许振忠老书记干了二十八年，解决了傻子屯的"治病治愚治穷"问题；王喜林至今干了二十二年，基本解决了全村"致富致美致强"问题，两人合起来整整半个世纪。村民对两任书记感恩戴德，特别编了一副大对联写在村委会大院墙上："半个世纪脱贫路，薪火相传两代人。"王喜林赶紧摆手说："主要是老书记打下的好基础！当年许书记住的那半间草房，我们特意保留下来，为的是让后代永远记住许书记的贡献。不过他还活着，我们不能搞得太大发了。"全场哄堂大笑。

许振忠说："现在最令村民骄傲的是他们的孩子！"据悉，中央防治地方病小组每隔几年来村里检测村小学学生的智商指数，结果高居全县小学第一。迄今村里出了七十名大学生，为全县最多，还出了三名硕士、三名博士，多人成为国内知名大企业的高管或智囊。

我感慨万千，从傻子屯到集贤村——终于实至名归！

图书在版编目（CIP）数据

第八届鲁迅文学奖获奖作品集 . 报告文学卷 / 中国作家协会
鲁迅文学奖评奖办公室编 .—北京：作家出版社，2022.11

ISBN 978-7-5212-2068-1

Ⅰ . ①第… Ⅱ . ①中… Ⅲ . ①中国文学－当代文学－作
品综合集②报告文学－作品集－中国－当代 Ⅳ . ① I217.1

中国版本图书馆 CIP 数据核字（2022）第 199710 号

第八届鲁迅文学奖获奖作品集·报告文学卷

编　　者：中国作家协会鲁迅文学奖评奖办公室

责任编辑：秦　悦

装帧设计：薛　怡

出版发行：作家出版社有限公司

社　　址：北京农展馆南里 10 号　　　　邮　　编：100125

电话传真：86–10–65067186（发行中心及邮购部）

　　　　　86–10–65004079（总编室）

E–mail:zuojia @ zuojia.net.cn

http://www.zuojiachubanshe.com

印　　刷：河北京平诚乾印刷有限公司

成品尺寸：152 × 230

字　　数：331 千

印　　张：22

版　　次：2022 年 11 月第 1 版

印　　次：2022 年 11 月第 1 次印刷

ISBN 978–7–5212–2068–1

定　　价：68.00 元（平）